孺子帝

卷四

奪帝位的賭注

冰臨神下——著

目錄

孺子帝 卷四

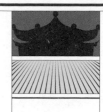

第二百零一章　太后的教導

屋子裡香煙繚繞，大楚皇太后語帶威嚴地說：「跪下。」

年輕男子立刻依言跪下。

太后前行兩步後伸出手臂，指尖離架子上的舊衣裳只有兩三寸遠，觸手可及，卻像是碰到了不可見的障礙，停在那裡，「這就是太祖衣冠。」太后語氣略緩，帶有一絲痴迷。「人死了，鬼魂仍在，帝王升天之後則將成仙成神，無時無刻不在照看後代子孫，等你升天之後，也將位列眾神，而我……而我在天上只是一名卑微的僕人。」

「太后母儀天下，即使在天上也會與歷代帝王並列為神。」年輕男子小心地回答。

「你不明白，太后是可以被廢掉的，只要……只要皇帝一句話……」太后臉上的威嚴消失了，換之以驚恐不安，她的目光轉向衣冠架上的寶劍，突然間不寒而慄，緩步退後，垂下手臂，跪在另一個蒲團上，低聲祈禱了一會。

太后扭頭看向年輕男子，「到了天上，你會站在母后這邊嗎？」

「當然。」

太后臉上露出欣喜與憐愛的神情，「我就知道能夠依靠你，我所做的一切……一切都是為了你，你的父皇……不，不說他，你只要記得，升天之後要為我辯解，你是皇帝，你將成神，你說的話沒人能夠反駁，就算是其他帝王、就算是你的父皇，也不能反駁。」

「當然。」跪在旁邊的年輕男子盡量少說話。

太后站起身，神情又變得威嚴，「很快你就要親政了，掌握帝王之術了嗎？」

「尚需太后多多教誨。」

「嗯，跟我來，不要打擾太祖。」

年輕男子起身，跟隨太后走出衣冠室。

外面的庭院裡站著兩名女子，太后盯著她們看了一會，臉上顯出幾分怒容，卻又無可奈何，「桓帝如願了，他的女人都在這裡，他還能說我善妒心狠嗎？」

「太后貞靜賢淑，乃天下女子之楷模，縱然桓帝重生，也說不出一個『不』字。」崔太妃微笑道。

「妖氣，妳們身上有妖氣。」太后指著兩名女子，「就站在這裡，不准亂走亂動，讓太祖壓壓妖氣。」

「是，太后。」兩人同時恭敬地回道。

太后帶著年輕男子走進偏殿。那是一間小屋子，平時可供來者休息，如今成為臨時教室。

年輕男子看了看兩女，不太情願地跟在太后身後進入偏殿。

王美人小聲道：「妳何必多說那一句？她雖然有點糊塗，可是能聽出妳的譏諷。」

崔太妃微微一笑，「那又能怎樣？她把我接進宮，不就是為了在先帝面前求一個心安理得嗎？她早就知道我是這樣的性格，我又何必假裝呢？」

崔太妃收起笑容，「太后的心已經壞掉了，即使人瘋了，也還是一肚子壞水，居然讓我跟妳站在一起，她這是故意的。自作聰明，不只騙人，還要騙鬼。」

王美人是丫鬟出身，並不將崔太妃的話放在心上，「別忘了，咱們就是要用太后騙人騙鬼騙神。」

崔太妃盯著王美人，突然笑靨如花，「妹妹說得對，大楚江山握在這個瘋女人手裡，咱們得保證能平穩過度給真正的大楚皇帝。」

偏殿門開，年輕男子匆匆走出來，左右看了看，來到崔太妃和王美人身前，低聲道：「妳們知不知道，我現在所做的每一件事，都是要被抄家滅族的死罪？」

王美人沒作聲，崔太妃笑道：「上官盛，太后是你的姑母，迎合她、為她治病，是你做晚輩的一份孝心，何來死罪之說？」

「我在冒充思帝！」上官盛大為惱怒，聲音變得尖細，卻不敢提高，害怕被太后聽到。

王美人道：「不對，你沒有冒充思帝，從頭到腳你都是皇宮宿衛的裝扮，沒自稱『朕』，沒碰過寶璽，怎麼算是冒充呢？你只是……跟那間屋子裡的衣冠一樣，太后在衣冠裡感受到了太祖，在你身上看到了思帝，這不叫冒充……」

「你是另一副衣冠，上官盛，最後你會有衣冠的功勞和衣冠的待遇。」崔太妃搶著說道。

崔太妃的話裡總是帶著一分譏諷，上官盛面色微沉，「我可是扛著身家性命配合妳們。」

「無論日後我們兩人誰的兒子登基，都會記得上官家的功勞，不管怎麼說，咱們都屬於桓帝一系，是自家人，一榮俱榮一損俱損，冠軍侯不是。」崔太妃說。

上官盛當然明白這個道理，抱怨幾句之後，還是得繼續充當「衣冠」，轉身回到偏殿。

崔太妃看著上官盛的背影，「上官家的聰明才智都長在太后一個人身上了？」

王美人保持沉默，所謂言多必失，她不願無謂地譏諷任何人。

但是在崔太妃面前，言少也是一種過失，她露出一絲不屑的神情，「輪也該輪到我兒子了。」

偏殿裡，太后端坐，嚴肅地問道：「斥責過那兩個賤人了？」

「是，太后，狠狠地斥責了。」上官盛順著說道。

「嗯，記住了，這也是帝王之術，提拔一個人的時候，一定要打壓他，讓他惶惑不安、讓他感恩戴德、讓他明白自己的地位，就是不能讓他驕傲，臣子的驕傲會腐蝕皇帝的權力。」

「記住了。」上官盛說，心裡卻在納悶，太后究竟瘋到了什麼程度，自己比思帝年長幾歲，容貌也不怎麼相似，居然會被太后當成親生兒子，實在是匪夷所思。

在太后眼裡，這些明顯的破綻一個都不存在，她繼續道：「帝王得學會分門別類，萬不可將臣子看成同一夥人，帝王的權力能夠無中生有：你將不同派別的人當成同一夥人，這些人即使彼此間有深仇大恨，早晚也會如你所『看』的變成盟友；反之，只要你堅持將同一夥人當成不同派別，他們早晚也會分崩離析。」

上官盛點頭。

太后說到了興頭上，眼中更是只有思帝一個人，「勳貴是同一種人，對皇帝來說卻有親疏遠近，這就是分門別類；軍隊是同一種人，所以要分成南軍、北軍、邊軍、宿衛軍……」

太后突然停下，像是想起一件特別重要的事情，呆了片刻，她突然用極其嚴厲的語氣問：「宿衛軍擴充得怎麼樣了？」

就這一句話，上官盛撲通跪下，冷汗直流。前一任宿衛中郎將是他的伯父上官虛，隨大將軍韓星前往邊疆，一直未歸，不久之後，上官盛繼任此職，半年來只做一件事，便是淘汰冗員，充實精兵。

上官盛做得不錯，可太后突然問起，讓他一下子想起自己的真實身份，以為太后清醒過來，那可是一場災難，就算他是太后的外甥，也難逃一死。

太后卻露出微笑，「我兒無需害怕，我已佈置得妥妥當當，少則一年，多則三年，新的宿衛軍就能成形，不僅能夠守衛皇宮，還能保護整座京城，南、北軍在邊疆一時半會回不來，即使匈奴人被消滅，還有各地暴亂，讓他們逐郡清剿吧。然後我會重賞南、北軍將領，讓他們都當大官，駐紮在不同的地方，互相競爭，互相提防。到時候，新宿衛軍可不戰而勝，保大楚江山至少三十年平安無事。」

「是。」上官盛顫聲回道，沒敢說南軍已經回到京畿界外，北軍正在南歸。

「還有大臣，大臣最麻煩，軍隊的威脅擺在明面上，總能解決，你只要小心一些，別將兵權過於集中在某人或者某部司手中；大臣擅長的卻是拐彎抹角、以柔克剛，對他們分門別類的時候，不能太簡單。他們太過聰明，也太過狡猾，有時候會故意分成幾個派別，假意在皇帝面前相互競爭，最後卻總能雙方受益，損失的只是皇帝。」

太后陷入沉思，上官盛跪在地上不敢吱聲。

「臣子的驕傲是對皇帝的威脅，可大臣的驕傲根深蒂固，所以，對付大臣最好的辦法，就是將他們的驕傲用在彼此身上，讓他們打從心眼裡瞧不起對方：官瞧不起吏，科考之官瞧不起蔭襲之官，三朝元老瞧不起本朝重臣，文官瞧不起武將，老人瞧不起年輕人……還有什麼？」

上官盛無言以對，正好門外傳來王美人的聲音：「老神仙來了。」

太后面露喜色，「快請。」然後對上官盛道：「你年紀還小，不適合見神仙，先退下，明天我繼續教你帝王之術。」

「是，太后。」上官盛起身退出偏殿，恨不得拔腿就跑，卻沒有這個膽子，強作鎮定，目光故意避開崔太妃和王美人，匆匆走出院子，在外面與一隊宿衛士兵匯合，心中稍安。

鬚髮皓白的老神仙就站在院門外，上官盛恭恭敬敬地行禮，低聲說：「老神仙可以進去了。」

老神仙微笑著點頭，邁步進入院子，向崔太妃、王美人拱手致意。

「老神仙見到他了？」王美人掩飾不住心中的激動。

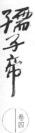

淳于梟道：「倦侯平安進入京畿界內。」

王美人長舒一口氣。

崔太妃笑道：「這回人都齊了，爭位可以開始了吧？老神仙，您有把握說服太后嗎？她連當今聖上都不承認，還以為……思帝在位呢。」

淳于梟指向天空，「凡人做不到的事情，天上的神仙能。」

「您就是神仙，降凡的神仙。」崔太妃道。

淳于梟呵呵一笑，邁步進入偏殿。

崔太妃冷冷地對王美人說：「你的兒子能應付這種人嗎？大楚需要一位真皇帝，不是傀儡。」

王美人默不作聲，想到兒子離自己不遠，滿心激動。

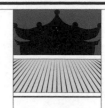

第二百零二章 楊奉的選擇

「太后瘋了？」韓孺子大吃一驚，「這、這……楊公見過太后？」

「還沒有，我現在不能隨便進宮，但是我有消息來源。」楊奉頓了一下，身上散發出來的寒氣沒有那麼猛烈了，「很高興看到你回來，我一度以為你會受不了誘惑留在神雄關。」

「誘惑？什麼誘惑？」韓孺子沒聽明白。

「梟雄，留在神雄關，你有機會當梟雄，卻會失去稱帝的機會。」一見面楊奉就以師傅的語氣說話，而且不厭其煩地加以解釋，「可梟雄需要堅實的基礎，你得花費至少五年以上的時間與軍中將士培養交情，還得用更長的時間一步步控制神雄關周圍的郡縣，保證以後的糧草充足，否則的話，今天看上去最支持你的人，明天很有可能會背叛你。」

「我明白。」韓孺子說，這是他第一次覺得楊奉沒說出什麼，就像是回味已久的兒時菜餚，終於有機會再度品嘗，表面上一切都沒變，味道卻很寡淡，「我回來了，楊公……有什麼打算？」

有一個至關重要的問題擺在兩人面前：北軍長史到底輔佐誰，倦侯？還是冠軍侯？

楊奉迴避了這個問題，「接待你的是哪一位望氣者？」

「淳于梟。」

「他本人？」楊奉露出明顯的驚訝。

「嗯，他是這麼自稱的。」韓孺子轉身指向河床，由於他所在的位置較高，看不到垂釣的老者身影。

楊奉大步走去，韓孺子跟在他身後，河就在眼前，冰窟窿、釣竿、木桶俱在，就是人消失了。

「剛剛還在。」韓孺子疑惑地說，淳于梟肯定沒有進屋，或許是順著河道離開了，速度夠快的。

「他說他叫淳于梟？」楊奉問道。

「嗯。」

「親口說的？」

「當然。」韓孺子不明白楊奉為何不相信他。

楊奉卻對這件事越來越感興趣，「仔細回想一下，當時他是怎麼說的？」

韓孺子不是特別高興，但還是努力回憶道：「我們聊了一會，我覺得他很奇怪，對宮裡的事情知道得太多，於是就問他究竟叫什麼，他開始自稱漁翁、釣魚者，後來又說他用過的名字太多，於是……」

韓孺子突然明白自己犯的錯誤是什麼了，心中微驚，收起語氣中的那一點不耐煩，繼續道：「我說『閣下是淳于梟？』，他說『這的確是我用過的名字，倦侯喜歡，我就叫淳于梟吧。』」

「所以，是你先說出『淳于梟』這個名字的？」

韓孺子點點頭，突然有些臉紅，就在他自以為成熟，不需要楊奉指點的時候，他卻犯了一個簡單而愚蠢的錯誤，「是我自己給出了答案，望氣者順勢而為，我……」

「與望氣者交談一定要小心，他們的手段各不相同，有的口吐蓮花，有的沉靜少言，有的故弄玄虛，有的裝傻充愣，目的只有一個，讓你相信他。」

「是，我記住了。」韓孺子恭謹地說，「可他說太后要讓諸子爭位……」

「這是真的，所以我說太后瘋了，爭位肯定是望氣者的主意，太后竟然同意了。」

「我更奇怪冠軍侯為什麼會同意，他不是已經得到宰相與群臣的支持了嗎？」

「因為太后掌握著宿衛軍和廣華群虎，這段日子裡，太后並沒有閒著，宿衛八營已經擴充至五萬多人，京畿周邊隨時能夠再召集五萬將士，足以拱衛京城。崔宏的南軍正是因此不敢踏入京城半步，冠軍侯也不願得罪太后，何況爭位的規則對他十分有利。」

誰爭取到的大臣數量最多，誰就是下一位皇帝，冠軍侯先行一步，當然覺得自己勝券在握。

「楊公是代表冠軍侯來的？」韓孺子問道。

楊奉點頭，「我來有兩個目的，一個是觀察倦侯的情況。」

「我獨自回京，身邊只有孟娥與杜穿雲兩人，杜摸天和不要命接我渡河，但他們應該是你的人。」

「他們現在為倦侯夫人做事。」楊奉點了下頭，表示自己觀察得夠多了，「第二個目的，是給倦侯帶句話，冠軍侯希望倦侯不要參與爭位，等他登基之後，會封倦侯為王，給你一生的榮華富貴，這是天子的許諾，絕不會食言。」

「他都已經勝券在握了，還擔心我的競爭？」

「冠軍侯希望自己的登基是天命所歸，沒有任何爭議。」

「他給東海王什麼條件？」

「為王一方，永不朝請。」

韓孺子想了一會，「冠軍侯真的很大方。」

「嗯，冠軍侯和朝中大臣都不希望用武力解決帝位之爭，他還向崔太傅許諾，娶崔家的女兒為妻，登基之後立其為后。」

韓孺子還是皇帝的時候，也娶了崔家的一位女兒，「我記得冠軍侯已經娶妻，連兒子都有了。」

「這不重要，冠軍侯與崔太傅各有所需，聯姻對雙方都有好處。」

「崔太傅同意了？」

「起碼他沒有拒絕。」

「北軍呢？冠軍侯不停催促北軍與匈奴人決戰，那是他的軍隊，他不要了嗎？」

「這裡有一些私人恩怨。」

韓孺子簡直不敢相信自己的耳朵，正在爭位的關鍵時刻，冠軍侯居然為了一些私人恩怨而拋棄整支軍隊，「多大的恩怨能讓冠軍侯自斷其臂？」

「我不是很瞭解。倦侯的回答呢？」

韓孺子向前走出幾步，轉身道：「請轉告冠軍侯，他不在意北軍，北軍將士卻記得他，此時此刻若無意外的話，八萬北軍正由神雄關南歸返京，意欲救主。」

見面之後，楊奉第一次顯出幾分意外，「冠軍侯並不需要北軍返京……」

「我知道、冠軍侯知道，北軍將士不知道，這就是我的回答，起碼我也沒有『拒絕』。」

「好。」楊奉難得地笑了一下，轉身走向自己的坐騎，翻身上馬，張嘴似乎想說什麼，最後卻只是喊了一聲「駕」，策馬離去。

韓孺子向屋子走去，孟娥、杜穿雲、杜摸天、不要命四人正好也從各自的房間走出來，「回倦侯府。」他大聲宣布，說來說去，望氣者與楊奉其實只告訴了他一件事，京城是安全的。

楊奉順著河先到達白橋鎮，守衛在這裡的南軍將士已經撤走，他們駐紮在不遠處的懷陵縣，等候朝廷下一步旨意。

一名身穿紅襖的孩童，手裡舉著糖葫蘆，連蹦帶跳地從橋上跑過，追趕前方的父母，楊奉這才想起，新年即將到來，風雨飄搖的「無為」年號，居然將堅持到第二年。

一隊士兵等在橋頭，與北軍長史匯合，一塊馳向京城。

天很快就黑了，他們住進了離城最近的一處驛站，驛站規模很大，擠一擠的話，能住四五百人。現在是冬季，驛站一半房間都是空著的，楊奉選了一間，挑燈夜讀，毫無睡意。

夜至二更左右，驛站來了一批新客人，帶頭者崔宏直接來拜訪楊奉。

崔太傅不打算住在這裡，見過楊奉之後，他還要連夜返回懷陵縣，與冠軍侯不同，他信任南軍、依賴南軍，絕不會輕易放手。

「東海王回來了。」崔太傅省掉了客套與寒暄。

「是，我已經奉冠軍侯之命見過東海王，向他提出很不錯的條件。」

「東海王不會同意退出競爭的，他為帝位而生。這一次，我不會再阻止他，但是請冠軍侯理解，我是個願賭服輸的人，很快南軍將士就會退卻三百里，遠離京城，絕不以武力干擾帝位之爭。條件只有一個，他得盡快遵守諾言，迎娶我的女兒。」

「崔家的女兒夠用嗎？」

「哈哈，還好，崔家三個女兒，出嫁兩位，還有一個待字閨中。」崔宏似乎胸有成竹，走到桌前，藉著燈光俯視坐在桌旁的太監，「南軍撤離京城，北軍也會一直留在塞外，對吧？」

楊奉尋思了一會，鄭重地點頭，「冠軍侯是這麼承諾的，他一定會做到。」

崔宏拱拱手，準備告辭，臨走前還是忍不住問了一句：「倦侯真要參加爭位？」

「總之他沒有拒絕。」

崔宏笑了幾聲，隨後嘆息一聲，「崔家浪費了一個好女兒，早知如此……唉，這是小君的命。」

朝中沒有人比崔宏準備得更充分，三名爭位的皇子，都與崔家有著深厚的聯繫，他可以安心地率軍離開京城了。北軍南歸的消息，楊奉也不打算說。

第二天一早，楊奉回到城內。

冠軍侯已經無需隱藏行跡，侯府門前一大早就擠滿了訪客，謹慎一點的留下拜帖就告辭離去，執著的人則留在門口討好門吏，希望能有機會親自向冠軍侯賀喜。

冠軍侯正式向崔家下聘禮，過完正月就將迎娶崔家的女兒過門，至於冠軍侯原配夫人……所有訪客都明白，還是少打聽這件事為好。

身為北軍長史，楊奉也沒有資格立刻見到冠軍侯，但是不用等在大門外，可以進到前院，在廂房裡坐等，中午還與府丞一塊吃了頓飯。

直到下午過去一半，楊奉才得到召見。

冠軍侯紅光滿面，心情非常不錯，笑著問道：「楊長史見過倦侯和崔宏了？」

「見過了，崔太傅那邊一切順利，南軍會後退三百里，絕不干涉京城事務。」

冠軍侯聳聳肩，不是很在意，「聽說崔家的女兒都很美，是真的嗎？」

楊奉搖搖頭，「我不瞭解。」

「對了，你是太監。倦侯那邊呢？」

「他沒有拒絕冠軍侯的提議，也沒有接受。」

冠軍侯笑了一聲，「你知道嗎？我一點都不意外，倦侯……有點奇怪，大概是因為在皇宮裡待過幾天，覺得寶座就該歸他所有，跟東海王是一個脾氣。無所謂了，他們不接受也好，我倒是可以放手去做了。」

楊奉仍然沒提北軍南歸的消息，從懷裡取出一個小包裹，恭恭敬敬地放在冠軍侯身邊的桌子上。

「這是什麼？」冠軍侯驚訝地問。

「北軍長史的官印，冠軍侯此後一路順風，已經不需要我的建議了，請允許我致仕為民。」

冠軍侯的臉色沉了下來。

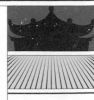

第二百零三章　聯姻

崔府裡張燈結彩，卻與東海王沒有多少關係，這讓他深感人情冷暖，回京的興奮勁一下子煙消雲散。

他向內宅走去，每次看到熟悉的面孔都感到親切，可是一看到對方的笑臉，又覺得厭惡，就像嫉妒的丈夫看到妻子也對別人笑語嫣然。

東海王從小在崔府長大，可以自由進出內宅，沒人攔他。他先去往母親的住處，快到門口才突然想起母親已經離開崔府，正在皇宮裡生死未卜，東海王越發黯然神傷，只好去往老君的房間，那是一向對他寵愛有加的外祖母，或許能給他一點安慰。

老君的房間裡擠滿了人，臉上全都似笑非笑，像是一群持弓待發的士兵，只需一個暗示，他們就將同時發出笑聲，分為淺笑、微笑、嬉笑、大笑、暴笑……絕不能亂，東海王到的時候，一名婆子會錯了意，突兀地大笑了一聲，被眾人所鄙視，訕訕地退到一邊，半天抬不起頭來。

若在平時，東海王根本注意不到這一點，現在，他不僅注意到了，還有點同情這名犯錯的婆子。

「冠軍侯……」

東海王聽到這三個字，立刻知道自己來錯了地方，與整個崔府的張燈結彩一樣，老君這裡也在慶祝崔家與冠軍侯聯姻。

東海王轉身想走，卻已被人發現，跟往常一樣，許多人熱情地向他打招呼，裡面的老君一發話，立刻有幾名婆子顛顛地跑來，簇擁著東海王，像獻寶一樣將他推進屋子。

老君坐在椅榻上，雙手各摟著一名孫女，笑得合不攏嘴，「我的乖外孫，你的三妹妹就要出嫁了，你怎麼才來道喜？」

東海王勉強笑道：「我才不要在這麼多丫鬟婆子面前道喜，俗氣，我要單獨道喜，為三妹妹送行。」

屋內屋外的丫鬟婆子們遭到鄙視，笑得卻是更歡，老君尤其喜歡外孫的這股傲氣，笑道：「你的三妹妹已經許給冠軍侯，你想單獨道喜可不行嘍。」

東海王頓足捶胸，一副痛不欲生的樣子，這對他來說輕而易舉，「從小玩到大的姐妹們都出嫁了，我還留在府裡做什麼啊？老君，您光想著孫女，把孫子和外孫都給忘啦，我和崔騰都沒娶親呢。」

兒孫輩越是耍賴，老君越是高興，指著東海王笑罵道：「皇子皇孫，娶不上媳婦倒怨我了，怎麼不去找宗正府？」

東海王裝出沮喪的樣子，周圍的人大笑。除了兩名太監，屋子裡全是女子，東海王待了一會，正式地恭喜三妹妹即將嫁給佳婿後，告辭離去。

東海王走得不快，屋內的歡聲笑語時不時傳來，「崔家注定要出皇后！」老君的聲音清晰地傳來，東海王加快了腳步，卻沒有離得太遠，就在偏門外等著。

沒多久，他等的人出來了。

「嘿，小君妹妹，這麼快就要走了？」

崔小君轉身，冷冷地打量東海王，「說起『走得快』，我怎麼比得上你？」

東海王臉上微微一紅，知道崔小君是在嘲諷他從邊疆拋棄倦侯回來得太快，「咱們是同病相憐，就不要互相諷刺了。」

「誰跟你同病相憐？」崔小君看了一眼丫鬟，示意這就離開。

東海王急忙道：「崔府上下都以為冠軍侯必定要當皇帝，妳就不著急嗎？」

「你到底想說什麼，我沒工夫在這裡陪你閒聊。」

東海王嘆了口氣，在他的記憶中，崔家的女兒與他的關係都是很密切的，沒想到一出嫁，全都變了一副面孔，「倦侯快要回來了，跟他說，現在不是內鬥的時候，我和他，還是得聯手。」

「再被你背叛一次？」

東海王嚴肅地說：「臣子才有『背叛』之說，對我不要用這個詞。小君妹妹，想做大事，就得學會妥協，妳天天往崔府跑，不也是強顏歡笑，就為了給倦侯要錢要物，哀求崔家對他網開一面嗎？」

崔小君輕哼一聲，什麼也沒說，帶著丫鬟離開。

「我原諒妳！」東海王大聲道，「以後妳會來求我的！」

東海王回到自己的住處，一切都那麼的熟悉，他卻毫無留戀之意。

林坤山來了，悄悄走進屋子，靜靜地站在門口。

「我在崔府住了十幾年，以為這裡就是我的家。」東海王用手指輕輕劃過桌面，擦得很乾淨，挑不出毛病，「結果我卻是外人。」

東海王轉身看向林坤山，「你還跟著我幹嘛？大勢已經清楚，冠軍侯將要稱帝，望氣者不是順勢而為嗎？去順冠軍侯的勢吧。」

林坤山微笑道：「勢者如水，誰也不知道什麼時候就會突然改變方向，在我看來，東海王並未一敗塗地，你還有機會，而且是不小的機會。」

「嘿，你們望氣者弄出一個什麼『皇子爭位』，居然讓我們靠討好大臣競爭帝位，這真是……不管怎樣，爭位還沒開始，冠軍侯就已經勝券在握，滿朝文武誰不支持他？」

「果真如此嗎？」林坤山問。

東海王沉默了一會，認為望氣者雖然個個心懷鬼胎，可他們的勢力的確正在一點一滴擴張並上升，「你知道些什麼？」

「東海王知道些什麼？如果你不能向我開誠布公，我該怎麼輔佐你、為你提建議呢？」

「輔佐我？」東海王輕聲一笑，「冠軍侯身邊也有望氣者吧？」

「當然。」

「望氣者就跟崔家一樣，四處下注，以為無論誰勝出，自己都能得到好處。可天下沒有這種好事，自古以來，帝王要的都是獨一份。崔家今天為女兒嫁得好而高興，明天就得為不夠忠誠付出代價；望氣者也一樣，你們輔佐許多人，最終，沒有一個人會視你們為心腹。」

「在『最終』到來之前，望氣者和崔家都會做出唯一的選擇，此時此刻，我選擇的是東海王，將幫助你擊敗冠軍侯以及他身邊的望氣者。東海王不願屈居人下，我又何嘗喜歡敗給同門、接受他們的施捨與羞辱？」

兩人對視片刻，東海王大笑，從懷裡取出一封信，沒有遞給林坤山，而是放在桌上，「這是母親進宮前留給我的，她知道我一定會回來，已經替我制定了計畫。」

「哦？」林坤山沒有拿信，等東海王自己說出來。

「冠軍侯原本有一位正妻，是他微賤時的糟糠之妻，並非名門之後，出自東城譚家，你想必聽說過。」

「朝堂三俠，『俊侯醜王布衣譚』，江湖中人都聽說過。」林坤山道。

「為了迎娶崔家之女，冠軍侯只能休妻，或者將原妻貶為妾。」

「譚家寧可將女兒接回家中，也不會讓她當妾。」

「母親已經派人與譚家聯繫過，只要我去求親，譚家就會將女兒嫁給我，但不是冠軍侯的原妻，是另一個女兒，與我年齡相當。可信裡母親沒說這麼做的用意是什麼，如果只是給冠軍侯一點羞辱，實在沒有必要，如果真是為了討好譚家……我不明白，譚家無權無勢，也沒有人在朝中當官，對我能有什麼好處？真有好處的話，冠軍侯又何必放棄？」

「呵呵，崔太妃果然有眼力，這是一著妙棋啊。」

「我對譚家瞭解不多，你跟我說說，譚家既是布衣，為何被稱為朝堂之俠，能與俊陽侯並列？」

「譚家可不簡單，早年在關東經商，家財巨億，後來又有一部分族人前往北方放牧，牲畜多得數不過來。譚家仗義疏財，幫助過不少人，江湖和朝堂都有人受過譚家的好處。武帝時期要與匈奴人開戰，軍用不足，譚家主動向官府獻出一半財產以及北方的九成牲畜，震驚天下。武帝非常高興，想要重賞譚家，封侯封官皆隨譚家選擇，可譚家人不願為官，只想經商放牧，他們說擊敗匈奴對譚家好處多多，做點貢獻也是應該的。」

「嘿嘿。」東海王笑了兩聲，「接著說，國史裡對這一段記載的少。」

「武帝不能白受百姓的好處，十天之內，封譚家三人為侯、給予另外二十多人不同的爵位。」

「譚家人口還不少。」

「譚家人丁興旺，擅長經商、放牧、種地，就是不愛做官。」

「譚家三人封侯，我怎麼沒見過？」東海王對京城勳貴瞭若指掌，沒聽說過姓譚的列侯。

「武年晚年對天下豪傑大肆殺伐，唯獨對譚家網開一面，譚家上奏，願以另一半家產和全部爵位，換取數十位豪傑的性命。」

「還有這種事？譚家人膽子真大。」東海王有點感興趣了，「武帝不會同意吧？」

「當然不會，武帝削奪爵位、沒收家產，將譚家遷到京城，置於自己的眼皮底下，一個豪傑也沒放過。」

東海王對武帝的手腕悠然神往。

「經此一劫，譚家名聲更響，譚家立誓代代不得為官，以布衣的身份僑居京城，十幾年間，又成巨富。」

「譚家會點石成金嗎？」

「譚家最值錢的東西是信用，任何人做生意想要取信於人，都要找譚家居中作保，還有許多人僅僅因為仰慕，帶著賺錢的生意來找譚家合作，結果總是皆大歡喜。譚家仍然仗義疏財，幫助過許多武帝時期被殺者的後代，也是因為這個原因，才將女兒嫁給當時還是平民身份的冠軍侯。」

「原來如此，可譚家對我能有什麼好處？我需要討好的是大臣，不是布衣。」

「這就是冠軍侯目光短淺的地方了，他以為有宰相的支持，朝中大臣盡入其手，可大臣並非獨自一人，總有不當官的親朋好友，這些人，多多少少與譚家都有往來。譚家不開口則已，一開口，對朝中大臣的影響只怕不比殷宰相差多少。」

「譚家這麼厲害，冠軍侯看不到？」

「譚家的聲名傳播於江湖，冠軍侯大概沒有注意到吧，最關鍵的是，譚家不會輕易對朝堂開口，這會違背他們的祖訓，即使東海王與譚家聯姻，想取得譚家的支持也很困難，冠軍侯就是先例。」

「可母親已經想到了辦法……」東海王喃喃道，眼前不再是一片迷霧。

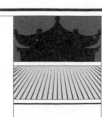

第二百零四章　書與殘酒

崔小君還沒進侯府大門，就有僕人出來道喜，說倦侯已經回來了。崔小君微笑以對，命人看賞，她幾天前就派杜摸天和不要命出城迎接倦侯，可是聽到消息之後還是又驚又喜，下轎之後，步子忍不住有點發飄。

可她控制得很好，沒有在僕人面前表現得過於興奮，回到內宅，倦侯卻不在，問起來才知道，倦侯回來不久就直奔書房去了。

丫鬟跑去書房查看情況，很快回來，報告說倦侯正在小憩，說過等夫人一回來就將他叫醒。

崔小君沒讓人叫醒倦侯，反正她有事情要做，去往後廳，命人去將倦侯的隨從請來，如果他們沒有休息的話。

不要命回醉仙樓去了，杜氏爺孫和孟娥來見夫人。

對杜氏爺孫，崔小君只是表示感激，沒有像對待普通僕人一樣給予獎賞，這是大恩，目前的倦侯夫妻還沒有能力報答。

對衛兵「陳通」，崔小君有點困惑，她從來沒聽說過此人，而且一眼就認出對方是女扮男裝，這與破綻無關，完全是一種直覺。

孟娥沒有刻意再用男聲說話，「我叫孟娥，從前是皇宮侍衛。」

聽說孟娥是侍衛，杜氏爺孫都吃了一驚，崔小君卻十分高興，上前拉住孟娥的手，特意與她多說了幾句話，送行時，已經對她以「孟姐姐」相稱了。

崔小君又處理了府中的一些事務，終於不想再等了，移步前往書房。

丫鬟將酒食托盤輕輕放在書桌上，悄悄退出，崔小君站在屋子中間，盯著小床上的倦侯看了一會，半年多未見，倦侯容貌發生了些變化，即使在睡夢中也有幾分風霜之色。

韓孺子累壞了，多日來的奔波顯出了威力，昨晚那一覺沒有睡夠，回家之後沒多久就哈欠連天，本想睡一小會，結果一個多時辰以後也沒醒過來。

倦侯不在的時候，崔小君經常來書房，與丫鬟一塊將屋子收拾得一塵不染，有時也會坐在椅子上看書，因此走到書桌旁，一眼就看出了上面的變化：倦侯又翻出了國史，已經看了十幾頁。

崔小君笑了笑，坐在椅子上，拿起書繼續看下去。屋子裡很安靜，她能清晰聽到倦侯的呼吸聲，她不是很喜歡這類書籍，今天卻看得津津有味，甚至給自己倒了一杯酒，拿在手中慢慢轉動，偶爾呷一小口。

不知過去多久，丫鬟突然跑進來，向夫人做手勢，表示事情很急。

崔小君放下酒與書，看了一眼還在熟睡的倦侯，走出書房，將房門輕輕關好。

「太后有旨，請夫人即刻進宮，轎子已經等在外面了。」

「太后……」崔小君一愣，想叫醒倦侯商量一下，可她之前進過幾次皇宮，每次都是待一小會就出來，以為這回也是如此，猶豫片刻，沒有打擾正在熟睡的丈夫，與丫鬟一道匆匆走向前院。

半路上遇到了孟娥，她已經換上女裝，與府中的丫鬟一樣，上前道：「我陪夫人進宮吧。」

「那當然再好不過。」崔小君讓自己的丫鬟留下，「等倦侯醒來，告訴他，我很快就會回來。」

皇宮來了十多名太監與宮女，還有一隊宿衛，排場比從前要大些，崔小君認得其中一名女官，沒有多問，與孟娥上轎前往皇宮。

天黑之後，韓孺子終於醒來，備感振奮，失去的力量與精氣神似乎都回來了。他一眼就看到了桌上的書與殘酒，「來人。」

丫鬟推門進來，「倦侯，您醒啦。」

韓孺子不認得她，「妳是……」

「奴婢叫綠竹，是夫人身邊的丫鬟。」

「哦。」韓孺子離家時，崔小君身邊的侍女還是從前的宮女，不知為什麼換人了，他並不在意，問道：「夫人來過了？」

「嗯，來過，不讓我們喚醒倦侯。」

想到妻子剛才就在身邊，韓孺子露出微笑，「她現在去哪了？」

「奉旨進宮，剛離開……」

「什麼？」韓孺子一驚，連聲音都變了。

丫鬟綠竹笑道：「倦侯不必擔心，夫人經常進宮，從不在裡面過夜，頂多兩個時辰也就出來了。」

「夫人經常進宮？」韓孺子更驚訝了，他在崔小君的信中從未見她提及過此事。

「是啊，之前都是我陪夫人進宮的，今天換了人，是倦侯帶回來的那個……」

「孟娥。」

「對，孟娥姐姐送夫人進宮的。」

韓孺子稍覺放心，「夫人進宮見誰？」

「不是崔太妃，就是王美人。」

韓孺子的心又放下了一點，便微笑道：「我知道了，你下去吧，夫人若是回來，馬上來通知我，不管我在做什麼。」

「是。」

丫鬟退下，韓孺子卻不知道該做什麼，白天的時候，他與那個不知真假的「淳于梟」談得不多，許多問題沒有說清楚，現在反而沒了頭緒。

他在椅子上坐了一會，隱約覺得那上面還有夫人留下的餘溫，拿起書看了看，崔小君又翻了二十多頁，顯然在這裡坐了很長時間，她在倦侯看過的那一頁放了一枚竹製的書籤。

「來……」韓孺子想起張有才不在身邊，他的親信大都留在了神雄關，於是起身，將半杯殘酒一飲而盡，親自去找來杜氏爺孫，有件事情他還一直沒問。

「不要命什麼時候為夫人做事了？還有，你們怎麼與望氣者聯繫上的？」

杜穿雲畢竟從小練功，體質極佳，比韓孺子奔波的時間更長，恢復得卻更快，昨晚睡了一覺，今天已經與平時無異，可他不願意進書房，站在門口，隨時都能推門出去。

杜摸天回道：「不要命是一個月前主動找上門來的，他曾經幫過倦侯，所以夫人很信任他，望氣者一直跟不要命聯繫。」

「不要命怎麼稱呼那位望氣者？」

「皇甫先生。」

韓孺子嗯了一聲，心想自己果然犯了錯誤，望氣者是淳于梟的可能性更低了。

一名僕人匆匆跑進來，韓孺子心中一喜，以為夫人回來了，結果僕人只說大門外有人求見，自稱叫楊奉，是倦侯的熟人。

倦侯府裡換了不少新人，不認得從前的總管了。

韓孺子立刻起身，跑出書房，親自前去迎接。

杜穿雲讓到一邊，對爺爺說：「咱們欠楊太監的人情什麼時候能還清啊。」

「他的人情早還清了，仔細算算，他還欠咱們呢。」
「咦，你不早說，那咱們留在倦侯府幹嘛呢？」
「唉，人情是山，翻完一座還有一座，咱們不欠楊奉，卻欠倦侯和夫人。」
「不是吧，他們欠咱們還差不多。」杜穿雲瞪大眼睛，怎麼也想不到，自己做了這麼多事情，居然還虧欠倦侯，就像是擲骰子，明明贏多輸少，最後一算帳，銀子卻少了幾兩。
杜摸天心情極佳，在孫子頭上輕輕拍了一下，「跟我行走江湖這麼久，連這點道理都不懂嗎？人情向來是一筆糊塗帳，你欠我我欠你，最後就變成了交情，現在讓你離開倦侯，你能做到嗎？」
杜穿雲撓撓頭，「這個……是有點捨不得，我還想著有朝一日跟著倦侯當將軍呢。」
「你當將軍？還是少害點人吧。」
杜穿雲嘿嘿笑了幾聲，「那楊奉又是怎麼回事？人情債還清了，咱們跟他也沒什麼交情。」
杜摸天收起笑容，「楊奉是個怪人，他瞭解江湖、利用江湖，卻從不留戀，更不欠下人情債，對他，務必要小心應對。」
杜穿雲深以為然地點點頭，「太監都是怪人……也不對，蔡興海就跟楊奉完全不一樣。」
韓孺子將楊奉帶進來了，杜穿雲立刻閉上嘴，記得爺爺的話，矜持地向楊奉點下頭，神情要多嚴肅有多嚴肅，反而是杜摸天，抱拳致意。
楊奉根本沒理杜穿雲，只向杜摸天還禮。
韓孺子壓抑不住心中的興奮，大聲道：「楊公已經辭去北軍長史之職，從今以後，他又是倦侯府總管了。」
杜摸天微笑道：「恭喜倦侯又得一員大將。呃，你們聊，我們爺倆就不打擾了。」
韓孺子爭位之意早已公開，不急於密談，說道：「你們二人是我的左膀右臂，我就不見外了，請兩位留下，一同商議大事。」

杜摸天看向楊奉，杜穿雲嚷道：「太好了，終於讓我參與大事了，別再讓我跑腿啦，施展輕功很累的，可不是專門用來送信的。」

韓孺子笑著請三人入座，然後向楊奉問道：「冠軍侯怎麼會放你走？」

「冠軍侯用不著我了。」楊奉平淡地回道。

「你幫冠軍侯做過不少事吧？」杜穿雲問道，聽說人情債已經還清，他對楊奉沒有顧忌了。

「嗯，不少。」楊奉大方承認，「冠軍侯剛回京的時候不宜露面，是我與宰相以及眾臣聯繫，勸說他們支持冠軍侯，望氣者找上門來，也是我勸冠軍侯接納他，我好像做得太成功了，那名望氣者現在深受冠軍侯信任，完全能夠替代我的位置。」

「嘿嘿，原來楊公在冠軍侯那邊沒位置了，才回倦侯這邊。」杜穿雲有點瞧不起楊奉。

「我這裡永遠有一個位置留給楊公。」韓孺子卻不這麼覺得，他曾經驕傲地以為自己就能做成大事，現在卻不這麼想了，能重新得到楊奉相助，是他回京的第一場勝利，這場勝利來得如此輕鬆，連他也覺得自己運氣很好。

楊奉不想浪費時間，直接道：「冠軍侯的兒子被接進皇宮，倦侯夫人也是這樣吧？」

韓孺子終於明白，小君這次進宮並不尋常，「這是望氣者的安排？」

「應該是。還有，我剛得到消息，這次爭位增加了一條規矩。」楊奉對倦侯夫人進宮不感興趣，目光停在韓孺子臉上，「你必須得到至少一位一品大臣的推舉，才有資格爭奪帝位。」

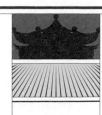

第二百零五章 定計

次日清晨，孟娥獨自回府，帶來了確切的消息。

倦侯夫人的確被留在了宮內，一同留宮的人還有東海王的母親崔太妃，以及冠軍侯的兒子，一名兩三歲的小孩。出乎意料的是，韓孺子的母親王美人沒有被當成「人質」，而是留在太后身邊。

韓孺子在河邊見過的垂釣望氣者親自出面，向三方保證，無論爭位結果如何，各自的親屬都可以自由出宮，他盡量避免扣押、人質、釋放這些詞，但意思表達得很清楚：為了實踐一種從無先例的選帝方式，必須保證每一方都能遵守規則。

望氣者顯然瞭解孟娥的真實身份，對她看得很嚴，整個晚上，她沒有機會離開夫人去見任何人。

韓孺子感到憤怒與悔恨，送走孟娥，只剩他與楊奉兩人時，他說：「望氣者真以為這樣就能讓大家遵守所謂的規則嗎？爭位失敗者真想反抗的話，會在意宮裡有多少人質？」

「望氣者的意圖還沒有完全暴露，招數肯定也不只這些，猜測無用，還是先想想怎麼玩這個遊戲吧。」

「這是一場遊戲。」韓孺子看向書桌上堆積的書籍，「史書上記載過這種事情嗎？」

「公開的記載沒有，楚朝肯定沒有過。」楊奉起身，很快從書架上找出一本書，送到韓孺子面前，「如果追溯得久遠一些，還是能看到一些蛛絲馬跡的，上古時代，帝王繼承由禪讓改為世襲，可大臣的支持非常重要，驅舊迎新的事情發生過不少，尤其是那些明君，總是先要得到大臣的支持，才能施展拳腳。」

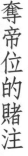

韓孺子拿起書，翻了兩頁，沒有馬上看，「望氣者不是真心要復古吧？」

「先別管望氣者真實的目的是什麼，籠絡大臣在任何朝代都是必要的，倦侯從神雄關返京，心中想必有一個計畫。」

「左察御史蕭聲前往神雄關時，我猜冠軍侯與崔太傅很可能再度聯手，於是安排一些人鼓動北軍以冠軍侯名義返京，消息一旦傳來，或許能激起他們之間的猜忌，再度反目成仇。南北軍在外僵持，京城空虛，我原想……組織一股力量，衝進皇宮、奪取寶璽，強迫太后立我為帝。如果冠軍侯與北軍鬧得不可開交，我希望能讓北軍更堅定地支持我，以做外援。還有夫人，她兩次傳信讓我回京，我想她總有一些準備，但我還不知道是什麼。」

「是我讓夫人給倦侯傳信的，她的計畫就是我的計畫。」

「你？」韓孺子很意外，他在邊疆的時候，楊奉應該正「忠心耿耿」地輔佐冠軍侯。

「我說過，我會輔佐最可能成為皇帝的人。」

「嗯，我記得。」

「請允許我實話實說，即使是現在，即使北軍返京與南軍對峙，倦侯再度稱帝的機會也不多，但是我要修改之前說過的話，我輔佐的人，不僅要成為皇帝，還得能從諫如流，能聽進去我的話、接受我的建議。」

楊奉的話從來就不怎麼耐聽，但非常真實，於是韓孺子打消了心中的最後一點疑慮，笑道：「楊公的建議是什麼呢？」

「先按望氣者的安排行事，爭取大臣的支持總是有用。」

「我該怎麼做？當初我退位的時候……沒有一位大臣站出來支持我。」

「倦侯在位的時候，可曾經有人站出來反對你？」

「嗯……沒有，叛逆的齊王算是一個，可他反對的主要是太后。」

「所以，不要輕易用支持與反對替大臣分類，倦侯更應該將大臣看成不相干的一群人，只有真正接觸之後，再對每個人做出判斷。帶著先入之見，對倦侯並無好處，反而會讓倦侯失去一些潛在的支持者。」

韓孺子笑道：「我沒有先入之見，我願爭取任何一位大臣的支持。」他想了想，又道：「楊公為冠軍侯爭取殷宰相的支持，就是為了加強他的『先入之見』吧？」

楊奉微微仰頭，「我提出過其他建議，冠軍侯不願接受。宰相殷無害曾經是鉅太子的師傅，鉅太子遇害之時，他在武帝面前喊過冤，他對鉅太子遺孤的支持，在外人看來理所應當，但這裡面有兩個問題，我提醒過冠軍侯，他並未在意。」

「什麼問題？」韓孺子突然有點走神，夫人崔小君留下的書籤露出一小截，觸動了他的心思，他急忙移開目光，認真聽楊奉說話。

「第一，殷無害位極人臣，年事已高，再沒有上升餘地，無論立下多大功勞，也只能留給兒孫，他公開支持冠軍侯，更多是出於人情。」

「這的確是個問題。」看了那麼多的國史，韓孺子明白一個道理，人情很有用，但是在利益相爭的關鍵時刻，人情也最為脆弱。

「第二，當初給兩位太子定罪的那些大臣還在，當今聖上並無實權，沒有採取任何報復手段。冠軍侯不同，他登基之後，必然大權在握，他不先與從前的仇人和解，會讓這些大臣惶惶不可終日。」

韓孺子眼睛一亮，「這些大臣就是我要爭取的對象嗎？」

楊奉搖搖頭，「暫時還不行，他們太害怕了，不敢支持你，甚至可能跑去向冠軍侯告密以保平安，只有等到你建立起勢力，能與冠軍侯、東海王分庭抗禮的時候，他們才可能站在你這邊。」

「最難的還是開始。」

「沒錯，不過我有安排，只是需要倦侯親力親為。」

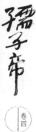

「我休息得夠多了。」韓孺子當然不會坐在侯府裡等待。

「倦侯還記得自己曾在國子監讀書吧？」

「記得，楊公想讓我去太學，可宗正府只肯同意我去國子監，在那裡我只點過卯，沒真正讀過書。」

「這不重要，倦侯的名字畢竟列在其中，有不少同窗，他們就是倦侯首先要爭取的一批人。」

「他們都是學生，連官職都沒有吧？」

「國子監的學生想當官，得熬許多年。」

「他們現在對我能有什麼幫助？」韓孺子沒太明白楊奉這一招的用意。

「解釋起來比較複雜，過兩天我會與倦侯一道去拜訪同窗，到時候再慢慢說吧。」

韓孺子點點頭，他眼前就有一道難關，確實不急於考慮太遠的事情，「望氣者制定的新規則，要求爭位者必須有一品大臣的推舉，好像是專門針對我的。畢竟冠軍侯有殷宰相，東海王有崔太傅，我連普通大臣的支持都沒有。」

「嗯，朝中一品大臣總共只有十幾位，想讓望氣者挑不出毛病，只能找正一品大臣。但數量更少，只有五位，宰相、大都督、太傅、太師、太保，殷宰相與崔太傅各為其主，還剩下三位……」

「崔太傅會支持東海王？」韓孺子問。要說人情冷暖，崔太傅就是證明，他是東海王的親舅舅，可是一旦發現更有價值的目標，立刻就將外甥拋棄。

「會，就算現在有所猶豫，等他知道北軍返京的消息，也會支持東海王。」

韓孺子無意中幫了東海王一個大忙。

「那就只剩三位一品大臣了，太師、太保是誰？我好像沒見過。」

「太師王寄、太保鄧祝，都是武帝時的老臣，致仕多年，一個在江南，一個在燕地，都離得遠，已許久不參與朝政。」

「那就只剩下兵馬大都督韓星了。」

楊奉點頭，「韓星領兵在外，沒有聖旨不得回京，他目前駐紮在函谷關，指揮楚軍平定各郡縣暴亂，他似乎很欣賞倦侯。」

韓孺子回想片刻，「起碼他沒有為難過我，我的請求他也都接受，就是因為他的任命，我才能守住神雄關和碎鐵城。」

「明天咱們就出發去函谷關。」

雖然還沒有取得任何大臣的支持，韓孺子卻心安不少，「爭位之舉畢竟罕見，能不能堅持下去很難說，咱們還需要其他計畫吧？我相信冠軍侯和東海王都有。」

「當然，東海王或許會與崔太傅和解，依託南軍以自保，冠軍侯如果足夠聰明的話，也會與北軍和解，或者拉攏宿衛軍。如今宿衛八營已經大幅增員，中郎將上官盛是太后的侄子，他非常擔心上官家未來的命運。我曾經代表冠軍侯與他接觸過，上官盛願意支持冠軍侯，但他的話不能全信。」

「這麼說來，東海王的根基反而最穩了？我跟他聊過，他肯定會與崔太傅和好如初。」

「所以倦侯最後的對手肯定是東海王，眼下的對手則是冠軍侯，我本來非常擔心北軍，所以冠軍侯為洩私憤催促北軍進攻匈奴人時，我沒有特別反對。可倦侯做得更好，如果倦侯真能將北軍拉攏過來，則大事無憂，最起碼也要讓北軍分裂，不能專心支持冠軍侯。至於宿衛八營和上官盛，交給我好了，我不敢保證他們會支持倦侯，至少能讓他們置身事外。」

「東海王……東海王……」韓孺子想起自己其實曾經有機會殺死這名對手的，然後他笑著搖搖頭，塞外是他拉攏人心的地方，輕易不能殺人，尤其不能殺死自己的弟弟，他沒什麼可後悔的。

兩人一邊分析大勢，一邊制定計畫，心中越來越有數，中午連飯都沒吃，午後不久，一位客人打斷了兩人的交談。

崔家二公子崔騰來了，之前他奉命去向父親求取一紙任命，不過一直沒有返回神雄關，原來是跟隨父親回京了。

一進屋他就大聲嚷道：「妹夫，你可太厲害了，居然將北軍給弄回來了，快跟我逃跑吧，待會就會有人來抓你啦！」

第二百零六章 勤政殿對質

崔騰風風火火地跑進來，瞥了一眼楊奉，既不認識也不在意，拽著韓孺子就要往外拖，「我已經準備好了，馬匹、乾糧、金子，足夠咱們出去躲幾個月……」

「等等。」韓孺子一隻腳抵在門檻上，全身用力，勉強抵消了崔騰的拉扯，「先把話說清楚。」

「你自己做的事情，讓我說清楚？再不跑，可就來不及了。」崔騰又拽了兩下，發現妹夫的力氣不小，只好鬆手質問道：「北軍是不是你調來的？」

韓孺子當然不會承認，「從頭說，北軍回京了？」

「對啊，還沒到京城，正在路上，前鋒軍離白橋鎮只有兩三日路程，南軍正要退後三百里，就聽到了這個消息，我父親快要氣瘋了，已經下令全軍布陣，絕不讓北軍經過白橋鎮，他還說要向朝廷參你一本，這回你逃不掉了。」

崔騰又伸過手來，韓孺子讓開，退後兩步，「北軍回京，崔太傅為何要參我一本？」

「因為是你將北軍調回來的啊。」崔騰一臉的驚奇，不明白這有什麼疑問。

「我若調回北軍，幹嘛自己跑在前頭？跟隨北軍一塊回來豈不是更好？」

崔騰張口結舌，尋思了一會，「也對，我本來還想帶你兜個圈子，繞開南軍，投奔北軍的，那……北軍幹嘛回京？是誰下的命令？」

「別急，後續消息應該很快就會到。」

「妹夫不逃？」

韓孺子搖搖頭。

「我怎麼辦？我從父親那裡偷出不少金子，他不會饒過我的。」

「你先留在我這裡吧。」韓孺子神情一端，「崔騰，我派你去南軍求助，你怎麼一直沒回神雄關？」

崔騰臉色都變了，雙手連擺，「妹夫，不關我的事，我讓父親發兵，或者給我一紙任命，結果他給了我一腳，還讓人打了我幾棍，說我是個蠢貨，把我留在軍中不讓走，直到昨天才沒人看著我。」

韓孺子沉吟片刻，「好吧，算你無功無過。」

崔騰長出一口氣，對他來說，父親的處罰不算什麼，唯獨妹夫的滿意才重要，「北軍真不是你調回來的啊，我還以為你要做大事，所以馬上跑來……」

「我當然要做大事，你沒聽說過諸子爭位嗎？」

「聽說過，那是玩笑吧，誰會當真？從來都是皇帝選大臣，哪有大臣選皇帝的道理？」

「崔太傅也不當真嗎？」韓孺子扭頭看了一眼楊奉，楊奉坐在書架旁邊，沒有參與交談。

「我父親說了，別管京城怎麼折騰，只要他還是南軍大司馬，崔家就沒什麼可擔心的，他曾經犯過錯誤，今後再也不會交出官印，至於誰當皇帝，他都不在乎。也是由於這個原因，他才對北軍返京之事特別憤怒，以為你要偷襲南軍。」

韓孺子正要開口，曾府丞慌慌張張地跑來，他過了一段舒心日子，自從倦侯回來，他就預感到大事不妙，只是沒料到事情來得這麼快，「倦、倦侯，來人、來人啦！」

「什麼人？來有何事？」

府丞發了一會呆，「是、是官差……等我去問問。」

府丞匆匆跑出去，崔騰指著他的背影大笑道：「好一個糊塗蛋，連來人是誰都沒問清楚就敢來通報。對了，我的馬和金子還在外面呢，別讓人偷走了。」

崔騰拔腿就往外跑，速度比府丞還快。

韓孺子轉身道：「冠軍侯的底細，很快就能知道了。」

北軍返京是冠軍侯最大的考驗，他若是應對不當，極可能失去到手的巨大優勢。

楊奉點點頭，「那是崔騰吧？」

「對。」

「他可信嗎？」

韓孺子想了想，「這個人不好說，今天跟我是朋友，明天一言不合就會反目成仇，但他不虛偽，不會演戲，這次跑來『救』我，應該是真心實意。」

「好，讓他回南軍。」

「嗯？」

「他留在這裡對你毫無幫助，在南軍或許能給你通風報信。」

「可他騙不過崔太傅……」

「何必要騙？北軍返京，南軍必然要留在懷陵縣，崔宏很快就會主動傳信給你了。」

韓孺子明白過來，又道：「崔騰說大家都不將諸子爭位當真……」

府丞又跑回來了，氣喘吁吁地說：「是兵部的公差。」

「找我有什麼事？」韓孺子問。

府丞又是一呆，咽了咽口水，「我再去問。」

府丞為吏多年，也算是經驗豐富，還從來沒這麼丟三落四過。

崔騰雙手提著包袱走來，包袱不大卻顯得很沉重，與府丞擦肩而過時，他笑出了聲，來到書房門前，將包袱扔在地上，長出一口氣，「金子真沉啊。妹夫，沒事了，我幫你說清楚了，門外是兵部的幾名小吏，接到消息說北軍南歸，跑來這裡向你質問，我將你說過的話轉述給他們，他們一個個全傻眼了，已經告辭，托我給妹夫道歉呢。」

「崔騰，你得回南軍。」

「啊，為什麼？我是逃出來的，回去之後父親肯定又要揍我。」

「你妹妹昨天被叫到皇宮裡，據說要很久之後才能出來，我需要……」

崔騰怒容滿面，「太后拿我妹妹當人質嗎？這可不行，我明白了，我這就回去，拚著再挨一頓打，也得讓父親出面，將妹妹要出來！」

「如果我猜得沒錯，你這次回去不會挨打。」

崔騰深吸一口氣，雙手拎起包袱，艱難地向外走，在庭院中間又與府丞相遇，他實在累了，鬆手扔下包袱，大聲道：「先存在這裡，有斤有兩，以後得還給我！」

崔騰跑了，府丞看著腳邊的包袱發了會愣，急忙跑到書房門前，「兵部的人走了。」

「嗯，我知道了。」

「可是宮裡又來了幾個人，請倦侯去一趟。」

「去宮裡？」

「去勤政殿。」府丞這回問清楚了。

「他們有聖旨？」

府丞搖頭，「他們說是宰相大人請倦侯去一趟。」

「好，讓他們等一會。」

府丞實在跑不動了，一半是累的，一半是嚇的，提著衣襟向外走去。
韓孺子回到書房裡，坐在椅子上，向楊奉道：「有什麼提醒嗎？」
楊奉想了一會，「表現最激烈的大臣，有可能是冠軍侯最堅定的支持者。」
韓孺子點點頭，坐在那裡看了會書，府丞又跑來三次，每次都是看一眼就走，沒敢催促。
韓孺子出發的時候天色將晚，門外的幾名太監急得不行，立刻請倦侯上馬，護送他前往勤政殿。
勤政殿裡點上了蠟燭，幾名重臣今晚別想準時休息了。
宰相殷無害、右巡御史申明志、禮部尚書元九鼎、吏部尚書馮舉、兵部尚書蔣巨英等人都在，還有幾位大臣。韓孺子看著也都眼熟，共是十人，正在討論什麼，看到倦侯進來，全都閉上嘴。
寶座上空無一人，聽政閣前也沒有太監、宮女把守，說明太后不在。
「諸位大人召我前來有什麼事情？」韓孺子問道。
已經公開表示支持冠軍侯的宰相殷無害，反應卻一點也不激烈，笑著走來，「一點小事，之前有些誤解，現在弄清楚了。」
「離一清二楚還遠著吧。」一名大臣厲聲道。
殷無害停下腳步，略顯茫然地看著這位同僚。
插言者是右巡御史申明志，他長著一張嚴峻的瘦臉，這時更顯陰沉，「倦侯想必已經聽說，本應駐守在塞外的北軍，突然無召而歸，宣稱要為北軍大司馬討說法，還說他們是在護送匈奴使者前來和談。」
「聽說過一些傳言。」韓孺子有些意外，申明志一向是骨鯁諫臣的形象，在朝中很少拉幫結派，居然會歸順冠軍侯。
「那倦侯有沒有聽說過這樣的傳言：說是有人挑撥北軍將士作亂，卻嫁禍給冠軍侯？」

「有這種事？」韓孺子露出驚訝的神情，然後重重地嘆了口氣，「果然不出我所料。」

「你料到什麼了？」申明志快步走來，比殷無害還靠前一點。

「左察御史蕭聲，他突然前往神雄關，卻沒有攜帶聖旨，言行古怪。當時我就覺得有異，可他有大都督府以及兵部的公文，我也沒辦法，只好離開。沒想到他的野心如此之大，居然挑撥北軍將士。我也有錯，不應該輕易離開神雄關，以至北軍落入奸人之手。」

殿中眾臣一個個目瞪口呆，殷無害苦笑道：「此事另有原因，肯定不是蕭大人所為。」

「有殷宰相擔保，蕭大人應該沒問題，必定是我猜錯了，希望諸位大人不要放在心上，以後也不要對蕭大人提起。」

申明志臉色越發陰沉，「北軍返京，與倦侯沒有一點關係嗎？」

「我是宗室子弟，又曾與北軍共守碎鐵城，要說關係，總該負一點責任，諸位大人需要我去勸說北軍將士嗎？他們或許能聽我說幾句。」

「我跟倦侯一塊去。」冠軍侯從殿外大步走進來，身穿全副盔甲，只是沒有帶兵刃，「也請諸位大人同去，北軍返京的真相為何，很快就能水落石出。」

冠軍侯走到韓孺子身邊，冷冷地盯著他。

第二百零七章　糧倉

滿倉是一座大城，城牆多達三層，由內向外一層比一層矮，最外層只有一人多高，而且是土牆，可是與護城河配合，仍能極大地阻滯敵人的進攻，總之，這座城的防護遠遠超出一般城池。

顧名思義，滿倉城裡囤積著大量糧草。

為備不時之需，大楚在前朝遺留的基礎上，修建了數座囤糧之城，分布在東南西北各處，滿倉即是其中之一，位於京城以北二百多里的一小塊平原上，城內密布著糧倉與草場，一旦天下有變，單憑城中的糧食，整個關中地區就能堅持十年之久。

自從太祖定鼎以來，大楚出現過幾次危機，滿倉也數度做好了開倉的準備，但都無疾而終，除了定期處理陳糧、向各軍供應少量糧草之外，從未大規模開倉，即使飢民遍地，也與滿倉無關，它的職責是在動亂時期供養朝廷，賑災自有其他措施。

滿倉不在返京的必經之路上，往東偏了幾十里，柴悅指揮北軍南歸的時候，第一目標不是京城，而是這座囤糧之城。

大軍真回到京城，柴悅也不知道該怎麼辦，總不能真與南軍開戰，所以他選擇滿倉，既解決了過冬的糧草問題，又能靜觀京城事變，等待鎮北將軍下一步指示。

前鋒軍由督軍蔡興海率領，共是三千人，直奔滿倉城。

在城外，蔡興海命令全軍停在五六里之外，只帶數十名士兵前去叫門，聲稱自己是北軍糧草官，前來支取本月糧草，後方盡是運糧的勞力。

守城楚軍還是比較謹慎的，今年不太平，到處都有飢民暴亂，過去的幾個月裡，滿倉受到了三次攻擊。軍官出城，仔細檢查了蔡興海等人的文書，一切無誤，全有北軍大司馬的印章，軍官抱怨道：「光來取糧，就不能派點人支援我們嗎？」

蔡興海嘿嘿笑道：「誰不盼著躺在滿倉城裡睡大覺啊，可朝廷不發話，想來也沒用。」

滿倉城門大開，蔡興海派人去內城交接文書，自己留在外城門下，等候「運糧」隊伍到來。

三千北軍疾馳而至，守城軍官目瞪口呆。

不到半個時辰，蔡興海已經佔領滿倉，客氣地請城中官吏繼續辦公，「你們是主人，我們是客人，好比大雨傾盆，我們來屋檐下避避雨，你們在屋子裡該幹嘛幹嘛，不用搭理我們，就當我們不存在。」

可這群客人有刀有槍，光是三千前鋒軍，數量就已超過城中全部守軍，官吏們不明所以，只好點頭應允，躲在衙門裡埋首辦公，真的假裝北軍將士不存在，但是悄悄派人去向郡守以及京城通報情況。

北軍陸續趕到，一半進駐城內，一半在幾十里以外的官道附近紮營。進可攻，退可守，柴悅等主要將領都留在城外，韓孺子的部曲營則去守衛滿倉。

大軍紮營的第二天，南軍使者到來，警告北軍立刻退回神雄關以北，劉昆升早已準備好一封信，請使者帶給南軍大司馬崔宏，他在信裡聲稱北軍疲憊，請南軍去塞外換防。

第三天，消息說南軍北上，佔據各處要塞。

第四天，京城的書信雪片般飄來，有相關部司的質問，有各勳貴家族的詢問，更多的是命令，有的直接命令北軍，有的命令相熟的親朋好友，要求他們盡忠職守，返回塞外，殺敵立功。

柴悅並不阻止信使，而是向眾將暗示，京城已經被南軍控制，所以大家眾口一詞，對北軍的要求與崔宏一樣！

第五天，北軍大司馬的使者到了，攜帶冠軍侯的親筆信，使者還向眾將口頭表示，京城正在選立新帝，冠軍侯十拿九穩，北軍不可在這種時候添亂。

在北軍將士看來，這都是南軍脅迫的結果，也有人覺得事情沒這麼簡單，可塞北正是大雪紛飛的季節，糧草難以為繼，誰也不願意離開身後的大糧倉，前去守衛一座孤城。

「匈奴人與鎮北將軍和談，已經北上過冬，咱們去塞外幹嘛啊？」

「朝廷運轉不暢，對塞外的支援一直不夠，滿倉有糧，每次只肯發送一點，北軍若是再次出塞，還不得餓死在外面？」

北軍將士此時就如同一名叛逆的少年，本來心中就有不滿，覺得自己受到冤屈，受到各方的指責之後，不滿情緒沒有減弱，反而水漲船高。

尤其是還有柴悅和劉昆升在推波助瀾，這兩人一位是受全軍將士敬仰的將軍，一位是把持大司馬印的北軍都尉，很容易取得將士們的信任。

伴隨大量書信來到北軍營中的，還有數不盡的傳言，現在人人都知道諸子爭位了，而且知道冠軍侯與鎮北將軍都是參與者，他們很高興，覺得無論誰當上皇帝，對北軍都有好處。

韓孺子的信來得比其他人稍晚一些，不是一封，而是十幾封，分別送給不同的人，有一些自認為與鎮北將軍不太熟悉的將領，也接到了信，在此之後，他的信幾乎每天都有。

信的內容都差不多，先回顧北軍在碎鐵城的艱苦戰鬥，大部分北軍是後去的，但他們的確在最關鍵的時刻穩定了軍心，接著表示理解北軍南歸的舉動，最後聲稱他與冠軍侯關係融洽，兩人有可能一塊來北軍。

「冠軍侯與鎮北將軍聯手爭位，一個當皇帝，另一個就當宰相，或者兵馬大都督。」類似的傳言馬上便傳開，就連幾十里以外的滿倉城都聽說了，守城官吏再也不能視而不見，走出衙門慰問北軍將士，悄悄打探京城密聞。

冠軍侯與鎮北將軍遲遲未到，北軍佔據滿倉半個月之後，正好是元月初一，進入無為二年，深宮裡的皇帝雖然快被人遺忘，朝廷也一直沒有旨意頒布，各地還是按慣例慶祝新年。

困在北軍營中的左察御史蕭聲就在這一天重獲自由，立刻上路奔向京城，帶著數百名隨從與衛兵，還有他在北軍營中的所見所聞。大部分北軍將士不瞭解爭位的真相，支持的目標仍是冠軍侯，可是在蕭聲眼裡，北軍已然變質，完全投向了鎮北將軍，他得提醒冠軍侯小心提防。

京城裡，冠軍侯雖然在勤政殿公開聲稱要與倦侯一塊去北軍對質，卻一直沒有成行，等得越久，冠軍侯越覺得北軍暗藏陷阱。柴智已死，他在北軍找不到值得信任的心腹之人，而且中途還得經過嚴陣以待的南軍地盤，同樣不安全。

韓孺子經常催促，但他並不著急，冠軍侯當時沒有立刻出發，他就知道此人色厲內荏，不足為懼。他受到耽擱，不能去函谷關見大將軍韓星，只好等年後再說。

元月初一，韓孺子派人給宮中帶去許多禮物，分別送給太后、母親王美人與夫人崔小君，連東海王的母親崔太妃也有一份。

除了崔小君，其他人都沒有回禮。

冠軍侯那邊還在猶豫不決，一品大臣的推舉也沒有得到，韓孺子與楊奉卻沒有閒著，每天都在分析情況，開始拉攏國子監和太學的師生。

「如無意外，宰相致仕，繼任者必是兩位御史之一，左察御史主管京官，機會更大一些，可右巡御史申明志同時還是武帝指定的顧命大臣，機會不小，他支持冠軍侯，那就是對宰相之位志在必得，與蕭聲必有一場好鬥。」楊奉此前一直輔佐冠軍侯，但是後期地位下降，許多事情都沒有參與資格，只能依靠猜測。

「冠軍侯若是登基，殷無害即是立下大功，他還會放棄宰相之位、致仕返鄉嗎？」韓孺子尤其猜不透殷無害的底細。

楊奉猜到了，「這正是殷無害老奸巨滑之處，他的計畫大概是這樣：放出口風，聲稱冠軍侯登基之後，自己心願已了、年事已高，將會交出丞相之印，然後稍加暗示，讓兩位御史都覺得自己有可能接替丞相之位，於是爭著為冠軍侯做事，以立大功。」

韓孺子一點即透，「殷無害什麼都沒做，只憑一份未來的許諾，就使得兩位重臣全力支持冠軍侯，事敗，是蕭聲與申明志的責任；事成，首功歸於殷無害，他根本不會交出丞相之印。」

「他會交的，但冠軍侯不會同意。」楊奉對這種君臣之間的推讓把戲見得多了。

「能對申明志和蕭聲挑撥離間嗎？」

楊奉搖頭，「咱們還是得從頭做起。」

楊奉列出一份名單，多達百人，都是國子監與太學的博士或弟子，有名滿天下的大儒，也有默默無聞的年輕書生。

韓孺子先是派人去各家送拜帖，結果卻不樂觀，大多數人都有回帖，但是無一例外地拒絕倦侯來訪或應邀來倦侯府，理由千奇百怪，最簡單的只有兩個字：莫來。

楊奉沒有死心，一進入元月，就向各家送禮。

事情在元月初四發生了轉機，此前一天，左察御史蕭聲返京，在朝中引起一陣不大不小的騷動，楊奉正到處打聽蕭聲對冠軍侯說了什麼，一位有名的大儒不請自來，登門拜訪倦侯。

郭叢曾經給皇帝講過經典，與劉昆升一道將太祖寶劍送給大都督韓星，事後返鄉避世，不肯領功，也不見任何人。

前些日子，郭叢悄悄回到京城，知道的人不多，在家裡待了幾天，他拜訪的第一個人就是從前自己避而不見的倦侯。

這位講經時極盡含糊其辭之能事的大儒，此番拜訪卻是直截了當，互相見禮，進入書房之後，他說：「為大楚江山著想，請倦侯退出帝位之爭吧。」

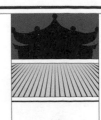

第二百零八章 讀書人的立場

一年前離開京城的時候，郭叢便打定主意要從此隱居鄉間，兩耳不聞天下事，可事情長了腿，會自己找上門來。

當韓孺子還在塞外遙望京城、對宮中發生的事情苦思冥想而不得要領之際，同樣遠離京城的郭叢，已經聽說諸子爭位大致的情況。迫不得已，與兩名送信的學生上路，一個月前回到京城，未入舊宅，而是借住在朋友家中，閉門不出，只接待過寥寥幾名拜訪者。

饒是如此，這位垂垂老矣的大儒，對京城形勢的瞭解仍遠高於一般大臣。

郭叢身體不好，韓孺子命人搬來舒適的軟椅給他坐，楊奉有自己專享的一張椅子，在書架旁邊，離書桌後面的倦侯相對遠些，能夠不著痕跡地脫離交談，也可以隨時加入。

僕人退下之後，書房裡只有他們三人，郭叢默認了楊奉的存在，開始勸說倦侯退出帝位之爭。

韓孺子沒料到郭叢的到訪，更沒料到他會向自己直白地提出這樣的要求，想當初，為了讓這位老師傅在講經時多說一點內容，還是皇帝的韓孺子費了多少精力啊。

他沒有生氣，微笑道：「為了大楚江山？我何德何能，參與爭位竟然會影響到大楚江山的安危？」

郭叢呼吸粗重，讓韓孺子想到了老將軍房大業，但是有區別，後者粗重而有力，像是正被用力拉扯的風箱，前者粗重而綿軟，總像是人生中的最後一次。

「大臣選擇皇帝？不不，自古以來沒有過這種事情，大楚絕不能開這個先例。」

韓孺子手邊有一本史書，裡面記載著上古時期的事蹟，頗多荒誕不經，但是正如楊奉所說，裡面有幾段記載，換個角度想的話，很像是大臣在選帝王，經過寫史者的粉飾修改後，變得隱諱不清。

韓孺子沒有向郭叢推薦這本史書，說道：「請郭老先生相信，我也絕不想開這種先例，可形勢如此……」

「形勢可以改變。」一向儒雅到有些懦弱的郭叢，這時卻顯出幾分咄咄逼人，「如果爭位的皇子只有一位，那就不是大臣選擇皇帝了。」

韓孺子看了楊奉一眼，忍不住笑了，心中有很多疑惑，決定先提最古怪的一個，「大臣選皇帝這種事雖然古怪，不合禮儀，但是對大臣很有好處，郭老先生為何反對呢？」

「問題就在這裡，倦侯剛剛將『不合禮儀』四個字說得多輕鬆啊，可這不是蟻穴，這是潰堤，此前歷朝歷代莫不亡於此，大楚絕不能重蹈覆轍。就因為選帝對大臣有好處，我才反對，大臣一旦嘗到甜頭，將很難放棄，以後的皇帝都將由大臣選立，倦侯接受嗎？」

「嗯……未嘗不可。」韓孺子其實沒想過那麼遠的事情。

「如果大臣們選出的皇帝不姓韓呢？」

「不至於吧。」

「大權在握，為何不用？選出異姓皇帝還不是最差的結果，大臣僭越帝權，自然就有人僭越臣位，以下犯上將會成為慣例，最終人人都選自己當皇帝，天下大亂，四分五裂，大楚亡矣，中原也將從禮儀之邦淪落為豪強之地。」

郭叢真是一名腐儒，韓孺子有點厭倦這場交談了，他好像又回到了從前，在凌雲閣裡聽課聽得昏昏欲睡，可他現在畢竟有選擇了，於是打斷老先生的禮儀之談，說道：「好吧，皇帝不可由大臣選擇，可是為什麼非得讓我退出呢？郭師覺得我不配做皇帝？」

郭叢長嘆一聲，猶豫了一會，說：「倦侯會是一位好皇帝，可時機不對，我勸倦侯退出，也是為了救你一命。眼下的形勢很明顯，冠軍侯是前太子遺孤，已經取得多數大臣的支持，爭議最小、也合禮儀，冠軍侯天命所歸，選帝之權不算落入群臣之手。」

「還有東海王呢。」韓孺子心生怒意，但沒有顯露出來，他打算聽郭叢說完，這畢竟代表著許多文臣的看法。

「見過倦侯之後，我就去見東海王，勸他也退出。」

「郭師覺得東海王會同意？」

「總得試一試，如果不行，我就去勸說崔太傅，他之前已經有意支持冠軍侯，回心轉意應該很容易，沒有南軍做靠山，東海王總該退出了吧。」

「我會考慮的。」韓孺子敷衍道。

郭叢當然能聽出來，他又嘆了口氣，「倦侯所依仗者，無非是滿倉城北軍，人人都說北軍效忠於倦侯，我卻不這麼認為，北軍勳貴子弟眾多，哪有父兄支持冠軍侯，而弟侄轉投他人的事情？傳言必不可信，已經有人前去查看事實，一旦真相大白，倦侯更無法取得大臣的支持，何必冒天大之險爭不可得之物呢？違時逆命、實不可取，莫不如急流勇退，安享富貴。」

這已經近於直接威脅了，卻是一個十分有力的威脅。在柴悅等人的配合下，韓孺子的確誇大了北軍對他的擁護，打算以此為基礎，在朝內尋求大臣的支持，反過來再展示給數百里之外的北軍。這是一個需要精細操作的遊戲，一步走錯，就可能導致北軍與大臣同時拋棄韓孺子。

迄今為止，出錯的都是冠軍侯，韓孺子一直在受益。他打量對面的老先生，推測此人及其追隨者的實力，

「郭師非支持冠軍侯不可？」

「我不支持任何人，只是冠軍侯稱帝，帶來的混亂最少。」郭叢頓了頓，「換成倦侯，我照樣不會反對。」

韓孺子大笑，當初他當皇帝的時候，唯一為他說過話的人是名太監，而不是大臣或者儒生，他站起身，「小子頑劣，沒有郭師教導，何知禮儀之重？不過，總得給我一點時間考慮考慮吧。」

韓孺子沒什麼可考慮的，但是除非必要，他不想當面拒絕。

郭叢費力地站起身，「倦侯儘管考慮，等北軍那邊傳來消息，倦侯再做決定不遲。」

郭叢再次重嘆，似乎想要說些什麼，搖搖頭，告辭離去。韓孺子親自送到大門口，回到書房裡，納悶地向楊奉道：「郭叢致仕多年，國子監裡又沒有幾位大臣，諸子爭位與他沒有半點關係，他為何出頭，跑來蹚渾水？難道真是為了所謂的禮儀？」

郭叢勸說韓孺子的時候，楊奉一直沒有開口，也沒有送行，這時露出微笑，好像剛剛打了一場勝仗，「倦侯應該高興，水面起瀾，意味著水下有魚，郭叢出面，則意味著大魚。」

「你得好好跟我解釋一下。」韓孺子徹底糊塗了。

楊奉站起身，走出幾步，突然停下，說：「勳貴講祖上，武將講軍功，江湖人講交情，商人講利益，文臣講仁義、講禮儀。」

「嗯。」韓孺子還是沒聽明白。

「文臣從何而來？」

「文臣……從讀書人而來。」

「沒錯，可讀書人千千萬萬，成為文臣的能有幾人？」

「不多，所以有科考、有薦舉，從眾多讀書人之中選拔可用之材。」

「文臣會忘記讀書人嗎？」

「不會吧？不會，史書上記載得很清楚，開國時用武將，守國時用文臣，文臣上位之後，總是大力提升讀書人的地位，前朝如此，本朝也不例外。」

「反過來讀書人也會影響文臣。」
「那些落榜的書生能影響朝中大臣？」韓孺子不太相信。
「讀書人不只是落榜的書生，還有拒絕參加科考的人，還有隱於朝中不願當大官的人，讀書人雖然無權無勢，但是數量眾多，口口相傳，他們掌握著文臣的名聲。」
韓孺子突然想起來，楊奉從前就是一名讀書人，這名太監不願意細說從前的經歷，可他對讀書人顯然非常瞭解。
「郭叢就是那個掌握名聲的讀書人？」
「別用掌握這個詞，那有點過了，但是郭叢肯定很有影響力，否則的話，他也不會返京參與此事。」
「羅煥章呢？影響好像更大。」韓孺子想起了另一位講經教師。
「羅煥章影響很大，但他拒絕科考，與朝廷畢竟隔著一層，跟郭叢還是比不了。」
韓孺子想了一會，「可我還是不明白，讀書人為什麼要反對諸子爭位，這能提升文臣的地位，自然也就是提升讀書人的地位。」
無論如何，韓孺子不相信這僅僅是「禮儀」的問題。
「或許，郭叢這些讀書人感覺到了威脅，覺得他們最終會失去對文臣的影響。」
「被誰威脅？」
楊奉沒回答，陷入沉思，好像被什麼難題困住了。
「望氣者嗎？」韓孺子自己給出回答，他很佩服望氣者的本事，可是仍覺得楊奉有點過於高估這些人的實力了。
楊奉開口了，沒有提起望氣者，「郭叢的老奸巨猾不亞於宰相殷無害，倦侯剛才應對得很好，永遠不要當面得罪這種人。」

「恐怕這只是早晚的事。」

「不不，郭叢其實給倦侯帶來了好消息。」

「好消息？」

「嗯，郭叢說得很清楚，他不支持任何人，只是因為冠軍侯佔據優勢，他才希望倦侯與東海王退出。」楊奉頓了頓，「這說明郭叢根本不看好冠軍侯，這也是讀書人的立場。他還說北軍動貴子弟眾多，絕不會違逆父兄，這是在提醒倦侯，只有得到動貴的支持，你才能擊敗冠軍侯。」

韓孺子一呆，他可一點也沒聽出來郭叢的「善意」。

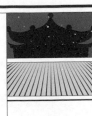

第二百零九章　宗室長輩

熬好的粥剛端出來，還沒有放在架子上，隊列就亂了，人人都往前擠，手中舉著木條，這是領粥的憑證。維持秩序的官兵揮舞棍棒，不分青紅皂白地一通亂打，隊列沒有恢復，只是增加了一片鬼哭狼嚎。

韓孺子勒住坐騎，停在路邊，看著城門外的混亂場景。

商縣不大，離京城也不遠，快馬加鞭最多半日就能到，是向東前往函谷關的必經之路，和許多地方一樣，商縣也有大量災民、流民，每天一次的施粥，對許多人來說是性命攸關的一餐。

數十名隨從停在倦侯身後，杜穿雲怒聲道：「好一群官府爪牙，我去給他們一點教訓。」

杜摸天伸出馬鞭攔住孫子，「少惹事，你打了官差一跑了之，這些百姓怎麼辦？今後你每天來施粥？」

杜穿雲啞口無言，可是又看不得老弱婦孺受欺負，只得對前邊說：「倦侯，快走吧，停在這幹嘛？」

「嗯。」韓孺子沒有動。

城門外的眾公差早已看到這隊人馬，知道是從京城來的權貴，但不認得身份，公差頭兒比較謹慎，悄悄命令手下的人收斂些，自己走來，抱拳笑道：「大人是從京城來的？有何公幹？」

韓孺子指著領粥的隊伍，「這裡有多少災民？每日需米多少？」

公差頭兒一愣，摸不透對方的底細，不敢得罪，茫然道：「災民……五百多人，需米……我不太清楚，這個得問縣老爺。敢問大人怎麼稱呼？我去給您通報一聲。」

「不必。」韓孺子拍馬進城。

他是應約而來。

郭叢登門拜訪之後不久，韓孺子接到一封信，大將軍韓星邀他來商縣會面。此前，楊奉以倦侯的名義給大將軍寫過數封信，這是第一次接到回信，是個好兆頭。

與崔太傅一樣，韓星也玩了一個小花招，於京畿之外與倦侯見面，不算回京，他選擇的時間也很微妙，在正月十五元宵佳節，也是冠軍侯迎娶新婦的日子。冠軍侯急於修復與崔太傅的關係，將成親的日子提前了。

縣城的街道兩邊張燈結彩，行人卻不是很多，韓孺子來到縣衙前，派人去通報。

出來迎接倦侯的人既不是韓星，也不是商縣縣令，而是一位郡守。

商縣以東直至函谷關，皆屬弘農郡，郡守卓如鶴是位駙馬，夫人是武帝之女、桓帝之妹、韓孺子的姑姑。

卓如鶴四十歲左右年紀，白面微鬚，出身於書香世家。韓孺子聽說過此人的名字，想必也在泰安殿裡見過面，只是沒什麼印象了。

卓郡守彬彬有禮，親自將倦侯迎入衙門後廳，本縣縣令沒資格露面，也不想參與這種事，在前面大堂上照常辦公。

兩人不熟，客套話自然多些，一杯茶喝過，僕人續水之後，韓孺子說道：「卓駙馬是與大將軍一塊來的？」

卓如鶴笑道：「本官巡視各縣災情，大將軍正在路上，很快就會到。」

韓孺子弄不清卓如鶴的用意，於是閒聊道：「我在城門外看到施粥，災民有五百多人，不算太多吧。」

「唉，這只是一小部分而已，有些進山為盜、有些前往他郡、有些留在鄉下，初冬的時候亂民最多，有七八千人，四處流動求取糧食，求不到就搶，還好各縣守衛得當，沒出什麼大亂子。」

「本郡遇到什麼天災？」

「要說天災，去年的雨水比往年少一些，倒也不是特別嚴重，入秋之後卻有陰雨，毀掉一些收成。」

「既然如此，糧食因何不足？」

卓如鶴笑了笑，似乎不太願意回答，拿起茶杯抿了一小口，說：「天災雖弱，人禍不斷。」

「都有哪些人禍？」韓孺子已經不是閒聊天了，打算問個明白。

「前年齊王作亂，朝廷大軍東征，天下騷動。弘農郡地處要衝，軍隊來往、糧草轉運皆從此過，地方都要接待，消耗不少。去年大軍北上與匈奴人作戰，全國徵收秋糧以供應邊疆，中間還有過一次地震，民力疲竭、糧價飛漲。」

韓孺子還是沒明白，「武帝時幾乎每年都有戰爭，沒聽說對民間影響如此之大。」

「武帝之前，唯有烈帝好武，規模不大，成、安、和三帝皆以休養生息為要務，有數十年儲積可供使用，武帝在位四十餘年，備戰十年才與匈奴人一戰，饒是如此，大楚的家底也幾乎消耗一空。如今突逢戰亂，事前準備不足，各地只好加重賦斂。」

「據我所知，滿倉糧草充足，各郡縣官倉也都有糧，為何不肯開倉賑災？」

卓如鶴又笑了笑，沒有直接回答，而是說道：「倦侯總督神雄關軍務，也曾為糧草發愁吧？」

「糧草不足，比匈奴人的威脅還要大。」

「倦侯向諸縣徵集糧草的時候，是不是希望立刻得到滿足、送來的越多越好？」

「當然。」

「這也是朝廷的想法，一紙令下，哪個郡縣準備的又好又快，則郡守、縣令立功；準備遲了、或者數額不足，則是重罪。所以，一旦預料到會有徵發，各地都要提前準備，以應對不時之需。」

韓孺子終於明白了，「先是齊王叛亂，後有匈奴人侵邊，大家都以為這會是一場持續數年的戰爭，因此要多多囤糧，以應對朝廷日後的徵收。」

「正是如此。」

「官府強行徵糧，以至各地暴民作亂，朝廷派軍平亂，又是一場不知何時才能結束的戰爭，於是各地更要囤糧，倉中有糧也不敢發放，怕的是明年、後年無糧可用。」

卓如鶴點頭，「還有一點，朝廷不穩，亂象已成，官民皆有自守之心，人人都想為自己儲備一點糧食。如此一來，糧價更貴，大楚似乎有糧、又似乎沒糧。」

「滿倉糧草足夠供應邊疆大軍，為什麼朝廷不肯拿出來使用，非得讓我從神雄關周邊徵發呢？」

滿倉在神雄關三百里以外，不屬於鎮北將軍的總督範圍，但韓孺子還是多次請糧，滿倉卻只肯按慣例每月供應少量糧草，甚至比不上周邊的一個小縣。

「滿倉是帝王之倉，非大楚之倉、非楚軍之倉、更非百姓之倉，只有……天子也感到餓時，才會動用。」

「沒有百姓就沒有楚軍，沒有楚軍就沒有大楚，沒有大楚……又何來的天子？」

卓如鶴起身，向倦侯拱手行禮，「倦侯睿智。」

一名僕人進來，卓如鶴道：「大將軍到了，請倦侯稍候，我去迎接。」

韓孺子獨自坐在廳內，還是沒明白卓如鶴到底想說什麼，這種時候，他覺得自己尤其需要楊奉。

楊奉留在倦侯府內，沒有跟來。

沒多久，韓星進來了，獨自一人，沒有隨從，卓如鶴也沒有跟來。

韓星是宗室長輩，韓孺子起身相迎，韓星笑道：「想不到馬邑城一別，竟在一座小縣衙內重逢，唉，整整一年，我唯一正確的決定就是讓鎮北將軍去守碎鐵城，換一個人，只怕後果不堪設想。」

「若沒有大將軍的支持，我與數千楚軍早已經埋骨碎鐵城了。」

韓星讓鎮北將軍總督碎鐵城、神雄關及周邊十縣軍務的那項任命至關重要，若非如此，韓孺子想服眾，會更加困難。
韓星笑著點頭，坐到椅子上，示意韓孺子也坐下，然後從袖子裡取出一封公函，放在桌上，推給韓孺子，「鎮北將軍應該需要這個。」
這是一封調遣令，命鎮北將軍回京向兵部、大都督府報告邊疆軍情。大將軍韓星自己不能無故回京，但是可以將麾下的將軍送回京城。
韓孺子起身致謝，他的確需要這紙調令，否則的話，他在京城的身份終究是個麻煩，全因宮內不肯批覆奏章，才暫時無事。
可這不是韓孺子來此與大將軍相會的真正原因，「我寫的信，大將軍都收到了吧？」
那些信是楊奉寫的，韓孺子都看過，加蓋的也是他本人的印章。
韓星點頭，「我真是老了，居然還能碰到這種事情，諸子爭位……誰出的主意？」
「據說是一些望氣者，他們說服了太后。」
「唉，世事難料，就在十幾年前，誰敢稍微表露出一點對帝位的關心，哪怕是私下裡表露、哪怕只是問一聲皇帝安否，都有可能惹怒武帝，落得個家破人亡的結局，現在倒好，皇帝還在宮裡呢，『爭位』這種說法竟然能夠堂而皇之的四處傳揚，誰也不覺得這是大罪。」
「大楚需要另一位『武帝』。」
韓星探過身來，「不是大楚，是韓氏。女主專權、宗室衰落，這才幾年工夫啊！等咱們死後，有何面目去見太祖？」
韓星在朝中向來沉默少言，以清靜無為著稱，此時居然說出這樣一番話，韓孺子很是驚訝，「大將軍反對諸子爭位？」
「爭位可以，但不能由一群江湖術士做主，太后真是瘋了。」

「大將軍的意思是……」

韓星笑了笑，「宗室需要團結，冠軍侯忘了自己的姓氏，一心依靠大臣。可還有倦侯，還有……其他人，韓氏枝繁葉茂，哪怕只有一小部分子弟齊心協力，也能保住大楚江山。」

韓孺子隱約猜到了什麼，但這可不是他與楊奉的期望。

韓星拍了兩下手掌，外面又走進來一人。

東海王向韓孺子拱手笑道：「兄長，你會原諒我吧？」

第二百一十章　老實人發怒

東海王求親成功，很快就將迎娶譚家的女兒，相比於冠軍侯與崔家的聯姻，這樁婚事不是很受關注，東海王與譚家人聊過幾次，得到不少承諾，也許下更多的承諾，頗有些幫助，但他覺得遠遠不夠。

冠軍侯已經取得超過半數大臣的公開支持，譚家對朝堂的影響相當廣泛，卻不能立竿見影，許多大臣固然虧欠譚家，但是在選帝這種大事上，誰也不會輕易用來還人情。

僅僅依靠譚家，不等群臣被說服，冠軍侯早已經登基了。

東海王仍要與譚家聯姻，但也要制定一個見效更快的計畫。

「韓氏子孫都被齊王之亂給嚇壞了，京城出這麼大的事情，竟然沒幾個人敢挺身而出。」東海王走進廳內，背負雙手，嘆了口氣，「咱們兩個是桓帝之子，若不聯手拯救宗室，韓氏真要完蛋了。」

韓孺子看向大將軍韓星。

韓星道：「碎鐵城發生的事情我都聽說了，東海王做得不對。」

東海王臉上一紅，若是從前，他當場就會發怒，才不管韓星地位有多高、輩份有多老，現在卻只能訕笑兩聲，不敢發作，還得承認錯誤，「老實說，我膽子小，近不得戰場，一看到漫山遍野的匈奴人，心就怯了，聰明才智也沒了，可是只要遠離戰場，我就能恢復正常，認識到自己的錯誤，也看到了你和柴悅的正確。」

「京城就是戰場。」韓孺子說。

東海王笑道：「這兩種戰場不一樣，京城這種我不怕，反而……就讓我自誇一句吧，如魚得水！你需要我的幫助。」

「幫助我什麼？」

「幫助你聯絡宗室子弟和勳貴家族。」

「我能幫你什麼？」

東海王看了一眼韓星，含笑不語。

韓星在椅子上挪了挪身體，「宗室子弟眾多，卻缺少一位首領。冠軍侯不行，因為前太子之死，他對宗室似有怨恨，而且，對宗室來說，最好的選擇就是承認武帝生前所做的一切決定，包括幾次改立太子。所以，唯有桓帝才是正統，除此之外再無旁人，也唯有倦侯與東海王才有資格成為宗室之主。」

韓星各看了兩人一眼，「東海王年幼些，危機時刻沉不住氣，難堪大任，那就只剩下倦侯。」

東海王臉色又是一紅，這回他沒有辯解。

韓星繼續道：「宮變之時，倦侯幾乎憑一己之力擊敗逆賊，在碎鐵城又成功擋住了匈奴人。」

「那是因為匈奴人想要和談。」

「倦侯不必過謙，若非你守住了碎鐵城，匈奴人很可能已經長驅直入，根本不會選擇和談。」

韓孺子笑了笑，不再謙虛。

韓星坐在椅子上，仍是一副老態龍鍾的樣子，卻有幾分大權在握的威嚴，不再是那個唯唯諾諾的宗室老臣，「倦侯大概會問，為什麼太后廢帝之時，宗室沒有人站出來說不。」

「我確有此惑。」這時候韓孺子假裝糊塗就是虛偽了。

「形勢所迫，倦侯，你在宮裡的時候，看到太后被一群江湖人所脅迫，以為太后很容易對付，可是在宮外，我們所看到的太后一點也不軟弱。借助平定齊王之亂，太后討好了大臣，提拔了一大批刑吏，將宗室打擊得遍體鱗傷，她唯一的失誤就是太相信上官皇太妃，以至於身邊出現漏洞。但她的根基已經奠定，宗室自保尚難，更不用說保護倦侯。東海王說得對，宗室子弟，包括我在內，都被嚇壞了。」

韓孺子想了一會，「又是什麼原因，使得宗室不再害怕了呢？」

「絕路。」韓星雙手按著扶手，東海王急忙上前，幫助大將軍坐直，韓星繼續道：「太后要的是傀儡，所以她最忌憚宗室，即使神志不清，她也寧可將權力轉交給大臣和一批江湖術士，而不是還給韓氏子孫。」

「太后為什麼會……變瘋？」韓孺子對這件事一直很好奇，楊奉知道的內情卻不多。

「據說是因為當今天子得了怪病，太后心中惶恐，以為自己受到鬼魂的報復，所以……原因不重要，可太后的瘋狂之舉，一下子將宗室逼到了絕路。諸子爭位？這種事情若是開了頭，大臣們將成為大楚真正的主人，韓氏所能提供的只是一個個傀儡而已。冠軍侯以為自己能在稱帝之後奪回所有權力，可我不看好他，冠軍侯缺少倦侯的魄力，他現在與大臣妥協，以後會一直妥協下去，直到將太祖留給子孫的江山丟得一乾二淨。」

老實人發怒往往有令人震驚的效果，韓星就是如此，他又一次按住扶手，不用東海王的攙扶，自己站了起來，「諸子爭位絕不可行，寧可烽火連天，也絕不能允許大臣把持朝政。」

大將軍韓星與大儒郭叢，分別代表兩個團體，本該涇渭分明，但反對諸子爭位的理由居然有幾分相似。

韓孺子沉默不語，他來尋求大將軍韓星的支持，結果對方卻比他更加激進，他反而要讓自己冷靜下來。

「宗室子弟都這麼想？」他問。

「我可以保證，只需倦侯振臂一呼，不算東海王，至少有五位諸侯王和十幾位宗室列侯會響應。」韓星說道，「這段時間裡他帶兵平定內亂，有機會見到京城以外的許多宗室子弟。」

東海王不再臉紅，上前補充道：「朝中大臣想操控帝位之爭，咱們就來個一鍋端，將大臣連同冠軍侯一塊除掉，讓他們知道大楚江山到底歸誰所有。」

韓孺子盯著東海王，「你還想讓我將帝位禪讓給你？」

禪讓是東海王之前提出過的一個條件，那次聯手以失敗告終，韓孺子卻不會忘記東海王的野心。

「呵呵，時移事易，我哪還有那麼大的野心？只有一個小小的願望，以後你若是覺得我還有些功勞，就將齊國併入東海國，我不跟你爭帝位，總可以多享受一點吧。」

「我得好好考慮一下。」韓孺子說，在與楊奉商量之前，他不會加入任何人的陰謀。

「你在擔心什麼？」東海王有點急迫。

韓星倒覺得倦侯的反應很正常，笑道：「應該如此，事前謹慎，臨陣方有真勇。我一個老頭子，說得再多也是空口無憑，倦侯儘管回京，自會有人登門拜訪，到時候你就會知道宗室對你的支持絕非空話，也不是只有我與東海王兩人。」

「京城現在是冠軍侯的地盤，消息一旦洩露，倦侯和我會不會有危險啊？」東海王問道。

「事關宗室存亡，沒人會洩露消息，心懷二意的人，我也不會找。即使事有萬一，冠軍侯與大臣也不會動殺機，他們一定要將諸子爭位進行下去，沒有競爭者，爭位就成了笑話。」

韓孺子很想將郭叢的計畫說出來，那位大儒的想法就是勸退競爭者，令爭位名存實亡，話未出口他就放棄了，換個角度看，能得到宗室的支持畢竟是件好事，犯不著告訴他們一切。

「我還是需要大將軍的舉薦，至少能夠迷惑冠軍侯與大臣。」

「當然，現在就要嗎？這種東西可沒有人寫過，有格式嗎？」

「先不著急。」韓孺子道，所謂諸子爭位只是一個說法，許多細節還沒有敲定，他來見大將軍也只是想得到一個承諾，「有大將軍這句話就夠了，我會隨時與大將軍保持聯繫，您一直在函谷關吧？」

「今後的幾個月都在，如果換了地方，一定會讓倦侯最先知道。」

韓孺子起身，打算告辭，臨了想起一件事，「天下流民眾多，放任則威脅大楚江山，收攏或是一股強大的力量。如今南北軍在京北對峙，宿衛八營掌控皇宮京城，大將軍何不趁機收編流民，既能壯大力量，又能顯示宗室對百姓的關懷，一舉兩得。」

「此計大妙，我很快就會著手此事。」韓星笑道。

東海王與韓孺子一塊回京，他不怕被人看到，「咱們是親兄弟，誰能說什麼？」出了商縣縣城，領粥的災民已經散去，東海王與韓孺子並駕齊驅，對他說：「你給韓星出了多餘的主意，他答應得雖快，但不會多管閒事，去收編什麼流民。」

「即使大有好處，他也不做？」

東海王哈哈大笑，「這就是為什麼你需要我的原因，你太不瞭解韓星這種人了，他們一輩子都在坐享其成，最怕的就是麻煩，收編流民就需要更多的糧草，需要協調朝廷以及各地官吏，數不盡的麻煩。所以，即使有韓星和宗室的支持，咱們兄弟二人還是得自己努力，只有咱們成功了，他們才會死心塌地效忠。」

回到京城時，天已經黑了，一行人在城外的驛站過夜，將要休息的時候，韓孺子又問東海王，「林坤山怎麼沒跟你來？」

「嘿，你以為我還會再相信望氣者嗎？」東海王眨眨眼睛，告辭離去。

次日一早，韓孺子與東海王分開進城，一回到倦侯府，韓孺子就找來楊奉，將昨天會面的經過說了一遍。楊奉似乎一點也不意外，「走著看吧，看看到底有多少宗室子弟敢於得罪冠軍侯和朝中大臣。」

楊奉也有新消息，冠軍侯成親之後，諸子爭位終於被提上日程，三天之後，所有參與爭位的皇子皇孫將齊聚宮中，聽取爭位規則。

「或許這次我能見到真正的淳于梟了。」楊奉說。

韓孺子突然有一種感覺，楊奉對淳于梟的興趣，似乎比對諸子爭位更大一些，韓孺子沒有詢問，即使對楊奉，他也要有所保留。

第二百一十一章 第四名爭位者

韓孺子穿好衣服，等待出發，覺得有些無聊，向楊奉問道：「有些事情明明好處很多，為什麼就是沒人願意做呢？」

楊奉站在書架前，轉過身，手裡端著一杯酒，「因為壞處總是跟著好處一塊出現，先說說是什麼事情吧。」

「天下流民眾多，我建議大將軍收編流民，以官糧養民，既能平內亂、又能壯大實力，可東海王對我說，大將軍怕麻煩，只是表面贊同，絕不會真這麼做。」

「東海王說得沒錯，大將軍不會收編流民，但他不是怕麻煩，是怕猜忌。」

「猜忌？」

「民心是天下重器，好比一口寶刀，刀的主人可以隨意把玩，小孩子也可以碰一下，頂多受到訓斥，其他人觸碰，免不了會受到猜忌。如果是普通人，大家可能會笑話他不自量力，如果是位練過武功的高手，哪怕只是多看兩眼，也免不了被大家認為是別有用心。」

「民心是重器，大將軍是宗室重臣，地位越高，反而越不敢做事，更不敢『觸碰』民心？」

楊奉點點頭。

「嘿，大楚風雨飄搖，韓氏危在旦夕，他敢召集宗室子弟反抗冠軍侯，卻不敢收編流民？」

「反抗冠軍侯是在暗中進行，收編流民卻要公開。還以刀喻，大將軍造出一口寶刀，但他希望別人用這口刀去殺人，而不是他自己。」

「他找到東海王，東海王又找到我。」韓孺子冷笑一聲，這個道理他早就看明白了，「等我揮刀『殺人』，他們再將刀收回去。」

「不管怎樣，先把刀拿到手再說。」楊奉平淡地說，大將軍的支持是必要的，即使他別有用心，倦侯也得接受，起碼暫時接受。

府丞進來，微帶顫聲地說：「倦侯，宮裡來人……」

「知道了，我馬上出去。」

府丞告退，默默祈禱自己不要受到牽連。

韓孺子站起身，從書桌上拿起一枚竹製書籤，放在袖子裡，與楊奉一前一後走出書房，杜穿雲迎上來，「真的不需要護送嗎？」

「進宮是不能帶護衛的。」韓孺子說。

「這倒是一個將你們這些人一網打盡的好機會。」杜穿雲說話直，所謂的「這些人」是指有心爭奪帝位的幾位韓氏子孫。

韓孺子笑了笑，腳步未停。

外面停著兩頂轎子，韓孺子更喜歡騎馬，但轎子也不錯，可以坐在裡面獨自思考。

數名太監和十幾名皇宮宿衛護轎，一路前往皇宮，流民尚未影響到京城，街上行人眾多，到處還都留著新年的裝飾，只是熱情不再，露出宿醉之後的倦怠。

聚會地點並不在皇宮內城，而是勤政殿附近一排值宿房中的一間，有時候議政大臣們入夜之後不能出宮，就住在這裡。

房間不大，空空蕩蕩的，不僅沒有床鋪，連桌椅板凳也沒有，來者只能站立，這倒解決了一個不大不小的麻煩，沒有尊卑貴賤，所有人都不用排位了。

東海王已經到了，雖然聲稱自己不信任望氣者，他帶來的「軍師」還是林坤山。東海王衝孺子點了下頭，沒說什麼，林坤山卻走上前來，恭恭敬敬地拱手行禮，小聲道：「林某在碎鐵城不辭而別，萬望恕罪。」

「順勢而為，何罪之有？」韓孺子微笑道，林坤山笑著退回到東海王身邊。

冠軍侯很快趕到，也是只帶一個人，一進屋就向韓孺子和東海王拱手致意，笑容滿面地打招呼，絲毫沒有敵意。這是勝券在握者才有的大度。

韓孺子正常還禮，東海王卻假裝看不見，他實在沒法忘記冠軍侯與崔太傅曾經聯手想要除掉他。

冠軍侯的軍師也是一名望氣者，楊奉事前向韓孺子介紹過，此人名叫鹿從心，與其他望氣者一樣，從面容上看不出實際年齡，三十以上任何一個歲數都有可能，唯一的區別是神情比較嚴肅，不像林坤山等人那麼隨和。

「客人都到了，主人在哪呢？」東海王嚷道。

房門打開，又進來兩個人，一個是七八歲的小孩，一個是鬚髮皓白的老者。

孩子臉蛋胖嘟嘟的，不跟任何人打招呼，一進屋就到處亂跑，最後站在角落，抬頭看著滿屋子的大人。

老者向眾人拱手，笑道：「來遲一步，諸位海涵。」

「你是誰？」東海王驚訝地問。

「在下袁子凡，與林先生、鹿先生皆是淳于師門下弟子。」

又是一名望氣者，韓孺子、東海王和冠軍侯全都看向角落的陌生孩子。

望氣者袁子凡走到孩子身邊，介紹道：「這位是武帝幼子，受封為英王，諱鍈。」

三人全都愣住了，英王韓鍈，這個小孩子居然是他們的叔叔。

韓鍈靠牆站立，不說話，但是神情也不太怕人。

「他也要爭奪帝位？」冠軍侯忍不住開口了。

「武帝之子，應該有資格吧。」袁子凡笑道。

「武帝的兒子一大堆，難道都能爭位嗎？」東海王憤怒不已，桓帝的正統地位已被打破，沒想到又被踩上一腳。

「應該都能吧，不過據我所知，武帝諸子當中，只有英王對爭位感興趣。」

「這個……這個……」東海王狠狠地瞪了林坤山一眼，怪他事先保密，林坤山一臉無奈，表示自己也不知道，東海王終於想出反對理由，「當今天子是武帝之孫，繼位者只能是平輩或者晚輩，哪有選長輩的道理？以後太廟裡怎麼排位置？」

長輩韓鍈打定了主意不說話，撇著嘴唇往外吐泡泡。袁子凡護在他的側前方，笑道：「長輩繼位，前朝有過先例，至於太廟牌位的擺放，那是很久以後的事情了，總有辦法解決。」

東海王與林坤山、冠軍侯與鹿從心分別低頭小聲商議，韓孺子與楊奉互視一眼，都沒有開口。

片刻之後，冠軍侯說道：「爭位本來就是非常之舉，英王想要參與，也無不可。淳于師呢？怎麼還沒現身？」

「還有朝中大臣呢？一位也不到嗎？」東海王問。

房門再次打開，進來的正是那位釣魚翁。

「大臣要避嫌，就不參加此次聚會了。」釣魚翁笑道。

「皇甫先生。」冠軍侯顯然認得此人，態度很客氣。

「淳于梟不來嗎？」東海王道。

「淳于梟是在下用過的一個名字，真名皇甫益。」

東海王打量對方幾眼，「別矇人，我見過淳于梟，跟你長得不一樣，起碼沒有鬍子。」

宮變之前，崔家曾經接待過一位淳于梟及其弟子步蘅如，東海王可不會忘記，那個淳于梟自稱去勢，曾向儒生羅煥章宣稱要當沒有子孫拖累的皇帝。

皇甫益笑道：「淳于梟只是一個名字，誰用都可以。」

「可是能當『恩師』的淳于梟只有一個吧。」東海王說。

林坤山、鹿從心、袁子凡三人站在不同位置，這時同時向皇甫益鞠躬，「弟子拜見恩師。」

韓孺子看向身邊的楊奉，楊奉面無表情，似乎仍不認可這位「淳于梟」。

「之前那位淳于梟呢？跑哪去了？」東海王還不死心。

「他也是我的弟子之一，更常用的名字是林乾風，非常遺憾，前年他被官府抓捕，歷經折磨，死於獄中，當時用的名字是張可鴻。」

齊王造反失敗，官府四處抓捕望氣者。宮變之後，更是撒下天羅地網，許多人只是以算命為生，就被當成望氣者抓起來，活著出獄的人寥寥無幾。

一年之後，望氣者卻成為宮中貴客，令太后對他們言聽計從。

東海王眼珠轉了轉，嘆息道：「可惜，我對那位淳于梟印象挺好，林先生別誤會，就算他還活著，我也選你當軍師。」

林坤山只是微笑。

東海王大概是嫌氣氛不免緊張，向楊奉笑道：「楊奉，當初你抓過不少望氣者吧？」

「我很少抓活的，大都是就地處決。」楊奉冷冷地說，「可惜，時間太短，我沒能清除乾淨。」

楊奉離開皇宮之後，就失去了追捕望氣者的權力與人力，也就是在那之後，望氣者又逐漸重出江湖。

屋子裡的四名望氣者沒有生氣，他們或者微笑，或者不動聲色，皇甫益道：「天地萬物莫不借勢而為，勢既已去，萬物凋落，楊公所借之勢已去，莫要遺憾。」

楊奉沒再作聲，目光移開，打算只聽不說。

東海王小聲嘀咕道：「當著太監的面說『去勢』，嘿嘿……」

皇甫益開口道：「人已到齊……」

「等等。」韓孺子打斷望氣者，左右看了看，「人還沒齊吧，當今天子呢？太后呢？沒有他們，咱們站在這裡說什麼都是無用。」

「沒錯。」東海王附和道，「總不能你們幾位望氣者決定誰能繼位吧？」

皇甫益笑道：「是我的錯。」說罷，舉手拍了兩下。

房門再次打開，一隊宮女魚貫而入，並排站在中間，共是六人，全都捧著托盤，每只托盤擺著兩枚印璽。

「陛下有恙，太后正悉心照料，因此不能前來，特派出十二枚皇帝印璽以表明心意，諸位覺得可否？」

四名爭位者走過來察看，英王個子矮小，讓袁子凡抱著自己，伸手想摸印璽，被袁子凡阻止。

皇帝印璽共有十二枚，用途各不相同，韓孺子只認得一枚，最重要的一枚，可以用來頒布聖旨的那一枚。

他看到了，寶璽就在一名宮女的托盤上。

他再次看向楊奉，覺得真正的淳于梟必是這四名望氣者之一。

第二百一十二章 先帝之規

六名宮女退到一邊，手裡捧著的十二枚皇帝印璽形態各異，顏色也都稍有區別，像是十二位縮小了的先帝牌位，冷冷地監督著一切，要看看韓氏子孫究竟能折騰出什麼新花樣。

望氣者皇甫益，或也曾自稱淳于梟，他站在屋子中間，其他人或自覺、或不自覺地圍成圈子，傾聽他說話。他緩慢地原地轉圈，以顯示不偏不倚。

他說：「諸子爭位，由大臣選立新帝，聽上去十分稀奇，似乎是前所未有的怪事，可是請諸位聽我嘮叨幾句，上古之時，天下為公，堯、舜、禹三代禪讓，表面上是前帝指定後帝，其實真正的決定者是大臣，丹朱為堯之長子，未能取得大臣擁護，而失去帝位，舜終其一生為民操勞，始終接受大臣的監督……」

皇甫益說了許多，韓孺子瞥了一眼楊奉，就是在這名太監的指引下，他仔細看了一遍史書中的上古記載，意思與望氣者所言相差不多，只是史書將禪讓歸功於帝王本人的高風亮節，在皇甫益的層層剖析之下，真正起作用的是大臣，唯有取得大臣的支持，禪讓才能起作用。

楊奉對望氣者瞭解之準確，令韓孺子吃驚，甚至有一點恐懼。

「但是。」皇甫益話鋒一轉，「禪讓畢竟是上古之事，失傳已久。千年以降，帝位皆是父子相傳，天下以為定式。大楚定鼎百餘年來，帝位傳承不絕，可是自從武帝駕崩，棄群臣而升天，帝位乖亂，以至臣民無措、天下洶洶、不知所從，大楚由此傾危。在下稍通陰陽，幸得陛下、太后召見，上觀天象、下察地理，以為亂象有因……」

皇甫益接下來的話比較晦澀，各種怪詞滔滔不絕，總之只想說明一件事，帝位傳承的規矩該改一改了，沒必要全改，大楚江山歸韓氏所有，已為天下所公認，所以皇帝無論如何仍要在宗室之內產生，卻不一定是父子相傳，可以稍稍「復古」，由大臣選擇。

就這樣，在皇甫益的一番講解之後，諸子爭位、群臣選帝這件事，由標新立異變成復古之舉。

眾人聽得比較認真，韓孺子也是如此，倒不是被說得心服口服，而是想透過這些話弄清楚望氣者真正的目的是什麼。

皇甫益沒有露出任何破綻，他將一切功勞與想法都推給太后與重病的皇帝，望氣者頂多給予一點建議。最後，他終於說到了重點，「宗室子弟眾多，不可能都參加爭位，本來應該由宗正府做出選擇，可這是第一次，宗正府沒有經驗，不敢接手，只好由韓氏子孫自薦，也就是四位到此的原因。」

皇甫益繼續原地轉圈，向四名爭位者挨個點頭。

「今天並非爭位的起始，只是一次溝通與說明，我相信四位皇子、皇孫都已得到一品大臣的推薦，但是尚需一點憑證。倒也簡單，十日之內，請諸位拿到一品大臣的官印，交到勤政殿，讓幾位大臣看一眼。確認無誤之後，原物歸還，除此之外，再不需要一紙一字。」

東海王忍不住開口了，「要官印，還不如讓本人進京，官印離身，可是重罪。」

東海王瞧了一眼韓孺子，沒有指出這是一位奪印的天才。

皇甫益笑道：「無妨，四位可親自捧印前來勤政殿，驗過之後就可帶走，絕不在他人手中停留。」他頓了一下，「為了這次選帝，宮內已經兩個多月沒有批覆任何奏章，斷然沒有突然問罪的道理。」

東海王還是覺得不踏實，追問道：「比如……太師，我只需要拿到太師印，不需要領職的官印？」

「不需要。」皇甫益道。

正一品大臣只有五位，其中太傅、太師、太保位居三公，地位最高，卻沒有實權，只是虛銜，有印無府，命令不了朝廷中的任何人，如果兼領他職才有實權，對於崔宏來說，太傅之印並不重要，真正有意義的是南軍大司馬印。

皇甫益聲稱只需太傅之印，東海王稍稍滿意，不那麼疑神疑鬼了，雖然他真正的計畫是與宗室子弟一塊「造反」，但是對選帝之事也不能馬虎。

「接下來，有半年時間，諸位可以爭取大臣的支持。」

「半年？這麼久？」冠軍侯發問了，他已經取得大量支持，恨不得立刻就宣布結果，不願多等。

「公平起見。」皇甫益答道，神情稍顯嚴肅，「這是大楚第一次由大臣選帝，必須無懈可擊，讓任何人都挑不出毛病來。」

「我沒意見，一年也行。」冠軍侯聳下肩，想不出半年之內會有什麼事情能讓大臣改變主意。

「如果半年之內發生意外呢？」韓孺子問道。

能影響選帝的意外只有一個，大家都明白他的意思，皇甫益的神情更加嚴肅，「萬一陛下有事，太后暫時聽政，一如從前；如果太后也有事，則由勤政殿群臣執政，一旦選出新帝，立即歸還政柄。」

年幼的英王可能根本沒聽懂這些人在說什麼，站得久了，有些疲憊，扯扯望氣者袁子凡的衣角，袁子凡回以微笑，示意他再等一會。

韓孺子、東海王、冠軍侯互相看了一眼，在這一刻，他們都是韓氏子孫。站在同一立場上，聽出了這一規則的危險之處……大楚朝廷有可能在一段時間內完全由大臣把持，帝權本已削弱，經此一事，只怕更難奪回來了，即使是冠軍侯，也想在稱帝之後大權在握，將爭位與選帝徹底廢除。

「古時曾有大臣短暫執政，被稱為『共和』，還政之後，迎來的是一次復興。」皇甫益又用上「復古」這一招，然後微笑道：「何況這種事情不會出現，太后身體很好，諸位無需憂心。」

武帝的三名皇孫都不開口了，等著皇甫益繼續講解規則，一直沒開口的英王卻說話了，聲音稚嫩，還有一絲不耐煩，語氣有點衝，「要是半年之後我被大臣選中，現在的皇帝還活著，那該怎麼辦？」

韓孺子等人都看向這位「小叔叔」，懷疑問題是袁子凡教他提出來的。

這的確是一個問題，皇帝雖然病重，畢竟還有復原的可能。新帝選出，而當今皇帝仍在，將會非常尷尬。

皇甫益笑道：「太后對這種狀況已有考慮，若是聖上萬幸大癒，當然要繼續為帝，至於被選出者，將被立為皇儲，位比太子。」

「即使當今聖上有了子孫……」冠軍侯最為在意。

「也不能改立皇儲。爭位選帝並非權宜之計，也將是萬世之法。」皇甫益說道。

四位皇子、皇孫沒有一個人願意將這當成「萬世之法」，但是在望氣者面前，誰也不會提出質疑。

皇甫益繼續道：「大楚朝臣眾多，不可能所有人都參與選帝，需要劃定一個範圍，太后以為人數太多，反而無益。正五品以上的官員才有此權，閒官無事，對朝政缺少瞭解，品級再高，也不得選帝，必須是掌印的實封之官，才可參與大事。」

「那可沒剩下多少人。」東海王說。

「三百七十六人，比一年之數稍多，等諸位將官印送到勤政殿時，將會得到一份名單。」

「的確不該給閒官選帝之權。」冠軍侯嚴肅地說，與之前的朝代一樣，大楚的閒官日積月累、越來越多，早已超過掌印之官的數量，絕大多數出身於宗室以及勳貴之家。

東海王和韓孺子點頭表示同意，這項規則對他們有利，將會使宗室子弟更支持他們，而不是冠軍侯。

皇甫益又說了一些無關緊要的規則，最後道：「選帝登基之前，必須先寫好三道赦令，第一道赦免爭位者，封王，允許他們歸國，並給予賞賜，第二道赦免群臣，第三道大赦天下。」

大赦天下是新帝登基的慣例，前兩道則是保證選帝各方的安全，幾人都表示同意，年幼的英王開始打哈欠，靠在袁子凡的腿上，一臉睏意。

「就要說完了。」皇甫益向英王笑道，「光是立下規則不行，還得有監督規則的執法者，有請宿衛中郎將上官大人。」

房門打開，中郎將上官盛邁步進來。

韓孺子記得這個人，上官盛曾在他面前與群臣爭論，是個情緒激動、膽子很大的年輕人，現在的他卻是一臉木然的站在門口，目光從每個人臉上掃過，說道：「宿衛八營監督選帝，不用我多說，諸位也該明白，爭取大臣支持的時候，怎麼說都行，就是不能動武，動武者一旦被查實，以軍法處置。」

「我要是被人陷害呢？」東海王問。

上官盛冷冷地說：「東海王請相信，宿衛八營必能查個水落石出，絕不冤枉一人。」

「既然有你的保證，我就相信吧。」

上官盛繼續道：「還有，從今日起，直到選帝完成，這間屋子裡的任何人不得離城半步，否則的話，按軍法以逃兵處置。」

「呵呵，攆我我都不走。」東海王指著牆邊的六名宮女，「她們也算在內？」

上官盛臉色微紅，「她們不算……而且她們是宮中侍女，出宮都不行，何況離城？」

上官盛威嚴地再次掃視眾人，見無人開口，退出房間。

「為方便聯絡，這間屋子將作為專用。」皇甫益指著腳下，「諸位都將得到一份憑證，只要宮門未關，隨時可以來這裡找我，或者留信、留話，我會一字不差地帶給太后。」

皇甫益退後幾步，面對四位皇子、皇孫，躬身道：「大楚新帝，必在諸位之中產生。」

韓孺子左右看了看，想知道「諸位」都包括哪些人。

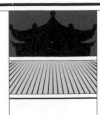

第二百一十三章 女眷

東海王成親了，他搬出崔家，住進早就準備好的東海王府。那是一座大宅子，但是跟崔宅比不了，人也不多，他對前來祝賀的韓孺子說：「崔家以為我離不開他們，我倒要讓他們看看，我一個人照樣活得好好的。」

話裡透著一股酸意，配上火辣辣的酒，東海王胃裡翻江倒海。

前來祝賀的人不多，東海王的這樁婚事準備倉促，又值非常時期，許多人都裝糊塗不肯到場，因此宴席顯得很冷清。數十位賓客大都來自衰落已久的勳貴家族，分散坐在十幾張桌子旁邊，拘謹地守著一大桌子美酒佳餚，不敢亂動，場面與冠軍侯幾天前的那場熱鬧婚禮天差地別。

即使如此，東海王也不肯邀請地位低下的賓客與自己同席，他這一桌只有韓孺子作陪。

「崔家在給新婦準備禮物呢，忙得沒工夫搭理我。」東海王望著冷清的大廳，又喝下一杯酒，他早將僕人攆走了，自斟自飲。

他說的「新婦」不是自己的妻子，而是嫁給冠軍侯的崔家女兒，「嘿嘿，你知道嗎，崔家那麼得意，可淑君連列侯夫人的名份還沒得到呢，她現在……只算是平民女子，哈哈。」

宮裡不肯批覆奏章，禮部和宗正府積壓了大量冊封文書，不只冠軍侯的妻子，東海王剛娶的譚家女兒，一時半會也得不到「王妃」的稱號。

「冠軍侯肯定早有預謀，我剛知道，冠軍侯被封侯一年多了，一直沒給前妻申請冊封，他那時就覺得譚家的女兒配不上他。」東海王打個了酒嗝，眼睛略有些發紅，「這小子野心勃勃啊，就算他能稱帝，崔家最後也是竹籃打水一場空。」

幾名賓客結伴走過來辭行，東海王不耐煩地揮揮手，連句話客套話都不想多說。

韓孺子輕輕轉動手中的酒杯，一直沒有喝，問道：「崔太傅還是會借你官印吧？」

東海王點點頭，「明天就送來，這是崔家的傳統，多方押注，哪怕只有一點勝算，也不放棄，崔宏這邊借我官印，那邊早就向冠軍侯解釋好了。崔家說是給新婦準備禮物，最後還不是都送到冠軍侯手裡？嘿，崔家討好新主子就是這麼直接。」

東海王有點喝多了，韓孺子不知道怎麼勸慰，於是敷衍地嗯了兩聲，他已經派杜穿雲給大將軍韓星寫信，也是明後天就該有回信了。

後宅突然傳來一陣歡笑聲，聽上去都是女子，人數還不少。

東海王的臉色更難看了，等笑聲消失，他說：「給譚家女兒賀喜的女客倒是不少，她們的父親、丈夫、兄弟卻沒時間來，哈哈，世態炎涼不過如此！來，喝一大杯！」

東海王一飲而盡，望向前方，也不知道在看什麼，剩下的客人開始悄悄溜走，袖子裡藏些食物，喜宴雖然冷清，菜餚卻是不錯的。

「全都滾蛋吧！別留在這裡礙眼！」東海王喊道，將最後幾名客人也嚇跑了。

偌大的廳裡只剩下兄弟二人，數名僕人在門口探頭探腦，見主人神情不善，都沒敢進來。

東海王趴在桌子上，斜看著韓孺子，用自以為壓低了的聲音說：「什麼狗屁爭位、選帝，通通見鬼去吧，聯絡好了宗室子弟，把冠軍侯、望氣者，還有那些大臣，殺得一個不剩，你當皇帝，我幫你……我幫你……」

東海王睡著了，韓孺子拿起酒杯喝了一口，這樣也好，不用告辭了。

東海王和韓星的計畫根本行不通，宗室子弟為官者不少，大都是閒官，缺少實權，連選帝的資格都沒有，唯有幾位諸侯王與韓星手裡掌握著一些軍隊，可是太分散，韓星號稱大將軍，但是在函谷關直接指揮的軍隊不超過兩萬人，對京城大勢影響甚微。

韓孺子與楊奉另有計畫。

韓孺子正要起身離開，外面傳來環佩與腳步聲響，數名侍女擁著一名貴婦不請自入。

貴婦二十幾歲年紀，相貌很美，也很嚴厲，好像她才是王府的主人，四處看了看，走到主桌前。

韓孺子站起身，不認得此女，也不知道該不該打招呼、怎麼打招呼，他學過禮儀，可現在不守禮儀的恰恰是這名貴婦。

「扶東海王去洞房。」貴婦命令道。

幾名侍女領命，半攙半托，帶東海王離開，韓孺子更覺得不宜久留，微點下頭，邁步要走，那名貴婦卻已坐在對面，說：「坐。」

韓孺子看了一眼貴婦身後僅剩的一名侍女，沒有得到任何暗示，他慢慢坐下，隱約猜到此女的身份。

「我姓崔，是小君的大姐。」

「原來是平恩侯夫人，失禮了，我是……」

「我都說我是小君的大姐了，還能不知道你是誰？」平恩侯夫人頗有幾分潑辣氣，打量韓孺子幾眼，「小君跟你提過我吧？」

韓孺子點點頭，小君的這位大姐出自崔宏的第一位夫人，性格暴躁，在家中不受寵愛，早早就嫁給了平恩侯苗爽，平恩侯家道已然中落，能娶到崔家的女兒完全是意外之喜，沒想到結親之日也是斷交之時，兩家來往很少，小君長大之後就沒怎麼見過這個姐姐。

「東海王還跟小時候一樣沒出息，大喜的日子，居然喝得爛醉如泥，不就是客人來得少點嘛，大丈夫不能忍一時之氣，還做什麼大事？」

韓孺子贊同她的話，所以只是笑笑，沒有開口。

「我是來見你們兩個的，既然他醉了，有你也一樣。」

「平恩侯夫人找我們有事？」韓孺子第一個反應是對方要借錢，勳貴之家也不都是富人，每年的大量儀式消耗了他們大部分的財產，如果家中無人當官，又沒有別的收入，日子過得也很緊巴，上一代平恩侯就沒有官職，苗爽更是一事無成。

平恩侯夫人沒有立刻回答，盯著韓孺子看了一會，身後唯一的侍女屈身行禮，居然也走了。

「我為大將軍傳話。」

韓孺子大吃一驚。

「用不著這麼意外，平恩侯與駙馬卓如鶴是世交，我與公主相識多年，她信任我，我也願意為她做事。」

「原來如此。」韓孺子還是很意外，韓星說過，京城會有人與他聯繫，但他怎麼也想不到聯繫者會是一名女子，而且是小君的姐姐。

「京城人多嘴雜，男人要謹慎一些，只好讓女眷出面。」看到韓孺子臉上的驚訝之色遲遲不消，平恩侯夫人笑了，「虧你也是韓氏子孫，當過皇帝的人，見識如此淺薄，沒聽說過女眷執掌半個朝廷嗎？」

韓孺子搖搖頭。要說太后的強勢，他知道，至於別的女眷，他毫無瞭解。

平恩侯夫人冷笑不止，「你還真是一心主外的好丈夫，你的夫人、我的妹妹崔小君，過去大半年在京城的女眷圈子裡縱橫往來，在崔府內宅裡結交了多少貴婦，為你爭得了多少利益，你居然一無所知？」

韓孺子更是吃驚，半晌才道：「小君……從來沒對我說過這些事情。」

「也不怪你，你一直在邊疆打仗，小君自然不會拿這些事情煩你，你剛回京，她就被接入宮中，唉……」

「妳能進宮見小君？」韓孺子眼睛一亮。

平恩侯夫人冷冷地不說話。

韓孺子起身，拱手道：「求姐姐幫我，陰差陽錯，我回京之後，與小君一面未見就已分離。」

「看來你對小君還有幾分情意，她總算沒有為你白白忙碌一場，好吧，我幫你這個忙，你有什麼信物啊、情話啊要帶給她嗎？」

韓孺子剛才是一時興起，馬上又變得謹慎了，緩緩坐下，「我還沒想好。」

「呵呵，你在懷疑我，別亂猜了，妹夫，我做這些事是有目的的。」

韓孺子看向她。

「平恩侯是縣侯，只能傳承三代，若是立功，可以多延續幾代，第三代平恩侯上過戰場，為兒孫保住了侯位。第四代、第五代，也就是我的公公和丈夫，都是無能之輩，眼看著侯位就將終結，我的兒子只能領個閒職了此一生，瞧他的樣子，跟苗家人一脈相承，長大之後也是一個做不了大事的人，我的孫子將淪落為平民，只能憑自己的努力往上爬，唉。」

崔家人性格各異，卻有一點相同，心高氣傲，平恩侯夫人指望不上丈夫，只好自己出面，甘冒奇險，也要為兒孫爭取到侯位。

「實話實說，討好冠軍侯我沒有資格，拍他馬屁的人太多了，別人又都沒有前途，所以我選擇你和東海王。公主相信我，大將軍韓星也相信我，你有什麼疑惑，現在就說，咱們別浪費時間猜來猜去。」

「我相信妳，我的確沒想好給小君帶點什麼……以後我該怎麼跟妳聯繫？」

「找東海王，他的夫人是譚家女兒，冠軍侯是個蠢貨，不知道譚家的潛力有多深厚，譚家低調行事，他就以為譚家無能……說多了，總之東海王娶了一位好妻子，她隨時能聯繫到我。不過你最好還是找一位信任的女眷，來往更方便些，也不惹人注意。」

「好。」韓孺子心中立刻就有了人選。

「閒聊了半天，正事還沒說到呢。我來見你，只為了說兩件事：第一，宗室對冠軍侯和太后非常不滿，大家不吱聲，並不意味著不想反抗；第二，別把朝中大臣對冠軍侯的支持太當回事，他們一個個全都心懷鬼胎，死心塌地支持冠軍侯稱帝的人沒有幾個。」

平恩侯夫人停頓一會，問道：「你有信心了？」

韓孺子點點頭，其實他是有一些失望的，大將軍韓星許諾過的來自宗室子弟的支持，原來只是一群女眷。唯一令他高興的是，能與宮中的小君還有母親取得聯繫了。

如果他想做點什麼，必須先保證這兩人的安全。

第二百一十四章 虛能生實

孟娥換上了宮裝，韓孺子稱讚道：「還是這身衣裳更適合妳。」

孟娥冷淡地說：「你覺得我是天生的宮女？」

韓孺子笑了笑，「不不，你誤解了，我只是……只是不喜歡盔甲。」他急忙轉移話題，「平恩侯夫人是小君的姐姐，同父異母。妳去見她，帶些禮物，就當是兩家親戚正常來往。」

「嗯，然後呢？」

「然後聽平恩侯夫人怎麼說。不少宗室子弟和勳貴家族反對冠軍侯，但他們不好親自出面，要透過女眷互相試探、傳遞消息，這就是妳的任務。」

孟娥雙眼微微瞇起，似乎不是特別喜歡這項任務，「就這些？」

「平恩侯夫人會想辦法將妳帶入皇宮，如果有機會見到小君，將這個交給她。」韓孺子從袖子裡取出一枚竹製書籤。

孟娥接在手裡，看了一眼，收好。

「如果能見到我母親，那就更好，可能需要小君的介紹，我母親才會相信妳。」

「總之我的任務就是來回傳話？」

「對，就是這樣。」

孟娥沉默了一會。

「有什麼疑問儘管說出來，我現在正需要各種建議。」韓孺子鼓勵道。

「聽上去，這些女眷背後的丈夫、父親都是膽小鬼，他們能成什麼大事？沒準會搶著告密。」

韓孺子笑了，若論武功，他是學生，孟娥是嚴厲的老師，督促他每天都要抽出一點時間練習內功；說到人情世故及權力之爭，他師從楊奉，一通百通，足以給孟娥指點。

「嗯，讓我想想該怎麼說……比如有人約妳打架，他身後有一百個人，妳是獨自一人，或者有十個人跟隨吧，妳會打這一架嗎？」

「當然不會。」

「迫不得已的話，妳會認輸嗎？」

孟娥想了想，「那就只能認輸，總比被人殺死好。」

「瞧，妳看見一百人就有了退卻或者認輸的打算，卻沒有想過，那一百人裡到底有多少人是被叫來充數的，真打起來，又有多少人能使出全力。」

孟娥又沉默了，想的時間比較長一些，「這不就是虛張聲勢、狐假虎威嗎？」

「不只如此，對方那一百人，看到你們只有十來個人，他們會害怕、會退卻嗎？」

「不，以多欺少，他們肯定信心十足……我明白了，你是說虛張聲勢有時候也會變成真正的實力？」

韓孺子點頭。

孟娥思考的時間更長一些，她不是反應慢，而是對什麼事情都要反覆想幾遍，「你是怎麼明白這個道理的？楊奉教你的？」

「楊奉教了一些，最重要的師傅是它們。」韓孺子拍拍桌上的一摞書籍，「太祖爭奪天下的時候，一段時間內總是只選擇一個敵人，對於其他勢力則盡其所能拉攏，不求對方出兵出糧，只要表面上的支持就行，就是靠著這些表面上的幫手，太祖由一介布衣迅速成為逐鹿天下者之一。」
孟娥這回沒有想太久，「當初的齊國就是在這件事情上犯了錯誤，同時疏遠楚趙兩國，以為能夠坐山觀虎鬥，結果兩虎罷鬥，暫時聯手，反而先將齊國消滅了。楚趙並非真心聯手，但是仗著人多勢眾，人人奮勇，齊國號稱三霸之一，卻沒有還手之力，因為從楚趙合力進攻的時候，齊國就已經輸了。」
齊國號稱強國，在楚趙的進攻下，只堅持了三個月就國破家亡，後代子孫只能用高深武功交換楚帝的幫助，以求復國。
「就是這個意思。」韓孺子撫摸史書封皮，感慨道：「沒人懂得比史書更多，我也只能學到一點皮毛。如果一步步積聚實力，當初的太祖永遠也沒資格爭奪天下，現在的我更不可能，大楚雖然內憂外患不斷，但是不難解決，新皇帝登基，無需雄才大略，只需保證朝廷正常運作，就能讓天下恢復太平，這樣一來，我頂多能當另一個齊王。」
韓孺子所說的齊王，是前年叛逆的那一位，他在一個不適當的時機起兵造反，結果響應者寥寥，最後兵敗身亡。
兩人都不作聲，各自想著不同的齊國。
好一會之後，韓孺子說：「實不相瞞，除了身邊的幾個人，我所掌握的力量都是狐假虎威和虛張聲勢，只要各股力量彼此間並不知情，尤其是我的敵人不知情，我就能化虛為實。所以，我需要宗室和勳貴的支持，現在是女眷，等她們相信我真掌握著北軍之後，她們背後的男人就會站出來公開支持我，多到一定程度就會影響大臣，當大臣開始動搖的時候……」
韓孺子沒往下說，即使對孟娥，也得有所保留。
孟娥沒有追問，「這是你的主意，還是楊奉的？」
「其實這是妳的主意，是妳對我說，以一敵多的時候，要藏在暗處，東刺一劍、西擲一鏢來迷惑敵人，讓敵人以為你才是人多勢眾的一方，因而受驚逃跑。」

「可你不在暗處。」

「孟娥，有時候明就是暗，目的是一樣的，都是要迷惑敵人。」

孟娥看上去有些困惑，大概是覺得今天問得太多，得花時間理解。她沒有再問下去，只是說：「我該帶什麼禮物去見平恩侯夫人？」

「去找帳房何逸，他知道該送什麼。」

孟娥告辭退下，韓孺子翻了一會書，等楊奉回來，他的確從孟娥那裡領悟到一些道理，但道理只是道理，具體的計畫以及實施，他仍然需要楊奉的幫助。

直到傍晚時分楊奉才回來，先聽倦侯講述東海王的婚事，完畢之後說道：「東海王這是打定主意要讓你當出頭鳥了。」

韓孺子也覺得東海王當時的大醉半真半假，可他不在意，「平恩侯夫人出面與我聯繫，說明宗室和勳貴還不是非常相信我，我應該想辦法讓北軍做點什麼。」

「等你拿到韓星的大都督印之後，讓北軍將那些勳貴子弟放回京城。」

「可他們並不支持我，很多人還反對我，而且他們對北軍將士比較瞭解……」

「沒關係，我聽說那些勳貴子弟很怕你？」

韓孺子點點頭。

「這就夠了，讓冠軍侯去懷疑他們吧。」

「好。」韓孺子開始思考如何與柴悅聯繫，以及如何讓那些勳貴子弟帶回對他有利的消息，「郭叢那邊怎麼樣？」

楊奉一整天都在與郭叢等幾名儒生商談，「他們還是希望倦侯和東海王能夠退出爭位，不過多了一位武帝幼子，讓他們很頭疼，英王明顯受望氣者掌控，書生們插不上手。郭叢做了一些讓步，同意為倦侯介紹一些儒生，或許還有幾位大臣，好讓倦侯明白人心所向，從而知難而退。」

韓孺子笑道：「我真搞不明白這些讀書人，支持冠軍侯無異於認同望氣者，他們不明白其中的利害嗎？就這麼心甘情願被玩弄於股掌之間？」

楊奉的神情變得嚴肅，「天下勢力林林總總，如果讓我說哪一股最為強大，我只選讀書人，以及從讀書人當中產生的文臣。」

韓孺子又一次想起，這名太監從前是讀書人，「他們的力量在哪呢？我到現在也沒看出來，太后能控制他們，望氣者能擺布他們，像蕭聲、申明志這樣爭權奪勢的大臣，還能發出一點聲音，其他人簡直就像不存在一樣，我一直覺得殷無害是位不合格的宰相。」

楊奉輕笑一聲，道，「那是因為你從來沒有真正處理過朝政與天下大事，慢慢你會明白的，與郭叢的接觸是個契機。」

韓孺子只好選擇相信楊奉，可他有個疑問：「既然讀書人的勢力最為強大，楊公……當初為什麼放棄讀書人的身份呢？」

楊奉臉上的笑容漸漸消失，也像孟娥一樣，尋思了一會才回道：「我不是放棄，而是被放逐了。」

楊奉必然經歷過許多事情，他不願多說，韓孺子也沒有再問，「我什麼時候去見郭叢？」

「也許等你拿到韓星的官印之後。」

第二天中午，韓星的回信到了，他隨身只有大將軍印，沒有大都督印，但他寫了一紙命令，並且派回來一名親信，陪同韓孺子前往兵馬大都督府，一番交涉之後，韓孺子拿到了官印，過程非常順利。

天色已晚，韓孺子決定等一晚再去勤政殿，並與大都督府的官吏約定，次日天黑之前將官印完整歸還。

孟娥也回來了，沒帶來特別有價值的消息，想進宮還得等一段時間，她在平恩侯府中見到十幾位貴婦，她們沒提供支持，卻提出一大堆要求，都想給丈夫或者兒子加官晉爵。

孟娥多聽少說，記性卻好，當場將這些要求背了一遍，人名、爵位、官職等等幾乎一字不差，貴婦們都很滿意。

次日一早，韓孺子前往勤政殿，他有一枚玉製憑證，可以進入第一道宮門。

很巧，東海王也在這天上午來送官印，新婚的他顯得無精打采，在宮門前見到韓孺子，衝他點點頭，進入宮城前往勤政殿的路上，他壓低聲音說：「你知道是誰在支持英王嗎？」

一品大臣總共只有五人，其中三人已有支持對象，只剩下兩名閒官，韓孺子道：「不是太師王寄，就是太保鄧祝吧。」

東海王撇下嘴，「我聽說英王要讓咱們大吃一驚呢。」

「聽誰說的？」韓孺子最關心的就是這件事，如果東海王還有隱藏的消息來源，他們的聯手就更虛假了。

東海王不太願意回答，走出幾步才說：「譚家女兒昨晚告訴我的。」

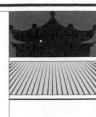

第二百一十五章

江湖事未了

勤政殿內的大臣只有六人，宰相殷無害、左察御史蕭聲、右巡御史申明志、吏部尚書馮舉、禮部尚書元九鼎、兵部尚書蔣巨英，韓孺子都見過，還有一名太監，是陌生面孔，看服飾應該是新任中司監。

隨從不能進殿，韓孺子與東海王親自攜帶官印，捧在手裡，讓六名大臣查看。

整個過程非常簡短，可以說是草草了事，大臣們甚至沒有湊近來看，只是遠遠地看了一眼，殷無害問了一句：「沒問題吧？」其他人同時點頭。

蕭聲的神情稍稍嚴厲一些，但也沒有開口，站在勤政殿裡，他又恢復了重臣的氣度，無論心裡想什麼，都不會輕易顯露出來。

太監將兩名拜訪者送出勤政殿，站在台階下，東海王疑惑地說：「這就結束了？」

「這才剛剛開始吧。」

四名爭位者還有半年時間去爭取大臣的支持。

「我的意思是說，看官印就這麼簡單？那當初何必設置這一步呢？多餘。」東海王還是不解。

兩人在宮門外分手，東海王上馬後說道：「下午別出門，我去找你。」

韓孺子帶著隨從去往兵馬大都督府，正式交還官印，接印的官吏仔仔細細地檢查了一遍，確保那上面的坑坑窪窪都是舊有的。

離開大都督府回家的路上，杜穿雲長出一口氣，然後有點失望地說：「還以為會碰上點事，能打一架呢。」

「你想碰上什麼事？」韓孺子笑著問道。

杜穿雲拍馬上前，與倦侯並駕，「盜印、奪印這種事唄，昨天晚上我一夜沒睡，跟爺爺巡查侯府，結果連隻老鼠都沒看到。我以為白天會有點事吧，結果還是這麼平靜。唉，沒意思，記得你剛剛出宮那幾天嗎？那才叫有意思。」

韓孺子大笑，事後再看，大難不死固然有趣，但是作為當事者，他希望未來能夠波瀾不驚，那怕因此無聊至極。

「等得越久，出手越狠。」韓孺子說。

「誰出手？咱們，還是別人？」

韓孺子笑而不語，因為他拿不準，楊奉也無法預測，只是建議倦侯靜觀其變、籠絡人心，等他真能將各股勢力整合成為真正的力量時，再做打算。

對韓孺子來說，一切的確才剛剛開始，對東海王、英王以及望氣者來說，莫不如此，只有冠軍侯是個例外，他離帝位只有一步之遙，恨不得立刻合身撲上去。

「去醉仙樓吃飯吧。」韓孺子說。

杜穿雲歡呼一聲，當前帶路。一行七八人徑直來到小春坊醉仙樓，時值正午，吃飯的人不少，杜穿雲只在半年多前偶爾來過這裡，卻顯得熟門熟路，與掌櫃、夥計們熱情地打招呼，好像是常客，再加上人多，酒樓不敢怠慢。

一行人被帶到樓上雅間，韓孺子讓隨從們不必客氣，反正沒有別的客人，大家共圍一桌吃飯。

這些隨從並非府裡的僕人，而是杜氏爺孫找來的保鏢，都是江湖人，不拘小節，倦侯放得開，他們更放得開，但是仍記得自己的職責，禮節可以不守，酒卻不能亂喝。

杜穿雲饞得直咽口水，甚至要來一碗醋，暫時壓服肚子裡的酒蟲，雖然爺爺杜摸天留在府內沒有跟來，他還是不敢喝酒。

除了沒有酒，這頓飯吃得很開心，菜餚沒得說，倦侯也很隨和，眾人說些江湖趣事，頻頻大笑。

不要命就在這裡當廚子，韓孺子想請他過來，杜穿雲卻搖頭，「不要命是個怪人，千萬別在他掌勺的時候去打擾他。」

快要吃飽的時候，雅間外面傳來一陣嘈雜，像是一群人在要酒要菜，蠻橫無禮，夾雜著許多罵人話，不像是普通客人。嘈雜聲越來越響，杜穿雲也不徵求倦侯的同意，起身躥出雅間，吵了幾句，又回來了，外面的嘈雜還是沒有消失。

「真是有人來鬧事，還不是一天兩天了，聽掌櫃說，這夥人隔三差五來一次，有半年多了。」

「別管閒事，醉仙樓自己有辦法。」一名隨從說。

「嘿嘿，這還真不算是閒事，鬧事者當中有咱們的熟人。」杜穿雲賣了一個關子，伸手端來一盤剩魚，將魚尾吃得乾乾淨淨。

不久之後，有人來雅間拜見，果然是韓孺子認識的人，是曾經保護過他的鐵頭胡三兒，一名又高又壯的黑大漢。

胡三兒抱拳行禮，將杜穿雲擠開，坐在倦侯身邊，「不好意思啊，打擾倦侯吃飯了，早知道你在，我們就改明天來了。」

韓孺子笑道：「胡三哥好久不見，你們這是在做什麼？來醉仙樓要帳嗎？」

「的確是要帳，可欠債的並非醉仙樓，而是不要命。」

「不要命？欠多少，我替他還。」

杜穿雲站在一邊嘿嘿地笑，胡三兒卻不作聲。

「胡三哥，你是不相信我嗎？」

胡三兒在桌面上輕輕一拍，「既然趕上了，我就有話直說了。」

「胡三哥請說。」

胡三兒看了其他人一眼，那些保鏢大都向他點頭，顯然互相認識。

「倦侯還記得三柳巷的匡裁衣嗎？」

韓孺子當然記得，匡裁衣曾在倦侯府勸說鬧事者退卻，後來在河邊被不要命兩刀殺死，當時不要命聲稱匡裁衣是江湖人當中的內奸。

胡三兒繼續道：「不要命說匡裁衣曾經在醉仙樓內與兩名朝廷鷹犬勾結，為『廣華群虎』做事，可他一直不肯拿出證據，我們是匡裁衣的朋友，當然不能讓事情不明不白地過去。」

杜穿雲與一名隨從擠坐在一起，笑道：「鐵頭，你什麼時候跟匡裁衣成朋友了？」

「朋友的朋友，不行嗎？」胡三兒怒道，瞪了杜穿雲一眼，隨即緩和神情，向倦侯道：「這件事跟倦侯無關，只是正好趕上了，我過來跟你說一聲。」

「不要命因為我而殺死匡裁衣。」韓孺子沒辦法置身事外，不要命殺死匡裁衣，完全是在為他解圍。

胡三兒搖頭，「倦侯不是江湖人，而且當時許多人都看到了，不要命突然出手殺人，倦侯事前根本不知情，更沒有下令，對吧？」

韓孺子勉強點頭。

胡三兒起身，「我聽說倦侯正在做大事，別浪費時間搭理我們這些江湖莽夫了。」

杜穿雲笑道：「匡裁衣死了半年多，你們就只是來醉仙樓吃吃喝喝嗎？怎麼沒找不要命打一架？」

「關你屁事，回家問你爺爺去。」胡三兒大步走出雅間，他與杜氏爺孫很熟，嘴上凶狠，交情卻不淺。

杜穿雲更不在意，臉上仍然笑呵呵的，「倦侯不用擔心，這幫傢伙害怕不要命，不敢跟他動手，再來白吃白喝幾頓，估計也就消停了。」

不要命一直沒有出面。

韓孺子離開的時候看到了那群鬧事者，包括胡三兒在內，總共十一人，圍著一張桌子邊吃邊聊，偶爾大喝幾聲，引得周圍的食客側目而視，夥計們倒是坦然，正常上酒上菜，只當他們是一群暴躁些的客人。

回到倦侯府，韓孺子請來了杜摸天。

杜摸天早知道這件事，笑著說：「倦侯不必掛念，這就是江湖中的一起小恩怨，匡裁衣有一幫朋友，不要命人緣差些，可也有幾位交情過硬的兄弟，大家你認識我、我認識你，早晚能將事情說開。江湖自有江湖的解決辦法，倦侯放心就是。」

韓孺子還是覺得有些古怪，但他的確沒精力插手這件事。

將近黃昏，東海王急匆匆跑來，曾府丞跟在後面，根本來不及替他通報。

東海王闖進書房，直接問道：「聽說了嗎？」

「聽說什麼？」韓孺子放下書，楊奉和孟娥在外面都沒回來，他沒接到特別的消息。

曾府丞苦笑著向倦侯行禮，退出房間。

「英王下午去勤政殿交官印了，你一定想不到他找的薦舉者是誰。」

「是誰？」

「太后！」東海王打量了一下韓孺子，「你不意外？」

「還有什麼事情能比爭位、選帝更讓人意外？再說英王的年紀與性格，正是太后欣賞的那一種。」

「可太后不是已經……瘋了嗎？」東海王找了一張椅子坐下，怒氣沖沖。

「據說太后時好時壞，這大概是她清醒時做出的安排。」

東海王哼了一聲，沒說什麼。

「太后算一品大臣嗎？」韓孺子問。

「太后是一品，也有印，但是誰也不能稱她是『大臣』，也不能說她是『閒官』，這是一個漏洞，望氣者故意留下的。」東海王死死盯著韓孺子，「會不會是這樣，咱們跟冠軍侯鬥得你死我活，兩敗俱傷的時候，太后突然出手，一下子將威脅都給解決了，她根本就是在裝瘋！」

「我永遠都防著太后，不管她是真瘋還是假瘋。」

「我應該盡快與母親聯繫上，她在宮裡，肯定知道些什麼……」東海王站起身，也不告辭，向外面走去，與楊奉撞個正著。

「你知道……」

「我知道。」

東海王猶豫了一下，走了出去，他不屑於向韓孺子的軍師求教。

「太后要出手了？」韓孺子問。

「應該不會，先別管太后，明天我帶你去見郭叢。」

楊奉關注的事情總是跟別人不一樣，太后、冠軍侯、望氣者……這些看上去近在眼前的威脅，他似乎都不放在心上，只想「討好」那些讀書人。

「我今天去醉仙樓，看到有人在找不要命的麻煩。」

不要命是楊奉介紹給倦侯的，與杜氏爺孫相比，這名廚子更像是楊奉的「心腹」。

「他自己能解決。」楊奉比杜摸天更不在乎，「給北軍送信吧，那些勳貴子弟可以回家了。」

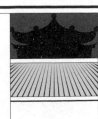

第二百一十六章　讀書人

一行人在巷子入口下馬，隨從們留在原地，楊奉引著倦侯走進巷子深處。

巷子不寬，雪地上密布腳印，卻沒有馬蹄印與車轍，在一座破舊的門前，楊奉拿門環敲了兩下，隨後退到台階下方，默默等候。韓孺子站在他身邊，感覺自己像是來拜訪一位隱士。

等了好一會，大門終於被輕輕推開，一名十來歲的童子走出來，分別向兩人行禮，「兩位請至後廬稍候。」

韓孺子突然注意到一件有意思的事情，江湖人的抱拳施禮看上去比較隨意，雙手幾乎緊挨著下巴，雙肘低垂貼在身邊，既像是謙遜、又像是提防，隨時都能從客客氣氣改為拳腳相向。讀書人的禮節就複雜多了，即使只是一個孩子，也做得有模有樣，雙手合攏，離胸膛差不多半尺遠，兩臂盡力展開，像是雛鳥的翅膀。

擺好姿勢之後，江湖人動手、動嘴不動頭，目光要留著觀察對方的反應，讀書人卻正好相反，手不動、嘴不動，唯有頭和腰稍稍彎曲，直身之後才開口說話。

讀書人的禮節或許有些刻板，但正是這些僵硬的姿態，表明他們沒有威脅，絕對無意動武。

韓孺子和楊奉被引到後院，這裡真有一座廬舍，進去之後有席而無桌椅，韓孺子想起自己在皇宮裡聽課的經歷，心想復古還真是一件挺累的事情。

席上鋪著幾塊小小的薄褥，韓孺子跪坐在客席，楊奉比他稍後一些，以示主僕之別。門戶半敞，與寒風一塊湧進來的還有清脆的讀書聲，像是來自一群孩子。

「這裡是私塾？」

「嗯。」楊奉應道。

韓孺子並不意外郭叢的朋友是位教書先生，只是沒想到此人教的是一群孩子。

接下來，兩人默默等候，韓孺子無聊地琢磨著江湖人與讀書人的區別，納悶楊奉究竟更傾向於哪一種人。

書童又來了幾次，送來爐、炭、壺、水、茶、杯、勺等各類茶具，差不多有十五六種，但他沒有煮茶，而是客氣地道歉，請客人多等一會。

等到寒風將爐內爐外變得一樣冷的時候，郭叢來了，給皇帝講經時尚且要坐在凳子上的他，這時卻老老實實地跪坐在對面，打過招呼後，親自動手煮茶，動作稍慢，步驟卻一絲不亂。

楊奉膝行向前，稍稍側身，輔助郭叢煮茶，主客分明，卻又配合無間，好像他們天天在一塊煮茶似的。

這是讀書人之間的交往手段，如同江湖人的切口，韓孺子看不懂。

楊奉將一杯煮好的茶送到倦侯手中，韓孺子品了一口，長長地嗯了一聲，笑道：「我明白為什麼要開著門了，非得身處寒冬之中，才能品出熱茶的妙處。」

「哈哈。」郭叢大笑，在這裡他不再擺出那副衰朽不堪的腐儒形象，反而有幾分神采飛揚，「所謂歲寒方知松柏，貧賤乃得至交，倦侯品茶，別有一番味道。」

韓孺子笑了笑，雙手捧著茶杯，小口喝水，微覺香甜，說不出更多道理。

楊奉只侍奉倦侯，自己並不喝茶。

郭叢喝了一口，似乎想品評一番，猶豫之後還是放棄了，有一搭沒一搭地閒聊。

過去大概兩刻鐘，外面的讀書聲消失。不久之後，主人終於現身。

這是一名三十多歲的中年男子，身材瘦弱，寬袍大袖，與普通人心目中的讀書人形象完全一致，只是膚色比較黑，風度因此稍減。

韓孺子聽楊奉介紹過，此人姓瞿，名子晰，年紀雖然不大，卻是有名的儒生，武帝末年的進士，現任國子監博士。楊奉沒說的是，這位瞿子晰對教誨兒童比對大人更感興趣。

瞿子晰在門口向倦侯行以大禮，為自己的晚到致歉，與郭叢互相謙讓一番之後，他坐在了下首。

書僮將門窗完全打開，韓孺子這才注意到，院子角落有兩株梅花樹，頂著滿頭紅艷，令人眼前一亮，鼻子裡似有微香浮動，然後他想起那茶水的味道，與梅香確實有幾分相似。

讚揚茶水最佳的時機已經過去，韓孺子也不是為此而來的，便靜待對方說話。

客套結束了，瞿子晰上身挺直，一手托杯，一手扶杯，輕輕抿了一口茶水，好像那是世間獨一無二的美酒，然後慢慢放下茶杯，沉默片刻，開始「講課」。

他的確是在用講課的語氣說話，好像只是換了一間課堂，面前仍是一群等他教誨的學生，神情雖然莊嚴，說出的話卻不生澀。

「倦侯相信讀書能讓一個人變得更聰明嗎？」

「相信。」韓孺子從史書中獲益良多，只恨讀書太晚、太少。

「倦侯相信讀書能讓一個人變得更善良、更仁慈嗎？」

「這個……未必吧。」

「嗯，讀書人中不乏無恥與凶惡之徒，所以讀書能讓一個人更聰明，卻未必能讓一個人更善良、更仁慈。」

韓孺子不知道該說什麼。

瞿子晰也不指望回答，自顧自往下說：「有此兩人，同為凶惡之徒，一人愚鈍，一人聰明，倦侯以為哪一人更具威脅？」

韓孺子已經明白這位中年書生想說什麼，他在史書上看到過類似的說法，某某皇帝「智足以拒諫、言足以飾非」，因此比普通昏君為惡更甚，可稱為暴君。在瞿子晰等讀書人看來，倦侯、東海王與冠軍侯都不是合格的皇帝，相比之下，不那麼聰明的冠軍侯反而是最好的選擇。

韓孺子笑道：「有兩位教書先生，同為平庸之輩，一人極嚴，非要求學生按自己的方法讀書；一人極寬，任憑學生自己讀書，瞿先生以為哪一位先生教出的學生更可能出類拔萃？」

瞿子晰大笑數聲，神情不那麼莊嚴了，與郭叢一樣，多了幾分神采飛揚。

他也明白倦侯的回答是什麼意思。讀書人就是教書先生，自以為看透了學生的一切，其實目光短淺，如果寬鬆一些，或許會有學生脫穎而出；如果過於嚴厲，庸師之下反而難有高徒。瞿子晰、郭叢等人干涉選帝，無異於平庸而又嚴厲的教書先生。

韓孺子絕不承認自己將是昏君、暴君。

瞿子晰也不承認他們是平庸的教書先生，說道：「有兩塊田地，一塊貧瘠，但是位置安全，年年必有產出；一塊肥沃，但是地處淺下，常遭水患，一年豐收，卻有三年顆粒無收。倦侯以為哪塊更好？」

肥田指的是武帝，這位皇帝英明神武，但也耗盡了大楚的民力，讀書人不喜歡這麼快再出一位類似的皇帝，寧願要一位平庸君王以休養生息。

韓孺子當然不肯服輸，「有此兩船，一船小而新，絕無問題；一船大而舊，或有漏洞。若是小風小浪，自然要用小船，可若是洪水滔天，只有一次機會乘船逃至高地，這時候是乘小船還是大船？」

小船看似安全，但是裝的人少，還容易在巨浪中傾覆；大船破舊，但是載的人多，或許能抵住巨浪。若是只有一次機會，大船當然是更好的選擇。

韓孺子與瞿子晰針鋒相對，郭叢與楊奉旁聽，為杯中添茶，送到兩名爭論者面前，郭叢為緩和氣氛，笑道：「不如兩船同用。」

他這句話不合時宜，韓孺子冷冷地看了他一眼，瞿子晰也沒有好臉色，上下打量郭叢兩眼，對他似乎有些失望。

四人當中數郭叢年齡最大、聲望最高，這時卻羞紅了臉，比韓孺子之前沒有品出茶水的妙處尷尬百倍，雙手按席，俯首認錯。

瞿子晰問道：「最近這些年雖說不上風調雨順，卻也沒有大災大難，且多是人為，無需大船，只需小船，即可平安駛過。」

大楚外有匈奴窺視，內有流民作亂，但這些都不是前所未有的大難，朝廷無所作為，才使得形勢越來越嚴重，只需要一位不作不鬧、不爭不搶的平庸皇帝，就能解決這些問題，讓一切恢復正常。

「風起於青蘋之末，當其未盛之時，能有幾人識得？」韓孺子不想再用比喻了，直接說道：「宮內混亂，太后玩智弄權，引入江湖術士以馭群臣，君等想要平庸之帝，最後得到的只怕會是泥胎木偶，人禍何以斬斷？」

「我們自有辦法讓太后交權、讓江湖術士再回江湖。」瞿子晰說道，卻沒有詳細解釋，這是他們的祕密。

「匈奴人分裂已久，西匈奴本已安居蠻荒之地，突然東遷，一戰而收伏東匈奴，足以顯示其勢未衰、其兵正強，卻惶惶如喪家之犬，乃是因為身後還有更強大的敵人。此股強敵發誓要與楚人一戰，巨浪雖遠，至則摧屋拔樹，諸君可有應對之法？」

瞿子晰搖頭笑道：「大楚雖有病在身，不懼北方蠻夷，倦侯無中生有一股強敵，正是我等所懼之智。」

韓孺子正色道：「讀書之人何以忘史？大楚定鼎一百二十多年，擊潰匈奴不過是幾十年的事情。往前三十年，與匈奴人僵持不下，再往前三十年，甚至不得不向匈奴求和納貢，現在的大楚更像哪一時期？」

如今的大楚肯定比不上武帝的鼎盛時期，這點誰也不會否認。

瞿子晰沉默了一會，說道：「空口無憑。」

韓孺子道：「遠方強敵，西域必有所覺，禮部主賓司或有所聞，數日之內，將有匈奴使者進京，他們知道的更多。」

瞿子晰微微一笑，端起茶杯，表示送客。

在巷子裡，韓孺子問道：「我應對得還好嗎？」

「非常好。」楊奉說。

「可我覺得並沒有說服這兩人。」

「沒必要，讓他們知道倦侯是什麼樣的人就行了。」

「可他最不想要的就是我這樣的人吧。算了，我只希望你告訴我一件事，這些讀書人真能扭轉乾坤嗎？」

楊奉又賣起了關子，「眼前無利，誰人趨之若鶩？千年來，讀書人越來越多，絕非無緣無故。倦侯再有些耐心，很快就能看到讀書人的實力了。」

第二百一十七章　受到鞭策的東海王

東海王一大早跑來，命僕人給自己盛粥，坐在韓孺子對面一塊吃早餐，好像他昨晚就住在這裡似的。

「什麼時候開始？」放下空碗，東海王問道。

「嗯？」

「爭位啊。」東海王揮手將僕人攆走。

韓孺子卻不願在廳內交談，起身出屋前往書房，東海王跟在他身邊，說道：「真不公平啊，你我的至親之人被軟禁在皇宮，冠軍侯卻只交出一個兒子，那是譚家人所生，冠軍侯根本不在乎啊，不公平，咱們是不是應該提出來？」

「向誰提？」

「太后啊，還有望氣者。」

「你身邊就有一位望氣者。」

「林坤山？他就會呵呵地傻笑，讓人以為他成竹在胸，什麼都知道，最後卻證明那只是傻笑。天天看著他那副樣子，我都能當望氣者了。嗯……呵呵……」東海王模仿林坤山的笑聲，頗有幾分神似。

韓孺子跟著笑了幾聲。

書房裡收拾得乾乾淨淨，韓孺子坐在椅子上，拿起一本書，隨手翻閱，東海王東瞅瞅西看看，「這裡就是你的中軍帳了？」

「中軍帳？」

「對啊，運籌帷幄、出謀劃策、排兵布陣……都在這裡進行。」東海王興奮地說。

「你想多了，這裡就是一間書房。」韓孺子低頭看書。

東海王幾步走來，雙手按在書桌上，「你怎麼不著急啊？」

「爭位嗎？還有半年時間呢，有什麼可著急的？」

「不對不對，真要是按望氣者的規則爭位，咱們必輸無疑——你必輸無疑，你得提前動手，不能坐等冠軍侯將朝中大臣全都拉攏過去。你有什麼計畫？」

「我的計畫……我派人天天去平恩侯府上……」

「那沒用。」東海王急切地打斷韓孺子，「你派的人是那個宮女吧，我可記得她，出手真狠，居然跟你出宮了。」東海王想了一會，繼續道：「一群女眷而已，能聊出什麼來？咱們還是要有自己的計畫。」

「我以為大將軍韓星已經有計畫了。」

東海王一愣，皺眉道：「我的哥哥，韓星能有什麼計畫？他敢將官印借給你，已經算是膽大包天了，就這樣，他私下裡肯定還得派人向冠軍侯解釋、表露忠心。」

「既然如此，他何必幫我呢？」

「兩邊下注唄，但是咱們可以充分利用這一點，來一次突然襲擊，除掉冠軍侯和英王、廢除太后，號令群臣，不從者殺。」

「突然襲擊……怎麼突然襲擊？咱們手裡無兵無權。」

「嘿嘿，你是在套我的話嗎？先說說你自己的計畫吧，前兩天你和楊奉是不是去拜見郭叢了？」

「是啊。」那是一次公開拜訪，雙方都沒有刻意隱瞞。

「結果怎樣？」

「沒什麼結果，談了一會我就告辭了。」

「郭叢沒留你們吃飯吧？」

「沒有，只喝了幾杯茶。」

「那就是沒談成。」東海王拽過來一把椅子，「這肯定是楊奉的主意，以為能透過一群讀書人改變大臣的看法，這完全是異想天開，讀書人是用來歌功頌德、用來保持朝廷穩定的，想奪天下，只能透過武功。」

東海王握緊拳頭，在桌面上砸了一下。

「咱們缺少的就是武功啊。整座京城都在宿衛八營的掌握之中，大將軍韓星兵力分散，南、北軍不敢踏入京畿半步，而且都是遠水不解近渴……」

「所以我才來問你有什麼計畫啊，乾等是等不來奇蹟發生的。」

韓孺子笑道：「你怎麼突然變得這麼著急了？」

「我的性子一直這麼急。」東海王重重地嘆了口氣，「我覺得你不相信我，所以才急，咱們的聯手如果只是一句空話，那還有什麼意義呢？」

韓孺子靜靜地看著東海王。

東海王站起身，誠懇地說：「經過這麼多事情，你以為我還會跟你爭帝位嗎？你各方面都比我強。」東海王再次重嘆一聲，「老實說，我不服氣，但是不能不接受現實，咱們畢竟是親兄弟，你當皇帝和冠軍侯當皇帝，對我來說差別可太大了。」

「好吧，我和楊奉的確有一個計畫，可我想先聽聽你的計畫。」

東海王慢慢坐下，突然站起身，快步走到門口，開門看了兩眼，回來重新坐好，「譚家人脈很廣。」

「嗯，我有耳聞。」

「許多人虧欠譚家的人情，甚至願意用命來償還，要我說，這是一群傻子，但這是很有用的一群傻子。」

「你是說江湖人？」韓孺子眉頭微皺，他身邊的保鏢幾乎都是江湖人，可也僅此而已，他絕不會依靠江湖人奪取帝位。

「不只是江湖人，還有朝中的大臣、軍中的將士、各部司的官吏，尤其是——」東海王故弄玄虛地停頓了一下，「刑部和大理寺的官吏。」

韓孺子心中一動，「你是說『廣華群虎』？」

廣華閣是太后與一批刑吏定期會面的地方，這些刑吏在追捕齊王黨羽時立下過不小的功勞，地位最高者有十餘人，被稱為「廣華群虎」，手下爪牙眾多，且出手狠辣，所抓之人必被定罪，一度曾達到人人聞之色變的地步。

東海王點點頭，「譚家出豪俠，最愛救人，跟當年的俊陽侯差不多，但是手段不一樣，俊陽侯一遇事就進宮求皇帝，成與不成天下皆知，名聲大噪，真救下來的其實沒有幾個人。譚家行事低調，常對求上門的人說『犯法就是犯法，譚家救不出來』，但是譚家會找法司官吏、找監獄看守，叮囑他們對犯人好一點，別讓犯人受太多苦，審訊之後，有罪就是有罪，無罪之人則能全身而退。」

韓孺子點點頭，「譚家還真是會做人。」

「對啊，這麼多年來，譚家救活不少人，沒有他們，許多無辜者在真相大白之前就得死在監獄裡，不死也得被扒層皮。總之譚家攢下不少人情，與各法司也一直維持著良好的關係，尤其是那些普通的小吏。你知道，尚書總是換來換去，今年在刑部，明年可能就會換到吏部，但刑吏卻很少更換，只能在刑部、大理寺一級級往上升。」

「我明白你的意思了，總之譚家與『廣華群虎』關係密切，可以直達太后？」

「到不了，『廣華群虎』在太后面前全是小老鼠，除了接受命令，一句多餘的話也不敢多說，而且他們最近很少見到太后了，在廣華閣議事之後，將紀錄交給太監，由太監轉交給太后。」

「太后會批覆？」

東海王點點頭。

韓孺子終於感興趣了，「勤政殿裡近兩月的奏章全都留中不發，『廣華群虎』卻能得到太后的批覆？」

「不是全部，是偶爾，所以大家都說太后的瘋病時好時壞，而且她只批覆，不蓋印。」

「接著說你的計畫。」

韓孺子表現出興趣，東海王更興奮了，毫無必要地壓低聲音，「『廣華群虎』那些人現在很緊張，冠軍侯拉攏的是大臣，與他們無關，而且他們抓捕齊王黨羽的時候，得罪過不少大臣，因此擔心冠軍侯登基之後，會拿他們開刀。」

韓孺子能理解這些人的恐懼，「他們打算怎麼辦？」

「他們還沒有明確的打算，但我有一個計畫：望氣者全是待罪之身，官府只是抓得沒那麼緊了，朝廷可沒頒布過赦令，『廣華群虎』現在是心驚膽戰，不敢出手，只要給他們一點承諾——」

「他們能將望氣者全抓起來？」

「不只如此，冠軍侯、英王、上官盛全都與望氣者關係密切，都能抓起來，甚至……」東海王胡亂做出一個動作。

「你能說服『廣華群虎』？」

「譚家能，這就是為什麼母親讓我與譚家聯姻，她看中的不是譚家，而是『廣華群虎』！」東海王說起母親時，滿臉的崇拜，「當然，事情沒那麼簡單，對『廣華群虎』得一個個談、一個個試探，但我覺得成功的可能性很高，關鍵是你得參與，有未來的皇帝做出承諾，這些刑吏才敢與冠軍侯和大臣們對抗。」

韓孺子想了一會，伏在書案上，也壓低聲音說：「我已經給柴悅寫信，讓他將勳貴子弟都放回來。」

東海王皺眉道：「這有什麼用？勳貴家族又不會因此支持你，那些傢伙回京一攛掇，沒準你的仇人……咱們的仇人更多了。」

因為東海王的胡亂指揮，一百多名勳貴子弟死在碎鐵城外，他知道自己的仇人少不了。

「柴悅不僅會放回勳貴子弟，還有我的一些部曲士兵，他們本來就是京南漁民，脫下盔甲，分批回京，足以騙過南軍。」

東海王笑了，「這麼說來，你與郭叢聯繫，其實是障眼法？」

韓孺子點點頭，「大概會有三四百人潛回京城，數量不多，但是願意為我赴湯蹈火，上官盛雖是中郎將，宿衛八營當中願意為他賣命的將士未必能有多少。」

東海王在桌上輕輕一拍，「咱們兩人的計畫完全可以合而為一啊，『廣華群虎』加上你的數百名死士，只要計畫得當，足以掌控京城。」

「但也需要宗室的支持，大將軍等人若能在咱們成事之後立刻宣布效忠，則萬事無憂。」

東海王頻頻點頭，起身道：「這才叫聯手，以後我天天來找你，咱們制定一個更詳細的計畫，少則一個月，多則三個月，入夏之前你就又能當皇帝啦！」

韓孺子笑而不語。

「我去跟譚家人談，必須取得他們的全力支持才行。」東海王急匆匆地跑了。

韓孺子繼續看書，下午楊奉回來後，韓孺子提起了東海王的到訪，但是沒有細說兩人的「計畫」。

「東海王不可信。」楊奉只做了一句評判。

傍晚，孟娥回來，她仍以侍女的身份與韓孺子同住一室，兩人早已習慣，她將白天拜訪平恩侯夫人的經過說了一遍，沒什麼大事，只是又見了幾位勳貴女眷。

「妳們談起過東海王的新婚夫人嗎？」

孟娥想了想，「談起過，大家都說譚家的這位女兒是個厲害人物，在家裡抵得上一個男人。」

韓孺子終於明白在背後「鞭策」東海王的人是誰了。

好幾個計畫擺在眼前，韓孺子可以慢慢做出選擇了，對他來說，最困難的事情是弄清楚東海王、譚家、韓星、郭叢以及楊奉這些人隱藏的「私心」是什麼。

第二百一十八章 讀書人的請求

京城並非只有爭奪帝位這件事情在發生，官吏還是得照常升堂辦公，百姓還是得照常養家糊口，整個冬季，嬰兒照常出生，老弱之人照常死去。

正月中旬，衡陽主薨於家中，死因眾說紛紜，或稱其飯後大怒而亡，也有人說她是因為太高興大笑而亡。衡陽主是武帝的妹妹，圍繞著柴家建立了一股強大的勢力，她的死亡，對朝堂來說，是一件大事。

二月初，柴府發喪，公主身份高貴，遺體不會葬於柴家祖墳，而是要入住皇家陵墓，死後與父兄相聚。

葬禮隆重而盛大，持續了整整一天，路上的彩棚從城內綿延至城外，引來觀者無數，堪比正月十五賞燈時的熱鬧，京中達官貴人都來送葬，倦侯韓孺子也不能例外。

這種人情往來由不得韓孺子本人做主，禮部以及宗正府會自動做出安排，雖然宮裡沒有批覆，增加了一些麻煩，但是該有的禮節不能省略，既然沒有聖旨，那就一切照舊。

倦侯府出錢、出力，也在送葬途中搭建了彩棚，韓孺子本不想親自送喪，因為衡陽主恨他入骨，有個傳言說，衡陽主死前無論大喜還是大怒，都與倦侯有一點關係。楊奉勸他還是去露個面意思一下，以示和解。想當皇帝的人要盡量減少私人恩怨，即使化解不了，也要讓外人覺得錯不在倦侯。

韓孺子不用參與整個出殯過程，只需在送喪隊伍經過時，於倦侯府彩棚裡露一面就行，連轎子都不用下。

柴家的孝子賢孫不少，被關在碎鐵城的只是一小部分，留在京城裡的還有許多，隊伍浩浩蕩蕩，無論心裡怎麼想，表面上的禮儀不能破壞，倦侯既然出面，衡陽侯與長子就得過來拜謝。

同為列侯，韓孺子位比諸侯王，可以坐在轎子裡向衡陽侯父子還禮，轎簾捲起，韓孺子只需露面，其他事情都由楊奉處理。

衡陽侯年紀不小，能活得比公主更長，對他來說實在是一場來之不易的勝利，在他的臉上，哀容恰到好處，與楊奉交頭接耳好一會，談完之後顯得十分激動，帶著兒子向倦侯磕頭謝恩。

這一幕被送喪隊伍以及圍觀人群看得清清楚楚，於是很快就有消息傳開：倦侯已經下令釋放碎鐵城裡的囚犯，那些被困的「柴家人」很快就能返回京城。

這是楊奉的主意，他的想法很簡單：「君子報仇十年不晚，帝王報仇，任何時候都不晚，即使不能化解柴家的仇恨，也要減少一點外界的猜疑。」

韓孺子同意了，他不在乎柴家，雖然柴家人總是心懷鬼抬，但他從來就沒將他們當成平等的敵人。

人群跟著送喪隊伍走了，卻有數人逆流而至，前來拜見倦侯，遞上拜帖，與倦侯互相行禮致意，再跟楊奉說幾句話，告辭離去。但這些人的身份有點特殊，無一例外，都有子侄被關在碎鐵城，如今獲得釋放。

眼看再沒有人來了，韓孺子正要下令起轎回府，楊奉又領來一位拜訪者。

國子監博士瞿子晰不知什麼時候到的，他與柴家並無交往，官職低微，連送喪的資格都沒有，此行是專門來見倦侯的。

韓孺子想下轎相見，楊奉示意他不必。

瞿子晰走到轎前，倒也不客套，直接道：「西域的確有一些傳言，而且過去幾年，從西方來的貢使越來越少，去年只剩三家，匈奴使者我也見了，倦侯所言皆有佐證。」

上次「交鋒」時，韓孺子聲稱大楚面臨西方的巨大威脅，需要一位能夠力挽狂瀾的新皇帝，瞿子晰果然去打聽了，但是看法卻與倦侯不同，「極西之地並非禮儀之邦，改朝換代乃是常有之事，所謂進攻大楚不過是一時狂言，無需當真。」

「能將西匈奴人逼得東遷，這樣的改朝換代也是常有之事？」韓孺子一見到瞿子晰就打起十二分精神，不想在言語上落於下風。

瞿子晰今天前來卻不是為了爭論，微笑道：「倒是有一件事，不在極西之地，就在大楚境內，不在數年、十幾年之後，近在眼前，迫在眉睫，倦侯若能解決，則天下人受惠，讀書人也願拜倒謝恩。」

韓孺子看了一眼楊奉，笑道：「瞿先生請說。」

瞿子晰咳了一聲，「比年天災人禍不斷，以至民不聊生，紛紛背井離鄉流竄江湖，或為流民，或為盜賊。只因朝廷遲遲沒有頒旨，官府雖有餘糧，卻不肯開倉賑濟，無異於見火不救。倦侯若能讓天下郡縣開倉放糧，比起擋住匈奴人更是大功一件。」

韓孺子目瞪口呆，他與弘農郡守卓如鶴談過，官府不肯開倉賑濟災民，一是沒有聖旨，二是要囤糧以備朝廷徵用，原因很複雜，除非太后與皇帝恢復執政、親自傳旨，這種有糧又沒糧的困局根本無法解決。

讀書人不支持倦侯爭奪帝位，卻向他提出了「皇帝」級別的要求。

瞿子晰今天的確不是來爭辯的，也不等倦侯給出回答，拱手告辭，飄然而去。

回到倦侯府，韓孺子問楊奉：「瞿子晰這是什麼意思？」

「這是一次考驗，倦侯曾自稱是肥田、大船，現在該是證明的時候了。」

「他不嫌我過於『聰明』了？」韓孺子對讀書人的印象不是很好。

「倦侯應該高興，這說明你說服了瞿子晰，他也認為大楚需要一位中興之帝，而不是平庸之輩。」

「可他提出的條件是不可能完成的，除非我先當上皇帝。」

「總得試試，倦侯，讀書人的支持非常重要。」

韓孺子想了一會，「好，那就試試，我這麼做是因為相信你，楊公，我很看重讀書人，但是我真看不出他們現在有什麼用處。」

「慢慢來，用處總會顯示出來的。」

楊奉那種胸有成竹卻只肯露出一枝一葉的態度，能讓人怒火中燒。韓孺子只好回以苦笑，楊奉的某些手段與望氣者如出一轍，只希望這位太監的心裡真藏著一根竹子，而不是像望氣者那樣故弄玄虛、「順勢而為」。

「該怎麼辦，楊公有主意嗎？」

「這得倦侯想主意，我來跑腿。」

韓孺子越發哭笑不得，正是奪取帝位的重要時刻，楊奉卻將他引到荒郊野外，總說山後會有大路，他卻一直沒看到，只能辛苦跋涉，一路攀登不可知的山峰。

「如果我讓瞿子晰幫忙，他會同意嗎？」

「只要是力所能及的事情，我可以勸他們同意。」

急智這時候沒用，韓孺子想了一會，說：「不行，我或許能讓幾個郡縣開倉放糧，卻沒辦法讓所有地方從命。讓我再想想。」

楊奉告辭，白天他很少留在府內，常在外面奔波。

午飯後，東海王又來了，他就像領了倦侯府的官職一樣，每日必到，府丞和門吏甚至不再通報，任他自由出入。

「衡陽主死得太是時候了。」東海王很高興，上午他也去送喪了，「少了這個老傢伙，柴家不足為懼，我看到了，衡陽侯父子去拜見你，出來的時候面帶喜色，他們不敢再惹你了。」

「算是好事吧。」韓孺子心裡其實很清楚，所有宗室與勳貴的想法都一樣：兩邊下注、隔岸觀火，只要皇帝尚未登基，他們就不會真心效忠於誰。

「有一名書生也去拜見你了，幹嘛的？」東海王非要瞭解韓孺子的一舉一動不可。

韓孺子也不隱瞞，將瞿子晰的要求說了一遍，最後道：「你說過京城是你的『戰場』，幫我想個辦法吧。」

「原來那就是瞿子晰，他這明明是本末倒置，你還沒當皇帝呢，卻讓你做皇帝的事。」

「我也是這麼說的，但楊奉覺得很有必要爭取讀書人的支持，這位瞿子晰，還有郭叢，據稱是讀書人的領袖，名聲很大。」

「這倒是沒錯，尤其是瞿子晰，官不大，卻最愛品評人物，幾句話能讓一個人聲名鵲起，也能讓他臭名遠揚。要我說這就是朝廷裡的蛀蟲，關進大牢，每天打他幾十板子，看看誰還敢猖狂？」

韓孺子笑道：「這也是當皇帝以後才能做的事情，不管怎樣，瞿子晰和郭叢對讀書人有影響，而讀書人對朝中官員有影響，值得爭取。」

「別太高估讀書人的本事，他們對大臣的影響，很可能比譚家人還要弱。」東海王低頭想了一會，「你有沒有想過，楊奉是故意要將你引入歧途？」

「為什麼？」

「為了冠軍侯啊！」

韓孺子搖頭，「在冠軍侯眼裡，我還沒有那麼重要吧。」

東海王聳了下肩，他也想不出辦法，「你當初勸韓星收編流民入伍都沒成功，現在想讓各地官府開倉放糧，更不可能，我勸你還是放棄吧，或者應付一下就得了。你的部曲回來多少人了？」

「不到必要的時候，我不會聯繫他們，所以不知道有多少人，按照計畫，他們要到三月中旬以後才能全部到齊。」

「也對，京城人多眼雜，你就算見隻蒼蠅，也有人告密。」

「『廣華群虎』怎麼樣了？」

「譚家已經說服兩虎，正在想辦法安排他們與咱們兩人見面，估計幾天內就能辦妥，這是祕密會面，別告訴別人，尤其是楊奉，事後跟他說一聲就行了。」

「嗯。」韓孺子起身，湊近東海王看了一眼，「你的眼角好像有傷。」

東海王臉色一變，支支吾吾地說：「哪來的傷……可能是在哪撞了，我都沒有感覺……」

正尷尬著，府丞來報，辟遠侯張印求見倦侯。

辟遠侯的嫡孫張養浩，是極少數被關在碎鐵城沒有獲得釋放的人之一，張印看來是為孫子求情來了，他也是第一位登門拜訪的勳貴與大臣。

第二百一十九章 將軍請戰

辟遠侯張印出身於行伍世家，輩輩都有將軍，為大楚立過汗馬功勞，兒子死在了戰場上，如今只剩下一個孫子張養浩，一點也不讓他省心。

張印性格孤僻，不善結交，沒什麼朋友，遇到事情時也找不到人幫忙，想來想去，只能親自出面，來向倦侯求情。

可張養浩的罪名不小，與逼迫柴悅自殺的那些柴家人不同，張養浩三人公開在中軍帳內作亂，眾目睽睽，如果將他們釋放，軍法就變成了兒戲，另外兩人的家人其實已經奔走多日，得到的回答都是「再等等」。

四位皇子、皇孫正在爭奪帝位，如果冠軍侯登基，張養浩等人沒準無罪，反而有功，這是三家一直在等的主要原因。

聽說辟遠侯求見，東海王咬牙切齒，「看見別人家的兒孫回京，老傢伙著急了。張養浩屢屢作惡，可不能就這麼饒恕，張家沒什麼勢力，用不著討好。」

韓孺子請進辟遠侯，想聽聽這位老將軍怎麼替孫子求情。

辟遠侯個子不高，身材瘦削，面帶病容，穿著一襲長袍，從頭到腳沒有半點將軍的風度，進到書房之後，神情拘謹地匆匆行禮，臉色微紅，好像從來沒見過官老爺的平民百姓。

韓孺子有點同情辟遠侯，可他已經做好拒絕的打算，張養浩犯下的罪太重、太明顯，任誰也不能赦免。

韓孺子命人看座，辟遠侯坐下，含糊不清地說話，韓孺子努力聽了半天，才明白對方不是來求情的，而且也明白了辟遠侯為何性格孤僻，他的舌頭明顯有問題，發音不清，為了糾正，說話時有意放慢速度、加重語氣，結果更顯滑稽。

坐在一旁的東海王忍不住總想笑。

韓孺子抬手示意辟遠侯稍停，起身來到東海王面前，「你該回家了。」

「啊？我不急。」

「你不急，家裡的人急，再不回去報告今天的情況，只怕……」韓孺子仔細打量東海王眼角的那塊瘀青。

東海王的臉一下子紅得比辟遠侯更明顯，小聲說道：「譚家人就愛練武……你懂什麼？我、我……她傷得更嚴重。」

話是這麼說，東海王還是起身跑掉了，在門口轉身，指指辟遠侯的背影，衝韓孺子搖搖頭。

書房裡只剩下兩個人，韓孺子靠著書桌站立，向辟遠侯說道：「張將軍曾經去過西域？」

辟遠侯點點頭，他剛才說了半天都是西域的事情，東海王聽得無趣，才肯離開，「我當過……西域都護將軍，五、五年，瞭解那邊的情況。」

「你還想去西域？」

辟遠侯點點頭，大概是有話沒說出來，臉憋得更紅，過了一會才恢復正常，起身道：「有地圖嗎？」

韓孺子搖頭，辟遠侯指指桌面，表示自己要在上面攤一幅地圖，韓孺子讓開，辟遠侯上前，就用桌上的書、筆、紙、墨等物擺放地圖，邊擺邊想，極為在意細節。

足足一刻鐘，地圖成形，韓孺子覺得完全沒必要如此細緻，可是對辟遠侯來說，地圖能節省不少語言。

他指著兩本摞在一起的書，韓孺子開口道：「這是京城。」

辟遠侯兩隻手同時從「京城」出發，向左側緩緩移動，曲曲折折，經過許多「城池」，逐漸分開，韓孺子說：「這是前往西域的兩條道路，在玉關門分為一南一北。」

辟遠侯的手指移動得更快一些，「南方」的手指停在一摞書上，「北方」的手指繞了一點圈子，也停在同一個地方，然後費力地說道：「崑崙山。由西方進攻大楚，有兩處必爭之地，玉門關、崑崙山，崑崙山……更好守一些。」

韓孺子指著北方的空地，「也可以像匈奴人一樣，由草原東進，然後南攻大楚。」

「北方……沒有問題。」

韓孺子笑道：「大楚與匈奴征戰多年，北方守衛森嚴，若有新的敵人從北方南下，就當是另一股匈奴人好了，守衛薄弱的是玉門關和崑崙山。」

辟遠侯點頭，西域諸國大都孱弱，對大楚不構成威脅。

韓孺子看了一會，將「崑崙山」推倒，「這中間可能有一些誤會，張將軍不知從哪裡聽說我對西域感興趣。沒錯，我的確得到消息，說西方興起一股強敵，但他們很可能自己就消亡了，用不著大楚立刻做出防範。而且，我也做不了什麼，向西域派駐將軍是朝廷的事，我沒有這個權力，張將軍找錯人了。」

辟遠侯收回手臂，醞釀片刻，說道：「玉門關，太近，崑崙山，有山口而無城池，我不要大楚一兵一卒，只從西域各國……徵發勞力，三年、三年可築一城。若無強敵，則內懾西域，若有強敵，則可堅守，以待、以待楚軍之援。」

韓孺子又看了一會，「還是那句話，我沒有權力向西域派駐將軍，宮中不肯批覆奏章，只怕幾個月之內，任何人都沒法向西域派兵。」

辟遠侯搖搖頭，「派新人不行，派老人行，派將軍不行，派……文官行。」

「嗯？」韓孺子沒明白辟遠侯的意思。

辟遠侯說話困難，好一會才解釋清楚，向西域派駐武將，需要兵部、大都督府和禮部主賓司的共同許可，過程複雜，而且必須要有皇帝的旨意，各部司才能放行，向西域派駐中低級的文官卻不用這麼麻煩，只需禮部和吏部任命即可，如果被任命者曾在西域任職，那就更簡單了，只需禮部主賓司的一紙調令，相關文書可以事後送交吏部備案，如果吏部有異議，可以再將此人追回。

此事有幾個小麻煩，辟遠侯爵位在身、世代為將，前往西域擔任文吏，相當於連貶幾級，但他自己願意，也就不算問題；禮部向來以墨守成規見長，想說服主賓司發出調令，難度不小，辟遠侯自願請命的話，會容易一些；最大的麻煩是事後處理，如果倦侯稱帝，萬事大吉，如果冠軍侯稱帝，再有多嘴的人告狀，辟遠侯搭上的不只是爵位，很可能還有一家人的性命。

他來找倦侯，其實是一種表態，表示相信並支持倦侯最終會成為皇帝，辟遠侯沒有別的門路，也沒有更多本事，聽說倦侯對西域感興趣，只好用這種迂迴的方式來為孫子求情。

韓孺子明白對方的用意，說道：「我會考慮。」

辟遠侯從來不是糾纏不休的人，倦侯肯聽他說完，他已經非常感激，告辭離開。

韓孺子坐回到桌後的椅子上，盯著「地圖」看了好一會，慢慢地他的思緒離開辟遠侯和西域，開始思考另一個問題。

他心中生出一個有趣的想法，於是走出書房，叫僕人去請曾府丞。

曾府丞每次來見倦侯都很尷尬，不敢無禮，也不敢表現得太諂媚，就怕被人誤以為自己是倦侯親信。

韓孺子請他坐下，他只是點頭，站在門口不敢亂動。

韓孺子問道：「假如府丞之位有空缺，宗正府重新委派的話會很困難嗎？」

曾府丞眼睛一亮，脫口道：「倦侯要換人嗎？太好……太遺憾了。」

韓孺子笑道：「曾府丞做得好好的，幹嘛要換人？我只是對宗正府任命官吏的過程感興趣。」

曾府丞大失所望，想了想，回道：「一點也不困難，宗正府一大批人排隊等著升遷，府丞品級雖然不高，怎麼也是朝廷命官……」

「可現在情況特殊，宮裡不肯批覆奏章。」

曾府丞笑道：「倦侯想多了，府丞才是多大的官？用不著奏章，只要此人是宗正府吏員，七品以下隨意任用，五品以下要報吏部，很少被駁回，三品以下還要報給宰相府，更往上的官員才需要專門的奏章。大楚官吏眾多，如果都由宮裡決定，聖上可忙不過來。」

韓孺子表達謝意，曾府丞告辭，可一點也不明白倦侯用意何在，但還是老實記錄下來，準備明天一早送交宗正府。

楊奉回來了，看到倦侯與府丞談話，沒有參與，韓孺子也沒再找他，打算想清楚了再說。

孟娥跟隨幾位貴婦進宮去了，要明天才能回來，韓孺子默默地練功、默默地思考，自然睡去，次日一早就去書房，派僕人請來楊奉。

「其實官府是有辦法開倉放糧的。」韓孺子說。

「倦侯想到了？」

「從前我有一個誤解，以為天下的大事小情都把持在太后與皇帝手中，直到昨天我才突然明白過來：皇帝管不了那麼多事情，整個朝廷的運轉自有一套規矩，當皇帝偷懶的時候，這套規矩保證朝廷不會崩潰，還能維持一段時間。」

「抓大放小，不只是皇帝，各級官吏都是如此，可開倉放糧是大事，除了皇帝，沒人敢做主。」

「所以，想要各地開倉放糧，就得大事化小。」

楊奉微微一愣，然後露出笑容，「這算是一個辦法，但一點也不容易做到。」

「如果我想見一些官員，瞿子晰他們能幫忙引見嗎？」

「可以。」

韓孺子眉頭微皺，「這就是瞿子晰的計畫嗎？找個理由讓我與官員見面？」

「這是倦侯的計畫，瞿子晰會幫忙，他的計畫就是旁觀。」

「希望讀書人最後不要讓我失望。」韓孺子喃喃道，可他首先不能讓讀書人失望。

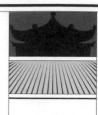

第二百二十章 兩虎

孟娥回來了，在皇宮裡沒有見到倦侯的夫人與母親。

平恩侯夫人誇大了自己的能力，她所謂的進宮只是一次例行公事，由於太后有病在身，命婦們要輪流進宮探視、侍候，以盡臣子之責，但也僅此而已，太后並不真的需要這些人，她們在皇宮裡住了一夜，第二天就被送了出來。

史官會一本正經地記下命婦們的忠誠，不管真正發生過什麼。

韓孺子已經猜到這樣的結果，他多看了孟娥兩眼，忍不住說道：「妳的模樣……變化真大。」

孟娥化過妝，平添幾分艷麗，與平時的她極為不同。

「宮裡有人認識我，總得稍微遮掩一下。」

韓孺子笑了笑，並未多說什麼，孟娥卻轉身走了，看起來好像有點生氣。

從這天下午開始，韓孺子突然忙碌起來，先是跟楊奉參加城裡一家詩社的聚會，在這裡見到不少文人雅士，其中包括戶部的一位官員。

各郡縣存糧多少都要上報給戶部，說起開倉放糧，這位官員毫不猶豫地搖頭，「糧食是國家根本、重中之重，絕不可輕舉妄動，想大事化小？不可能！必須有聖旨，戶部才能下令各地開倉。」

韓孺子提出許多假設，戶部官員都毫不留情地加以否決，「郡守與縣令手裡的確有一點權力，可以要求本地富人放糧、官府也可以施粥，但這都是正常年景時的手段。如今流民眾多，各地報上來的數字就有三十多萬，實際情況只會更糟，小打小鬧地放糧，解決不了問題。」

「我在史書上看到過，曾有官員開倉放糧，事後再向朝廷上報，以取得許可。」

戶部官員笑著搖頭，「倦侯說的是欽差，地方官可沒有人敢做這種事。可欽差本身就有便宜之權可以開倉，即使如此，回京之後也會受到處罰，貶級是最輕的了，何況朝廷現在根本派不出欽差。還有一個問題，欽差頂多在某地開倉，如今流民遍布天下，聽說開倉放糧，必定大量湧來，後果不堪設想。」

事情的確比韓孺子預料得更複雜，戶部官員勸道：「倦侯的愛民之心可以理解，但是的確沒辦法。好在春季將至，等野菜長出來，百姓們忍一忍也就熬過去了。」

韓孺子只能笑著點頭，沒有繼續爭論。他在書上看到過，春季恰恰是最難熬的季節，挨餓的農夫會將種糧吃光，到了春天無糧可種，流民將會再度暴增，所謂吃野菜度過飢饉，只是文人的想像而已。

韓孺子沒有放棄希望，他要約見更多官員。趁著瞿子晰和郭叢都在，也都願意幫忙，他們甚至為他出主意，還列了一份名單。

傍晚，東海王派人將韓孺子請去，名義上是飲宴，實際上是與「廣華群虎」中的兩位刑吏會面。這兩人一個是刑部某司主事，一個是京兆尹手下的司法參軍，品級都不夠格參與選帝，卻曾一度威風凜凜，只因他們可以繞過上司直接與太后議事，但凡抓捕、告密、刑訊、供狀等事，文書正本皆交給太后、副本才在本部司衙門留存。

然而好日子已經結束，如今他們仍去廣華閣議事，卻不再敢大張旗鼓地抓人，擔心萬一太后失勢，自己會遭到報復。

「京城內外的江湖術士不只是幾名公開亮相的望氣者。」司法參軍連丹臣是名五十多歲的老吏，溫文爾雅，像是一位書生。「據我得到的消息，望氣者至少有十五人，還有其他的算命人、講書者、行走郎中、雜耍藝人等等，總數不下五百人，七成以上是最近幾個月從外地來京城的。」

刑部主事張鏡比較年輕，三十來歲。目光靈動，好像時刻都在揣摩對方的心事，與連丹臣一樣，對「江湖術士」的定義很寬鬆，「還有上萬流民，攆走一些，還剩下兩三千人，全都藏了起來，裡面很可能藏著江洋大盜，我已查到幾處據點，就是沒法抓人。」

「抓人也要聖旨嗎？」韓孺子對官府的運作方式越來越感興趣。

兩名刑吏互視一眼，連丹臣說：「如果只是抓幾個人沒有問題，可那樣會打草驚蛇，而且……」

一直旁聽的東海王替他說下去，「望氣者眼下是太后、冠軍侯身邊的紅人，一句話傳來，衙門就得放人。」

「不用聖旨？」

「放個人而已，要什麼聖旨？」

張鏡補充道：「刑部大牢裡的犯人輕易放不得，但是可以報病故，偷偷放人，不能太多，而且此人還得隱姓埋名。」

即使朝廷一切正常的時候，各級府衙也有辦法繞過皇帝的許可，自行其事。

兩名刑吏來見倦侯，不是為了訴苦與清談，連丹臣首先道：「倦侯今天下午去參加詩社了？」

韓孺子點頭，以他的身份，在京城想要保密實在太難了。

連丹臣猶豫不決，東海王鼓勵道：「連大人無需避諱，有什麼話儘管說就是。」

「倦侯、東海王得加快行事了，冠軍侯這些天來接連宴請群臣，據說他們準備發起一次連名上奏，只等當今聖上駕崩，就要求太后立刻選出新帝。」

冠軍侯也不想乾等六個月，尤其是在勝券在握的情況下，他更心急。

「宮裡的皇帝隨時都可能一命嗚呼。」東海王稍稍壓低聲音，「林坤山曾經不小心向我洩露過，說望氣者能夠決定皇帝什麼時候……」
東海王做了一個手勢，林坤山當時說的沒有這麼直白，但東海王覺得就是這麼回事。
迄今為止，韓孺子與東海王尚未得到一位大臣的公開支持，就連崔太傅和大將軍韓星，也是首鼠兩端，不忘與冠軍侯暗通款曲。
「放心，我一點也不比冠軍侯慢。」韓孺子鎮定地說。
兩名刑吏露出喜色，東海王也滿意地點點頭。他請來韓孺子，就是為了給「廣華群虎」樹立信心，這個目的看來是達到了。
韓孺子問道：「英王那邊怎麼樣？」
東海王一愣，「英王？誰關心他啊。」
「英王是太后選擇的爭位者，不可輕敵。」韓孺子很關心這位小競爭者。
連丹臣正色道：「倦侯說得沒錯，英王那邊的確沒什麼舉動，既未拉攏大臣、也不結交勳貴。可我聽說，選擇英王參與爭位乃是望氣者的主意，以便在萬一的情況下，冠軍侯還能有一位競爭者。」
「萬一？什麼萬一？難道……難道還有人想殺死我們兩人不成？」東海王緊張地說。
連丹臣搖頭，「那倒不會，太后曾經親自下令，要求宿衛八營維持京城安定，還讓我們暗中保護倦侯、東海王、英王、冠軍侯四人，若有異常，務必追查到底，請倦侯、東海王放心，保護你們的人沒有一千也有八百，絕不會出問題。」
張鏡補充道：「所謂萬一，是指有人離開京城，失去爭位資格。」
「誰會那麼傻啊？」東海王笑道，看了一眼韓孺子，收起笑容。
韓孺子道：「我們會小心防範，也請兩位大人多多幫忙，代我們向廣華群英說一聲，大楚的根基是部司之吏而非科舉之官，官員數量既少，且升貶不定，主管之官往往三五年一變，部司之吏卻終生只任一事，累功升遷，不離本衙門。兩位一直都是刑吏吧？」

連丹臣與張鏡頻頻點頭，倦侯的話簡直說到他們心坎裡去了。

「太后與望氣者只許五品以上的大臣選帝，說明他們目光淺顯，只見到地上的草木，不見地下的根基。我與東海王則保證，若得成功，必將重用天下之吏，以保大楚江山安泰。」

兩名刑吏離椅，跪倒在倦侯面前，磕頭如搗蒜。

這只是第一次會面，還不到制定詳細計畫的時候。東海王派人送走連丹臣和張鏡，向韓孺子笑道：「你什麼時候變得這麼伶牙俐齒了？那兩個傢伙走的時候，激動得眼淚都快流出來了。」

「多看書。」韓孺子說。

「我怎麼不記得哪本書上說過吏比官更重要？我讀過的書只比你多，不比你少啊。」

「就在國史之中。太祖定鼎，兩三年間天下就已恢復穩定，靠的是什麼？肯定不是太祖麾下的那些武將，他們會打仗卻不會治國；也不是前朝大臣，他們所剩無幾，不是被殺就是淪落為民；更不是科舉之官，要到二三十年以後，科舉才大行其道，選出的官員充盈朝廷上下。而是前朝遺留的小吏，他們像對待前朝一樣，輔佐大楚皇帝和官員治理天下，勤勤懇懇，至今未變。」

東海王張口結舌了一會，「嘿，你看書的方法跟我不一樣啊。不過這也說明吏不忠誠，根本不在乎誰當皇帝，反正最終誰都需要他們。」

「沒錯。」

東海王愣了一下，「你的意思是說……不能依賴『廣華群虎』？」

「嗯，『廣華群虎』知道的事情太多，掌握的權力太大，冠軍侯沒理由不拉攏他們，他們也沒理由非要與冠軍侯為敵。」

「可大臣們不喜歡『廣華群虎』，他們之間有仇恨……」

「仇恨可以化解，何況大臣的仇恨只會針對幾個人，不會針對所有刑吏。」

東海王本來挺高興，被韓孺子幾句話說得大失所望，長嘆一聲，正要開口，外面響起敲門聲，一名丫鬟說：「殿下，王妃求見。」

東海王的妻子還沒有得到冊封，但是府內已經稱她為「王妃」。東海王先是一怔，隨後面紅耳赤，小聲道：「她來做什麼？這個……這個……她怎麼能見別的男人？」

「別的男人」也感到意外，但是很想見見這位譚家的女兒有多凶悍。

第二百二十一章 譚家的女兒

東海王妃譚氏比夫君年長兩歲，個子稍高一些，貌美如花，舉止端莊得體。進屋之後向倦侯行禮，口稱「臣妾譚氏」，將倦侯當成君王看待。

東海王面紅耳赤地站在一邊，覺得自己與韓孺子還沒有熟到可以讓妻子現身的地步，可是不敢作聲，一想到自己挨打之形已被看破，更覺羞愧。

韓孺子對這位凶悍到敢打東海王的譚家女兒很好奇，見過之後卻也覺得有些尷尬，不知該說些什麼。

「臣妾偶然聽到倦侯與東海王交談，頗受鼓舞，然意猶未盡，冒昧求見，以獻一二淺見，萬望倦侯恕罪，不以臣妾無禮。」

「有我在這裡就夠了。」東海王生硬地說，馬上又補充道：「要是與譚家有關，還是由妳來說吧。」

韓孺子拱手道：「請王妃賜教。」

東海王警惕地左瞧右看，努力捕捉兩人最細微的神情變化。

譚氏並不在意夫君的監督，說道：「倦侯說部司之吏是朝廷根基，沒錯；東海王說小吏不忠，也沒錯。然由此得出結論說刑吏不值得依賴，卻有一點錯誤。」

「錯在哪？」東海王問道，配合得恰到好處。

韓孺子也點頭，表示感興趣。

「宗室子弟都想當皇帝嗎?」譚氏問道。

「沒有幾個。」東海王搶著回答,「其實就我們兄弟二人和冠軍侯,英王不能算在內,他只是被人利用的小孩子。」

「勳貴子弟全都貪圖安逸、不思進取嗎?」

「碎鐵城內,不少勳貴子弟與普通將士一道在城牆上堅守,英勇奮戰,我親眼所見。」東海王說。

譚氏向倦侯微微躬身,相信自己表達清楚了:人人各有品性,不能一概而論。

韓孺子當然明白,問道:「譚家憑什麼能籠絡住『廣華群虎』?」

東海王曾經說過譚家與京城刑吏關係密切,但是僅憑這一點無法讓韓孺子信服。

「憑私交。」譚氏的回答與東海王差不多,稍作停頓,她做出更詳細的解釋,「連丹臣雖是刑吏,卻非常清廉,從不接受犯人親屬的賄賂,為此得罪不少人,只有譚家敬重他,一直為他開脫,接濟連丹臣及其家人至少已有二十年。」

東海王插口道:「是暗中接濟,連丹臣幾年前才知情,感恩戴德……妳接著說。」

東海王稱譚氏為「妳」,生硬之中顯出一絲敬畏。

「張鏡出身貧寒,十三歲時想要學吏卻求告無門,是譚家資助他七年,直到他二十歲時領取俸祿為止。譚家幫助過的刑吏不只這兩位,『廣華群虎』當中有七人受過我家的恩惠。」

「我相信這些刑吏也都回報過譚家吧?」韓孺子問。

譚氏微笑道:「幫過一些小忙,可譚家不會拿從前的恩惠提出要求,每次請他們幫忙,必有回報,即使這一次,譚家也沒有提出任何要求,是連丹臣等人主動找上門來,希望能為倦侯效力。」

「我?」韓孺子覺得不可思議,在此之前,他根本不認識任何一位刑吏。

「太后曾經稱讚過倦侯。」譚氏說。

「太后稱讚他？」東海王更覺得不可思議，「我怎麼沒聽妳說起過？」

譚氏不理自己的丈夫，繼續道：「那還是在去年，倦侯隨軍前往邊疆效力，有一次太后在廣華閣說起執政之難，感嘆宗室衰微，無人可用，唯倦侯可為依託。」

「太后……只說倦侯一個人？」東海王問道。

譚氏嚴厲地掃了東海王一眼，「當然，以太后的眼光，怎麼會看得上你？」

「隨便問問而已。」東海王小聲嘀咕，又問道：「太后這麼看重韓孺子，怎麼不讓他繼續當皇帝？」

譚氏更嚴厲地看向夫君，東海王臉一紅，「太后想要繼續掌權，要的是傀儡，不是真皇帝。」

譚氏向倦侯道：「『廣華群虎』是太后的心腹之臣，對太后極為崇敬，太后雖然只是稱讚了一句，他們卻一直記在心裡。若沒有此次爭位、選帝，他們也不會有所作為，可一旦有機會，他們覺得太后的眼光不會錯。」

韓孺子沉默不語，對譚氏的話半信半疑，良久之後方道：「譚家又為何參與進來？據說譚家人不願做官。」

東海王想說話，張嘴又閉上，讓妻子回答。

「譚家也是被逼無奈，譚家無人做官，本意是遠離朝堂，以免授人以拉幫結派的口實，可譚家這些年來幫助過的人太多，其中一些當了官，還是大官，朝臣之間的鬥爭免不了會波及到譚家，尤其是最近幾年，朝爭越來越嚴重，已經有人放出話來，要效仿武帝鏟除豪俠的先例，將譚家除盡。」

「朝爭？誰和誰爭？」韓孺子還以為大臣們都很團結呢。

「倦侯不知道嗎？朝中大臣分為數派，最重要的有兩家，一派是進士出身的文臣，以宰相殷無害為首；一派是世家子孫，以大都督韓星為首。兩派爭鬥多年，不分勝負，武帝壓制世家扶植文臣，桓帝反其道而行之，但是沒來得及實施。太后聽政以來，表面上對兩派一視同仁，提拔了一大批兩派都不重視的刑吏，經過齊王之亂，大家才明白，原來太后是站在文臣這邊的，刑吏抓捕的謀逆者大都是世家一派的大臣。」

東海王補充道：「所以咱們拿到的五品以上大臣的名單上，進士派佔據了一半多，宗室和勳貴出身者只有一百餘位。」

早就有人對韓孺子說過，太后在討好大臣，可他還是覺得十分困惑，「崔太傅也是勳貴，可是有不少文臣支持他。」

「當然，所謂分派只是大概言之，文臣與文臣有爭鬥，世家與世家也有矛盾，比如兩位御史都是進士出身，彼此卻看不順眼，同時又都與宰相不合，平時各找靠山，與世家聯姻，可是到了文臣與世家決一死戰的時候，這三人都站在文臣這邊。」

韓孺子有點聽糊塗了，「如妳所言，刑吏打擊世家、維護文臣的利益，可現在文臣支持冠軍侯，刑吏為何害怕冠軍侯稱帝呢？」

「因為刑吏大都沒有進士功名，只是太后的爪牙，文臣雖然得到保護，但也失去不少權力，『廣華群虎』越過上司直接向太后提交奏章，令大臣們非常不滿。而且冠軍侯與太后有隙，稱帝之後第一件事就是要除掉這些爪牙。」

東海王笑道：「我就知道母親讓我與譚家聯姻是有理由的，妳怎麼知道得這麼多？」

譚氏冷冷地說：「譚家不想爭權奪勢，可是為了自保，不得不參與朝堂之爭，出手之前，總得先將對手的情況打探清楚。」

東海王嘿嘿地笑。

韓孺子沒笑，朝堂的複雜遠遠超出他的想像，他有點明白父親桓帝為什麼要抱怨大臣不可靠，祖父武帝又為何要在寶座之上喃喃自語「朕乃孤家寡人」了。

「譚家的產業很多吧？」韓孺子問。

譚氏微微一愣，「有一些，不算少。」

「分布得也很廣吧？」

「譚家的產業主要在京城和北疆，但是與各地的商人都有聯繫，倦侯需要錢嗎？」

東海王猜到了韓孺子的目的，大聲向妻子道：「別上當，他想讓譚家開倉放糧、賑濟流民！」

譚氏又是一愣，「譚家一直在施粥，只要倦侯開口，就算傾家蕩產也可以，就怕譚家的產業沒那麼多，救不得天下所有流民。」

韓孺子微笑道：「當然不能讓譚家獨自擔負所有流民的溫飽，我只是想，如果官府肯開倉放糧，譚家願意配合嗎？」

「義不容辭，而且會以倦侯的名義……」

「不不，千萬不要提我的名字，而且也不急，總得先讓各地官府開倉放糧再說。」

「好，我會與父親商量，讓譚家先算帳，看看各地能動用多少糧食，然後只等倦侯一句話。」

「感激不盡。」韓孺子拱手行禮。

譚氏還禮，「仁者心即是帝王心，倦侯心懷天下，帝位非君莫屬。」

韓孺子沒再客氣，「那就還按照原計畫進行，譚家聯絡刑吏，我提供一批死士，只待宮中有變，盡快行動，抓捕望氣者與冠軍侯。」

東海王發現自己受到了忽視，急忙道：「關鍵是上官盛，誰得宿衛八營誰就能掌控京城。」

韓孺子告辭，對譚氏很是敬佩。

東海王也敬佩自己的妻子，可是對她今天的現身有點不滿，「妳對韓孺子說得太多了吧，有必要嗎？」只剩夫妻二人時，東海王問道。

「必須取得倦侯的信任，這比什麼都重要。」譚氏冷冷地說。

「太后稱讚韓孺子的話是真的？」

譚氏點點頭，東海王的神情一下子陰沉下來，「難道咱們真要老老實實地幫助他稱帝？」

譚氏看向夫君，打量片刻，說道：「崔太妃向譚家求親的時候，許諾給我的是大楚皇后，不是東海王妃，如今我嫁給了你，你有什麼可擔心的？」

東海王露出笑容。

韓孺子回到府中時已經很晚了，還是命僕人去請楊奉。

楊奉沒睡，很快就來到書房。

韓孺子詳細說了一遍自己在東海王府中的經歷，最後問道：「為什麼你從來沒對我說過朝中的這些派別與爭鬥？」

楊奉安靜地聽完，「倦侯不記得了嗎？我對你說過，太多消息比沒有消息更糟糕，現在你知道了大臣之間存在明爭暗鬥，這對你有什麼好處嗎？」

韓孺子啞口無言，的確，這些信息對他眼下爭奪帝位並無直接幫助，同時他還反應過來，譚氏說了那麼多朝堂祕事，卻沒怎麼提起譚家的事情。

「我想到一個辦法，或許能讓各地官府全都開倉放糧。」韓孺子轉移話題，他今天還是有所收穫的，而且收穫不小。

第二百二十二章　放糧

接連三天，韓孺子與楊奉每天都去拜訪深巷中的學堂，見的人一天比一天多。有國子監與太學的弟子、尚未授官的進士、各部司的官員……雖然都不是大官，對朝政卻都十分瞭解，而且熱心於救助百姓。

韓孺子只想弄清楚一件事：正常情況下，官府該如何賑災？

慢慢地，朝廷運作的方式在他眼裡越來越清晰了：當地方上出現災情，官員要迅速收集情況，根據輕重程度上報給相關部司以及宰相府。如果災情比較輕微，地方官當時就可以解決，只需將解決辦法與成本上報；災情稍重一些，地方官不能做主，但要給出解決方案，由上司決定可用否；災情十分嚴重，地方官就只能請罪，然後等待朝廷的命令。

其實辦法總是那些，開倉、借糧、勸農、抑商、減租、免租等等，可是非得由皇帝許可，才能顯出皇恩浩蕩與大權在握。

自去年秋天以來，各地的災情文書早已送達戶部與宰相府，那時宮裡還正常批覆奏章，因此能做的事情各地都做了，只是杯水車薪，等到災情需要大規模放糧的時候，宮裡已經不出聖旨了。

韓孺子想要大事化小，困難重重。

第三天，韓孺子從東海王手裡拿到了譚家的初步估算，他們能在幾十個縣里直接放糧，還能聯絡三百多個縣的富商參與賑災，差不多佔受災地方的六成，但是接濟能力有限，不超過十萬人，只能堅持一兩個月，而據戶部統計，天下流民幾達五十萬。

這天下午，韓孺子終於見到一位地位比較高的官員——戶部侍郎劉擇芹。他是有資格選帝的大臣之一，敢於來見倦侯，是要冒很大風險的，一見面他就說：「我不是來支持倦侯的，只想為百姓做一點事。」

「我也不是來尋求支持的。」韓孺子笑道。

劉擇芹身為戶部官員，對災情最為瞭解，但是沒有帶來好消息，「必須有聖旨，其實相關文書早已擬好，只等聖旨出宮，就能分送各地，立刻執行。」

韓孺子對聖旨不抱希望，問道：「有沒有可能將文書直接下發呢？」

劉擇芹用力搖頭，「就算戶部膽子大，可是由誰來送呢？驛站歸兵部管理，沒有兵部關文，一份文書也送不出去。就算到了地方，沒有抄送的聖旨，官員們也不敢執行，各地刺史肯定會上書詢問詳情……總之不可行，寸步難行。」

韓孺子這些天來一直在聽，終於說出自己的想法，「我曾經帶兵從馬邑城前往碎鐵城，一路上由各縣供應糧草，這也需要聖旨嗎？」

劉擇芹尋思了一會，「其實是需要的，只不過早就頒布了，是聖旨給予大將軍總督邊疆軍務的權力，因此大將軍才能向郡縣下達命令。」

「大將軍平定內亂時也得到過聖旨吧。」

「當然，否則的話，大將軍離開邊疆就是重罪了。」

「如此說來，大將軍其實是可以徵糧的。」

劉擇芹又尋思了一會，回答時不那麼自信了，「應該可以，但是只能用來養軍，不能用來賑濟災民啊。」

「俘虜呢？」

「俘虜？」

「平亂就會有戰鬥，有戰鬥就會有俘虜，各地在供應軍隊的同時，應不應該養俘虜呢？」

「這個……我覺得應該可以，但是俘虜太多的話，地方官還是得上報朝廷，駐軍也要上報兵部與大都督府。」

「可俘虜不能挨餓，地方官是先養俘虜後上報，還是先上報再養俘虜？」

劉擇芹想了好一會，「只能暫養俘虜，等候朝廷命令，可是……」

「可是沒有聖旨，朝廷對這些上報不能承認，也不能否決，地方上就得一直『暫養』俘虜。」

劉擇芹盯著倦侯，終於相信他真想做點什麼，「問題是大將軍同意嗎？就算他同意，各地軍隊又怎麼可能將流民全抓為俘虜？」

「可以招安，也可以收編入軍。」韓孺子說，俘虜只是一個稱呼而已。

「還是那個問題，大將軍會同意嗎？這個責任不小，等朝廷恢復正常，他需要解釋的事情可不少。」

「大將軍那邊由我來解決，我只希望各地的文書到來時，戶部不會駁回。」

「戶部是有權力駁回的，不過……眼下情況特殊，多一事不如少一事，可是不只戶部，兵部、大都督府、宰相府、御史台等等，都會接到文書，有一家衙門不同意，地方官員就得停止供養『俘虜』。」

老先生郭叢咳了一聲，插言道：「賑濟災民，事關大楚國運，不能只讓倦侯一人出力，諸君讀書多年空談仁義，如今也該實踐一下了，右巡御史申大人曾是我的學生，我可以找他談一談，賑災無關帝位之爭。」

一名年輕的書生開口道：「倦侯賑災之名一旦傳揚出去，再說無關帝位之爭，只怕也沒人相信吧？」

韓孺子早想到此節，說道：「譚家放糧，只用譚家的名義，地方收編流民，一切歸功於大將軍，我的名聲絕不出此廬。」

瞿子晰年紀不大，在讀書人當中地位卻最高，賑災之題最初也是他提出來的，這時道：「郭先生說得沒錯，空談仁義這麼多年，也該咱們實踐一回了，縱不能讓各部官員支持賑災，也絕不能讓他們壞事。」

十幾名書生稱是，紛紛出言獻策，利用同窗、同年、同鄉以及師生關係，讀書人能與朝中幾乎所有官員取得聯繫。

楊奉走到倦侯身邊，小聲問：「倦侯與我都不能離京，大將軍不能返京，怎麼勸說他？」

「我想派孟娥去。」

楊奉微微一愣，他認得孟娥，知道那是一位只擅長武功的女子，口才比不上普通人，讓她勸說大將軍，實在是強人所難。

「大將軍的一個女兒是汶陽侯夫人，與平恩侯夫人交情不錯，汶陽侯現在大將軍麾下任職，還有幾位命婦，其夫都在軍中，夫妻分離多日急盼一聚，商縣離京城很近……」

楊奉已經明白了，韓孺子是要先禮後兵，大將軍韓星如願配合，再好不過，如果拒絕，就只能讓孟娥出面了，「她一個人不行，我再給你介紹幾個合適的幫手。」

瞿子晰走過來，拱手道：「倦侯想必已有妙計勸服大將軍，可是也需有人代為傳話，瞿某不才，請纓前往。」

「瞿先生肯親自出馬，再好不過。」韓孺子大喜。

眾人商議妥當，各自散去，回到倦侯府，韓孺子向楊奉問道：「讀書人裡也出說客，與那些望氣者有什麼區別呢？一個講仁義，一個講天命嗎？」

「天命無常，仁義有道。望氣者的順勢而為，其實是見機行事，不執一端；讀書人或許固執、或許迂腐，也不乏見利忘義之徒，但是畢竟有所堅持，不肯隨波逐流。如果只是爭權奪勢，望氣者可能更有用，如果意在治國平天下，倦侯需要一大批讀書人，即使他們可能不討你喜歡。」

韓孺子笑了笑，以他現在的處境，更多的還是爭權奪勢，可是受楊奉影響，他一點也不相信望氣者。

孟娥回來覆命，幾名貴婦很願意與夫君會面，也願意帶上孟娥，對於勸說大將軍「招安」流民，她們卻不太熱心，只是表面上答應試一試。

第二天，楊奉找來三名女子，粗手大腳，看樣子都是練過武功的人，換上侍女的服裝之後，她們將與孟娥一塊前往商縣。

又過去三天，孟娥等人與數名貴婦離開京城。

東海王也給韓星寫了一封信，可他並不覺得賑濟災民是當務之急，「新皇帝登基，大赦天下、開倉放糧、普天同慶，那樣多好？現在賑災，名聲都歸給了太后和大將軍，人家還不情不願的，唉！浪費啊。一群讀書人而已，值得費這麼大心思拉攏嗎？」

韓孺子也在等著讀書人能帶來「奇蹟」。

國子監與太學的師生利用重重關係勸說朝中官員不要阻止賑災，結果不錯，大多數人都表示不會多管閒事，只有一個人例外。

「左察御史蕭聲已經放出話來，他會盡一切所能阻止賑災。」郭叢來見倦侯，額頭上滲出細汗，他的確老了，跑幾步路就已氣喘吁吁，「這是他與倦侯之間的私人恩怨。」

這的確是大麻煩，蕭聲曾在神雄關受辱，不肯與倦侯和解，於是讀書人向韓孺子顯露出一點自己的力量。蕭聲放話的第二天，十幾份奏章分別送到御史台，彈劾對象正是御史台兩名御史之一的蕭聲，理由多樣，從能力到品行都被貶得一無是處。蕭聲大怒，可是沒等他反擊，更多的彈劾奏章湧向御史台，宰相府和吏部也接到不少。

由於太后和皇帝不肯批覆奏章，這些彈劾不會產生實際效果，但是對蕭聲的名聲卻是一大打擊，在僵持了整整三天，經過若干次對抗與談判後，蕭聲屈服了，身為言官，他比一般官員更重視名聲。

「蕭聲提出了條件，只要所有的往來文書裡不提『倦侯』兩字，他就不會干涉。」郭叢代為傳話，整個過程中，韓孺子與蕭聲沒見過面。
韓孺子並不在意，他只關心大將軍韓星那邊的消息。
商縣離京城很近，只有不到一日的路程，去探望夫君的貴婦們卻一直沒有回來，也沒有消息傳來。

第二百二十三章 丟印

大將軍韓星找了許多理由推託送上門的麻煩，先是聲稱官印不在身邊，又說調兵之事太複雜，他一個人決定不了，最後不得不透露真實想法。

「這是讓我拿身家性命支持倦侯啊，這種把戲騙得了誰？冠軍侯稱帝，必然拿我開刀，就算是倦侯登基，也會忌憚我的權力，功高震主這種事情，我是明白的。」

作為一名武將，韓星已經達到頂級，再沒有提升的餘地，與宰相殷無害一樣，他希望平平安安地度過晚年，遠離大風大浪。

「可是，父親，您已經薦舉倦侯，早就被認為是倦侯這邊的人，大部分宗室子弟也是因此才決定暗中支持倦侯的啊。」韓星只有一個女兒，備受寵愛，嫁人之後生了兩個兒子，一個隨夫姓、一個改姓韓，名義上過繼給韓星的一個侄子，其實是要傳承他家的香火。

韓星唯有苦笑，面對女兒，他沒法再隱瞞下去，「其實這是冠軍侯的主意，與其將倦侯逼得無路可走，以至冒險起兵造反，不如給他一次參與選帝的機會，留在京城更好對付……」

韓女目瞪口呆，「父親，我還以為……我可是真心在幫倦侯，還有你的女婿……」

韓星無奈地說：「你們一家不用擔心，有我在，冠軍侯登基之後不會為難你們。」

「還有其他人，宗室、勳貴……平恩侯夫人……」

韓星長嘆一聲，「當初鉅太子被殺的時候，宗室沒有為他求情，反而紛紛指責他忤逆不孝，冠軍侯一直記在心裡……」

「那是十幾年前的事情，而且……而且想殺鉅太子的是武帝，沒人敢反抗武帝。」

「沒辦法，皇帝登基總是要除掉一些人，為鉅太子報仇大概只是藉口罷了，冠軍侯想透過倦侯找出哪些宗室子弟對他不滿，為父沒有別的本事，只能保你們一家的安全。先在這裡住幾天，等京城安穩了妳再回去。」

韓女面色蒼白，「好幾位侯夫人跟我一塊來的，我該怎麼對她們說？」

「將責任都推到我身上好了，總之開倉放糧之事必不可行，這是冠軍侯登基之後要向天下顯示皇恩的大事，怎麼可能提前進行？倦侯太年輕，那些讀書人想得也太簡單。」

冠軍侯要幾個月以後才能登基，這段期間災民的生活無人關心，大將軍父女也不關心，他們只想在驚濤駭浪之中自保。

韓女告退，既震驚，又感到一點踏實，起碼父親已經為她的一家人安排好了退路。

夜色正深，小小的商縣裡也沒有什麼深宅大院，韓女叫上正在寒風中瑟瑟發抖的丫鬟，去往自己的房間，她得想一些合適的託辭以應對平恩侯夫人等人的追問。

「妳幹嘛抖成這樣？」韓女不滿地問，雖然外面很冷，但是丫鬟抖得太厲害，未免有失體面。

丫鬟顫聲道：「夫人……院子裡有鬼……」

「呸，是妳心裡有鬼，再敢胡說八道，撕爛妳的嘴。」

丫鬟再不敢作聲，努力控制身體，不去想剛剛見到的「鬼影」，心想自己身賤人輕，鬼也看不上吧。

「鬼」的確看不上一名丫鬟。

離京足足五天了，偷聽到韓氏父女的交談之後，孟娥覺得自己可以行動了。

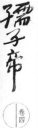

大將軍韓星所住之處守衛森嚴，但那是對外，女眷居住的內宅，沒有士兵巡視。就因為衛兵眾多，韓星心裡很踏實，連房門都沒閂。

等了半個時辰後，孟娥輕輕推門進入大將軍的臥室，絹帕一掃，大將軍的鼾聲消失，一向輕眠的他，睡了多年來第一個深沉的好覺，片刻之後，服侍他的貼身隨從也沉沉睡去。

韓星聲稱官印不在商縣，孟娥可不這麼認為，韓孺子派她出來時說過：南、北軍對峙，此時大將軍的權力最重，絕不會讓官印離身。

孟娥先在韓星的床上搜了一會，沒有發現印匣，站著想了一會，又到隨從的床上搜索，還是沒有，又想了一會，伸手去摸隨從腦下的枕頭，上面有縫隙，不只是枕頭，還是長方形的盒子。

迷藥能讓人酣睡，但是動作太大的話，還是會驚醒對方，孟娥將隨從放在一邊的外衣捲成一團，極快地推開枕頭，將衣服墊在隨從腦下。

隨從翻了個身，喃喃幾句，繼續酣睡。

孟娥拿起枕頭，輕輕摸了一遍，這果然是一只上鎖的木盒。

孟娥夾著木盒，直接去韓星那邊尋找鑰匙，她猜得沒錯，鑰匙就掛在大將軍的脖子上。

她屏住呼吸，輕輕拿起鑰匙，在黑暗中摸索著，慢慢對準匙孔，咔嗒一聲，盒子打開了。

接下來的事情很簡單，木盒裡還有一只匣子，沒有鎖，裡面裝著一顆印，孟娥取出，將另一顆大小差不多的印放進去，隨後將一切恢復原樣。

假印與真印差別甚大，只要看一眼就能認出來，孟娥此舉只是為了騙過一時。

次日一早，國子監博士瞿子晰來向大將軍辭行。他已經竭盡所能勸說，從倦侯的信任、百姓的生存、朝廷的穩定一直說到天下的期待，大將軍每樣都認可，就是不肯配合。

在韓女的勸說下，一塊來商縣的幾名貴婦也不再催促丈夫，她們實在不怎麼關心開倉放糧，覺得這對倦侯爭位也沒有多大幫助。

當天中午，韓星終於發現官印被調包，他既驚且怒，立刻派兵去追早晨離開的瞿子晰，更命令關閉城門、圍住宅院，搜查所有客人，不分男女。

為了安撫同伴，韓女第一個寬衣自查，然後才是其她貴婦以及侍女，孟娥與三名五大三粗的侍女被搜查得最為徹底，平恩侯夫人一邊道歉一邊勸說，可是什麼東西也沒搜出來，孟娥表示理解，但是發誓說自己沒偷走任何東西。

眾人借住在縣衙後院，連縣令及其家眷也被搜過一遍，鬧得人人膽戰心驚，結果還是什麼都沒找到。

一向好脾氣的韓星真的憤怒了，穿上全套盔甲，手持寶劍，坐在縣衙大堂之上，兩邊排列著大批衛兵，就等瞿子晰被帶回來，那樣一名文士壓根跑不快。

天黑前，瞿子晰被一群士兵推進大堂，他也很憤怒，面對韓星立而不跪，「大將軍好威風，這就是你的待客之道？」

韓星冷著臉，「瞿先生還是反省一下自己的為客之道吧。」

兩名衛兵上前，將瞿子晰全身上下搜了一遍，又有人帶進包袱，打開之後扔了一地，瞿子晰大笑，「原來是懷疑我偷了東西，瞿某總算讀過幾年書，沒想到在大將軍眼裡竟然是一名竊賊，此名不除，瞿某何以為人？」

瞿子晰頗有讀書人的倔脾氣，推開衛兵，就在大堂之上寬衣解帶，脫得乾乾淨淨，嘴裡大聲背誦《論語》與《孟子》的片段，以示坦蕩無愧。

韓星的銳氣沒了，開始後悔自己的魯莽，他知道瞿子晰在讀書人之間的地位，也知道這幫讀書人一旦被惹惱會有多難纏，想當年武帝濫殺無辜的時候，宗室噤若寒蟬、大臣俯首聽命，只有翰林院、國子監和太學的一群書生敢於上書指責武帝，挨打、免職、下獄全都不能讓他們改變主意，參與者反而越來越多，到了最後，武帝雖然沒有因此改過，卻也將讀書人全部釋放一個沒殺，算是一次破天荒的退讓。

韓星離座，親自為瞿子晰披上外袍，將追人的士兵狠狠地訓斥了一番，然後將瞿子晰請入後宅，再次道歉。瞿子晰也不多說，只是反覆強調自己聲名受損，回京之後一定要向朝廷討個說法，堅持到半夜才勉強原諒大將軍，被送回原來的房間休息。

韓星睡不著了，那名隨從是他的心腹之人，即使如此，也挨了一天的拷問，早已遍體鱗傷，還是一點線索也供不出來。

直到後半夜，韓星迎來一位他最不想見到的客人。

一名望氣者就在商縣，替冠軍侯傳話，同時也在監視大將軍，經過一整天的觀察，望氣者疑惑重重，「大將軍印真的丟了，還是……虛張聲勢？這個時候忠誠比什麼都重要，冠軍侯相信大將軍，也希望大將軍以忠心回報冠軍侯。」

韓星焦頭爛額，賭咒發誓官印真的被盜，自己忠於冠軍侯，無論如何也要將官印追回來，「光有官印沒用，沒有我，大將軍幕府不會制定軍令，明天一早我就回函谷關，親自坐鎮，絕不給人以可趁之機。」

「大將軍親自坐鎮，冠軍侯應該放心了，只是官印丟失，畢竟是個麻煩。」

「到底該怎麼做，才能讓冠軍侯相信我？」韓星被逼到絕路，就差跪下磕頭求饒了。

「盜印顯然是倦侯指使手下人所為，大將軍不肯下狠手，才會陷入困境，如今多等一天，官印就離得更遠一些，大將軍得當機立斷了。」

韓星呆若木雞，按照原計畫，選帝結束之後，倦侯承認失敗、大將軍則做出表率承認冠軍侯為帝，各方皆大歡喜。如今他卻要提前與倦侯決裂，一世英名付諸流水，可官印不追回來，總是一個大大的隱患。

韓星暗自埋怨倦侯壞事，也惱怒冠軍侯與望氣者步步緊逼，可是沒有辦法，他只能選擇實力更強的一方。

「好吧。」韓星走到門口，向一名衛兵說道：「去將倦侯府的四名侍女叫來。」

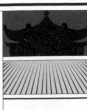

第二百二十四章　不太會說話

孟娥等四人受到大將軍傳喚，平恩侯夫人不得不跟來，她得對這四人負責，而且還想弄清楚風向的變化，她已經察覺到大將軍韓星對倦侯的支持三心二意，為保險起見，將韓星的女兒也一塊拉上。

韓星不想在自己的臥室裡拷問侍女，也不想在大堂之上被太多人注意，在後院找了一間無人居住的空屋，數十名衛兵在外面把守。望氣者提醒大將軍那四名侍女很可能會武功，韓星選派十名強壯的衛兵進屋，既是保護者，也是行刑者。

孟娥等人來到，韓星看到女兒和平恩侯夫人，不由得眉頭微皺，但是沒有逐客，他不打算立刻動手，如果能勸說侍女承認盜印並交出來，自然最好不過。

在韓星眼裡，這只是四名極為普通的侍女。

在望氣者眼裡，她們不過是普通的江湖人，會點武功，僅此而已。

孟娥等人向大將軍行禮，韓女與平恩侯夫人站在衛兵身後，無意為侍女求情，只想親眼看到大將軍究竟如何選擇。

韓星目光掃過四女，「你們是倦侯的人吧？」

「是。」孟娥代為回答。

「倦侯只怕是有些誤解，聽說他在神雄關奪過官印，非常成功，可他忽略了一件事，神雄關當時無主，將士惶駭不安，願意聽從任何楚將的命令。函谷關不同，那裡駐軍數萬，將校俱全，別說一枚大將軍印，就算將我本人挾持，也未必能讓眾將士聽令。」

韓星一邊說一邊打量四女，稍稍停頓了一會，「我知道，這是裡應外合，妳們盜走大將軍印後交給外面的人，那人帶著大將軍印去函谷關，可是沒用，那人一亮出大將軍印，立刻就會被活捉，如何處決，就等我的一句話。」

韓星嘆了口氣，「一直以來，我都很照顧倦侯，在軍中給予他不少特權，倦侯在神雄關需要支持的時候，我任命他總督軍務，我不明白，他為什麼要用這種方式回報我？」

孟娥看了一眼大將軍身後的望氣者，「我不太會說話，只想知道這人是不是冠軍侯派來的？」

望氣者露出微笑，沉默不語。

韓星沒有回頭，神情漸漸冰冷，「識時務者為俊傑，想當初冠軍侯的確想除掉倦侯，誰讓他是桓帝之子、曾經當過皇帝呢？倦侯只需死守神雄關與碎鐵城，讓冠軍侯知道他已有一定勢力，自然就能躲過一劫，可倦侯非要潛回京城。冠軍侯要當天命所歸的皇帝，不希望看到朝中發生混亂與反對，所以他容忍了倦侯，甚至默許我薦舉倦侯。可倦侯若是因此以為自己真有機會奪取帝位，那就太可笑了，他的確可以為自己爭得更大的名聲，讓冠軍侯登基之後封他為王，可是這中間有一條界線。」

韓星用手在腹部和胸前各比劃了一下，「一無所有的倦侯和威脅太大的倦侯，都面臨著極大的危險，只有在這兩者中間才是安全的，妳們明白嗎？」

孟娥等人點點頭，另外三女受她影響，也不愛說話。

「倦侯拉攏讀書人，甚至拉攏幾名大臣，都是可以的，那只會令冠軍侯的勝利實至名歸，可是盜取大將軍印……」韓星嚴肅地搖搖頭，「他過界了，妳們都過界了。」

孟娥開口道：「倦侯只是想借助大將軍的權勢開倉放糧。」

這算是間接承認盜印了，韓星笑了一聲，「沒人知道倦侯究竟想做什麼，連妳們也不知道，他能用大將軍印做許多事情，起碼能製造許多麻煩。給別人……也給他自己。冠軍侯同意倦侯留在京城，最重要的理由就是能隨時監督他的所作所為，可倦侯非要讓人猜不透，這就不對了，冠軍侯不能接受這種事，我也不能。」

「聽上去冠軍侯已經掌控一切。」

韓星點頭，「倦侯以為北軍會支持他嗎？不不，那只是好感，並非支持，冠軍侯登基之後，就算命令北軍將士放下兵器，全體下跪受縛，他們也不會反抗。倦侯爭來爭去，所得到的不過是一些名聲，名聲有好處，但是不能讓他成為皇帝。」

韓星成功地說服了一個人，不是四名侍女中的任何一位，而是一直在旁聽的平恩侯夫人，一旦確認大將軍對倦侯的支持並不真誠，她也要及時改變態度。

平恩侯夫人知道孟娥才是倦侯的親信，上前一步勸道：「大將軍說得很清楚了，也很寬宏大量，孟姑娘，如果妳知道大將軍印的下落，還是說出來吧，這也是為倦侯著想。」

孟娥低頭想了一會，抬頭道：「你說的都是真話？」

韓星心中稍寬，以他大將軍的身份，肯對幾名侍女說這麼多話，已經算是非常客氣了，「如果冠軍侯不是勝券在握，我又何必押上自己的一世英名呢？」

「冠軍侯怨恨宗室子弟背叛鉅太子呢，不是真的？」

「是真的，那又怎樣？皇帝本來就不可能喜歡每一個人，可也不會無緣無故殺死所有惹怒他的人，就連武帝也不會，冠軍侯已經掌握宗室與勳貴的立場，知道該提防誰，也知道該獎賞誰，對他來說，這已經不是大問題了。」

平恩侯夫人身子一顫，退後兩步，緊緊抓住韓女的胳膊，她因為大將軍而支持倦侯，待會也要透過大將軍向冠軍侯表露忠心。

「說吧。」韓星命令道。

孟娥又想了一會，「我不太會說話……找回官印對倦侯真有好處？」

「只有好處，沒有壞處，我會當這件事不存在，冠軍侯也不會追究。」韓星轉身看了一眼望氣者，望氣者開口道：「冠軍侯絕非睚眥必報之人，只要不影響選帝，只要倦侯還在可控範圍內，他還是會原諒倦侯，也會原諒那些曾經三心二意之人。」

平恩侯夫人覺得最後一句話是說給自己聽的，激動萬分，將韓女的胳膊抓得更緊了。

「好吧，我知道官印的下落，但我只告訴大將軍一個人。」

韓星沒有多想，邁步就要上前，望氣者卻很謹慎，立刻上前攔住大將軍，他對這四名侍女不太瞭解，只知道孟娥曾在宮中當過侍衛，身手應該不會太差，「有什麼話當眾說就好。」

「可是這件事會牽涉到大將軍身邊的人……」孟娥欲言又止。

韓星與望氣者同時看向韓女，大將軍的女兒急忙甩開平恩侯夫人的掌握，大聲道：「與我無關，真的，父親，我不可能……」

韓星揮手，表示信任女兒，對其他人，他的信任就沒有這麼牢固了。

望氣者與韓星對視一眼，上前道：「對我說吧。」

孟娥還在猶豫，韓星道：「對他說無妨，無論牽涉到誰，都不必隱瞞。」

屋子裡的十名衛兵有點緊張，雖然都覺得自己是清白的，但是相處已久，不希望看到同伴惹上麻煩。

孟娥走向望氣者，望氣者問道：「她身上沒有兵器吧？」

平恩侯夫人馬上道：「沒有，我搜過。」

望氣者放心了，孟娥走到他身邊，湊在耳邊說了幾句。

「什麼？」望氣者沒聽清。

孟娥又湊近一些，說了幾個字，望氣者扭頭看向大將軍，面露驚訝，韓星一呆，心想不管這名侍女說了什麼，自己都有辦法辯解，只要找回官印就好。

望氣者似乎想說什麼，卻沒有開口，就那麼一直盯著大將軍。

孟娥退後，與另外三名侍女站在一起。

韓星被盯得發毛，「方先生……方先生……」

一名衛兵最先發現不對，大聲道：「他在流血，刺客！有刺客！」

十名衛兵同時拔刀，護在大將軍身前，平恩侯夫人與韓女嚇得癱倒在地上，發不出聲音。

望氣者的心口不知被什麼刺了一下，鮮血浸濕衣裳，越來越明顯。

刺客毫無疑問是孟娥，十名衛兵持刀相向，只待大將軍一聲令下，三名侍女挽起袖子，守在孟娥身前。

韓星愣了好一會，終於清醒過來，指著侍女，「妳、妳……」

孟娥平靜地道：「我不太會說話，大將軍不如將瞿先生請來，讓他說吧。」

韓星怒火中燒，哪聽得進去勸告，「殺死這四個賤婢，我去向冠軍侯解釋。」

衛兵持刀向前，韓星的女兒突然醒悟，顫聲道：「父親，等等。」

「還等什麼？她們盜走了官印，如今又當著我的面殺死方先生，冠軍侯肯定以為……」

韓女就為這件事著急，強撐著站起身，「方先生是冠軍侯心腹，這四人只是奴婢，殺死她們也不能求得原諒，反而會讓冠軍侯更添懷疑。」

韓星一驚，急忙示意衛兵止步，尋思了一會，「去叫瞿子晰來。」

一名衛兵領命而起，韓星越想越驚，問道：「是倦侯讓妳這麼做的？」

孟娥不肯開口。

韓星又問道：「妳用什麼殺死……」

「簪子。」孟娥說，她有一枚特製的簪子，外表是金製，裡面藏著一根鋼針。

韓星猶疑不定，退後兩步，「倦侯……有什麼打算？像妳這樣的手下很多嗎？」

孟娥又不開口了。

沒一會，瞿子晰來了，雖然沒睡多久，依然穿戴整齊，不露倦容，以為又要與大將軍爭執，結果剛一進屋，正好望氣者的屍體倒下，把他嚇了一跳。

「倦侯的手下殺死了冠軍侯的心腹之人。」韓星道。

「我從前是太后身邊的侍衛。」孟娥補充道，「我不太會說話，請瞿先生向大將軍說說吧。」

眼前發生的事情太古怪、太驚悚，瞿子晰卻馬上領悟到其中的契機，咳了一聲，對勸說大將軍支持倦侯開倉放糧，有了十足把握。

「大將軍以為倦侯無根無基，支持者甚少，大錯特錯……」

第二百二十五章　第一份公文

商縣那邊太久沒有消息傳來，韓孺子有點擔心了，「讓孟娥肩負如此重大的責任，我是不是過於魯莽了？」

楊奉這兩天沒怎麼出門，坐在書架旁邊，抬頭問道：「倦侯怎麼對她說的？」

「如果大將軍只是猜疑不決，那就做點事情堅定他的信心，比如留張神祕紙條什麼的；如果大將軍已經投向冠軍侯，那他身邊必有冠軍侯的心腹之人，我讓孟娥……殺掉這個人，以此離間大將軍與冠軍侯。」

楊奉露出微笑。

「楊公覺得我的計畫很幼稚嗎？」韓孺子問，他自己並不這麼認為，所以聲音略顯嚴厲。

楊奉笑著搖搖頭，「有人腰纏萬貫，走在街上卻與普通人無異；有人勉強維持溫飽，卻能讓人以為他揮金如土。帝王要讓自己的權力延伸到十步以外，得做後一種人，倦侯深得其中精髓。」

要不是對楊奉的理念十分瞭解，韓孺子會以為這些話是在嘲諷，笑了一聲，喃喃道：「除了虛張聲勢，我還有什麼選擇呢？」

「虛張聲勢是帝王之術，掌握此術的人不只倦侯一個。」

韓孺子微微一愣，正想細問，外面傳來腳步聲，很快房門被推開，兩個人衝進來，跪在地上向倦侯磕頭，嗚咽著叫喊「主人」。

張有才和泥鰍回來了，他們一直留在滿倉城，作為鎮北將軍的親信安撫眾將士的情緒，直到大部分勳貴子弟離開之後，才動身返回京城。

韓孺子安慰一番，讓兩人下去休息，然後對楊奉說：「四百七十多名部曲士兵，應該都回京了，只有泥鰍能聯絡到他們。」頓了一下，他繼續道：「這不是虛張聲勢。」

「倦侯確信這些人不會走露風聲，而且會追隨你赴湯蹈火？」

韓孺子想了一會，「我不敢保證他們會守口如瓶，但他們會為我赴湯蹈火。」

楊奉對這些部曲士兵不熟悉，韓孺子解釋道：「我不只養活這些部曲士兵，還在接濟他們留在拐子湖的家眷，小君……夫人一直在替我做這件事，她進宮之後，帳房何逸負責每月撥銀送糧，這應該夠了吧？」

楊奉不瞭解部曲，卻瞭解江湖與官場，他想了一會，「只要倦侯一直在上升，忠誠不會是大問題，關鍵是如何利用這四五百人，『虛張』出千軍萬馬的氣勢。」

韓孺子對楊奉的第一句話更感興趣，「一直上升？等我當上皇帝……如果的話，就沒辦法再上升了吧？」

楊奉盯著倦侯看了一會，「倦侯從太祖的經歷當中學得許多手段，從今以後，應該多看看武帝的實錄了。」

韓孺子正在爭奪帝位，經歷稍有相似之處的太祖當然更吸引他，而武帝是他的祖父，曾經見過一次面，留下的印象既深刻又模糊，比陌生人更難把握，「武帝實錄還沒有整理出來吧。」

「嗯，也對，等你當上皇帝，就能看到了。」楊奉很少預測未來，但是不經意間說出的某句話裡，卻透露出強大的信心。

韓孺子受到感染，「楊公，你剛才說『虛張聲勢』的人不只我一個，是說冠軍侯嗎？」

「尤其是冠軍侯。」楊奉曾當過將近一年的北軍長史，韓孺子身邊的人沒誰比他更瞭解冠軍侯。

韓孺子深感意外，幾乎得到所有大臣支持的冠軍侯，怎麼會比他更「虛張聲勢」？

「冠軍侯最大的軟肋不是虛張聲勢，我說過，這是帝王之術，有野心的皇子皇孫都應該掌握，他的問題是不知道自己在虛張聲勢，騙人騙到連自己都相信了。」

韓孺子笑了一聲，他可沒有楊奉這麼鎮定的心態，在他看來，冠軍侯仍然佔據著不可動搖的強大優勢。

又有人不經通報跑了進來，東海王每天必至，今天來得算是晚了，一進屋就氣喘吁吁地說：「聽說了嗎？聽說了嗎？」

扭頭看見楊奉，東海王閉上嘴，喘了兩口氣，「你沒出門？」

楊奉嗯了一聲，沒有解釋自己為什麼留下，東海王也不問，轉向韓孺子，「戶部接到第一份公文了，說是大將軍傳令，要求各地多備糧草……」

韓孺子拍案而起，興奮得大叫兩聲，將東海王嚇了一跳，連楊奉也側目而視。

「成功了！」韓孺子高高懸起的一顆心總算落下，他沒法掩飾心中的激動，繞過書案，來回走了幾圈才冷靜下來，向東海王笑道：「你繼續說。」

「沒了，只要沒有衙門明確提出反對，各地開倉放糧勢在必行，你的目的達到了，讀書人也高興了，可這有什麼用？唯一的效果就是惹怒了冠軍侯，我聽說他真的非常、非常生氣，他本來想在登基之後借助賑災來籠絡人心的，卻被你搶了先。」

「不會有太多人知道這與我有關，天下百姓只會感謝朝廷、感謝大將軍。」

「反正冠軍侯的風頭被奪走了，他只怨你。」

興奮過後，韓孺子感到困惑，「大將軍同意接收流民，為什麼瞿先生他們沒有給我傳信？」

「大概是害怕事前走漏風聲，會受到冠軍侯的阻撓吧。」東海王猜道。

只要還沒有聖旨可頒布，這次開倉放糧隨時都可能中途夭折，韓孺子問道：「有部司衙門提出反對嗎？」

「第一份公文今天才到戶部，沒有聖旨，任何一個衙門都沒辦法向所有郡縣下達命令，只能接到文書之後，挨個做出回應，或者不做回應。」東海王對各大部司的運作頗為瞭解，而且有「廣華群虎」相助，他的消息也很靈通，「聽說戶部官員都被叫到衙門裡，正在商議對策，冠軍侯那邊也在……」

府丞跑來通報，他已經習慣了種種意外，可這一次還是顯得驚慌失措。一大群官員同時前來拜訪倦侯，個個氣勢洶洶，僅僅是餘威就足以將一名小吏嚇得兩腿發軟。

來的人不少，左察御史蕭聲、右巡御史申明志、吏部尚書馮舉、兵部尚書蔣巨英……一共十幾名大臣，大步走進書房，毫不客氣地訓斥倦侯，有說他破壞選帝規則的，有說他動搖大楚根基的，有說他自尋死路的，或威逼、或利誘，總之都是要求他立刻寫信給大將軍，停止所謂的招安與捉拿俘虜。

對這些大臣的激烈反應，韓孺子很意外卻無懼意，反而越發鎮定，坐在書案後面，微微揚頭，看著他們一個個唾星橫飛。

東海王替韓孺子辯解了幾句，不過很快就敗下陣來，對方人太多，他一個人孤掌難鳴，韓孺子與楊奉都不肯幫忙。

這次興師問罪持續了小半個時辰，大臣們離去的時候，府丞、府尉癱倒在門口，以為即將大難臨頭。受他們的影響，府裡的奴僕個個不知所措，張有才、杜穿雲等人聞訊跑到書房，結果卻看倦侯、東海王、楊奉三人互相慶祝。

韓孺子笑著向張有才說：「去，讓廚房準備酒菜。」

張有才應了一聲，叫其他人一塊離開，邊走邊撓頭，「我好長時間不在府裡，錯過什麼了？僕人哭，主人笑，這到底是怎麼回事？」

杜穿雲舔舔嘴唇，「管他怎麼回事，又有好酒喝了。」

書房裡，東海王滿臉驚訝，「真是想不到，冠軍侯竟會出此昏招，他逼著這群大臣來此鬧事到底是圖什麼？希望看到大臣表露忠心？可是有人來有人沒來，殷無害就沒露面，豈不更加露怯？他不會真以為大臣們叫嚷一番就能改變一切吧？」

韓孺子也不理解，冠軍侯的反應完全出乎他的意料，不是更暴烈，而是更軟弱。那些大臣表面上氣勢洶洶，其實都心虛得多，離開的時候甚至有人偷偷向倦侯拱手。

他有點理解楊奉之前所說的話了，「冠軍侯開始懷疑大臣對他的支持了，東海王，讓『廣華群虎』多做打探，任何一個部司想要駁回任何一份公文，哪怕只是一個小縣，也要提前告訴我。」

「放心吧，這麼看來，開倉放糧對冠軍侯還真是一次不小的打擊，讓他亂了陣腳——讀書人真夠陰險的。」東海王告辭，比到來時信心更足。

「東海王什麼時候會亮出真實面目？」韓孺子問道。

楊奉想也不想地說：「一個是冠軍侯大勢已去的時候，一個是你即將大獲全勝的時候。若東海王自己做決定，很可能會選前者，他的性子有點急，如果有聰明人輔佐，更好的選擇是多等一陣。」

韓孺子馬上想到了譚氏，還有東海王的母親，她在進宮之前為兒子選了一位得力的妻子。

戶部接到的第一份公文擾亂了朝廷，大臣和東海王離開不久，郭叢登門了，與第一次拜訪的態度截然不同，這回他是主動來幫忙的。

「大楚有數十處郡、上千座縣，其中六七成有流民，是否願意開倉放糧，全在郡守與縣令的一念之間，尤其是郡守的選擇，影響極大。倦侯已經實現諾言，我們這些書生不能只看熱鬧，已經有四十多人離京上路，攜帶大量書信前去勸說相識的郡守與縣令，或許能助倦侯一臂之力。」

韓孺子起身，一躬到地，向郭叢致謝。

郭叢走後，韓孺子說：「讀書人開始展現他們的實力了。」

楊奉道：「不只如此，此時人人以為開倉放糧是大將軍的功勞，等這些讀書人走過一遭，倦侯的所作所為就將天下皆知，最早支持倦侯的官員或許就在這些郡守當中。」

楊奉終於輔佐倦侯取得第一個勝利，對他來說，真正殘酷的爭鬥才剛剛開始，「冠軍侯不會就此認輸，也不會只派大臣叫嚷，倦侯準備接招吧，勝了這一戰，你的對手很可能會減少一位。」

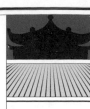

第二百二十六章 勢變

冠軍侯沒有認輸，在經歷最初的無謂憤怒之後，他逐漸冷靜下來，開始指使大臣們做出切切實實的反擊。

第一個行動的大臣是兵部尚書蔣巨英。大將軍韓星品級更高，但也沒權力獨斷專行，重大的軍令必須及時上報給兵部，再由兵部轉交給皇帝，在這個過程中，如果軍令有錯，兵部可以退回要求改正，在錯誤十分明顯的情況下，兵部還可以直接否決此道命令。

所謂的錯誤，通常是字句不通、語義含糊、犯了避諱等等，改正即可，在極罕見的情況下，軍令中的某句話會出現明顯的歧義，這個時候兵部就可以暫時否決此令，無需上報皇帝。

兵部的官員們聚在一起，反覆閱讀大將軍派人送來的軍令，到了倒背如流的程度，卻連筆劃錯誤都挑不出來，熬了整整一個晚上之後，兵部還是要否決軍令，理由很簡單：印章不清，有可能是偽造。

這是個荒唐的理由，除非大將軍本人親自攜印回京，誰也無法證明印章為真，兵部實在無法可想，才撕破臉皮做出這種事。

與此同時，兵部還要向各地駐軍直接發文，禁止將領們執行軍令。

天還沒亮，東海王就跑來敲門，有「廣華群虎」相助，他的消息十分靈通。

韓孺子只有差不多一個時辰的時間阻止兵部，這是他與冠軍侯之間的短兵相接，比的是眼準手快。

兵部尚書蔣巨英與崔家沾親，東海王已經派人與他聯繫，蔣巨英只回了一句話：「職責所在，不論私情。」

楊奉立刻去找郭叢，京城一大批功名在身的讀書人早已摩拳擦掌，就等著有人露頭，兵部算是首當其衝。半個時辰之後，兵部被一群赤手空拳的書生包圍，他們堵住門口，不許任何人出門，高呼蔣巨英的名字，讓他出來對質，解釋一下為何要阻止各地賑濟災民。

兵部離皇宮正南門只有百步之遙，成隊的宿衛士兵來回巡視，卻沒有加以干涉。

蔣巨英派人衝了兩次，可是這些書生不是翰林院的學士，就是國子監與太學的弟子，差人們不敢真的動手，數量上又不佔優勢，兩次硬衝都以失敗告終。

書生越聚越多，天光大亮之後，又來了一批老先生，其中一位白髮蒼蒼，是被弟子們攙來的，雙手顫抖著，當眾念出一份「絕交書」，斷絕與蔣巨英的師生關係。

事情越鬧越大，連周圍的其他各部衙門也受到牽連，只好大門緊閉，乾脆不辦公了，以免書生們衝進來

期間來過幾隊士兵，試圖驅趕鬧事的讀書人，沒能成功，自己反而被驅逐了。畢竟，宿衛八營不允許有人攜帶兵器接近皇宮。

韓孺子沒有閒著，天亮不久，他與東海王一塊去見英王。

英王身邊的望氣者名叫袁子凡，兩人一塊接見到訪者。

韓孺子帶來一份請願書，希望各部司衙門以蒼生為念，不要阻止各地開倉放糧，並許諾今後絕不會追究失職之罪，韓孺子與東海王已經簽字蓋印，來請英王加入。

英王還沒怎麼睡醒，坐在椅子上不停地打哈欠，要筆要印，想將兩位侄兒打發走，袁子凡笑著阻止英王，然後與到訪者唇槍舌劍地爭辯一番。

「雖是皇子皇孫，卻無實權官職，又在爭位選帝時期，何敢干涉朝政？」

「朝政擁滯，正是宗室子弟效命之時，爭位選帝，英王既是參與者之一，正該趁機揚名，為何置身事外？」

「揚名的是倦侯與東海王，與英王何干？」

「所謂順勢而為，我們兩人造勢，英王借勢，我們已經留下空白，英王是長輩，印章在前，我們不爭。」

「既然對大家都有好處，為何不先去找冠軍侯？」

「我們正有此意，先見英王，乃是表尊長之意，英王若有興趣，我二人願奉英王為首，一道去見冠軍侯。」

「英王年幼，不會參與此事。」

「既能參與爭位選帝，何出『年幼』之言？」

「……」

韓孺子與東海王以二敵一，漸漸佔據上風，袁子凡身為望氣者，擅長的是因勢利導，原以為能夠輕鬆擊敗兩名年輕人，沒想到左支右絀，即將敗下陣來，臉色不由得忽青忽紅。

韓孺子壓制袁子凡，東海王轉攻英王，小聲勸他自己做主，「你是武帝之子，今後想當皇帝，現在就得練習一言九鼎，什麼事情都得自己拿主意……」

「英王，別聽他亂說。」袁子凡一邊應對倦侯，一邊還要注意英王，更加慌亂，心中後悔，早知如此就該拒見這兩人。

英王卻已被說服，跳到地上，大聲道：「一起去見冠軍侯，問問他憑什麼藏著酒肉糧食，不肯拿出來！」

「對，非得讓他解釋清楚。」東海王賣力攛掇，也不管英王的理解有多少錯誤。

袁子凡畢竟只是一名望氣者，不能直接干涉英王的決定，僕人們早已準備好，立刻送上筆墨印章，英王大筆一揮，歪歪扭扭地寫下自己的名字，比韓孺子的字跡還要潦草。

然後叔侄三人出府，一塊前往冠軍侯府。

出門之前，韓孺子向袁子凡拱手道：「順勢而為，勢既已成，袁先生為何不順。」

袁子凡大笑，也跟著出發，半路上遇見了林坤山，他到處找東海王，已經跑了好幾處地方，一見面就苦笑道：「東海王為何撇下我，一個人出行？」

「我看你睡得正香，沒忍心打擾你，來吧，一塊去見冠軍侯。」

隊伍逐漸擴大，消息不知怎麼傳揚出去，許多意想不到的人加入進來，大將軍與讀書人的舉動，顯然給宗室和勳貴發出了明確的信號，不少世家派人支援倦侯、東海王與英王，但是比較謹慎，家長沒有出面，派出的都是年輕子弟，許多人曾是倦侯麾下的勳貴營士兵，回京沒有多久。

名義上這支隊伍的核心是英王，他走在最前頭，並不認得路，全由兩邊的倦侯和東海王指引，小傢伙很少出門，因此非常開心，又蹦又跳，時不時高喊一聲：「冠軍侯交糧！」

世家子弟們心知肚明誰才是真正的主導者，加入之後都向倦侯致意，有人甚至以軍禮相見，仍當他是鎮北將軍。

王侯府邸離得都不算遠，韓孺子一行人來到冠軍侯府前時，隊伍已經擴充到百餘人，後面還跟著眾多僕人，以及數量更龐大的百姓，這可是天子腳下難得一見的奇聞，誰都想看看熱鬧。

韓孺子和東海王故意放慢速度，中間幾次停下，向新來者介紹英王，將小孩子哄得更加開心。

他們在給冠軍侯反應的時間。

楊奉對冠軍侯的評價是少謀多斷，常常因考慮不周而犯錯，事後則歸罪於別人。因此，對冠軍侯不能搞突然襲擊，一驚之下他有可能做出兩敗俱傷的決定，給他一點時間，讓身邊的人多勸勸，一旦怒氣消失，冠軍侯又會走向另一個極端……將爛攤子甩給手下，自己只管指責。

將近午時，一行人來到冠軍侯府門前，將半條街都給堵住了，與兵部門前的讀書人遙相響應，很難說哪一方的聲勢更大一些，不過侯府門前的人比較客氣，沒有振臂高呼，沒有橫衝直撞，一大堆拜帖送到門吏手中，請他交給冠軍侯。

冠軍侯新婚不久，侯府門上的燈籠、喜聯等物還在，上百人站在外面，就像是來賀喜的客人，只是手中沒有拎著禮物。

正如楊奉所料，冠軍侯早已得到消息，在經歷暴怒、詛咒與一連串的混亂命令之後，他又一次冷靜下來，隨之而生的還有膽怯，冠軍侯終於發現，整個朝廷並非如他希望的那樣堅定地支持他稱帝。大多數人其實仍在觀望，冠軍侯暫時佔優，大臣們表現得忠貞不二；冠軍侯稍一失勢，他們立刻露出騎牆之態。

一直將鉅太子掛在嘴上的宰相殷無害，幾天前就聲稱得病，閉關不出。左察御史蕭聲和右巡御史申明志為爭奪宰相之位，在冠軍侯面前最為活躍，又是監察之官，沒有聖旨的情況下，他們的權力最大，卻也不肯出面阻止放糧，反而勸冠軍侯暫忍一時。

兵部尚書蔣巨英獨木難支，冠軍侯也招架不住了。

為了顏面，冠軍侯拒絕接見倦侯等人，望氣者鹿從心只好獨自出府，他比袁子凡更識時務，沒有與來客爭執，反而笑臉相迎，聲稱冠軍侯要務在身，不能出來相見，但是與倦侯、東海王、英王的意見完全一致，以為放糧事大，越早越好，誰也不能阻止，兵部所為實令天下人寒心。

尚不知情的兵部尚書蔣巨英，就這樣遭到出賣，成為眾矢之的。

鹿從心將請願書帶進府內，請冠軍侯簽名蓋印，位置與英王並列，高於倦侯、東海王，隨後出府將請願書交還。

事實上，人人都清楚，由於皇宮不肯批覆奏章，這份請願書根本無處可送，任何一個衙門都不會接受，這只是一種表態。

隊伍轉而前往兵部，走出幾條街之後，英王認出道路，撒腿跑得飛快，對他來說，這是難忘的美好一天。

消息總是比雙腿跑得更快，衙門裡的蔣巨英終於聽說了冠軍侯的屈服，大吃一驚，但他反應倒快，立刻命手下官員出門向眾人保證，兵部絕不會反駁或是否決大將軍的命令，一切都是謠言，他自己則在隨從的幫助下翻牆逃跑，回到家中真的大病一場，很長時間沒再出門。

韓孺子又獲得一場勝利，可是如同對峙已久的兩軍，一旦交鋒，戰鬥就將持續不斷，直到一方戰敗退出，韓孺子遠未取得最後的勝利。

楊奉覺得時機已到，建議倦侯開始拉攏大臣，第一個目標就是對倦侯怨恨最深的左察御史蕭聲。

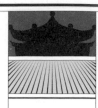

第二百二十七章 宰相要負責

韓孺子在柴家見到了左察御史蕭聲。

蕭聲的一個侄子是柴家的女婿，就是他居中引薦，促成了這次會面。衡陽主薨了，自家子弟被放回京，柴家沒理由再與倦侯為敵，為了表示感謝，願意提供幫助，但是真正的柴姓人一個也沒現身。

京城正處於最為混亂的時期，人人都急著表態，所有的表態卻都不那麼真誠，腳踏兩條以至數條船可以是公開的選擇，誰也不以為恥，反之，還要彼此介紹經驗與門路，務必讓自家的腳根站得更穩一些。在這種情況下，韓孺子與蕭聲的會面注定尷尬。

兩人並非單獨會面，都帶來隨從，韓孺子這邊是楊奉，蕭聲帶來的是望氣者鹿從心。

韓孺子見過的望氣者當中，就數這個鹿從心最為少言寡語，陰沉得不像是江湖術士，倒像是一位身懷絕世武功的落寞俠客，不過楊奉早已打探清楚，鹿從心不會武功，他的沉默只是望氣之術的一種流派。

蕭聲用實際行動表明自己能成為朝廷高官並非僥倖，身著便裝而來，對倦侯笑臉相迎，客氣地拱手致意。落座之後，不卑不亢地向倦侯表示祝賀，祝賀他最近這段時間裡取得的一場又一場勝利，韓孺子也感謝對方的配合，沒在開倉放糧這件事上橫加干涉。

客氣維持了一盞茶的工夫，蕭聲是不會首先挑明態度的，這裡是他所熟悉的京城，不會再犯下神雄關那時的急躁錯誤。

「不妨明說吧，蕭大人，我需要你的支持。」韓孺子先出招。

蕭聲微笑著抿了一口茶水，放下茶杯，說道：「既然如此，我也不妨明說，倦侯的確做得不錯，如果你早有今日的名聲，太后當初也沒辦法將你廢黜，可惜，時過境遷。別的我不多說，倦侯的廢帝身份是個大麻煩，廢帝再立這種事太罕見，本朝更是從未有過，而且將你重新立為皇帝，意味著整個朝廷之前都犯了不可饒恕的錯誤，到時候該怎麼向天下人解釋？」

韓孺子早已料到會有此一問，也早想好了回答，「皇帝被廢，自然是有奸人從中作梗，矇騙了朝廷，也矇騙了整個天下。」

蕭聲眉毛一揚，「敢問奸人為誰？居然能有這麼大的本事？」

「總能找出來一個，不多，只有一位。」韓孺子不肯說出姓名。

蕭聲呵呵一笑，也不追問，想了一會，搖了搖頭，「倦侯以為這次登基就能掌權嗎？」

「不能嗎？」

「南、北兩軍滯留京外，宿衛八營每天都在擴充，新帝憑什麼掌權？」

韓孺子看了一眼望氣者鹿從心，問道：「蕭大人是覺得我不能掌權，還是以為無論誰登基都不能掌權？」

「我當然不會專門針對倦侯。」

「那大臣們支持誰又有什麼區別呢？」

「當然有。」蕭聲變得嚴肅起來，「身為大臣，我們只有一個目的，希望朝廷穩定、天下安泰，新帝必須是一位能忍耐的人。太后不可能千秋萬歲，上官家也不會一直把持宿衛八營，新帝終有親自臨政的一天，但是在這之前，新帝得安於現狀。倦侯與東海王能做到與太后平靜相處嗎？尤其是倦侯？」

太后棄桓帝之子不選，改立前太子遺孤稱帝，僅此一點，仇怨就已根深蒂固，起碼在外人看來，兄弟二人無論誰登基，都不可能放過太后。

韓孺子笑道：「我說『能』，你們也不會相信。」

蕭聲同樣笑著搖搖頭，「倦侯自己也不信吧，你剛剛說過，會將『廢帝之罪』歸咎於太后一人。」

「必須有人為當初的廢帝之舉負責，但我說的不是太后。」

蕭聲臉上的笑容一下子消失，發現自己犯了一個簡單的錯誤，倦侯只說要有人負責，他自然而然地想到太后，卻沒有聽倦侯親口說出來。如果對方是位老謀深算的傢伙，蕭聲會裝糊塗到底，可是面對十幾歲的少年，他總是不由自主地輕敵。

蕭聲冷冷地盯著倦侯，過了一會才問：「不是太后又是誰呢？」

「一個多餘的人。」

蕭聲接受了教訓，一聲不吭，也不追問。韓孺子補充道：「宰相殷無害，他是群官之長，還是先帝指定的顧命大臣之首，可他辜負了武帝與桓帝的囑託，宮中廢帝，他一言不發；另立前太子遺孤，他俯首稱臣，全忘了當初廢除太子的是武帝。」

蕭聲面露驚訝，真正的驚訝，不是假裝出來的，「你說的這些事情，全體大臣都做了，不只是宰相一人。」

「既然是宰相，就要負起最大的責任，當初如果他肯站出來，廢立之事還會那麼輕而易舉嗎？」

蕭聲沉吟不語，太后能夠在極短的時間內掌握實權，與宰相殷無害的縱容與無為態度確有直接關係。

「大楚內憂外患不斷，正如蕭大人所言，新帝登基之後，離親自臨政還需要一段時間。如此一來，天下重任皆在宰相一人身上，他若繼續『無為而治』，大楚將病入膏肓。」

「倦侯既然願意與太后平靜相處，又哪來的權力撤換宰相呢？」

「我若重新稱帝，太后也需要給天下一個解釋吧？這是明擺著的事情，我自有辦法勸服太后。」

蕭聲再度陷入沉默。

韓孺子向望氣者鹿從心笑道：「閣下有何高見？」

鹿從心站在蕭聲身邊，搖搖頭，拒絕開口。

蕭聲站起身，說道：「倦侯……善用奇招，在下佩服，可是治國之道以守正為根基，所以，我還是不能支持倦侯，這句話必須當面說清楚，以免生出誤會，這也是我來見倦侯最重要的原因。」

韓孺子也站起身，拱手道：「蕭大人守正不阿，不愧為大楚的中流砥柱，我也很佩服。請蕭大人相信，我對任何人都沒有私怨，即使是對宰相的看法，也是不得已而為之，我對殷大人同樣沒有怨恨。」

蕭聲告辭，倦侯在這次會面中所說的話，雖然不可相信，但是的確對他有所觸動。

望氣者鹿從心跟在後面，經過倦侯身邊時，停下腳步，終於開口道：「我們知道誰是兇手。」

韓孺子微微一愣，「兇手？」

「她不在京城之內，也不是受保護的目標，我只是通知倦侯一聲：你再也見不到她了。」

韓孺子笑了笑，「那我會很傷心的。」

鹿從心也走了。

韓孺子從柴家告辭，回到家中，向楊奉問道：「蕭聲會動心嗎？」

「那不重要，他會將倦侯的話向外宣揚，逼迫殷無害做出反應，顯出他真正的立場，還有右巡御史申明志，也會受到影響。」

兩位御史按慣例是宰相的繼位人選，宰相之位的任何變動，都會在兩人的心中引起漣漪，殷無害雖已承諾冠軍侯稱帝之後會致仕，但這種老滑頭的話，大臣們不會完全相信。

冠軍侯感激殷無害，而倦侯要拿宰相問罪，在哪位皇帝的治下宰相之位會空缺出來，一目瞭然。

這是楊奉制定的計畫，迄今為止，大臣們的立場還很一致，必須想辦法砸出一個缺口。至於一定要透過蕭聲傳話，楊奉也是經過考慮，蕭聲與倦侯不和，他的話眾臣可信可不信，必要的時候，倦侯還可以否認得一乾二淨。

楊奉就像是經驗豐富的獵人，為了追捕獵物無所不用其極，陷阱、弓箭、網罟、毒藥、刀劍……能用的都用上，沒有半點猶豫與慈悲。

韓孺子敬佩他，偶爾也會從心裡生出一股寒意，但是現在，楊奉就是他的左膀右臂，不可或缺。

「大將軍那邊為什麼還沒有來信？」韓孺子問，京城已經鬧得沸沸揚揚，就連冠軍侯也相信韓星徹底站在了倦侯那邊，偏偏韓星本人一直沒有來信，瞿子晰、孟娥也一直沒有回京。

「他在觀望，如果開倉放糧之事暢通無阻，韓星將不得不選擇倦侯，如果事情不成，他還有機會爭取冠軍侯的原諒。」

韓孺子嘆了口氣，「朝中大臣都是這種老滑頭，我若稱帝……」

「倦侯若稱帝，必須感謝這些老滑頭，而且要重用他們。」

「為什麼？讓他們繼續和稀泥？」韓孺子有點不甘心。

「倦侯看過許多史書了，見過完全一樣的皇帝嗎？」

韓孺子搖搖頭。

「新皇帝登基，有幾個人能完全不違背先帝的意旨？」

韓孺子想了一會，又搖搖頭，表面上所有新皇帝都會贊頌老皇帝的功勞與偉大，聲稱一切不變，可是暗地裡，每個人都有所改動，桓帝改變了武帝的策略，太后也沒有遵守桓帝的遺志……

「所以，如果大臣們全都忠心耿耿，朝廷就不存在了，他們要麼堅守前帝的朝政，與當今皇帝格格不入，要麼附和當今皇帝的主意，對前帝不忠不孝。純粹的忠心耿耿是不可能的，也沒有用處，皇帝與皇帝不同，就像是兩輛不同轍的車，必須有和稀泥的人，新車才能在舊路上行駛得順利一些。」

韓孺子覺得楊奉的話有些道理，但是很難接受，他從來沒有得到過大臣的支持，因此也就沒辦法真心接受大臣。

「現在說這些還太早。」楊奉說，他得幫助倦侯解決近在眼前的戰鬥，「鹿從心並非無緣無故地挑釁，他想誘使你離開京城，失去爭位資格。冠軍侯開始重視你，也開始後悔當初把你拉進來了，所以接下來他要想盡辦法把你推出去，小心，不可魯莽行事。」

韓孺子點點頭，「但是我得派人通知孟娥。」

「那樣的話，倦侯就上當了。」

通知孟娥，即意味著倦侯重視這名女侍衛；不通知，望氣者也不會輕易放過這名殺死同伴的兇手。

韓孺子這才明白，望氣者給他出了一道難題。

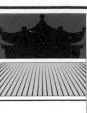

第二百二十八章 不欠人情

春天突然就到了，冰雪消融，屋檐上的水珠滴答不斷，好像連房頂都要化了。

如此明顯的變化，韓孺子卻幾乎沒有注意到。他太忙了，事情一件接一件，客人一撥接一撥。

東海王天一亮就到，日落之後才會離開，為韓孺子介紹、接待賓客，甘心當一名「師爺」，楊奉反而很少露面，只在晚上與倦侯交談一會。

最常來的人是那些勳貴子弟，開始兩天還遮遮掩掩，很快就變得光明正大，他們來閒聊、來傳話，替自家的父兄向倦侯表示敬意，也替某些大臣說明情況。

進士出身的大臣與勳貴彼此瞧不起，中間卻沒有截然分明的鴻溝，聯姻、攀親這種事時有發生，既有明爭暗鬥，有時候也需要互相扶持，就像是捆在繩索兩端的野獸，爭奪食物時爪牙相向，捕獵時卻又必須緊密配合。

韓孺子逐漸明白真正的皇帝有多難當了。

因為碎鐵城一戰，東海王在勳貴家族當中的名聲極差，他不給韓孺子增添麻煩，主動去與各家和解，派人去慰問，與到訪的勳貴子弟互訴衷腸……他畢竟是東海王，就算一無是處，也沒有幾個人真願意把他當成敵人，於是他得到了原諒，比韓孺子得到柴家的原諒還要順利。

無為二年春天，風向變了，倦侯越來越有爭位者的氣勢，所有人都在等宰相殷無害做出反應。

楊奉的計謀使得一直裝病在家的殷無害站在了風口浪尖上，大臣們之所以與倦侯只是暗通款曲，而不是登門拜訪，等的就是宰相。

殷無害不出聲，也不出門，好像宰相府的大門真能擋住滿城風雨似的，可這種狀態堅持不了多久，沉默也是一種態度，會被視為對冠軍侯信心不足，甚至是背叛。

韓孺子只需等待，在此期間他要做一件事，希望能夠不露痕跡地幫到孟娥。

一天下午，「廣華群虎」裡的兩員大將——連丹臣與張鏡前來拜見倦侯。

這是他們第一次公開到訪，算是一種表態，他們帶來的禮物是同僚的敬意，雖然沒有選帝資格，但是眾多刑吏願意站在倦侯這邊。

賓主相談甚歡，韓孺子趁機打聽一件小事，「身為主刑之官，兩位經常要與江湖人打交道吧？」

「少不了。」刑部司主事張鏡已經自動調整身份，臉上露出諂媚之意，不多，但是足以襯托對方的尊貴地位，「江湖中盡是亡命之徒，也有不少英雄豪傑，想抓亡命之徒，就得借助……」

張鏡急忙閉嘴，突然想起來，在一位有可能當皇帝的人眼裡，「英雄豪傑」不是好詞，他洩露得太多了。

韓孺子卻沒有在意，問道：「三柳巷匡裁衣，你們聽說過嗎？」

張鏡看向連丹臣，連丹臣是京兆尹手下的司法參軍，對京城街巷更為熟悉，馬上道：「聽說過，匡裁衣在小春坊一帶有些名氣，去年為仇家所殺。」

匡裁衣就死在韓孺子面前，連丹臣不會不知道，但他年紀大些，行事謹慎，絕不提起無關細節。

「匡裁衣曾經暗中為你們做事吧？」

連丹臣一愣，沒有馬上回答，一邊的東海王笑道：「連丹臣，在太后面前，你也是這種搪塞態度嗎？」

連丹臣急忙道：「不敢，我只是一時……沒錯，匡裁衣曾經與我的手下聯繫過，說是……但是他什麼都沒做成，就被殺死了。」話一說完，連丹臣心裡微驚，身為太后手下的爪牙，不可避免地曾與倦侯為敵，他以為自己這就要遭到報復。

韓孺子笑道：「我有一個請求，連大人能幫忙嗎？」

「倦侯儘管吩咐。」連丹臣起身道，發現倦侯並非追查往事，心中稍安。

「讓你的人放出風聲，承認匡裁衣曾向他投誠。」

不只是連丹臣，東海王與張鏡也都是一愣。

「就這些？」連丹臣問。

韓孺子點頭，「尤其是要讓小春坊的人知道這件事，除此之外，沒有別的要求了。」

連丹臣連連稱是，心中再鬆一口氣。

兩名刑吏告辭，東海王馬上問道：「這又是什麼招數？殷無害與江湖人有勾結嗎？」

「與宰相無關，我只是在幫一位朋友的忙。」

「朋友？聽聽你說話的語氣，好像你也是江湖人似的。皇帝沒有朋友，更不欠人情，倒是天下人都虧欠皇帝，而且匡裁衣是為官府做事……」

「不是什麼大事。」韓孺子不想再談。

連丹臣做事麻利，第二天傍晚，一名廚子拎著食盒登門拜訪，說是倦侯預定的酒食，門吏通報之後，放廚子進府。

人人都以為倦侯離帝位越來越近，不要命的態度卻沒有絲毫變化，放下食盒，立而不跪，冷冷地問道：「倦侯這是什麼意思？」

東海王已經走了，書房裡沒有外人，韓孺子微笑道：「你曾經幫過我，我當然也要幫你。」

不要命殺死匡裁衣是為倦侯解圍，韓孺子曾在醉仙樓裡見過一群江湖人去找麻煩，要為匡裁衣報仇，現在輪到韓孺子為不要命解圍了。

「我幫的不是你，是楊奉，你幹嘛多管閒事呢？」

某些膽大的江湖人，不接受朝廷所制定的尊卑制度，這是他們最為官府所忌憚的地方，韓孺子不在意，起碼目前不在意，「以後多來往，就不算閒事了。」

不要命盯著倦侯，「不行，除了楊奉，老子不欠人情……」

「你跟楊公是怎麼認識的？」韓孺子好奇地問。

不要命冷笑幾聲，「倦侯不必拐彎抹角，你想讓我做什麼，開口就是，看在楊奉的面子上，我未必就會拒絕，幹嘛要來這一套呢？」

韓孺子收起笑容，「因為我也不想虧欠人情，閣下對我幫助甚大，我做的這點小事遠遠彌補不了，但這是個開始。」

「別，咱們還是趕快結束的好，我再幫你一個忙，然後斷絕往來，你當你的倦侯和皇帝，我當我的廚子，無論誰虧欠誰，都在楊奉身上，行嗎？」

「嗯……好。」

「說吧。我真不明白，你以為用這種小手段就能收買我，讓我給你當忠僕？」

「忠僕我有，我需要的是閣下的身手與判斷。」韓孺子停頓片刻，「我有一名侍衛，在大將軍韓星那邊殺死了一名望氣者，一直沒有回來。望氣者聲稱要報仇，我若是不聞不問，這名侍衛孤立無援，我若是大張旗鼓地提供幫助，望氣者就有理由借助冠軍侯的力量發起反擊。」

「你想用江湖手段解決此事？」

韓孺子點頭，他就是這個意思，現在還不是跟冠軍侯撕破臉的時候，「我希望閣下做的事很簡單，去提醒這名侍衛，必要的話……」

「我明白了。」不要命轉身就走。

「我還沒說是誰。」

不要命止步道：「江湖中沒有隱士，倦侯，望氣者這回可輕敵了，你的侍衛有點來歷，大概不需要我的幫助，不過我還是去看看吧。」

不要命走了，食盒留在地上。

守在外面的張有才進來，「這人是醉仙樓的廚子嗎？我還以為是喬裝打扮的皇子皇孫呢。」

張有才打開食盒，從裡面捧出一隻燒雞，聞了聞，「這人的廚技可配不上他的蠻橫。」

「拿去吃吧。」韓孺子笑道，坐在那裡想，孟娥其實也很神祕，她自稱是齊王陳倫的後代，可她從來沒說過在哪學的武功，更沒說過除了哥哥孟徹之外，還有沒有其他幫手。

楊奉回來了，一進書房就說道：「冠軍侯要向北軍動手。」

「嗯？」韓孺子早已習慣楊奉突然闖進來，一點也不意外，「冠軍侯要……他要利用北軍逼我出京？」

楊奉點頭。

韓孺子與冠軍侯勢同水火，北軍卻是兩人的共同根基，關於北軍到底支持誰，或者說支持誰更多一些，傳言眾多，連北軍將士自己都說不清，就是利用這些傳言，韓孺子和冠軍侯各自擴展了自己的勢力。

北軍一旦明確表態，其中一方必遭重創，若支持倦侯，冠軍侯根基動搖，反之，韓孺子遭受的卻將是致命一擊，北軍對他比對冠軍侯更重要。

「冠軍侯想怎麼做？他自己也不能離京。」

「據說他任命了一位新的北軍長史。」

從前的北軍長史是楊奉，他離開冠軍侯之後，這個職位空了出來。

「沒有聖旨，他能任命官員嗎？」韓孺子問。

「這不是正式任命，而是臨時兼任，可以事後追認。」

「新任長史是誰？」

「吳修。」

韓孺子微微一愣，他見過吳修，此人是當今皇帝的舅舅，曾經守衛神雄關，聽說皇帝病重，丟下官印潛回京城，惹出許多麻煩，「他投向冠軍侯了？」

「看來是這樣，柴悅能對付得了嗎？」

吳修是皇帝的舅舅，長史又是北軍文吏之首，對柴悅來說，這的確是一根難啃的硬骨頭。

「我應該請大將軍給柴悅升職。」韓孺子道。

「不行，大將軍雖然配合倦侯開倉放糧，但是一直沒有書信送來，說明他還在觀望，這種時候不能求他做任何事情。」

「那怎麼辦？柴悅在北軍連軍職都沒有，全靠北軍都尉劉昆升的支持，可劉昆升不是特別可靠。」

楊奉不自覺地用手指輕輕敲打桌面，「或許有個人能幫忙，還能藉機再敲打一下殷無害。」

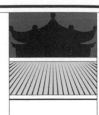

第二百二十九章 哪裡好玩

東海王跟往常一樣來倦侯府「坐堂」，門吏和僕人早已習慣，不阻擋也不通報，任他自由進出，背後都說他這段時間裡「家教甚好」。

的確，在譚氏的督促下，東海王對幫助韓孺子爭位一事極為上心，不辭辛勞地出謀劃策，將自己的資源全獻出來，比本人爭位還要熱情。

韓孺子不打算浪費這份得之不易的熱情。

「你跟崔家的聯繫還多嗎？」韓孺子問。

東海王脫下沾有泥漿的靴子，命隨從拿出去清理，盤腿坐在韓孺子平時睡覺用的椅榻上，「還行吧，我太忙，沒工夫搭理他們，王妃倒是常去。」東海王冷笑一聲，「崔家現在可得意了，你和冠軍侯都是崔家的女婿，誰當皇帝他們家都會出皇后，崔家沒人來拍你的馬屁嗎？」

「沒有。」韓孺子也覺得奇怪，京城的勳貴家族幾乎都想方設法與倦侯建立聯繫，唯獨崔家不動聲色，連二公子崔騰也不露面了，不是改了主意，就是被父親看得緊。

「別急，你做好準備吧，崔家人真來的時候，千萬別客氣，想要什麼，獅子大張口就是，放心，你吞不下崔家。」

韓孺子笑了笑。

「你問崔家幹嘛？」東海王問。
「我希望你幫我一個忙。」
東海王沉默了一會，「我已經搬出崔府，只是維持著表面上的親屬關係，崔宏為我薦舉，其實事前得到過冠軍侯的許可，他們覺得我根本不是威脅。」
「崔太傅與冠軍侯結盟只是純粹的利益關係，跟你畢竟有多年的親情在。」
東海王冷笑不止，最後道：「親情……好吧，親情還剩那麼一點，不用白不用，你想讓我跟崔宏說什麼？」
「我得到消息，冠軍侯委任吳修為北軍長史。」
「我也聽說了，吳修明天就出發，我還聽說，是吳修主動投靠冠軍侯的，他前兩天進宮探望皇帝，第二天夜裡去見冠軍侯，不久之後獲得任命，你說這是不是意味著什麼？」
小皇帝隨時都可能駕崩，可除非得到確切消息，韓孺子不願猜測，「不管怎樣，吳修是個麻煩，他是皇舅，又有冠軍侯的親自任命，此去北軍，對柴悅是個威脅。」
「你想讓崔宏幹嘛？他是南軍大司馬，與北軍一直是對頭，平時都說不上話，現在更不行。」
「我不要崔太傅說話，我要他出兵。」
東海王一愣，隨後一拍大腿，「真陰險……是楊奉的主意吧？」
韓孺子沒有回答，東海王笑道：「這個主意好，吳修地位雖高，卻是個膽小鬼，大仗在即，哪怕只是一個兆頭，也能將他嚇得魂飛魄散，到時候北軍將士不支持柴悅還能支持誰？不過……柴悅值得信任嗎？你們認識可沒多久。」
「有些人只見過一面也值得信任。」
東海王訕笑兩聲，「我不能出城，但是可以寫信給崔宏。」

「你能說服他？」

「那還不容易，京城這邊鬥得如火如荼，南、北軍再不弄點動靜出來，只怕會被遺忘得一乾二淨，又不是讓崔宏真打，只是讓他顯示一下南軍還在，他肯定願意，我有把握。」

僕人將清理乾淨的靴子送進來，為主人穿好。東海王走到桌前，當場寫了一封信，交給另一名隨從，命他立刻出城去見南軍大司馬。

完事之後，東海王問道：「還有什麼？兵來將擋水來土掩，冠軍侯出招，咱們接招，這才有意思，可是咱們也不能只是防守，也得進攻啊。」

「你有什麼想法？」

「有一個人，早晚得爭取一下，不如早點動手。」

「上官盛？」

「就是他，掌管宿衛八營幾萬士兵的中郎將上官盛，對太后來說，宿衛八營比『廣華群虎』重要百倍，拿下上官盛，比爭取到滿朝文武的支持還有意義。」

「可咱們最終的計畫是挾持上官盛……我明白了。」韓孺子笑道，越是敵人越要接近，就像現在的他和東海王，「不太容易吧，上官盛只忠於太后，而且這個人與太后的哥哥上官虛不同，敢做敢為。」

「總得做做樣子，宿衛八營擺在那裡，不去拉攏一下，反而讓人懷疑，我聽說冠軍侯一直在想方設法接近上官盛呢。」

「嗯，你說的對。」韓孺子也拿起筆，寫了一封信，給東海王看。

「呵呵，劉昆升肯定想不到自己會突然變得這麼重要，可他只當過幾天中郎將，又沒有什麼背景，對宿衛八營……算了，反正也只是意思一下。」

劉昆升從前是一名宮門郎，立功之後升任為中郎將，不久又被調為北軍都尉，韓孺子請他居間介紹，也是理所應當。

韓孺子叫來張有才，將信封好，命他找人送往北軍。

「宿衛八營裡本來有不少勳貴子弟，可惜都被攆回了家，要不然倒是一股助力，他們都挺支持你的。」東海王深感遺憾。

可勳貴子弟畢竟對宿衛八營比較熟悉，韓孺子與東海王各自又寫了幾封信，分別送給不同的人，有的是直接提出要求，有的是請來相見，要當面談一談，總而言之，希望能夠安排一次倦侯與上官盛的會面。

兩人在書房裡吃午飯，飯後見了兩位早就約好的拜訪者，沒什麼大事，只是閒聊，與勳貴家族的交往就是這樣，至少要經過兩次以上的閒聊，才能談到正經事。

拜訪者離開不久，侯府來了一位不速之客。

經過多日的磨練，府丞已經鎮定許多，沒再像從前那樣慌慌張張，進屋之後正常通報：「英王求見倦侯。」

「誰？」韓孺子和東海王異口同聲地問。

「英王。」

韓孺子和東海王互相看了一眼，不明白這個小叔叔來幹嘛。

英王只帶著兩名隨從，望氣者袁子凡沒有跟來。

「這是你的書房嗎？書真不少。」英王走進屋，背著手東瞧西看，是個不太懂禮貌的孩子，武帝駕崩時，他才出生不久，雖然得到了封號，卻沒有得到最好的教導。

英王年紀雖小，輩分卻擺在那裡，韓孺子和東海王都站起身，微笑點頭。

「你們到外面等著。」英王向隨從下令，坐到楊奉常坐的那把椅子上，雙腳離地晃來晃去，問道：「你們怎麼不去找我玩啊？」

韓孺子和東海王又是一愣，東海王笑道：「你喜歡跟我們玩？」

「是啊，上回去冠軍侯家玩得多有意思，什麼時候再去？」

東海王哈哈大笑，韓孺子目瞪口呆，忍不住問道：「袁子凡呢？怎麼沒跟你一塊來？」

「他管得太多，我偷跑出來的。」英王跳下椅子，來到書案前，「你們在練寫字嗎？我也會。」英王拿起筆，歪歪扭扭的寫下「鍈」字，得意地看了兩眼，扔下筆，「今天去哪玩？」

「今天……」韓孺子正想辦法打發這個小叔叔，東海王上前一步，向英王笑道：「玩的地方有的是，不過現在是聊天的時間。」

「嗯，我喜歡聊天，府裡的人都不願意聊天，袁子凡剛到的時候經常聊，現在也不了，總往外跑，卻不讓我出門。」

「袁子凡往哪跑？」東海王向韓孺子使了個眼色，表示這是一個難得的機會，或許能夠趁機打探出特別的消息。

英王無所謂地搖搖頭，他不知道袁子凡去哪了，也不關心。

韓孺子退後，看著英王，不由自主地想起自己的童年，同樣的缺少教導，不過他有母親陪伴，知道在外人面前隱藏心事，英王更像是沒有好好讀書的東海王。

「英王，你知道咱們在做什麼嗎？」東海王繼續問道，臉上帶笑。

「聊天啊。」

「我不是說現在，是從前，記得嗎？咱們曾經在一間屋子裡，聽一個老頭講解規則。」

「哦，你說選帝，當然記得，以後我當了皇帝，封你們做大官。」英王很豪爽。

「感謝至極，可是……倦侯也想當皇帝啊。」東海王側身，指著站在身後的韓孺子，「皇帝只有一個，該選誰呢？」

英王拿起桌上的鎮紙，手裡擺弄著，「我是武帝之子，當然是我當皇帝。」

東海王笑容更盛，「當初是誰跟你說你一定能當皇帝的？」
「袁子凡。」英王扔下鎮紙，無聊地打個哈欠。
「你又不認識他，為什麼相信他的話？」
英王看向東海王，「誰說不認識？我從小就認識他，不過他那時候不叫袁子凡，我也不知道他為什麼要改名……」英王雙手捂嘴，「我不該對你們說這些，這是祕密。」
韓孺子與東海王都吃了一驚，輪流發問，英王卻再不肯透露半個字了，反而一個勁地要求出去玩。
東海王對韓孺子說：「怎麼樣，帶他出去逛逛吧。」
韓孺子明白他的用意，三人無緣無故地共同亮相，會讓許多人產生誤解，以為英王投向了倦侯，事後再多的解釋也沒用。
下午過半，去不了太遠的地方，韓孺子說：「咱們去東市吧，那裡熱鬧。」
英王歡呼一聲，笑道：「我就知道來找你們沒有錯。」
東海王問：「你知道我在這裡？」
「我去過你家了，他們說你在倦侯府。」
東海王前頭帶路，韓孺子與英王走在後面，剛出房門，韓孺子突然問：「袁子凡從前是太監吧？」
英王笑著說：「咦，你從前也認識他嗎？」
韓孺子笑而不語，他是猜的。英王沒怎麼出過門，認識的人十有八九來自宮裡，袁子凡顯然對容貌做了一些偽裝。
「咱們不去東市了，去探望宰相吧，他得病好幾天了。」韓孺子說。
「宰相那裡好玩嗎？」英王問。
「好玩得很。」韓孺子說，殷無害想要置身事外，那就將麻煩送到他面前。

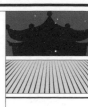

第二百三十章 快樂的英王

杜穿雲騎馬帶著英王，一路小跑，英王坐在前面，興奮至極，嘴裡不停地喊「駕」，不過韁繩卻握在杜穿雲手中。

這是英王第一次騎馬，一般的速度就足夠讓他感到快樂了。

東海王與韓孺子騎馬跟在後面，「平民百姓的生活也不錯，我差不多快要習慣了。」東海王說。

沒有前呼後擁的儀仗，沒有慌張讓路、束手站立的百姓，東海王覺得這就是平民的生活了，說是習慣，卻不由自主地嘆了口氣，「這也表明咱們的性命現在不重要，所謂的尊嚴更是一文不值……瞧，那個傢伙居然在瞪我！」

東海王用馬鞭指著街上的一名行人，那人的確看著東海王的方向，過了一會突然笑著揮手，原來是看到東海王身後的熟人。

東海王更不滿了，「他居然不認得我！我的衣裳、帽子，哪樣不明顯啊？有時候還真得需要儀仗，非得招搖過市，這些傢伙才能睜眼看一看……」

東海王一路嘮叨，韓孺子只是聽著，沒有附和。

他們走得不快，有人跑在前面去給宰相府送上三人的拜帖，因此，他們剛到巷子口，宰相府就有一大批人迎了出來。

東海王滿意地點點頭，「這才像話，宰相就是比百姓懂規矩。」

為了表示尊重，來客應下馬，英王還想再騎一會，被杜穿雲抱下來，然而看到人多，小孩子的注意力很快轉移。英王是長輩，韓孺子與東海王樂於奉他為尊，護著他前行，眾多奴僕紛紛讓路，甚至跪下磕頭，等三人走過去，才起身跟在後面。

英王拍手笑道：「宰相家果然好玩，他們都是來迎接我的嗎？」

「當然，你是武帝之子嘛。」東海王說，看著滿巷的人群，他眼裡露出幾分嫉妒，「怪不得大臣們都想當宰相，瞧瞧這裡的架勢，跟崔府鼎盛時期不相上下，諸侯王都沒法比，不對，留在京城的諸侯王比不了，就國的諸侯王擄說排場更大一些……」

韓孺子也在心裡暗自感嘆，自己這個皇子皇孫算是白當了十幾年，除了在做皇帝時見過幾次大陣勢，大多數時候都比宰相府寒酸多了。

宰相府光是迎出大門的吏僕就有上百人，幾乎與倦侯府全部人口一樣多。

殷無害沒法拒絕這三位的到訪，也沒法遮掩，乾脆來個大張旗鼓。

宰相府大門外，殷家的兩個兒子、五個孫子以及一大批有官職或爵位的親屬，早已恭候多時，見到三位皇室子孫，立刻迎上來齊整整地行以大禮，就算是禮部尚書親自監督，也挑不出毛病來。

一同進府時，東海王越過英王的頭頂，小聲對韓孺子說：「老傢伙這是早有準備啊。」

殷無害為官多年，能在武帝最為殘暴的晚年時期升為宰相，實屬不易，應對突發意外的本事還是有的。在客廳裡，殷家長子親自奉茶，感謝三人來看望父親，然後一一介紹族中親人，按品級大小或拱手行禮或下跪磕頭，該有的禮儀一樣也不能省。

殷家在拖延時間，韓孺子和東海王都察覺到了，卻沒法拒絕，兩人正在心中亂猜原因，外面有人進來通報，冠軍侯親自到訪，也是來探望宰相病情的。

韓孺子與東海王互視一眼，不得不佩服這位老滑頭的急智，四名爭位的皇室子孫同時到訪，使得外人無從猜測宰相的真實立場，他又能處於超然物外的地位了。

冠軍侯顯然是得到消息之後匆匆趕來的，臉色微顯潮紅，一進來就向韓孺子等人拱手，笑語寒暄，好像他們早已約好了在此會面。

英王更高興了，他就喜歡人多，越多越好，尤其是大家都把他當成貴客，圍著他、討好他。

「冠軍侯，你家放糧了嗎？」英王還記得上次的事情，在他的記憶裡，放糧與冠軍侯是一回事。

「放了放了，一粒米都沒留。」冠軍侯笑道。

「哦，那就好，你要是缺糧的話，可以找我要。」英王認真地說。

冠軍侯身邊的望氣者鹿從心沒有跟來，四人在廳裡聊了一會，殷家長子將客人請入後宅，為此一個勁地道歉，「貴客臨門，家父身體欠安，不能親自迎接，實乃大不敬……」

身後跟著的僕從越來越少，幾道門之後，只剩下殷家長子為四位皇室子孫引路，歡聲笑語消失了，一家親的氣氛更是無影無蹤。英王不明所以，左瞧右望，以為是宰相府裡的環境不好。

一名大概是侍妾的女子打開房門，英王毫不猶豫地第一個進去，韓孺子與冠軍侯客氣一番，還是冠軍侯走在前面，東海王排在最後，臉上猶掛著笑容，若在從前，他絕不接受這種安排，現在卻只能忍受。

宰相殷無害已經穿好朝服，在兩名侍女的攙扶下，顫顫巍巍地行以大禮，為自己的失禮致歉。

又是一場漫長的寒暄與客套，韓孺子不得不承認這次突襲徹底失敗了，殷無害還是巍然不動，冠軍侯的優勢也沒有因此減少。英王開始打哈欠，宰相不僅老而無趣，屋子裡還充滿了令人窒息的藥味，他一點也不喜歡，於是頻頻看向東海王，希望他能帶自己離開。

掌燈時分，殷家長子和幾名侍妾退下，宰相殷無害坐在軟榻上，給四名拜訪者上了一「課」。

「我老啦，早已不堪重任，心裡只有一個想法，希望能夠看到大楚江山穩固、國泰民安，到時候我也能歸印還鄉，耕幾畝田、栽幾壟花草，含飴弄孫，享受幾年天倫之樂，然後去見武帝、桓帝，向他們俯首請罪，說一聲『罪相無能，尸位素餐，惹來無數天怒人怨，與人間皇帝無關。』」

殷無害長嘆一聲，潸然淚下，「我知道外面傳言四起，說什麼的都有，好像我殷無害手掌乾坤，能夠偷天換日似的，可我只是大楚宰相。宰相之職彷彿湖池，河水暴漲，則分流之；河水下降，則還流之。宰相無它，為皇帝分憂而已，偶爾接過重任，也是戰戰兢兢如履薄冰，只待時機到來，立刻交還重任。對一名宰相來說，這就是最高榮譽。」

英王再也忍受不住，打了一個大大的哈欠，對東海王說：「咱們走吧，他快要死了。」

殷無害大笑，隨即咳了兩聲，「老朽無趣，英王殿下海涵。」

韓孺子不甘心，可也沒有別的辦法，只得起身告辭，請宰相安心養病。

英王早盼著這句話，拉著東海王往外走，韓孺子與冠軍侯隨後。

「倦侯真會用人啊。」冠軍侯出門之後笑道。

「英王？他是自己找來的。」

「不不，我是說楊奉，想不到他為倦侯留了這麼多招數，看來是我無能，楊奉從一開始就不願在我這裡物盡其用。」

韓孺子笑了笑。楊奉沒那麼忠心，他其實是在比較之後，才決定再次輔佐倦侯，如果能在冠軍侯那裡得到重用，這名野心頗大的太監，絕不會選擇弱勢者。

冠軍侯不這麼認為，他覺得一切早已注定，楊奉對自己從來就沒有過真心。

英王與東海王已經跑出大門，殷家人遠遠跟在後面不敢靠近，冠軍侯還是不能忘懷楊奉，說：「無論如何，韓氏子孫不能互相殘殺，倦侯儘管出招就是，只要不違反規則，我都能接受，日後還會封你為王。你好像比較擅長作戰，我就將你封在北疆為王，為大楚阻擋匈奴人。楊奉不姓韓，只是一名太監，請倦侯轉告楊奉，普天之下，並無二心者的立足之地。」

韓孺子笑道：「冠軍侯此言差矣，剛剛還說楊奉將奇招妙計都留給了我，正說明楊奉忠貞不二，一心輔佐於我，何來『二心』之說？」

冠軍侯臉色一寒，韓孺子揚長而去，心中感嘆，冠軍侯好對付，大臣才是麻煩，他們寧願輔佐平庸的冠軍侯，也不想重立廢帝，廢帝表現越出色，大臣的畏懼反而越重。

光是籠絡蕭聲還不夠，韓孺子必須表現出更多的寬宏大量，以示群臣廢帝再次登基之後，絕不會採取任何報復措施。關鍵是如何讓大臣們相信，韓孺子決定今晚要與楊奉好好談一談這個問題。

大門外發生小小的騷亂，英王跳上馬，在杜穿雲的保護下衝出人群，疾馳而去，數人跑在後面，乞求英王停下，又慌忙找馬、上馬，緊追不捨。

東海王笑著說：「袁子凡剛趕到。」然後壓低聲音，「他還真是那個……」

街面上叫喊的聲音當中，有一個屬於袁子凡，果然比其他人尖細一些。

韓孺子心中一動，沒說什麼，與東海王上馬，向殷家人告辭，走出巷子之後，韓孺子對東海王說：「有沒有這種可能，袁子凡根本不是望氣者？」

「嗯？什麼意思？」

「順勢而為，這是望氣者最常用的招數，真正的望氣者可能只有極少數。其他人，像袁子凡、鹿從心這幾位，都是身份特殊，於是被拉攏過去，然後才獲得望氣者的名頭……」

「我明白了，你說的有點道理……袁子凡、鹿從心明明沒什麼辯才，林坤山稍好一些……」

前方突然傳來一連串的慘叫。

入夜不久，街上行人還很多，慘叫聲很快傳開，行人紛紛向出事的地方擁去。

韓孺子與東海王策馬快行，東海王揮鞭打出一條通道。

街心上，一匹馬倒在地上，身下壓著兩個人。

袁子凡和幾名僕人先趕到，正站在旁邊，個個呆若木雞，袁子凡扭頭看向倦侯和東海王，突然說：「這就是你們做的好事！」

被馬壓住的兩個人一動不動，有人提來燈籠照亮街面，眾人看到鮮血正緩緩從兩人身下流出，與融化的雪水混成一片。

第二百三十一章 衣服上的龍

一馬二人躺在泥濘的街道上，圍上來的人越來越多，議論紛紛，提燈人大聲道：「快將馬抬開，看看還有沒有救！」

韓孺子心中大驚，跳下馬跑過去，單腿跪在地上查看，杜穿雲和英王臉色蒼白，生死不明，而馬身微動，看來尚未死透。

眾人上前抬馬，韓孺子起身正要幫忙，被人拽了出來。

東海王小聲道：「這不是你應該做的事情。」

「現在還講究這個？」韓孺子難忍憤怒。

「找出兇手比救人更重要。」東海王說，向另外幾名隨從招手，命他們上前參與救人。

韓孺子一下子冷靜下來，這明顯是一次暗殺，英王不會騎馬也就算了，杜穿雲卻是從小行走江湖，常年在馬背上顛簸，絕不至於馬失前蹄。

刺客很可能還在附近，目標也不只是英王與杜穿雲。

韓孺子向四周望去，突然看到一人騎馬逃跑，「袁子凡！他要跑！」

「追！」東海王翻身上馬。

韓孺子也上馬，回頭望了一眼，馬已經被抬起一些，張有才正拚命往外拖動杜穿雲，英王的隨從也在全力救主，這裡並不需要他。

東海王已經追出一段距離，韓孺子正要策馬，心中突然一動，又調轉馬頭，大聲喊道：「張有才！我們去追刺客，你留在這裡！」

「是，主人……」張有才正處於慌亂之中，聽到倦侯的聲音，隨口應了一句。

韓孺子去追東海王和袁子凡，腦子卻在飛快地轉動，這確定無疑是一場暗殺，目標十有八九是英王，他和東海王卻將因此陷入困境……

迎面來了一群人，擋住去路，韓孺子不得不勒住韁繩。

冠軍侯從宰相府晚走了一會，正好迎上倦侯，詫異地說：「倦侯這是要去哪？東海王剛跑過去……」

「袁子凡……鹿從心呢？怎麼沒跟著你？」

韓孺子語氣急躁，於是冠軍侯面露不悅，冷淡地回道：「倦侯不也沒帶著楊奉，我為什麼要讓鹿從心時刻跟隨呢？」

「鹿從心跑了。」韓孺子肯定地說。

「你說什麼？」

「英王在前面遭到暗殺，肯定是望氣者所為，袁子凡跑了，其他望氣者不會留下。」韓孺子說。

「不可能！」冠軍侯大驚，立刻向身邊人示意，一名騎馬的隨從去前方查看情況。

東海王和袁子凡的身影已經消失，韓孺子無處可追，便調轉馬頭，對冠軍侯說：「派人去找鹿從心。」

韓孺子騎馬往回跑，回憶不久之前袁子凡質問他與東海王的場景，隱約又覺得這名望氣者之所以逃跑，只是因為恐懼。

馬屍已經被搬開，杜穿雲和英王被抬到最近的店鋪裡，張有才手上沾著血，在店門前莫名其妙地轉圈。

韓孺子跳下馬，其他隨從跑來，護著他擠過圍觀的人群，韓孺子一把抓住張有才的胳膊，厲聲道：「去找杜摸天！」

張有才終於清醒過來找到旁邊的馬，第一次沒跳上去，牽馬的僕人幫忙，他才安穩上馬，立刻回府找人。

韓孺子又讓一名隨從去找楊奉，雖然杜摸天和楊奉很可能都在府裡，但眼下的張有才只能做一件事。

店鋪裡本來擠著不少人，突然都往外跑，像是見了鬼，有人小聲道：「是名皇子，衣服上有龍……」

一開始大家都忙著救人，沒有注意服飾，現在才發現異常，無不嚇了一跳，聽到提醒，許多人又注意到身邊還有一個人，衣服上也繡著幾條龍。

人群像潮水一樣退卻，只剩韓孺子和一名隨從留在原地。

韓孺子忍不住想，東海王說得對，諸侯王應該有儀仗，他現在就很需要。

韓孺子走進店鋪，這是一家布店，掌櫃提著燈籠，正與兩名夥計靠邊站立，瑟瑟發抖，他們只是好心救人，怎麼也沒料到其中一人竟然是皇室子孫，在他們的印象裡，就算是一些沒名的小官也是前呼後擁，沒有獨騎在街上亂逛的。

杜穿雲和英王被平放在地上，身上沾滿了血。

韓孺子不懂醫術，救不了人，於是強迫自己挪開目光，向提燈的掌櫃問道：「你都看到了？」

掌櫃早嚇得失魂落魄，韓孺子又問了一遍，掌櫃才茫然地抬起頭。

「你看到是誰動手了？」

杜穿雲和英王都是向右手倒下，布店離得最近，掌櫃又是第一個提燈過來的人，韓孺子猜測他一定看到了什麼。

掌櫃撲通跪下，放下燈籠，痛哭流涕地說：「饒命，大人饒命……」他也看到了來者衣服上的繡龍。

韓孺子告誡自己必須保持鎮定，走到掌櫃面前，彎腰拿起燈籠，照亮掌櫃的臉，說道：「別害怕，我不是來抓你的，只是詢問情況。」

掌櫃抬起頭，瞇眼看著來者，尋思了好一會，「門口有幾名少年……」
門外闖進來一群人，有人喊道：「怎麼回事？誰死了？」
來的是一群差人，看到英王和倦侯的服飾，全都嚇了一跳，這才相信門外的傳言是真的，呆若木雞，不敢動，也不敢說話。
倦侯府的一名隨從進來，對倦侯低聲說：「冠軍侯在外面，請倦侯出去一趟。」
韓孺子對幾名差人說：「守在這裡，什麼都別動。」
差人們馬上點頭。
韓孺子對跪在地上的掌櫃說：「好好想一想，待會我來找你。」將燈籠交給隨從，走出店鋪。
外面的人群退得更遠，但是捨不得離開，仍在觀望，小聲地互相議論、猜測。
冠軍侯在一群人的簇擁下站在街對面，韓孺子大步走過去，經過馬屍的時候瞧了一眼，突然發現地面上的血大部分很可能是這匹馬流出來的。
「究竟怎麼回事？」冠軍侯小聲問。
「有刺客。」韓孺子也小聲回答。
冠軍侯皺起眉頭，「這種時候刺殺英王……你是怎麼想的？」
韓孺子冷冷地說：「英王不是我的對頭，刺殺他對我沒有任何好處。」
「對我也沒有好處。」冠軍侯馬上道，隨後眉頭皺得更緊，「英王就是太后弄來充數的，誰會對他下手？東海王剛才往哪跑？」
「我說過了，他去追袁子凡……」
「不對。」冠軍侯斬釘截鐵地說，「你沒發現嗎，英王之死對你對我都有不利影響，反而是東海王不會受到猜疑，能夠坐收漁翁之利。」

冠軍侯的猜測不無道理，他與倦侯在爭位中佔據上風，東海王則完全淪為倦侯的輔佐者，形勢一旦劇變，他反而可以置身事外。

韓孺子對東海王從未有過完全信任，但是不想在冠軍侯面前表露出來，於是冷淡地說：「你怎麼知道英王一定死了？」

「是你說……我……英王沒死嗎？」冠軍侯眼神稍顯慌亂。

「我不知道。」韓孺子一直沒有仔細查看。

又有一批差人騎馬趕來，人數更多，將圍觀百姓驅走，但是只有少數人走進布店，很快將裡面先到的差人攆了出來，沒有多久，眾差人的頭目出店，走到倦侯和冠軍侯面前。

韓孺子認得此人，這是「廣華群虎」之一、京兆尹手下司法參軍連丹臣，他向兩侯行禮，說道：「此地不宜逗留，請倦侯和冠軍侯速速回府。」

「他們怎麼樣？」韓孺子問。

連丹臣沒有回答。

冠軍侯不想留在這裡了，他也認得連丹臣，說道：「連參軍到了就好，英王沒有……他還活著吧？」

連丹臣點下頭，沒有多做解釋。

冠軍侯長出一口氣，「祖宗保佑，千萬不要出事。」

冠軍侯上馬，但是倦侯還留在原地，他也不動。

韓孺子不能就這麼離開，好在他等的人很快就到了。

楊奉和杜摸天一塊趕到，杜摸天想進店看望孫子，被差人攔住，韓孺子開口解釋，連丹臣命差人讓開。

楊奉沒有進店，直接來到倦侯身前，先向冠軍侯拱手行禮，然後對倦侯說：「回府吧。」

「杜穿雲……」

告辭。
「倦侯留在這裡也幫不上忙。」
韓孺子點點頭，對連丹臣說：「店掌櫃可能看到了刺客。」
連丹臣道：「倦侯放心，我一定會查個水落石出。」
隨從牽來馬匹，韓孺子上馬，與楊奉一道回府，他們與冠軍侯曾有一段同路，分道揚鑣時，誰也沒有開口

倦侯府裡十分安靜，大家都知道外面出了事，因此都早早回房休息。
張有才坐在書房裡，還在發抖。
韓孺子讓他去休息，自己點燃蠟燭，坐在書案後面，也是半晌才回過神來，對楊奉說：「英王來的時候，就坐在那裡。」
楊奉低頭看了一眼自己所坐的椅子，平靜地說：「告訴我經過。」
韓孺子從英王到訪講起，盡可能不遺漏任何細節，最後道：「連丹臣說英王和杜穿雲沒有死。」
楊奉對那兩人的生死卻不怎麼關心，想了一會，說：「倦侯休息吧，我去打探消息，明天一早我來見你。」
「不，我就留在書房，有什麼消息隨時告訴我，尤其是……他們的生死。」
楊奉嗯了一聲，起身走到門口，止步道：「倦侯既然不想休息，那就想一想，英王遇刺，誰獲益最多？」
韓孺子感到一股難以遏制的憤怒，人命關天，楊奉居然還給他佈置題目，可他仍然點點頭，那股怒氣來得猛，去得也快。
楊奉又道：「不要命回來了。」
「是嗎？」韓孺子隨口應道。
「孟娥早已離開函谷關，很可能已經返回京城。」

楊奉走了，韓孺子一愣，孟娥回京，為什麼不來見自己？

東海王跑了，孟娥回來了，韓孺子感到身上一陣陣發冷，「誰會獲益？誰會獲益？」他一遍遍地自問，突然明白最大的獲益者是誰了。

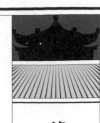

第二百三十二章　嫌疑與好處

東海王氣喘吁吁地跑進來，給自己倒了一杯冷茶，一口氣喝下去，皺皺眉頭，返回門口，大聲命令隨從去要酒，然後轉身說：「真是倒霉啊，你能想到會發生這種事嗎？」

韓孺子獨自坐在書案後面，一聲不吭。

東海王找地方坐下，看樣子是累壞了，癱在椅子上不願動彈。很快，府裡的僕人送來酒菜，酒是熱的，菜是涼的，東海王趕走僕人，自斟自飲，三杯之後，他的精力恢復許多。

「你怎麼不說話？」東海王問。

「你追上袁子凡了？」

「沒有，他跑得快，比我認路。」

「你膽子真大，敢獨自去追望氣者，那些刺客很可能是他的同伴。」

「我還以為你們都跟在後面呢，誰想到……咦，我聽出來了，你在懷疑我？」東海王警惕起來。

「如果是你派人刺殺英王……」

「不是我！」東海王憤怒地說。

「讓我說完，每個人都有可能，我只是做一種假設。」

東海王還是憤怒地盯著韓孺子，但是沒有再插話。

韓孺子繼續道：「刺殺英王對你有什麼好處呢？爭位局面變得混亂，我與冠軍侯深受其害，你卻可以混水摸魚。」

東海王冷笑不止，「啊，我真是聰明啊，冒著巨大的風險刺殺英王，就是為了混水摸魚，可你想過沒有，咱們都是桓帝之子，你若爭位失敗，大臣們寧可另選他人，也絕不會選我當皇帝……」

「這只是假設，要等事情更清晰以後，才知道對你的真正好處是什麼。」

東海王又喝了一杯酒，怒道：「假設是吧，好啊，那就假設是你派人刺殺了英王，你又能得到什麼好處？」

「如果能將刺殺嫌疑引向冠軍侯，對我來說就是最大的好處。」

東海王一愣，怒氣稍平，「冠軍侯有嫌疑嗎？」

「還不知道，但他接連被我打敗，憤怒之餘，什麼都有可能做出來，他知道英王去宰相府，也知道離府之後的必經之路，而且他想刺殺的未必只是英王。」

「沒錯！冠軍侯以為英王必定跟咱們兩人在一起，英王跑在前面，刺客們被迫提前動手……」東海王顫抖一下，臉色也變了，「你們居然讓我一個人去追袁子凡！」

「我說了，這只是假設。」韓孺子平靜地說。

「好，咱們繼續假設下去。」東海王想了一會，突然笑了，「其實不用什麼假設，按你的想法，一點嫌疑沒有的人最可疑，因為別人的聲望都會因此受損，甚至失去爭位資格，他卻能坐收漁翁之利。」

韓孺子點點頭。

「你不相信有人的運氣就是好？」

韓孺子搖搖頭，這種時候，只有最無知的人才會相信運氣。

東海王沉默了一會，「還有太后和崔宏，還有你的部曲士兵，都有刺殺英王的可能。」

「部曲士兵？」

「我相信刺殺英王不是你的主意，但你的部曲士兵不是已經返京了嗎？他們對你很忠誠，卻不夠聰明，沒準以為這是在幫你。」

「那他們應該去刺殺冠軍侯。」

東海王嗯了一聲，將這個假設排除，「崔宏其實很有嫌疑，爭位的四個人當中，三人與崔家關係密切，只有英王是個例外……不對，英王的勢力最弱，崔宏完全沒必要除掉他……」

「或許崔太傅希望看到京城陷入混亂。」

「嗯，那對他的確大有好處，但是英王遇刺這件事說小不小、說大不大，還不至於將南軍招來，除非以後越鬧越大……英王死了嗎？」

「還不知道，我也在等消息。」

「我應該出去打聽一下，譚家消息比較靈通。」東海王站起身，沒有馬上離開，「說來說去，獲益最多的人其實是太后！」

「嗯。」韓孺子不置可否。

「英王不是普通人，遇刺之後由誰查案？首先是『廣華群虎』，那都是太后的人，還有宿衛八營……」東海王的臉色又變了。

「太后已經瘋了。」韓孺子提醒道。

「如果她根本沒病，是在裝瘋呢？想爭位的人都被困在了京城，宿衛八營可以利用遇刺事件公開掌權……這麼說來，『廣華群虎』也可能是在欺騙譚家……」

東海王跑了。

韓孺子仍然沒動，整個京城就像是一座池塘，英王遇刺攪動了池水，沉渣泛起，大魚、小魚都撲了過來，互相追逐嘶咬，分不清誰是早有謀劃的敵人、誰是趁火打劫的投機者。

後半夜，楊奉回來了。

「英王和杜穿雲中了毒鏢，好在搶救及時，應該沒問題。」

韓孺子稍稍鬆了口氣，馬上又生出不祥之兆，「毒鏢？」

「嗯，江湖人愛用的玩意，杜穿雲很警覺，抱著英王躲了一下，所以沒有擊中要害。」

「刺客呢？」

「還在追查，掌櫃說店鋪門前曾經有六七名少年逗留，出事之後全都消失了，連丹臣正在找這幾個人。」

「那些望氣者呢？」韓孺子又問道。

「袁子凡和鹿從心失蹤了，皇甫益在宮裡，情況未知，林坤山，還在東海王府裡。」

「林坤山沒逃？」韓孺子很吃驚。

「嗯。」

韓孺子糊塗了，看著楊奉，過了一會問道：「上官盛出面沒有？」

「還沒有，連丹臣有三天時間查案，沒有結果的話，上官盛才會插手。」

「他還真沉得住氣。楊公還有什麼事情要告訴我嗎？」

「倦侯應該休息了，明天很可能會有人上門向倦侯問話。」

韓孺子點點頭，「是太后吧？」

楊奉沉默了一會，「倦侯何出此言？」

「英王是太后薦舉的，卻沒有得到多少支持，現在想來，英王唯一的作用大概就是以爭位者的身份遭到刺殺，為上官盛直接插手爭位提供理由。英王遇刺，我懷疑太后，冠軍侯也會，天下人卻不會，他們只看到太后支持的人受到傷害，以為幕後兇手就是我們這幾人。」

「不是嗎？」楊奉反問。

韓孺子盯著楊奉看了好一會，垂下目光，「這件事情大概永遠也調查不清楚了，對吧？」

「休息吧，倦侯，你想得太多了。」

楊奉走後，韓孺子合衣躺下，就在書房裡休息，他以為自己會睡不著，結果一閉眼就進入了夢鄉。

次日一早被推醒的時候，韓孺子很不情願，在那一刻，連當皇帝都不重要了，他只想繼續熟睡。

但他還是坐起來，迅速清醒。

張有才不像昨晚那麼慌張，臉上甚至露出了微笑，「主人怎麼沒脫衣服就睡了？我拿來新衣服了，主人把衣服換下來吧。」

韓孺子像木偶一樣聽從擺布，換過衣服、洗臉漱口之後，他更清醒了些，說道：「昨天你被嚇壞了吧？」

「還好，就是……太突然了，我還以為……」

「以為什麼？」

「以為有人要殺主人和東海王。」張有才小聲道。

韓孺子笑了笑，張有才是宮裡的太監，即使懷疑太后也不敢說出來。

「杜穿雲應該沒事。」

「我聽說了，這個傢伙，早晚死在自己手裡。」

「你不關心他嗎？你們是朋友。」

「朋友？」張有才顯出幾分憤怒，「有些話我不該說……」

「在我面前，你沒有不該說的話。」

張有才臉色微紅，「我剛回來的第二天，杜穿雲說是給我接風洗塵，結果他把我和泥鰍帶到……帶到那種地方去。」

「哪種地方？」韓孺子沒聽明白。

「煙花之地。」

韓孺子一愣，隨即大笑，他相信杜穿雲能做出這種事。

「他說，『吃不到豬肉也該看看豬跑，太監就不能去青樓嗎？太監還有娶老婆、抱養小孩的呢。』主人聽聽，這都是什麼話？」張有才氣哼哼地說。

韓孺子笑著搖頭，沒有為杜穿雲辯解，他很清楚，張有才在用惱怒壓制關心，這兩人仍是最好的朋友。

張有才一邊收拾屋子，一邊繼續抱怨，「就算我不在乎，還有泥鰍呢，他才多大啊，杜穿雲竟然把他也帶去了。好吧，那的酒菜的確不錯，陪酒的人盡會說好聽的，可是這也太過分了。主人，不管你怎麼想，我得說，杜穿雲好酒、好色，早晚毀在這兩件愛好上……」

日上三竿，東海王沒像往常一樣跑來，司法參軍連丹臣登門拜訪。

楊奉親自將連丹臣引入書房，同來的刑吏有好幾位，都留在前院，由府丞招待。

連丹臣一進來就跪下磕頭，表示歉意。

韓孺子請他起身，客套了幾句，連丹臣拿出筆紙，開始向倦侯詢問昨晚的詳細情況。

韓孺子沒什麼可隱瞞的，從頭到尾說了一遍。

「英王是突然拜訪，事先沒打招呼？」

「沒有。」

「也就是說，知道英王出府的人沒有幾個。」

「我們去拜見宰相的時候，宰相府出來很多人迎接，消息大概就是這麼傳出去的。」

「嗯，那也不夠策劃一起刺殺，那些人準備得很充分，絕非臨時起意。」連丹臣沒有繼續分析下去，恭恭敬敬地送上筆錄，請倦侯和楊奉分別簽字、蓋印。

連丹臣將東西收好，卻沒有告辭之意，楊奉識趣地走出書房，等在門外。

「倦侯身邊有一位從前的宮中侍衛吧？」

「嗯。」

「她叫孟娥？」

「對。怎麼了？」

「請倦侯小心。」連丹臣躬身行禮，告退離去。

韓孺子明白過來，刺殺英王的手法與暗器，必定與孟氏兄妹非常相似。

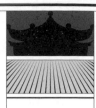

第二百三十三章 獨斷

這天下午，韓孺子得到確切消息，宮裡的望氣者皇甫益也失蹤了，時間比英王遇刺稍晚一些，自稱要去找一位驅鬼道士為太后治病，出宮之後再沒有現身。

四名望氣者，只剩下林坤山一個人。

韓孺子接到東海王的信，立刻前去王府拜訪，一進大門，東海王就迎上來，「我堅持不了多久，林坤山很快就得交給連丹臣，我想你應該先見一見他。」

林坤山被「關」在一間小屋子裡，五名奴僕守在外面，防止他逃跑。

林坤山並不害怕，反而覺得很無辜，見到倦侯之後一臉苦笑，「無妄之災，這真是無妄之災。」

東海王喝道：「收起你那一套吧，林坤山，跑得慢是你倒霉。」

「我根本沒想跑啊，東海王，對您，我可是忠心……」

「千萬別再說了，我現在一聽到『忠心』兩個字就想吐。」東海王做了一個吐的動作，「望氣者不是順勢而為嗎？什麼時候學會雇用刺客了？」

「我與英王遇刺之事毫無關係。」林坤山肯定地說。

東海王還要再做駁斥，韓孺子打斷他，問道：「你跟其他望氣者也毫無關係嗎？」

林坤山笑而不語。

東海王厲聲道：「問你話呢，非得讓連丹臣給你上刑嗎？『廣華群虎』可不是白叫的。」

「按照爭位規則，沒人能對我上刑，只能向我問話。」

東海王一愣，這才想起林坤山也受到與他一樣的制約與保護，「你……」

「我想與倦侯單獨談一談。」

「我才是你的主人！」

「不跟倦侯談，我就只能與連丹臣談，東海王更信任誰呢？」

東海王當然不能說更信任外人，於是重重地哼了一聲，轉身要走，一邊小聲對韓孺子說：「過後你會告訴我一切吧？」

韓孺子點點頭。

房門關上，林坤山走到倦侯面前，抱拳拱手，深鞠一躬。

「這是何意？」韓孺子問道。

「為碎鐵城不辭而別正式向倦侯道歉。」

「既無所求，便無所失，我從來沒有怪罪於你。」韓孺子如果有一點失望的話，也是針對東海王，與望氣者無關。

林坤山笑了一下，「倦侯剛才提了一個很有意思的問題，倦侯為什麼想知道我與其他望氣者是否有關？」

韓孺子沒有開口，他可不想在得到答案之前先回答對方的疑問。

「皇甫益、袁子凡、鹿從心，名字是像望氣者，但他們都不是望氣者。」林坤山主動回答。

「你為什麼當時不肯揭露？」

「因為他們的勢力很大，揭穿他們無異於逆勢而為，我不做這種事，我想看看他們到底想做什麼，卻沒料到他們這麼早就動手。」

離半年之期還有四個多月英王就遭到刺殺，如果真是那幾名假望氣者所為，的確太早了些。

「勢力？什麼勢力？」

林坤山搖頭，「我不知道，望氣者策劃多年，才能在個別王府登門入室，這幾位卻能輕鬆進出皇宮，我們自愧不如，至於他們屬於什麼勢力，我沒有任何證據。」

林坤山有猜測，他不想說，韓孺子也不想問，他突然醒悟，林坤山又在使用望氣者的老招數：不動聲色地蠱惑別人做事，將他們引到望氣者所指定的道路上，那或許是陷阱，或許是死路一條。

「其他望氣者呢？那些跟你一樣的真正望氣者。」

林坤山笑著搖頭。

外面響起敲門聲，東海王道：「連丹臣必須將人帶走了，他要向京兆尹覆命。」

「進來吧，我沒什麼可問的了。」

房門打開，林坤山向倦侯笑道：「我們只是江湖術士。」

幾名差人走進來，客氣地點頭，林坤山沒有反抗，順從地跟著他們走出房間，連丹臣進來，向倦侯拱手，他只是過來致意，馬上就得離開。

韓孺子抓緊時間問道：「望氣者都抓了？」

韓孺子還記得，「廣華群虎」早已掌握京城內外眾多望氣者的行蹤，如今出了這麼大的事情，應該不用再觀望了。

連丹臣稍一猶豫，還是答道：「光是昨天夜裡，就已經抓了三百多人，不只是望氣者，還有其他江湖人，但是袁子凡等人仍無下落。」

韓孺子點點頭，連丹臣退出，東海王走進來，看著眾人離去，扭頭對韓孺子說：「怎麼樣？」

「他說袁子凡等人不是真正的望氣者。」

「就這個？不用他說咱們也猜得出來，英王已經說了，袁子凡從前是名太監，現在肯定也還是太監。」

東海王走到門口望了幾眼，關上門，說：「這肯定是太后的詭計，『廣華群虎』要麼參與了，要麼猜到了真相，我能感覺到這些傢伙態度的變化，他們本來有求於你和我，自從昨晚出事之後，他們對譚家就有點推三阻四，問什麼都只是透露一點，不像從前那麼言無不盡。」

韓孺子尋思了一會，「讓譚家多在江湖上打聽消息。」

「你想打聽什麼消息？」

「任何異常。」韓孺子也不知道自己想瞭解什麼。

回到倦侯府，天已經快要黑了，張有才迎上來小聲說：「京兆尹府不肯放杜穿雲回來，說他是重要證人，杜老爺子也被留下了。」

「嗯，我知道了。」

看到主人不慌不忙的樣子，張有才既有點意外，又感到踏實。

書房裡，楊奉不知獨自坐了多久，見到倦侯也只是點了下頭，沒有起身。

韓孺子坐到書案後面的椅子上，也不作聲。

兩人就這麼默默地坐了一會，韓孺子先開口：「你早就知道那幾個人不是真正的望氣者吧？」

楊奉追查望氣者多年，如果有誰能一眼認出真假，除了望氣者本人，必然就是他。

「嗯，我知道。」

「可你沒有提醒我。」

「有些事情倦侯不需要太早知道。」

「太早還是太晚由你判斷？」

書房裡尚未掌燈，楊奉看向昏暗中的倦侯，清晰地感受到了那裡的怒意，他想起從前的學生，因此對這股怒意並不陌生。

「總得有人做出判斷，只能是我。」

「你沒出過錯？」

「我犯過許多錯誤，否則的話，我也不會是現在這個樣子。可還是得由我來做判斷，因為這是一副重擔，我扛得最久，已經習慣了，其他人要麼掂輕怕重，要麼力量不足，要麼沒有常性，往往半途而廢。」

韓孺子沉默了很久，直到張有才敲門進屋，送來茶點、燃起油燈並退出之後，他才開口，語氣已經平靜如初。他不想再埋怨了，楊奉就像是一座寶藏，能挖掘到什麼程度是他的本事，與「寶藏」本身無關。

「太后果然有一個計畫。」

「看來是這樣。」

「你事先不知道嗎？」

「自從離開皇宮，太后從未聯繫過我，對太后，我也只能猜測。」

韓孺子思忖良久，「太后為什麼非得選在這個時候動手？」

「我也覺得奇怪。」

什麼都沒問出來，韓孺子決定更換方式，「皇甫益他們雖然是假的，卻吸引來不少真正的望氣者，將他們一網打盡想必也是太后的目的之一。」

「這正是我覺得奇怪的地方，真正的望氣者雖然來了不少，但是最重要的那一個，好像還沒有露面，太后這個時候動手，太早了一些。」

最重要的望氣者是淳于梟，總是神龍見首不見尾。

「或許抓捕望氣者只是太后的次要目的，她的主要目的已經達到，不想再等了。」

「有這個可能。」

「太后的主要目的是利用這次事件，讓上官盛掌權，擴大宿衛八營的勢力，與此同時除掉對帝位懷有覬覦之心的宗室子弟，她會怎麼做？栽贓嫁禍，將我們幾個殺死，或者囚禁起來？我應該逃出京城嗎？」

楊奉沒有回答，他知道，自己的「學生」已經在思考，很快就會想出答案。

「不對，太后不會讓我們逃出京城，那會引發大亂，但她也沒必要殺死我們，那同樣會引起混亂，對她來說，最好的結局是……」韓孺子想了一會，「當今皇帝根本沒病，很快就能『恢復』，繼續充當聽話的傀儡。」

韓孺子如釋重負，一切都說得通了，皇帝的舅舅吳修無意間成為關鍵人物，冠軍侯、倦侯、東海王等人都是透過他的行為，猜到宮中有變，沒有想過吳修本人也會上當受騙。

幾天前，吳修曾進宮探望皇帝，出宮後就去投靠冠軍侯，更讓眾人覺得皇帝剩日無多，結果太后出手了。

韓孺子的心又變得沉重起來，太后的陰謀正變成陽謀，韓孺子等人根本無從反抗，大臣的經驗的確更豐富一些，只有少數人直接參與爭位，大多數人都是口頭上表示支持冠軍侯，實際上保持觀望態度，跟宰相殷無害一樣，反而躲過一劫。

韓孺子不停地用手指敲打桌面，楊奉仍是他重要的幫手，但他不再需要楊奉的指引與分析，他要自己做出判斷與決定。

「太后不會立刻宣布自己和皇帝『病癒』，所以我還有些時間。首先，我得與冠軍侯和解，再鬥下去只會兩敗俱傷，和解之後，我們起碼還有北軍、南軍。」

韓孺子的手指敲得更快了，「袁子凡等人如果回宮，必然被殺；如果逃走，只能藏身於江湖之中，得找出來至少一個，以作為證據。」

韓孺子住手，「還得找出孟娥，太后信任的人不多，孟氏兄妹能算兩個。」

楊奉站起身，拱手道：「我這就去聯繫冠軍侯，安排一次會面。很多人都在尋找假望氣者，我也派出人了，或許能比別人早一步。至於孟娥，除非她來找倦侯，倦侯很難找到她。」

韓孺子嗯了一聲，對他來說，這是「孤家寡人」的一刻，楊奉不再是「師傅」，而是執行命令的重要助手。

形勢雖然極為不利，韓孺子仍然鬥志旺盛，只是將對手從冠軍侯暫時變為太后。

第二百三十四章 冠軍侯做主

冠軍侯拒絕在這種敏感時刻會見倦侯，韓孺子早料到會是如此，可還是有點驚訝。大難臨頭，冠軍侯居然還是如此固執。

楊奉馬上調整戰術，在後半夜聯繫到了左察御史蕭聲和右巡御史申明志。

冠軍侯常會出昏招，必須有一個頭腦清醒的人勸說他，宰相殷無害本是最佳人選，但這個老狐狸嗅到了危險，閉關不出，誰求見都沒用，楊奉退而求其次，選擇兩位御史大人代為傳話。

蕭聲與申明志已經完全捲入選帝之爭，身後沒有退路，縱然察覺到前方有危險，也只能硬著頭皮衝進去。

這兩人也是競爭對手，都盯著宰相之位，但他們的反應比冠軍侯快多了，楊奉只是居中稍作調停，兩人立刻決定盡棄前嫌，起碼暫時和好，同時去勸說冠軍侯。

天亮之前，冠軍侯終於同意與倦侯見面，地點選在了柴府的一座小跨院裡。

韓孺子趕到柴家的時候，天剛剛亮，楊奉親自去院裡查看一番，出來表示沒有問題，與十餘名隨從守在外面，韓孺子獨自進院。

單獨會面是冠軍侯的要求，隨著勢態變差，他對楊奉的恨意越來越明顯，不願意讓這名太監在場。

冠軍侯已經到了，坐在主位上，沒有點燈，看到倦侯進來，連招呼都不打，直接冷冷地說：「楊奉一定很得意，他曾經提醒過我，說一定要保住北軍，一定要防備宮裡再生變數。」

楊奉曾經真心實意地輔佐過冠軍侯，直到對方無可勸說的時候，他才轉歸舊主，現在，他又將勸說的任務交給了倦侯。

韓孺子真不願意承擔這項任務，可是他與冠軍侯之間只能有一個人意氣用事，冠軍侯既然搶了先，韓孺子只好選擇以理服人的角色。

他坐在對面，與冠軍侯隔桌相視，很快就適應了屋內的陰暗，「楊奉什麼都沒對我說，連句提醒都沒有。」

冠軍侯微微一愣，隨後露出一絲妒意，「他覺得你很聰明，用不著提醒。」

韓孺子搖搖頭，「在楊奉眼裡，沒有任何人配得上『聰明』這兩個字，他是在利用我。」

冠軍侯的神情產生變化，少了倨傲與嫉妒，多了一點驚訝與同情，「原來你也有同樣的感覺，可我一直沒弄明白，楊奉的目的究竟是什麼？我問他，他不肯說。」

「我也不知道。」韓孺子說，尋找共同話題是勸說的第一步，他與冠軍侯的共同話題就是楊奉，就像是兩名入行不久的夥計，在背後一塊嘲笑嚴厲的掌櫃，能夠極大地增進感情，「也不關心，他就是一名太監，手段很多，值得一用。」

「沒錯，就是這個道理，我已經將楊奉用完了，他對我再沒有任何幫助，所以我攆走了他，恰逢倦侯急需用人，就將楊奉接了過去。」冠軍侯笑了一聲，心情舒暢不少。

「北軍也是同樣的道理。」韓孺子及時轉移話題，貶低楊奉畢竟不能帶來實際的好處，「必須物盡其用之後，才能丟棄。」

冠軍侯收起笑容，沉默了一會，說道：「你知道我為什麼厭惡北軍嗎？」

「不知。」

冠軍侯又沉默一會，臉色越來越陰沉，就連逐漸明亮的陽光都無法將其中和，「我父親曾經掌管北軍，那時候北軍還是武帝的精銳，不像現在的名聲這麼差。父親為北軍傾注大量心血，可是當他受到武帝猜疑的時候，北軍將士與朝中大臣一樣，沒有一個站出來為太子說話。」

冠軍侯放在桌面上的手握緊了拳頭，「太子府被抄家的時候，我還小，但是已經懂事了，那一天很亂，官吏們都很客氣，仍將我當成皇孫對待，直到……」冠軍侯咬牙切齒，等了一會繼續道：「一群北軍將士闖進府中，將我拎出府，扔在檻車上。就是拎，一名特別高大的軍官，虎背熊腰，就這麼拎著我的脖子，好像我是一條狗。我在大牢裡住了六個月，得到武帝的赦免才出來，在牢裡，我每天晚上睡覺都能夢見那名軍官，每次都會嚇醒……」

冠軍侯的拳頭越握越緊，臉色憋得微紅，就在這一刻，年近二十的他，比韓孺子更像未經世事的少年。

「他大概是奉命行事。」

「嘿，他接到的命令無非是帶我出府，誰會命令他拎我的脖子？他絕對是故意的，欺辱皇孫一定讓他非常得意。」

「你找到他了？」韓孺子問，冠軍侯接管北軍一年多，找個人應該不困難。

冠軍侯冷笑一聲，「北軍打仗的本事差，將士之間的義氣卻很重，我暗示過幾次，那些將吏不是推託說不知情，就是說當年的文書都已經上交兵部與大都督府，無法查詢。只有……只有柴智願意幫忙，但他調入北軍比較晚，不瞭解當年的事情。」

韓孺子難以相信自己的耳朵，他有點同情冠軍侯的遭遇，可是僅僅因為小時候被人拎過脖子，就要對整支軍隊進行報復，還是太過分了。

在冠軍侯眼裡，這很正常。

「等你當了皇帝，想查什麼都有人替你做。」韓孺子說。

「我當皇帝？」冠軍侯語帶譏諷，「你不想爭了嗎？」

「想，但是要公平地競爭，而且絕不當別人的棋子。」

冠軍侯沉吟良久，問道：「英王真不是你派人刺殺的？」

「我為什麼要這麼做？」

「有一種說法，倦侯與太后關係很僵，直白地說，倦侯憎恨太后，而英王是太后薦舉的爭位者，所以……」

對睚眥必報的冠軍侯來說，這個「說法」再合理不過。

韓孺子想了一會，「好吧，就算是我派人刺殺英王，結果是我惹禍了，英王沒死，還引來『廣華群虎』與宿衛八營，不幸的是，這場大禍也會影響到冠軍侯。」

冠軍侯大笑，「不是倦侯，肯定不是，你沒有那個……算了，不提也罷。英王遇刺，的確是個大麻煩，除非找到兇手，宿衛八營很快就將全城抓人，抓什麼人，全憑上官盛一句話。倦侯打算怎麼辦？」

這算是同意聯手的表示，韓孺子道：「首先，請冠軍侯聯絡吳家，弄清楚皇帝的病情。」

皇帝有三位舅舅，一個被派去北軍，還有兩位留在京城。

「倦侯懷疑皇帝病情有假？」

「還是查實一下比較好。」

「嗯，這沒有問題。」

「然後得讓北軍與南軍和解，共同駐守白橋鎮，兵臨京畿，給宿衛八營施加壓力，讓上官盛不敢輕舉妄動。」

「嗯，我想我可以說服南軍崔太傅，至於北軍，需要咱們兩人共同安撫。」

這正是韓孺子來見冠軍侯的主要目的，「我希望冠軍侯能給柴悅一紙任命。」

冠軍侯在這種事情上可不傻，立刻警惕起來，「為什麼非得是柴悅？」

「北軍眾將當中，我比較信任柴悅，而冠軍侯信任柴家，柴悅的母親和弟弟都住在柴府，如此一來，柴悅就該是咱們兩人共同信任之人。由冠軍侯任命柴悅，將會向世人顯示，你我二人是真正的聯手，能夠消除許多懷疑。」韓孺子原本計畫慢慢將冠軍侯的注意力引向柴悅，但是一番交談後，他覺得還是直接提出來比較好。

「倦侯這是在要求我將整個北軍讓給你，雖然我不喜歡北軍，但也不能輕易送人當禮物。」

「冠軍侯誤會了，北軍大司馬仍是你，都尉、長史、左右將軍等職位都不需要變動，柴悅只是需要一個正式的身份。」

柴悅並不屬於北軍，他是大將軍韓星麾下的散從將軍，此後的職務都是韓孺子便宜授權，嚴格來說有點名不正言不順。

冠軍侯盯著倦侯看了好一會，終於做出決定，「好吧，那就讓柴悅當軍正，反正那本來就是柴家的職位。」

「全由冠軍侯決定。」這項任命正合韓孺子的心意，但他絲毫沒有表露出來，「接下來的事情就是查找真正的兇手，只憑『廣華群虎』肯定不行，咱們得自己想辦法。」

「嗯，我已經派人去查了，所有人，兩天之內，不等上官盛插手，就能水落石出。」

「那自然再好不過。」

冠軍侯笑了一聲，「那樣的話，咱們用不著聯手，我也用不著任命柴悅了吧？」

「當然，這都由冠軍侯決定。」

冠軍侯站起身，居高臨下地說：「老實說，我不太信任你，這與你本人的誠意無關，而是因為楊奉，有他在你身邊，我不得不保持警惕。」頓了頓，他又道：「但我分得出輕重緩急，如果『廣華群虎』抓不到真凶，而上官盛開始插手的話，我才會同意與你聯手，並且任命柴悅當北軍軍正。」

韓孺子沒有起身，耐心地說：「只要冠軍侯不覺得太晚。」

冠軍侯微微瞇眼，「中午之前我會給你回話。」

韓孺子沒有催促，也沒有繼續勸說，他有感覺，冠軍侯其實已經被說服，今天就能向北軍發出任命，表面上的猶豫只是想顯示一切由自己做主。

韓孺子無意破壞冠軍侯這個感覺。

冠軍侯先走，韓孺子坐了一會才出門，向楊奉點點頭，一塊回倦侯府。

在路上，楊奉說：「我已經約好了連丹臣，倦侯得將杜穿雲接出來。」

杜穿雲行走江湖多年，很可能對刺客知道一些什麼，而他絕不會輕易透露給刑吏。

韓孺子深吸一口氣，覺得自己又回到了戰場上。

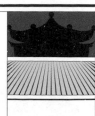

第二百三十五章　外面的威脅

韓孺子正在前往京兆尹府的路上，一人騎馬跑來，向楊奉耳語數句，馬上離開，楊奉告訴倦侯：「冠軍侯任命柴悅為軍正，信使已經出發。」

韓孺子心中大安，他在冠軍侯面前費了那麼多的口舌，最重要的目的就是這一項，雖然冠軍侯的任命最終仍需要朝廷的許可，但是對北軍將士來說，柴悅終於成為真正的「自己人」。

楊奉又補充一句：「兩位御史大人請倦侯放心，任命將會暢通無阻。」

韓孺子微感驚訝，隨後明白過來，形勢轉變對他們的影響也很大，蕭聲與申明志在向倦侯邀功，希望促成這次聯手。

剛到京兆尹府門口，東海王追上來，有些氣惱地問：「怎麼不叫上我？」

韓孺子笑道：「因為我知道，不用叫，你也會趕來。」

東海王跳下馬，躲開楊奉，靠近韓孺子，小聲道：「需要我幫什麼忙？」

韓孺子想了想，「你還得給崔太傅寫信，之前希望他進攻北軍，現在則要他與北軍合作。」

「整個大楚朝廷比任何時候都要敵我難分。」東海王生出感慨，然後道：「沒問題，我想我能說服崔宏。」

衙門裡，司法參軍連丹臣早已等候在大堂外面，直接將倦侯帶到內刑司，京兆尹本人避而不見。

杜氏爺孫並非犯人，但是被看守得十分嚴密，十幾名衙役守在門外，不許任何外人靠近。

連丹臣帶著倦侯進門，說：「事情比較麻煩，倦侯可以帶走杜老爺子，小杜……還得在這裡留幾天。」

內刑司是連丹臣平時辦公的地方，靠牆加設一張小床，杜穿雲躺在上面，似乎在睡覺，杜摸天坐在床邊，這時站起身，先向倦侯拱手，然後向連丹臣道：「我孫子已經將知道的事情都告訴你了，還要關多久？」

連丹臣苦笑道：「杜老爺子何必用『關』字？你們都是我的客人，只是……只是牽涉的事情太大，我做不得主啊。」

連丹臣一直以來都非常客氣，杜摸天說不出什麼，轉向倦侯拱手道：「謝謝倦侯前來探望，穿雲算是揀回來一條命，可是還沒有完全復原，不能起來給倦侯行禮，倦侯莫怪。」

「無妨，我就是想親眼看一下，沒事就好。」韓孺子又對連丹臣說：「究竟誰能做主？」

「麻煩就在這裡，誰也做不得主，除非抓到刺客，否則的話，後天我得將小杜轉交給宿衛營……」連丹臣的為難就在這裡。

「廣華群虎」表面上已經投靠倦侯與東海王，對倦侯的隨從自然十分客氣，等「客人」到了上官盛手裡，刑吏就管不著了。

「可是你們將英王放走了。」杜摸天說。

「英王……畢竟是英王。」連丹臣還是只能苦笑，「廣華群虎」的權力與膽量來自於太后，一旦太后那邊含糊其辭，他們也就不知所措。

韓孺子道：「我能單獨跟他們談談嗎？」

「當然，我就在門外候命，隨叫隨到。」連丹臣退出房間。

韓孺子剛要開口，對面的杜摸天卻向他擺擺手，嘴裡說道：「倦侯，這不公平，穿雲是受害者，憑什麼不能離開？」

「請杜老爺子諒解，英王遇刺，滿朝震動，杜穿雲恰好就在英王身邊，他看到的每個人、每件事，都可能很重要。他看到什麼了？」

杜摸天搖搖頭，「穿雲當時騎馬跑得比較快，發現偷襲的時候，只來得及稍躲一下，然後就看到人影晃動，很快就暈了過去。」

杜摸天上前兩步，抓住倦侯的右手，激動地說：「穿雲是我唯一的孫子，我不能離開他，他在哪我在哪，倦侯如果有辦法，就將我們都帶出去，如果沒有，那就各安天命吧。」

「杜老爺子放心，我一定會想辦法將你們接回倦侯府。」

兩人又聊了幾句，杜摸天鬆開手，韓孺子叫進連丹臣，感謝他對杜氏爺孫的照顧，告辭離去。

半路上，連丹臣小聲問：「杜老爺子說什麼了？」

內刑司隔壁顯然有人監聽談話，連丹臣此問不過是掩人耳目，韓孺子佯裝不知，嘆道：「他說杜穿雲什麼都沒注意到，事情發生得實在太突然，刺客隱藏得也很深。」

「嗯，我相信杜穿雲，只怕到了宿衛營那邊……」

「所以得盡快找出刺客，連大人這邊有什麼進展？」

「又抓了不少人，但是沒用，不是嘴太硬，就是與英王遇刺之事無關，都是一些江湖恩怨。」

「連大人若是找到線索，請務必及時通知我一聲。」

「那是當然，倦侯放心，若是抓到刺客，您一定最先知道。」

兩人在衙門口客氣地告別。

東海王從衙門裡借來筆紙，已經寫成一封信，拿來給韓孺子看，隨口問道：「怎麼樣？」

韓孺子搖搖頭，掃了一眼信的內容，還給東海王，「很好，這就送給崔太傅吧。」

東海王叫來隨從去送信，自己仍跟著韓孺子，一直到倦侯府裡，韓孺子才有機會與楊奉低聲交談。

「找胡三兒。」韓孺子小聲說，杜摸天在抓住他的手時，確切無疑地寫了「胡三」兩字。

楊奉點了下頭，正常送倦侯回書房，也不向東海王打招呼，自行離去。

東海王看著楊奉的背影消失，轉身向韓孺子嚴肅地說：「你在做什麼？」

「弄清形勢，尋找刺客。」

東海王關上門，走到書案前，「太后已經出手，咱們不能再等了，必須反擊。」

「怎麼反擊？」

「咱們不是已經制定計畫了嗎？」

韓孺子搖搖頭，說，「沒有『廣華群虎』的全力配合，咱們的計畫無法成功，可連丹臣這些人現在還值得信任嗎？」

「所以反擊才要趁早啊，再等下去，所有人都得投向太后。」

韓孺子還是搖頭，「不行，時機不好。」

「怎麼辦？就這樣等下去？」

「太后所依仗者，無非是上官盛與宿衛八營，只要南、北軍還在京城附近，咱們就沒有全輸。」

「所以你是真心與冠軍侯聯手了？」

「大難臨頭的時候，保存實力最重要，聯手當然要真心，否則的話，拿什麼對抗太后？」韓孺子盯著東海王的眼睛。

東海王避開，嘆了口氣，「你說得有道理，我只擔心一件事，整個朝廷都是牆頭草，太后一旦宣布皇帝病癒，自己的身體也沒問題，可以重新臨政，不僅大臣會老老實實地磕頭請安，南、北軍只怕也會倒戈，起碼崔宏一定會。」

「即使如此，也不能著急，必須等一個更好的時機。」

「好吧，聽你的，反正我是準備好了，你有四五百名部曲，譚家也能提供同等數量的死士，連丹臣或許不值得信任，『廣華群虎』裡還是有人死心塌地願意幫助譚家的。」

「嗯，我不會拖太久。」

東海王找地方坐下，沉默了一會，再度開口：「你有沒有想過將刺殺英王的罪責引向冠軍侯？」

「想過。」韓孺子頭也不抬地說，「但是沒有辦法。」

「只要有刺客指認……」

「不行。」韓孺子直接拒絕。

「你就不怕冠軍侯先向你栽贓？」

「如果冠軍侯這麼做了，那他就是愚蠢至極。」韓孺子看向東海王，「太后最想看到的就是咱們驚慌失措、互相栽贓陷害，這樣一來，她就能脫身而出，不受懷疑。」

「也對，咱們不能上當。」東海王洩了氣。

午時將至，東海王正要命人開飯，府丞進來通報，辟遠侯張印帶著一名客人前來求見。

「辟遠侯真是幼稚得可笑，他真想去西域立功，為孫子贖罪？」

韓孺子卻很尊重這位口訥的老將軍，而且還有點意外，這種時候還肯主動來見倦侯，辟遠侯膽子不小。

辟遠侯張印似乎根本不瞭解朝廷的風向，認準了一件事就要做下去，雖然倦侯並未同意送他去西域築城，辟遠侯卻已著手準備，包括瞭解更多「敵人」的情況。

他今天帶來的客人是一名匈奴使者。

匈奴使者來到京城很久了，除了禮部的幾名小吏，一直沒有見到朝中大員，更不用說面見皇帝與太后，辟遠侯是唯一登門拜訪的客人，也是以私人的身份。

「金純忠！」東海王看見來者之後吃了一驚，「你還敢進城，不怕柴家把你撕碎了？」

「我現在是匈奴使者。」金純忠說，衡陽主已死，他不用太害怕。

「整個匈奴都是喪家之犬，一名使者有什麼了不起的？」東海王面露鄙夷，也不與客人見禮，走到另一邊坐下。

辟遠侯上前向倦侯道：「西域必須……早做準備，匈奴人……匈奴人……」

金純忠向辟遠侯示意他可以代說，辟遠侯點頭同意。

金純忠先向倦侯躬身行禮，起身道：「我們出發的時候，大單于指示說，如果入春之後和談還是沒有進展，就不用談了，既然大楚不願聯手，那匈奴人只有一個選擇：南下牧馬，借助楚人的城池抵擋西邊的強敵。」

韓孺子尚未開口，東海王騰地站起，怒道：「無恥叛徒，你敢威脅大楚？」

金純忠愕然道：「如果兩國開戰，我寧願留在大楚這邊，我只是想透過倦侯提醒邊疆早做準備。」

東海王冷冷地打量金純忠，一臉的不信任。

「的確應該提醒朝廷，這比英王遇刺更重要！」韓孺子心中一動，如果處理得當，他或許能將內憂外患一塊解決。

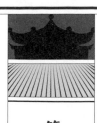

第二百三十六章 兄弟之情

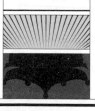

辟遠侯與金純忠懷著希望而來，告辭離去的時候得到的卻是一肚子疑惑。

書房裡的東海王更加疑惑，走到書案前，小心地說：「我大概明白你的意思，讓匈奴使者宣揚北方的威脅，從而迫使太后臨政，可是這有什麼用處呢？太后一旦臨政，上官家的權勢就更大了。」

「對啊，那為什麼太后還不肯臨政呢？」

「因為……因為她需要一個好藉口，而匈奴使者恰好提供了這個藉口。」

「沒有別的原因了嗎？」韓孺子不自覺地用上了楊奉的口吻，那是一種詢問與試探的語氣，如同博學的教師引導新入門的弟子、經驗豐富的獵人訓練第一次進山的學徒。

東海王很不高興，可還是做了思考，「嗯……當然，這幾個月來，皇宮裡一道奏章也沒有批覆，留下無數禍患，太后不能說康復就康復，那簡直就是在告訴天下人她在裝病，意味著她曾經視天下災民為無物。所以太后肯定已經制定了完美的復出計畫，被你一攪和，計畫可能會出現混亂。」

韓孺子笑道：「其實我想的沒有那麼複雜，只是試探一下太后，看看她到底能忍到什麼程度。」

「當心引火燒身。」

「火已經燒到身上了。」

東海王盯著韓孺子，對這位兄長，他蔑視過、陷害過、敬佩過、害怕過，不知不覺間已經對他十分瞭解，

「如果太后就是不肯復出，而匈奴人真的要打過來，你怎麼辦？」

韓孺子沒有回答。

東海王後退一步，滿臉驚詫，「你想離京，帶領北軍重回邊疆，對不對？」

「總得有人保護大楚江山和百姓。」

「離開京城就等於告訴天下人，你再也不想當皇帝了。選帝對咱們來說是一場騙局，對滿朝文武以及平民百姓來說，這卻是一場真實的競爭，你一走，冠軍侯再無對手……」

「很抱歉，如果這是在比誰對大楚江山更不在意，我認輸。」

東海王的眼睛越瞪越大，「可你這樣做正中太后下懷，她不用提前復出，可以等到最佳時機，你所保護的大楚江山，最後可能會落入上官氏手中。」

韓孺子想了一會，「最好的結局是我奪得帝位，然後與匈奴人或是和談或是決戰，如果不能，我寧願永遠留在邊疆。」

「還有一種可能。」東海王馬上說道，連眼睛都在發亮，「你奪得北軍和邊疆各城，再與匈奴人結盟，揮師南下……」

韓孺子笑著搖頭，「那不可能，我或許會與匈奴人和談，但絕不會借助匈奴人的力量奪取帝位，北軍將士也不會同意。」

「你一走，帝位就是冠軍侯的了。」

「未必，太后需要的是傀儡，我若離京，太后與冠軍侯必定有一場好戰。」韓孺子停頓片刻，「那你打算怎麼辦？」

「我？」

「你可以跟我一塊離京，咱們想辦法奪取崔太傅的南軍，共同駐守邊疆，一東一西，互為倚靠，進可攻退可守。」
東海王勉強擠出笑容，「在碎鐵城你也看到了，我可沒有守衛邊疆的本事。」
「你也可以留在京城，等到太后與冠軍侯兩敗俱傷之際，你或許還有機會奪取帝位，只是你的處境會比較危險。」
東海王的笑容更加尷尬，「我早就不想當皇帝……」
「如果我不得不離京，我希望你當皇帝，北軍在我的掌控之下，也會全力支持你。」韓孺子說得很真誠，對他來說，東海王肯定是比冠軍侯和英王更好的選擇，「我在邊疆也需要你的支持。」
東海王臉上的神情變幻不定，一向自以為必當皇帝的他，突然忸怩起來，良久方道：「你說的是真心話？」
「我只是在做最差的準備，如果能逼著太后露出破綻，我還是會留在京城，那樣的話，就是你輔佐我。」
「當、當然，你比我更適合當皇帝……我若是奪得帝位，也可以禪讓給你。」
「哈哈，帝位不是兒戲，無論誰當上大楚的新皇帝，都不能再折騰了。」
「我會封你為王，將北疆都給你，將小君表妹送過去……這只是假設，你還沒到必須離開京城的地步，仍有很大的希望奪得帝位，放心，我會全力支持你，譚家也會。」
東海王一開始有點語無倫次，很快就恢復正常。
「我會全力爭取帝位，但也要做好最壞的準備。」韓孺子站起身，右手按在書案上，盯著對面的東海王，「那就這麼說定了？」
「嗯。」東海王鄭重地點頭，「說定了。」
「只有咱們兩人是桓帝正統，你我不死，帝位就不該落入他人之手。」
「沒錯，就是這個道理。」

接下來的時間裡，東海王坐立不安，告辭得比平時要早，韓孺子猜測他要回家與譚氏好好商量一下。

韓孺子分別給柴悅、房大業、蔡興海等人寫信，交給府中僕人，讓他次日一早就出發送信。信裡沒有特殊內容，只是問候安否，然後諮詢了一些北疆的情況。

天已經黑了，楊奉還是沒有回來。

韓孺子面臨著千頭萬緒，結果一時間卻無事可做，乾脆坐在椅榻上默默運功，讓張有才守在外面，楊奉一回來就叫醒他。

二更過後，楊奉終於回府。

想找鐵頭胡三兒可不容易，京城內外正在大肆抓捕江湖人物，尤其是那些外來者，胡三兒並非京城人士，自然也在抓捕名單上，好在不是重要人物，他又比較警覺，一發現勢頭不對就躲了起來。

楊奉費了不少周折才找到他，兩人密談了一會，不過胡三兒對刺客毫無所知，完全不明白杜摸天為何提起自己。

楊奉沒有放棄，幫助胡三兒抽絲剝繭：杜摸天不在刺殺現場，推薦胡三兒的肯定不是他，而是大難不死的杜穿雲，可又沒有提供更多說明，意味著杜穿雲發現的線索很可能就在胡三兒的記憶中，那或許是一個人，或許是一件物……

胡三兒終於想起一件事情。

他與杜穿雲有一個共同愛好，就是賭博，經常在同一家賭坊見面，那是一家很有名的私家賭坊，藏身於南城小巷之中，尤其受外來江湖人物喜愛。

大概十多天前，杜穿雲與胡三兒在賭坊遇見兩名新客人，那兩人年紀都不大，也就十六七歲，自稱姓關，不肯說名字，出手豪闊，一來就加入賭局，顯然是多日沒碰骰子，心癢難耐。

杜穿雲與胡三兒假裝不認識，一塊動手腳，贏了那兩名少年不少銀子。

少年很不服氣，約好次日再來，賭把大的，杜穿雲與胡三兒也做好準備，結果等了好幾天，這兩名少年也沒露面，去其他賭坊打聽，都說沒見過同樣相貌的客人。

杜穿雲大失所望，跟胡三兒抱怨過好幾次，覺得錯失了一次贏大錢的機會，而且還很納悶，一般人越輸錢越上癮，兩名少年居然能忍住不來，不是意志堅強，就是被家裡大人看住了。

杜穿雲跟常住賭坊的胡三兒約定，只要兩名少年再出現，任何時候都要通知他，非得贏把大的。

胡三兒想起這件事，是因為楊奉告訴他，刺殺現場的店鋪門口有幾名少年非常可疑。他記得很清楚，賭錢的那兩名少年聽口音是南方人，腳步輕盈，身手應該不錯，胡三兒猜測少年極有可能出身於盜匪團夥。

一般來說，獨行的盜賊行事比較謹慎，來到某地之後，要麼深居簡出，要麼去拜見當地的江湖頭臉人物，獲得保護之後才敢四處走動，佔山為王的強盜卻是豪橫慣了，來到天子腳下也改不了脾氣，哪都敢去。

胡三兒就知道這些，聽說杜穿雲還活著，他很高興，承諾幫著打聽賭錢少年的下落。

楊奉自己也找了一些人幫忙，直到他回府時，還沒有任何消息傳來。

韓孺子很是疑惑，「江洋大盜嗎？他們怎麼會跑來京城刺殺英王？太后怎麼會與這樣的人聯繫上？」

楊奉道：「是有可能的，宮變之後，太后對江湖人比較忌憚，『廣華群虎』抓了不少人，自然也需要許多江湖人當內奸。」

「可是江洋大盜……」韓孺子還是覺得難以相信。

「另有一種可能，將刺客帶進京城的人是孟徹。」

「孟徹？」

「孟氏兄妹來自海外島嶼，孟家與不少強盜大豪都有聯繫。」

韓孺子沉默不語，一想到孟娥會背叛自己，他總覺得難以接受，突然想起一件事，「既然冠軍侯身邊的望氣者是假冒的，那他派往大將軍韓星身邊的那位一定也不例外，可孟娥殺死了假望氣者，鹿從心威脅說要向孟娥復仇……」

「照此推測，孟娥想必是得罪了太后，追殺她的人或許就是孟徹。」

「他們是親兄妹！」

「為了實現野心而甘願進宮為奴的人，兄妹之情又算得了什麼呢？」楊奉並不瞭解孟氏兄妹的真實身份，但是很敏銳地察覺到這兩人野心不小。

韓孺子既震驚又欣慰，起碼孟娥並沒有背叛他，接著，他從「兄妹之情」想到了「兄弟之情」。

「我對東海王說，必要的時候我可能會離開京城去守衛北疆，然後支持他稱帝。」

面對如此重大的決定，楊奉卻連想都沒想，直接問道：「東海王相信你嗎？」

韓孺子輕嘆一聲，「他相信我，王妃可能不會，我猜他們會派人來試探。」

「嗯。」楊奉沒有再問下去，倦侯已經成熟，不需要他在枝微末節上教導，「就算找到刺客，也未必能改變什麼，咱們還是得想辦法對付上官盛和宿衛八營。」

韓孺子點點頭，他在想，最後時刻，自己能否做到像孟徹一樣決絕。

第二百三十七章　點燃怒火

留給「廣華群虎」捉拿刺客的時間只剩下一天，除了滿城搜捕江湖人，他們似乎沒有別的辦法，成果倒是非常豐碩，監獄都快要裝滿了，倦侯府中有十餘位保鏢從前是江湖人，現在連大門都不敢出。

韓孺子也不出門，留在家中等候消息，全是楊奉一人在外面奔波。

日上三竿，東海王姍姍來遲，經過妻子的教導，他不像昨天那麼激動不安了，熱情地打招呼，安穩地坐下，隨手翻了幾本書，對韓孺子說：「明天上官盛就要露面，頂多十天，宿衛八營就能掌控整座京城，咱們都知道，所謂追查刺客只是一個藉口，上官盛的手肯定會越伸越長，直到進入南、北軍的大營裡。」

「想必如此，不解決南、北軍的威脅，太后不會心安。」

「所以咱們得有一個最終計畫，不能就這麼等著。」

韓孺子沉默一會，抬臂招手，東海王馬上起身走過來，韓孺子小聲道：「先讓南、北軍都來白橋鎮駐守，給太后和上官盛一點壓力。」

「這個沒問題，已經在進行了，五天之內，南、北軍就會像親兄弟一樣共同駐紮在白橋鎮。」

「等時機一到，我希望南、北軍能發生一點衝突。」

「啊？讓那幫傢伙發生衝突很容易，可是時間不好掌控，南、北軍就是那等著分家產的親兄弟，隨時都可能打起來。」

「所以我需要你幫忙。北軍只會派一小部分將士前往白橋鎮，帶隊的將領應該是蔡興海，他會聽我的安排，平時隱忍，在關鍵時刻惹怒南軍。但是你得讓崔太傅克制一點，不要以多欺少，將蔡興海率領的北軍一下子全都消滅，要讓事態一點點發展，直到引起朝廷的注意。」

「我明白了，若是南、北兩軍僵持不下，太后與上官盛想要奪權，或許會派出宿衛八營，一旦城裡守衛空虛……」

韓孺子點頭，他與東海王聯手，能支配一千多名死士，足夠發起一場奪政宮變。

東海王想了一會，「如果太后和上官盛不上當呢？」

「那我就得想辦法逃出京城。」

「就這麼定了，最多半個月，咱們就可以動手。宿衛八營也不是鐵板一塊，我已經聯絡了一些人，最後的時候，他們也能幫上忙。」

「不到動手之際，不要洩露消息。」

「那是當然，我會犯這種錯誤嗎？那些人都以為咱們還在爭位選帝呢，就算幫忙，我也會找別的藉口，等他們反應過來，你已經在泰安殿登基了。大臣們就有這點好處，只要寶座上有一位皇帝，不管是誰，他們都會老老實實地磕頭。」

「還有，得想辦法與宮裡聯繫上……」

「我的母親也在宮裡，我絕不讓太后傷害到她們。事實上，王妃已經聯繫到宮裡的一些人，據說太后現在『瘋』得更嚴重了，天天躲在太祖衣冠室裡懺悔，總是認錯人，以為思帝還活著呢。哼，裝得倒是挺像，宮裡的人一點都不懷疑。」

兩人開始商議計畫的細節，都覺得只要上官盛上當出城，宮變還是很有可能成功的，這與崔家上次搞出的宮變不同，一旦他們攻佔皇宮，不用避開大臣，反而可以指望他們的支持。

東海王的隨從跑來，在門外求見，東海王出門與他交談一會，回來之後笑道：「那幫讀書人又在鬧事了。」

「嗯？」

「是你安排的吧，國子監和太學的一幫弟子正在皇宮正門前請願呢，希望皇帝即刻降旨，他們要投筆從戎，去北疆與匈奴人一戰。」

可這的確不是韓孺子安排的，他根本沒找郭叢等人幫忙，「這麼說，金純忠他們已經將消息傳開了。」

「匈奴人的動向總能在朝野引起爭議，就看太后如何應對吧。」

越來越多的消息傳來，匈奴使者聲稱再不進行和談，大單于就將率兵南下，在大楚臣民聽來，怎麼都像是挑釁與威脅，自從武帝擊潰匈奴人之後，楚人早已不習慣看到如此蠻橫的行為，聽到傳言，無不異常憤怒。

連年的災害、無為的朝廷、貪婪的官吏……楚人早已憋著一肚子火氣，出乎意料地被匈奴人的「威脅」給點燃了。

越來越多的讀書人加入宮門請願，普通百姓的仇恨更直接一些，成群結隊地走出城門，來到城外的驛館，要將匈奴使者打死。

事態的嚴重程度遠遠超出了韓孺子的預想，東海王卻以為這一切都是他安排好的，每得到一次消息，扭頭就向韓孺子祝賀，「了不起，你又成功了，原來你掌握著這麼多的力量，事前也不告訴我一聲。哈哈，看太后還怎麼裝瘋？」

宮門請願一直沒有得到回應，也沒人出來驅散，城外的驛館卻是危險重重，驛丞親自出面，向百姓求情，以兩國交戰不斬來使的說法，勸退了一部分人，沒想到來的人越來越多。

黃昏時分，辟遠侯張印又來求見倦侯，這回他帶來一小隊人，全是裝成楚民的匈奴使者。

驛丞知道自己阻擋不了多久，可是又不能讓匈奴使者死在驛館裡，於是自己在前門勸說百姓，暗地裡請辟遠侯將匈奴使者從後門帶走。

辟遠侯沒什麼親戚與朋友，也不敢留在自家，於是送到倦侯府。

十餘名匈奴使者個個神色慌張，金純忠也嚇壞了，沒想到自己傳出的消息會惹出這麼大的事端。

東海王還沒有走，強烈建議韓孺子不要收留這些人，「你是點火的人，怎麼能將火往自家引呢？給他們找一家客店，瞞得住最好，瞞不住，看他們自己的造化吧，不管結果如何，對你都沒有影響，就算以後你想與匈奴人和談，大單于也不會在乎這幾條性命。」

韓孺子還是將他們留下了。

他是少數堅定的和談派，不願橫生枝節，倒不是為了應對遠在天邊的敵人，而是因為親眼見過太多的內患，知道大楚經不起再來一次大規模戰爭。

辟遠侯鬆了口氣，為了表示自己並非膽小之輩，也留在倦侯府，與匈奴使者一同住在後宅的一座小院裡。

天黑了，東海王剛走不久，郭叢與數名國子監博士登門拜訪，這回他們不是來表示支持的，而是質問倦侯對匈奴人的立場。

正如楊奉所說，讀書人與望氣者最大的不同，在於他們有所堅持，其中一條就是禮儀之邦絕不能向化外蠻夷低頭。

韓孺子指天發誓，自己絕不向匈奴人讓出一寸土地，「大楚的每一塊土地、每一座城池，對我來說都是碎鐵城，只要我在，就不會退讓，麾下有百萬大軍我守，只剩一個人，我還是會留在城牆之上。」

郭叢等人滿意了，韓孺子趁機說道：「大楚乃是上國，兵來將擋水來土掩，匈奴人想開戰，很好，邊疆之外自有廣大的戰場。匈奴使者就在我的府中，我不僅收留他們，還要帶領軍隊將他們送回塞外，讓他們通知單于，楚軍將前來應戰。」

打動郭叢等人的不只是這番表態，還有倦侯在碎鐵城的表現，他已經證明自己是寸土不讓的鎮北將軍，所說的話自然更值得相信。

韓孺子沒有提起和談與西方的威脅，這些事情，行伍出身的辟遠侯能夠理解，苦讀聖賢書的郭叢等人卻很難接受。

幾人告辭，郭叢晚走一步，悄悄對倦侯說：「瞿先生來信了，他已出關，正在遊說關東各地的郡守，向他們力薦倦侯。」

韓孺子拱手致謝，郭叢又道：「魚躍龍門，只在一爭，萬望倦侯堅持不懈，勿令天下人失望。」

郭叢曾經勸說倦侯退出爭位，但是當他覺得倦侯值得輔佐的時候，又是最堅定的一位。

將近子夜時分，楊奉回來了，他奔波了一天，沒有找到更多的線索，「京城數得出的豪俠我都托人問過了，最近幾個月，誰也沒有接待過少年強盜。我不能再隱瞞消息，中午時通知了連丹臣，他向監牢裡的犯人詢問，也沒有得到線索。」

楊奉很累，神情卻依然緊繃，坐在椅子上尋思片刻，「我想咱們犯了一個錯誤。」

「楊公請說。」

「光盯著刺客是沒用的，咱們得找到那幾名望氣者。」

「那些假冒的望氣者？他們是太后的人，不是躲在太后的羽翼之下，就是已經被滅口，到哪去找？」

楊奉搖搖頭，「倦侯對我說過，英王遇刺，袁子凡表現得非常吃驚，倦侯覺得那也是假裝的嗎？」

「嗯……我覺得袁子凡是真的吃驚。」

「所以袁子凡或許對刺殺真的毫不知情，看到英王遇刺，他非常害怕，想必不會向太后求助，更可能逃之夭夭。」

「楊公說的有道理，能找到他嗎？」

楊奉疲憊地嘆息一聲，「先讓上官盛找一遍吧，他忽略的地方，就是我要關注之處。如果上官盛先找到人，咱們就得另想辦法。」

「咱們最初制定的辦法？」

楊奉點頭，正要開口，外面突然響起敲窗的聲音，不是敲門，而是敲窗，聲音不大，剛好能讓屋子裡的人聽到。

韓孺子與楊奉互視一眼，都沒有開口詢問，楊奉起身，開門查看，看到外面的人他顯然一愣，退後兩步，扶著門，請來者進屋。

孟娥的哥哥孟徹走進來，站在韓孺子面前，張開雙臂，表示自己沒帶兵器，然後說：「我來替太后傳話。」

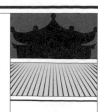

第二百三十八章　出城

孟徹來得十分突然，站在那裡左瞧右看，似乎在找什麼人。

「太后別來無恙？」韓孺子沒有起身，不知為什麼，他對孟徹的到訪並不覺得特別意外。

孟徹看了一眼門口的楊奉，邁出兩步，說道：「太后希望倦侯立刻離開京城。」

韓孺子沒出聲，他在等待解釋。

孟徹卻與妹妹一樣，是個不愛說話的人，從懷裡取出一封信，輕輕放在書案之上。

韓孺子等了一會才伸手拿信，打開之後心中一震，他認得母親的筆跡，信的內容很簡單，勸兒子離開京城，放棄帝位之爭，寧為邊疆守將，平安度過一生，不要在京城丟掉性命。

隨信一塊送來的還有一枚竹製書籤。

韓孺子放下信，良久未語。

孟徹問道：「我該怎麼回覆太后？」

「我需要更多理由。」

「你若是足夠聰明的話，自己能想出理由，若是不夠聰明，再多的理由你也不會接受。」

韓孺子忍不住笑了一聲，看向楊奉，「孟教師這句話頗有楊公韻味。」

楊奉嗯了一聲，開口道：「太后打算什麼時候動手？」

「明日午時。」孟徹回道。

楊奉沒有問太后想做什麼，沉吟片刻，「我們不會就這樣離開京城。」

孟徹搖頭，「不是『你們』，只是倦侯，你得留下，做你該做的事情。」

楊奉思考的時間更長一些，「給我們一點時間。」

「半個時辰之後我會再來。」孟徹說走就走。

楊奉關上門，韓孺子仍然望著門口的方向，驚訝地說：「太后為什麼要讓我離開京城？她若有後招，完全可以將我一塊除掉，若是沒有，我何必離開？她以為我一定會輸嗎？」

太后此舉充滿了諸多不合理，韓孺子越想越糊塗。

楊奉似乎很瞭解太后的用意，「對倦侯來說，這的確是一次選擇。」

「選擇什麼？」

「是離開京城保得平安，還是留在京城冒死爭奪帝位。」

韓孺子想了一會，倒不是真的在思考，只是給楊奉一點尊重，「這不是選擇，只是太后的計謀，如果有什麼選擇，也在楊公手裡。一直以來，咱們只是配合，你做你的，我做我的，各取所需，可現在不行了，太后即將動手，東海王也在躍躍欲試，冠軍侯更不會坐以待斃，這種時候我對身邊人的要求也得高一點：要麼隨我赤膊上陣，要麼站在一邊，再不要說什麼輔佐我、幫助我這類的話。」

楊奉並沒有全心全意地輔佐倦侯，他在暗中忙著什麼事情，韓孺子早有感覺，但是沒有捅破，現在，他覺得沒必要客氣了。

楊奉坐回自己的位置，「我一直在找淳于梟的下落。」

「嗯。」

「我與太后沒有過聯繫，但是宮裡一些人願意向我傳遞信息，所以我知道的事情更多一些。皇帝當初的確生病了，非常突然，太后也的確失常了一段時間，她以為自己受到詛咒，身邊的所有皇帝都出過意外。」

「那是吳修悄悄回京的時候？」

楊奉點點頭，皇舅沒那麼好騙，他返回京城是因為皇帝生病的消息確切無疑，「後來有人指出，皇帝並不是簡單的生病，很可能是中毒。」

「中毒？」韓孺子真的吃驚了。

「我得到的消息是這麼說的，總之太后的病情開始好轉，一直找人為皇帝解毒，為此甚至引入許多江湖術士，大概就在那段時間裡，她制定了報復計畫。」

「報復誰？下毒者？那肯定是宮裡的人。」

「想必如此，可是主使者必然在宮外。」

韓孺子沉默了一會，漸漸想明白許多事情，「所以太后將崔太妃召進皇宮，這是她第一個懷疑的目標，接下來是冠軍侯，第二個受到懷疑的人，可太后覺得不夠，於是編造出所謂的爭位選帝，把我和東海王都給引回來。按太后的想法，下毒的主使者必定也會參與爭奪帝位。」

「嗯，這很可能是她一部分想法。」

「太后讓我離開京城，意味著她不再懷疑我了，原因呢？」

楊奉指了指書案上的信，唯一能改變太后想法的人大概只有王美人了。

韓孺子的手指劃過書信，幾乎能感覺到母親留下的氣息，「太后的計畫很宏大，尋找下毒的主使者只是附加的一部分吧。」

「太后的目標永遠都是掌握權力，她曾經依賴過大臣和刑吏，都不夠安穩，所以她要打造一支屬於上官家的軍隊。」

「不對，如果那樣的話，太后動手太早了，宿衛八營尚未成熟，南、北軍的實力也沒有削弱，大將軍韓星仍在函谷關領軍，我要是太后的話，一定會先挑起南、北軍之間的戰鬥，再剝奪韓星的大將軍印，然後才會……」韓孺子閉上嘴。

楊奉道：「太后是被迫提前動手，她的計畫被打亂了。」

「派人刺殺英王的不是太后。」韓孺子喃喃道，「或許是冠軍侯情急時的魯莽之舉，也可能是東海王……是東海王，只有譚家能請來江洋大盜當刺客，而且還能隱藏得蹤影全無，可也因此漏出破綻，太后認準了刺殺者和下毒者只能是崔家，所以明天中午她要向崔家動手！」

「我的猜測與倦侯一樣。」楊奉道。

「可這還是不能解釋太后為什麼讓我離開京城，這算什麼？網開一面嗎？」

「倦侯的母親顯然說服了太后，至於用的是什麼手段，我就猜不出來了。」

韓孺子也猜不出來，只知道狂風暴雨即將到來，他有機會躲到安全的地方去，也可以選擇闖進風雨之中，爭奪裡面的至寶。

「太后讓我離開，卻要求楊公留下，『做你該做的事情』，那是什麼？」韓孺子最關心的還是楊奉。

「我瞭解太后，太后也瞭解我，我一直對她說，存在一群神祕的人，下至江湖上達朝堂，他們的手能伸到幾乎所有地方，卻從來不肯露面，望氣者只是一小部分，他們背後還有更強大的一群人。」

韓孺子聽過這套說辭，楊奉顯然對所有可能的掌權者都說過類似的話。

「你仍然……相信？」韓孺子忍不住問道。

楊奉點頭，「我從未放棄追捕淳于梟，他就在京城，我能感覺到，他不會遠離這樣一場好戲。」

楊奉抬頭四顧，彷彿獵犬嗅到了獵物的微弱氣息，有那麼一刻，他顯露出一絲令韓孺子不安的瘋意。

「太后已經認準下毒的主使者是崔家，但她沒有完全忽略我的推測，她讓我留下，那就是要重新給我追查望氣者的一切權力。」

韓孺子沒問楊奉查到了什麼線索，楊奉是個聰明人，但他有自己的偏執，誰也無法勸說，韓孺子不想參與進去。

兩人就這麼默默地坐著，韓孺子不說自己是去是留，楊奉也不說自己是要繼續追查那個「神祕組織」，還是要全心全意輔佐倦侯。

孟徹悄無聲息地進屋，問道：「怎麼樣？」

「我只需要離開京城，太后沒有別的要求？」韓孺子問。

「我接到的旨意就是如此，如果倦侯願意離開，我會護送你出城，我妹妹在城外接迎，送你前往北軍。」

韓孺子眉毛一挑，這是他多日來第一次聽說孟娥的下落，「太后原諒她了？」

「嗯。」孟徹沒有多做解釋。

「到了北軍也沒用，我很難勸說他們返回邊疆，到了邊疆也很難養活這樣一支軍隊。」

「我有兩封聖旨，出城之後才能交給你。」

「聖旨？真是難得，什麼內容？」

孟徹不做回答。

韓孺子想了一會，「我得帶兩個人一塊走。」

「可以。」孟徹答道。

韓孺子轉向楊奉，「麻煩楊公將張有才和泥鰍叫來。」

楊奉嗯了一聲，出門叫人。

孟徹道：「離開之後就不要再回來，你和我妹妹都一樣，太后的寬宏大量只有這一次。」

韓孺子沒作聲，心裡在想太后、東海王、冠軍侯各會出什麼招。

張有才和泥鰍很快就到了，泥鰍睡眼惺忪，不住地打哈欠，張有才卻顯得很精神。

「牽三匹馬來，跟我出趟門。」韓孺子道。

「是，主人。」張有才應道，驚訝地瞥了一眼孟徹，認得這是宮中的侍衛、孟娥的哥哥，但他什麼也沒問，與泥鰍一道去備馬。

府裡沒什麼可帶的，韓孺子安靜地等候，楊奉與孟徹也都不說話。

他們從偏門出府，沒有驚擾其他人，楊奉送到門口，拱手道：「恕我不能遠送，我得去見一個人。」

韓孺子拱手道：「楊公留步。」

倦侯府離北城門不遠，一行人到達時天還沒有亮，不到開城門的時候，今天卻是特例，數名太監守在城門口，看見孟徹之後，立刻下令推開一條能讓馬匹過去的縫隙。

張有才越來越驚，還是沒有多問。

孟徹只送到這裡，將兩封信函交給倦侯，說道：「出城意味著什麼，倦侯明白吧？」

所謂的爭位選帝只是一場騙局，但是對於許多不知情的人來說，卻是真實的，倦侯出城，等於向這些人宣布放棄帝位。

韓孺子笑了笑，對孟徹他沒什麼可說的，甚至沒做停留，徑直騎馬出了城門，張有才與泥鰍跟在後面，驚訝至極。

城門關閉，再過一會，才會正常打開。

孟徹走了，那幾名太監卻留下來，接下來的幾天，他們將接管城門。

孟娥守在護城河對岸的路邊，獨自一人騎著馬。

韓孺子繼續前行，孟娥跟上，誰也沒有說話。

拐過一道彎，脫離城牆的視線之後，韓孺子勒馬調頭，對泥鰍說：「去找人吧，從今天算起，第三天夜裡二更匯合。」

「是。」泥鰍拍馬離開。

滿臉困惑的張有才露出喜色。

韓孺子看著孟娥，「妳在宮裡見到我母親了？」

母親的信裡有一枚竹製書籤，是他交給孟娥的，本來是要送給宮裡的崔小君，讓她放心，兜了一圈又回到韓孺子手中。

孟娥點頭。

「她怎麼說？」

「她讓倦侯看聖旨。」

韓孺子取出信函，打開之後看了一遍，果然是加蓋寶璽的聖旨，一張任命韓孺子為北軍大司馬，一張免除崔宏的職務。太后不僅要倦侯去守衛邊疆，還希望他奪取南軍。

韓孺子收起聖旨，說道：「我已出京，不用再遵守任何規則了。」

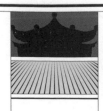

第二百三十九章 東海王準備好了

東海王暴跳如雷，「他怎麼敢？他承諾過的，承諾過的……」

一邊的譚氏冷冷地說：「承諾有什麼用？」

東海王不知哪來的勇氣，向譚氏恨恨地說：「都是妳，之前還說韓孺子表態離京是在假裝，讓我一點點試探，現在可好，他真的跑了，咱們一點準備也沒有……還是商量一下對策吧。」

譚氏的神情稍一嚴厲，東海王便洩了氣。

「先弄清事實，倦侯真的離城了？」

東海王怒氣未消，點點頭，「這回是宮裡的消息，有人親眼看到韓孺子出城，帶著兩名隨從。」

「不會認錯？」

「韓孺子騎馬，沒有遮掩面目，肯定是他，錯不了。」東海王忍不住又發出抱怨，「早就跟你說過，韓孺子跟我不一樣，他從小就沒被當成皇帝培養，那點野心維持不了多久，到了生死關頭，肯定會退縮。我不一樣，我才是真正的皇帝，前面是匈奴人，我會轉身，前面是皇帝的寶座，打死我也要衝過去。」

譚氏平淡地說：「那就衝吧，譚家會陪著你一塊衝。」

東海王有點感動，上前握住譚氏的手，「很快妳就是大楚皇后了。」

譚氏抽回手掌，「倦侯本是阻擋刀劍的盾牌、衝在前方的獵犬，他被攆出京城，意味著太后就要出手了。」

「怎麼辦？」東海王心裡其實有主意，但是更想聽聽妻子的決定。

「你去一趟南城。」

「啊？」

「神農坊百草巷有一家德潤藥鋪，你去那裡。」

「去那做什麼？」

「躲避太后，你想當皇帝，先保住性命。」

「妳跟我一塊去。」

「太后的目標是你，不是我，我為何要躲？我留在這裡迷惑太后。」

「可是……」

「譚家人自會去見你，向你通報計畫進展，記住你自己的話，『寶座在前，你會不顧一切地往前衝』。」

東海王覺得自己好像沒說過「不顧一切」，可還是鄭重的點頭，「放心吧，為了當皇帝……為了讓妳當皇后，我絕不會像韓孺子一樣退縮。」

譚氏露出一絲若有若無的微笑，開始安排離府計畫。

這時天剛亮不久，消息說上官盛正前往京兆尹府，要從連丹臣那裡接手案件，同一時刻，東海王與王妃乘轎前往譚府，帶著大批僕從，顯得驚慌失措。

東海王其實只在轎子裡坐了一會，期間探頭出來罵走了兩名手慢的僕人，在門廳裡換人抬轎的時候，他下轎，獨自返回內宅，換上已經準備好的普通衣裳，不帶任何隨從，從後門離家。

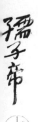

這是他第一次獨自出門，不免有些慌張，總覺得身後有人跟蹤，頻頻回望，街上的每個人都那麼面目猙獰，像是圍攻碎鐵城的匈奴人，那是東海王印象中最可怕的記憶。

走出幾條街之後，讓東海王感到惱火的不再是行人，而是他自己的兩條腿，平時的他，不是騎馬就是乘轎，就算是逃跑時也沒像現在這樣，全靠步行前進。

他感到累，更感到慢，南城似乎遠在天邊。

午時過後，東海王終於到了南城神農坊，沒發現跟蹤者，街上的行人也越看越正常，或是悠然自得，或是忙忙碌碌，上官盛正在佈局，朝廷即將發生巨變，普通百姓卻一無所知，東海王暗自發誓，他絕不能淪落至此。

神農坊裡擠滿了藥材鋪，行人更多，有來買藥的，有來看病的，摩肩擦踵，大都愁眉苦臉，又是咳嗽，又是吐痰，東海王不得不四處躲避。

在神農坊繞了小半圈，東海王才找到百草巷裡的德潤藥鋪，這是一間老店，額匾、幌子都很破舊，進出的顧客卻不少，顯然聲譽很高。

東海王正猶豫著進去之後該找誰，附近突然走來幾個人，二話不說，架起他就走，東海王大吃一驚，正要尖叫，突然看到認識的面孔，記得那是譚家的某個僕人，卻想不起名字，「你是……」

那人點點頭，示意東海王不用擔心。

共是五個人，簇擁著東海王進入旁邊的一間小藥鋪，裡面沒有客人，只有一名掌櫃在低頭算帳，對闖進者不聞不問。

在後間的藥材庫裡，東海王坐在一張粗木凳子上，四人退出，只有熟面孔留下，向東海王跪下，「請東海王在此暫歇，我會保護您的安全。」

「你是……」

「我叫譚雕，是王妃的堂弟。」

「哦。」東海王總算想起來了，這不是譚家的僕人，而是自己的親戚，當初迎親時見過一面，「你……我要在這裡待多久？」

「天黑之後轉移。」譚雕起身回道。

「外面的情況怎麼樣？」

「城門封閉三日，宿衛營將要逐戶搜查。」

「啊，那我怎麼辦？這裡藏不住吧。」東海王左右看了看，屋子裡堆滿了各種各樣的藥材，瀰漫著刺鼻的怪味。

譚雕笑道：「東海王勿憂，宿衛營搜查的是刺客，不是您，就算他們想找您，譚家也能保得住。」

「那就好。」東海王心中稍安，咳了兩聲，恢復威嚴，「譚治什麼時候來見我？」

譚治是王妃的哥哥，譚氏曾經說過，家中大事都由他做主。

「大哥正在安排一些事情，等東海王安頓好，他就會到。」

東海王點點頭，突然感到肚子餓，「這裡除了藥材，還有別的東西能吃嗎？」

譚雕笑著退出，很快送來食物，有米有肉，味道一般，用來充飢卻足夠了。

整個下午，東海王被困在狹窄的庫房裡，除了藥材，再無他人陪伴，連譚雕也不來了，只好獨自來回踱步，一遍遍發誓必須當上皇帝。

夜色漸黑，庫房裡沒有燈，東海王越發害怕，心生重重疑慮：自己為什麼要相信譚家？或者說母親為什麼會相信譚家？從前可沒聽說過母親與譚家有過往來。

門開了，東海王嚇了一跳，聽到譚雕的聲音，才鬆了口氣。

「隨我來。」譚雕說。

鋪子裡的掌櫃已經不見，櫃台上放著幾個藥包，譚雕說：「請東海王捧著它們。」

「為什麼？」

「掩護。」

東海王不太情願地捧起藥包。

門外還有一名郎中打扮的中年人，向譚雕點了下頭，走在前面，譚雕與東海王跟隨在後。

街上空空蕩蕩，兩邊的店鋪卻都敞開門戶，裡面的人大都在閒聊，似乎在等待什麼。

東海王很快就明白是怎麼回事了。

神農坊大門聚集著一群官兵，東海王一眼就認出他們都是宿衛士兵，急忙低頭，這些人名義上是在搜索刺客，誰知道還接受了什麼祕令？

郎中上前，與守門軍官說了幾句，軍官打量郎中身後的兩人，揮手讓他們通過。

過關如此簡單，東海王覺得自己浪費了許多緊張情緒。

坊外的大街上同樣沒有行人，雖說已經入夜，這樣的寂靜也顯得有些詭異，譚雕小聲說：「京城宵禁，入夜之後普通人不准上街，這位劉太醫去給平恩侯看病，才能出坊。」

東海王恍然，明白了兩件事：第一，譚家真有辦法；第二，平恩侯肯定是自己的支持者。

拐來拐去，東海王完全迷失了方向，在一條漆黑的巷子裡，竄出來一名男子，又將他嚇了一跳，那名男子是來接替他的，拿過藥包跟著郎中繼續前行，去給平恩侯看病，譚雕叮囑一句「在這等著」，也跟著走了。

東海王一個人站在巷子裡，心驚膽戰，甚至開始懷疑譚家如此大費周章地隱藏自己，到底有什麼意義，太后總不至於立刻就對爭位者下狠手。

黑暗中傳來腳步聲，然後一隻手掌握住了東海王的胳膊，一個聲音說：「走吧。」

東海王明知這是譚家的人，身體還是不由自主地抖了一下。

這段路不長，很快進入一戶人家，院子不大，四周的房屋卻很齊全，顯然不是普通人家。

在一間屋子裡，東海王看清了護送者的容貌，鬆了口氣，「譚治，是你。」

譚治三十七八歲，長臉鷹鼻，頗有豪俠氣度，點了下頭：「這裡已經被搜過了，東海王不會再受打擾。」

東海王來不及打量屋子裡的陳設，急切地問：「準備得怎麼樣了？」
「一切妥當，大後天夜裡宵禁取消，就是動手之時。」
「再將計畫對我說一遍。」
「刑部司主事張鏡效忠東海王，大後天晚上，他會去向上官盛『告密』，將他引入陷阱，宿衛驍騎營將軍寧肅將挾持上官盛以令八營。」
「好。」東海王知道寧肅是自己的堅定支持者。
「與此同時，三妹會去冠軍侯府拿取一些私人物品，趁機刺殺冠軍侯，這是她的私人恩怨，與譚家和東海王都沒有關係。」
東海王心頭一顫，譚家人極要面子，「三妹」就是冠軍侯休掉的夫人，為了洗刷羞辱，甚至敢於刺殺前夫，東海王提醒自己今後一定要小心對待譚氏，面對譚治的神情也客氣了幾分。
「刺殺英王比較簡單，還是那些人。」
「不會再出錯了吧？」東海王有點不滿，上次的刺殺竟然沒有殺死英王，實在不應該。
「再出錯，他們提頭來見。」
「嗯。」東海王示意譚治繼續說。
「倦侯也不能留。」
「咦，原計畫……」東海王吃了一驚。
「原計畫要改變，倦侯提前離京，終究是個麻煩，他一旦掌握北軍，對東海王登基將會造成極大的威脅，起碼是個後患。」
東海王沉吟片刻，說，「我若是封他為王……不行，讀書人喜歡他，大臣們暗地裡其實也喜歡他，你已經派人了嗎？」

譚治點頭。

「做大事者必須無情。」東海王喃喃道，再沒有提出反對。

「這幾件事做好之後，只要宿衛八營旁觀，我們就能護駕進宮，您立刻登基，貶黜太后，召回南軍，一日之內，大功告成。太后懷疑東海王，但她絕對想不到您已經準備得如此充分。」

「是譚家準備得充分。」東海王笑道，心裡卻在琢磨著登基之後如何鏟除譚家的勢力。

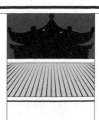

第二百四十章　冠軍侯的機會

冠軍侯患得患失，一會覺得成功在即，一會覺得大難臨頭。放眼望去，既看不透未來的走勢，也找不到可以依賴的忠臣。

新婚不久的妻子在一邊低聲抽泣，冠軍侯冷笑道：「崔家真是捨得本錢啊，把親生女兒送到火坑裡。」

「夫君何出此言？」崔氏更加悲傷，明知這是譏諷，還是忍不住詢問。

「崔宏眼看我陷入險境，卻不肯發一兵一卒前來相助，我是外人，不算什麼，可是妳呢？他一點也不放在心上嗎？娶妳之前，我真應該好好打聽一下妳在家裡的地位。」

崔氏大哭，委屈得無以復加。

冠軍侯聽得心煩，怒道：「哭有什麼用？眼淚能化成士兵嗎？再說妳有什麼可害怕的？妳是崔家的女兒，等我死了，崔家自會再給妳找一個好人家，沒準就是倦侯，你還有機會當皇妃。」

崔氏在家裡年紀最小，平時備受寵愛，從來沒聽過這麼重的話，心都碎了，哭道：「如果真有萬一，我追隨夫君去黃泉，絕不苟活。」

「嘿。」冠軍侯冷笑一聲，他現在不相信任何人。

門外有人咳嗽，冠軍侯大步走出房間，對夫人不屑一顧。

一名老僕低聲道：「兩位御史大人到了。」

「居然還有人肯登門，真是個大驚喜，我該怎麼做？張燈結彩地歡迎嗎？」

老僕尷尬不已，垂首說道：「蕭大人、申大人乃是朝中重臣，他們到來……」

「連你也能出謀劃策了，不如說說我該怎麼才能當上皇帝？」

老僕立刻跪下，「冠軍侯恕罪，是我一時糊塗……」

「帶我去見他們。」貶斥一名老僕，宣洩不掉冠軍侯心中的緊張情緒。

左察御史主管京官，右巡御史負責外地官員，本來井水不犯河水，卻因為都有機會接任宰相之職，自然成了對頭，蕭聲與申明志也不例外，明爭暗鬥了多年，可是到了危急關頭，兩人還是立刻盡棄前嫌，聯手自保。

冠軍侯總算沒有糊塗到底，對兩位肯上門的大臣比較客氣，笑臉相迎，好像他仍然勝券在握。

兩名御史可沒有這麼鎮定，賓主落座之後，蕭聲道：「倦侯離京了……」

「什麼？」冠軍侯大吃一驚，手一抖，茶水灑在身上，旁邊的僕人急忙上前擦拭，冠軍侯放下茶杯，揮手命廳內的僕人全都退下，心中困惑不已，不明白這個消息是喜是憂，「什麼意思？倦侯退出爭位了？」

「看來是這樣。」蕭聲也很意外，他甚至準備好了在必要的時候投向倦侯，沒想到倦侯說走就走，在京城折騰了半天，卻在最後一刻退卻，好比將要比武的勇士，在場外耀武揚威了半天，對手一進場，他立刻逃之夭夭，令觀眾大失所望。

冠軍侯呆呆地說不出話來。

申明志更老成一些，說道：「事情恐怕沒有這麼簡單。」

「申大人怎麼想？」冠軍侯的語氣更加客氣。

「我得到確切消息，倦侯是被宮裡太監送出城的，這意味著倦侯得到了太后的命令。」

「也就是說太后其實沒瘋。」冠軍侯喃喃道。

蕭聲與申明志互相看了一眼，這個時候才想到太后是裝瘋，冠軍侯的反應確實太慢了些，可是兩人已經沒有更好的選擇。

「爭位是假的、選帝是假的、崔宏的支持也是假的……那大臣呢？宰相府裡已經三天沒傳來消息了，兩位大人……」

蕭聲先開口：「殷宰相隨風搖擺，我們對冠軍侯忠心耿耿，您是鉅太子唯一的後人，最有資格繼承帝位，我們也都曾經輔佐過鉅太子，絕無它想。」

鉅太子被殺的時候，可沒聽說這兩位御史站出來護主，冠軍侯忍住心中的譏諷，說道：「英王遇刺、倦侯離京，就剩下我和東海王了，東海王沒什麼本事，不用懼他，關鍵還是太后，上官盛的宿衛八營正在掌控全城，我該怎麼辦？咱們該怎麼辦？」

蕭聲與申明志當然不是來求助的，他們帶來了一個計畫，互相看了一眼，還是蕭聲開口，「事態還沒到無可挽回的地步。」

「哦？」冠軍侯探身過來，在向崔太傅求助遭到婉拒之後，這是他聽到唯一的好消息。

蕭聲繼續道：「太后是個聰明人，很短的時間內就將大臣分而治之，掌握了朝堂大權，可她聰明過頭，反而給自己埋下了極大的禍患。」

「此話怎講？」冠軍侯立刻將蕭聲當成自己新的左膀右臂。

「這得從頭說起。」

「我不急。」

「桓帝在位四年，思帝登基不滿一年，太后參政滿打滿算也才六年多，為什麼能夠掌控大權？」

「為什麼？」冠軍侯配合發問，心裡卻有些不滿，他現在沒心情聽陳年舊事。

「根子在武帝。」

冠軍侯不出聲了，說起武帝他的心情極為複雜，那既是他的祖父、大楚最為強大的皇帝，親手創建了一個鼎盛時代，也是殺死鉅太子的暴君。

「武帝先是壓服了宗室與勳貴的勢力，防止任何人覬覦帝位。」因為涉及到鉅太子之死，蕭聲對這段往事一語帶過，「等到武帝立桓帝為太子的時候，突然發現太子身邊沒有可信之人，於是在最後幾年裡，又著力打擊大臣。」

冠軍侯對「沒有可信之人」幾個字深有體會，尤其是滿朝文武，即使在最支持冠軍侯的時候，也顯得矜持與冷漠，令冠軍侯感到憤怒，現在則感到絕望。

蕭聲想起了往事，長嘆一聲，「詳細情況我就不多說了，武帝駕崩之前將宰相以下的官員幾乎換了個遍，殷無害和韓星能夠得到重用，就是因為軟弱無能，不會凌駕於皇帝之上。」

提起殷無害，冠軍侯冷笑一聲，「我明白蕭大人的意思，可這跟太后有什麼關係？」

「經過武帝的調整，滿朝文武都養成一個習慣，絕不參與宮內鬥爭，武帝以為這樣一來，桓帝可以無為守成。可桓帝登基之後，性子發生變化，他不想守成，希望像武帝一樣有所作為，卻找不出銳意進取的大臣。」

蕭聲與申明志再次互視，同時輕嘆一聲，他們兩人也不想「銳意進取」。

「桓帝曾想撤換大臣，卻沒來得及完成，然後就是思帝登基，太后臨政。冠軍侯應該明白，經過武帝無情的訓誡和桓帝差一點出手的打壓，大臣……我們這些人做事是多麼的小心謹慎。」

冠軍侯突然醒悟，蕭聲並非無緣無故地講述往事，他在用一種迂迴的方式辯解，辯解當初全體大臣為何沒有站出來為鉅太子申冤。

冠軍侯被說服了，他理解那種膽戰心驚的感覺，每次宮中有變，他在家裡都會嚇得睡不著覺，就怕某天自己會步上父親的後塵。

「太后利用了大臣的謹慎。」冠軍侯替蕭聲說下去，「太后扶植刑吏、抓捕與齊王有關聯的宗室子弟，但是盡量不動大臣，這幾年來，宮中接連生變，朝廷卻少有變動，所以你們也就心滿意足，看著太后折騰。」

兩名御史臉色微紅，蕭聲道：「宰相失位，滿朝文武群龍無首，我們也是……」

「我不怪你們，換成我在朝中為臣也是一樣。」冠軍侯安撫道，「你說太后聰明過頭是什麼意思？」

「太后的折騰讓大臣看到了真相。在此之前，大臣謹慎行事是因為我們互相忌憚，實不相瞞，就在不久之前，我還懷疑申大人別有用心。」

申明志微微一笑，「我也以為蕭大人是崔家的附庸。」

兩人心照不宣地互視，彼此仍然存有懷疑，但是暫時不想表露出來。

「可是太后一次又一次的陰謀詭計讓我們明白一件事，原來大家都不會多管閒事。沒人反對太后，可也沒人真的支持太后，對倦侯、對當今皇帝，大家的態度都是如此。」

「這是好事？」冠軍侯冷冷地問。

「對倦侯來說，這是好事。」蕭聲肯定地說，在神雄關他一時輕敵，敗給了倦侯，但在京城，準備充分的他卻能輕鬆「擊敗」對手，「冠軍侯應該這麼想，其實太后勢單力薄，無人反對只是假象，真相是無人支持。冠軍侯只需極少的助力，就能扭轉乾坤。」

「極少的助力」自然是指兩位忠心的御史大人。

「可上官盛掌管著宿衛八營……」

「如果有官印就能掌控數萬將士，當初上官虛就不會失去南軍……」蕭聲及時打住，因為冠軍侯也正在失去北軍，「太后這回過於急躁了，宿衛八營還有一半是舊人，上官盛沒來得及替換或是籠絡住他們，這，就是冠軍侯的機會。」

冠軍侯的信心水漲船高，「這些舊人會效忠於我？」

蕭聲不得不強忍心中的鄙視，笑道：「這些人隨波逐流，效忠於誰都有可能，只要冠軍侯去爭取……」

「來不及吧。」

「來得及。」極少說話的申明志開口道，「京城局勢混亂，有一個漏洞尚未被太后和上官盛注意到，便是韓星駐紮在函谷關，大都督府空虛。只要佔領那裡，取得裡面的調兵虎符，就能號令宿衛八營。」

冠軍侯一驚，「只有虎符，沒有兵部公文和宮中聖旨，能讓宿衛八營聽命嗎？」

「即使不能讓他們聽從冠軍侯的命令，也能製造混亂，讓上官盛的地位更加不穩，冠軍侯才有機會衝入內宮，搶奪寶璽。」

冠軍侯還以為兩位御史大人帶來了萬無一失的計畫，沒想到竟然是一次大冒險，而且比他最大膽的想像還要誇張。

申明志還要勸說，蕭聲使個眼色，說道：「讓冠軍侯考慮一下，我們去聯絡其他大臣，或許還有人肯出手相助，天黑之前我們再來。」

冠軍侯茫然地點了點頭。

出了侯府，申明志對蕭聲說：「只怕冠軍侯沒這個膽量。」

「推也得把他推上去，咱們還是不夠謹慎，出頭太早了。」蕭聲嘆道，心中暗自佩服殷無害，老傢伙現在可以高枕無憂，坐山觀虎鬥了。

「你去試探兵部的動向，我去打聽東海王和倦侯的消息，或許還有轉機。」申明志道，蕭聲沒有別的辦法，點頭應允。

侯府內，冠軍侯仍處於震驚狀態，猶豫不決，此時老僕走進來，輕聲道：「小侯爺的生母來了，被夫人請到後宅。」

冠軍侯嗯了一聲，對兩任妻子的見面毫不在意。

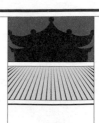

第二百四十一章　宮中的小君

冠軍侯的兒子在宮女的扶持下蹣跚學步，嘴裡時不時蹦出簡單的詞彙，逗得周圍幾個人歡笑不已。

崔小君也是觀眾之一，臉上的笑容一直沒有消失，覺得這個小東西是天下最可愛的生物。一個熟悉的聲音在她耳邊說：「今日的天真無邪，要不了多久就會變成吵鬧頑皮，最後又是一個野心勃勃的韓氏子孫，妳看著他們長大，卻怎麼也不明白變化是怎麼發生的。」

六名宮女躬身後退，另一名宮女抱起小孩，也退到一邊。

崔太妃露出逗弄小孩的笑容，她也喜歡這個小東西，只是看得更遠一些。

她的到來破壞了屋子裡的氣氛，崔小君低聲道：「姑母，去我那裡吧。」

崔小君帶頭出屋，崔太妃向宮女們說：「妳們沒帶過小孩嗎？把這裡的桌椅都搬出去。」

崔小君的房間就在隔壁，她屏退了宮女，親自為姑母奉茶，站在一邊，恭敬地執子侄之禮。

崔太妃端坐，抿了口茶，說道：「易變的又何止是孩子？普通人三十年河東三十年河西，像咱們，三年就夠了，沒準明天坐著的就是妳，我卻要在下面向妳磕頭。」

「姑母言重了。」

「重，但是真實。」崔太妃放下茶杯，向前探身，伸手輕輕撫摸一下姪女的臉頰，「崔家這麼多子孫，數妳的脾氣最好，也最聰明，等妳母儀天下，還會是現在這個樣子嗎？」

崔小君臉色微紅，本想反駁，話到嘴邊又改了主意，說道：「姑母若是成為太后，也會變化嗎？」

崔太妃笑著收回手臂，「我不會變，因為我早就準備好成為太后了。我錯過了皇后，這次不會再與太后失之交臂。」

「恭喜姑母，您總能心想事成。」

「妳不嫉妒？」

「只要能與倦侯廝守終生，我不在乎身份。」

崔太妃先是笑，隨後長嘆一聲，道，「世間難得有情郎，皇家更難，這裡多的是薄倖之徒，小君確信自己找到了嗎？」

崔小君目光微垂，「姑母不能因為自己的經歷，就將天下人都看透了。」

「哈哈，好一個『看透』。說來說去，年輕人總是不肯接受老人的指引，非得自己跌跌撞撞地走過來才行，想當初，我的想法與妳何嘗不是一樣？等到一切成空，唯有踩在身上的那隻腳是真實的，我才明白自己有多傻。妳還年輕，可以再天真幾年。」

「姑母來找我有什麼事嗎？」崔小君厭倦了崔太妃的冷嘲熱諷，可她們住在同一個院裡，很難躲開。

崔太妃似乎沒聽出話中的逐客之意，又端起茶杯抿了一口，盯著姪女，不放過任何蛛絲馬跡，然後說：「倦侯離京了。」

崔小君先是一驚，緊接著長出一口氣，「他放棄爭位了……」她終於不用時刻懸念了，自從聽說英王遇刺的消息，她的心就沒有一刻安寧，即使是隔壁的可愛小孩，也不能讓她完全忘掉憂懼。

沒多久，崔小君又感到奇怪，姑母的眼神有點不對勁，好像還隱瞞著什麼事情，「姑母，倦侯他……」

「妳不知道。」

「不知道什麼？」崔小君愕然。

崔太妃臉上重新顯露笑容，「倦侯這招明顯是以退為進，他瞞得了別人，瞞不了我，看樣子，妳也是被瞞的人之一。」

「倦侯離京，就意味著退出爭位，再也得不到宿衛八營的保護，哪來的以退為進？而且……而且我們已經很久沒有聯繫了。」

「嘿，妳以為皇宮裡人人都是太后的心腹嗎？倦侯若想與妳聯繫，總能找到人幫忙，他要是連這個本事都沒有，千里迢迢跑回京城爭奪帝位，就是天下最愚蠢的舉動。至於以退為進，這是明擺著的事情，倦侯已經取得一批人的支持，尤其是那些讀書人，他們押上的可不只是仁義道德，還有自己的身家性命，就算倦侯本人想退出，他們也不會同意。」

崔小君的心又懸了起來，表面上卻不動聲色，「姑母專門來告訴我這些事情的？」

「我不願看到妳蒙在鼓裡一無所知，萬一倦侯真的絕處逢生呢？崔家的皇后總得提前做好準備。」

崔小君一點也不笨，當然明白姑母的用意，說道，「無論姑母如何試探，我對不知道的事情就是不知道，幫不到您。」

崔太妃卻不放棄，「妳幫不到我，有一個人卻能幫到妳。」

崔小君不肯接話。

「妳可以不相信我，但是有一句話，妳一定要記在心裡：王美人絕非尋常之輩，不要被她的謙遜柔和所欺騙，那是一個極有心機的女人。太后已經上當了，將她留在身邊當侍女，表面上是一種羞辱，實際上受損的是太后，不知不覺間，太后正受到王美人的影響。」

崔小君還是不作聲。

崔太妃站起身，「不為我著想，也不為崔家著想，妳總得為自己、為倦侯著想，王美人工於心計，但她從前畢竟只是一名侍女，出身貧寒人家，沒見過多少世面，對她來說，爭權是一場豪賭，贏了，她是太后；輸了，反正她也一無所有。這種人很聰明，也很危險，她不給自己安排退路，因為她沒有可退之處。如果只是害死自己，倒也沒什麼，最可怕的是，她會連累別人。」

「倦侯是她的親生骨肉……」

「也是她手中唯一的賭注。」崔太妃笑了笑，「妳每天早晚兩次拜見婆婆，今晚何不多留一會？」

崔太妃離去，知道自己已經說服姪女，至於事後怎麼再從姪女嘴裡挖出真相，就是另一回事了，她一點也不擔心。

崔小君畢竟年輕，鬥不過老謀深算的長輩，明知姑母別有用心，她還是心動了，崔太妃抓住了她的軟肋，一想到王美人的計畫會影響到倦侯的生死存亡，崔小君再也沒法處之泰然。

王美人平時貼身服侍太后，但她在寢宮的廂房裡有自己的住處，獨佔一間，這是她與普通宮女最大的區別。崔小君早晚各請安一次，每次都要在庭院裡先向太后的房間行禮，然後再去廂房見王美人。

偶爾太后也會出房相見，每次的神情都不一樣，有時冷淡，有時仇恨，有時卻欣喜異常，會向崔小君打聽皇帝的飲食起居，這比仇恨的神情更讓崔小君毛骨悚然，她非常清楚，太后嘴裡的「皇帝」是指死去的思帝。

今天傍晚，太后也出來了，神情比任何時候都要自然，沒有半點瘋意。

崔小君跪在蒲團上，一動不動。

太后像看陌生人一樣盯著崔小君，半晌之後才冷冷地說：「韓孺子與妳通信了嗎？」

「回稟太后，自從臣妾入宮之後，並未與倦侯有過隻言片語的聯繫。」

「嗯，等等看吧，韓孺子若是帶兵前往邊疆，老老實實為大楚抵抗匈奴，妳和王美人很快就能出宮與他團聚，韓孺子若是玩什麼花樣，妳們婆媳今晚就彼此告別吧。」

崔小君一直就比較害怕太后，此時更是驚恐。

太后回屋，太監們守在門口。

崔小君又跪了一會，才在宮女的幫助下起身，去廂房拜見婆婆王美人。

每次見到兒媳，王美人都很高興，她為桓帝生過兒子，地位卻始終低微，甚至要給太后當侍女，但從未露出受辱的樣子，反而兢兢業業，服侍太后時比普通宮女還要用心。

「太后嚇唬妳了？」王美人笑著問道。

崔小君勉強笑了一下。

宮女們退下，只剩婆媳二人，王美人道：「別在意，太后現在疑心很重，對誰都是一副冷面孔。」

崔小君忍不住小聲問道：「有傳言說太后是……是……」

「裝瘋？」王美人笑著搖搖頭，「沒人能裝得這麼像，又這麼久。如果我的兒子年紀輕輕發生意外，自己選中的後繼者又總是一波三折，我也會瘋掉。」

「可是太后剛才的樣子不像是……有瘋病。」

「太后真瘋了，但是並不意味她不會好轉，也不意味著她失去了全部理智。即使是瘋掉的太后，也會緊緊握住手中的權力，可能更緊一些。」

崔小君感到一陣寒意，尋思了一會，說：「倦侯已經離京，婆母大人聽說了嗎？」

「嗯，是我勸太后將倦侯送出京城的。」

崔小君心中一緊，「婆母大人不希望倦侯爭奪帝位了？」

「倦侯根基太淺，拿什麼爭奪帝位？太后也不是真心選帝，她在為思帝報仇。」

「思帝？」

「糊塗的時候，太后以為思帝還活著，清醒一點的時候，她卻相信思帝是被害死的，只有將京城攪成一團渾水，兇手才可能冒出來，這就是她的計畫。思帝出事的時候，倦侯與我還住在宮外的小院裡，沒有任何勢力，所以太后不懷疑倦侯，願意放他出京。代價是倦侯得去守衛邊疆，替她抵擋外患。」

「太后說，如果倦侯真去邊疆，她會將婆母大人與我也送過去。」

「希望如此吧，以後誰是太后還不一定呢。」

崔小君吃驚地看向王美人。

王美人笑道：「我說的不是自己，是崔太妃。太后最懷疑的人是崔家，崔家最憎恨的人也是太后，這是他們之間的戰鬥，倦侯、妳我最好置身事外，雖然妳也是崔家人。」

「嫁給倦侯，我就是倦侯的人。」

王美人起身，走到兒媳身邊，輕聲道：「那就讓咱們一塊祈禱倦侯一帆風順吧，還要祈禱太后能夠取得勝利，形勢對她不是太有利，她還沒有完全準備好，希望崔家一直猶豫下去，不會再出奇招。」

崔小君離開時心情舒展許多，相信婆婆沒有欺騙自己。

坐在屋子裡的王美人卻是心事重重，希望兒媳能將「太后還沒有準備好」的消息帶給崔太妃，促使她盡快動手，否則的話，太后不久之後就將勝券在握，任何人都沒有機會了。

她還希望兒子能明白自己的用意，趁著最亂的時候返回京城，奪取帝位。

這一回，她與孺子必須贏。

太傅崔宏人不在京城，消息卻極為靈通。倦侯出京不久，他就得到通知，派出大批士兵封鎖整個白橋鎮周邊，務必要截住目標，不敢再像上次一樣，讓倦侯悄悄渡河。

他必須弄清楚倦侯與太后真實的意圖。

士兵進來通報說倦侯求見的時候，崔太傅一點也不意外，反而覺得這個女婿總算識一點時務了。

可是等倦侯走進房間，崔宏愣住了，繼而感到憤怒。的確，他與女婿見面次數不多，但也不至於認錯，眼前這人雖然穿著皇室的服飾，卻分明是一名少年太監。

崔宏按住了刀柄，他不需要親自動手，這是一個示意，兩邊的十餘名衛兵心領神會，都將腰刀拔出半截。

小太監嚇壞了，抬起雙臂，大聲道：「我叫張有才，是倦侯的貼身隨從，奉命來見崔太傅。」

崔宏的臉色還是那麼陰沉，張有才語速更快地補充道：「倦侯讓我扮成他的樣子，說這樣見太傅更快一些，他還說……還說……」

「說什麼？」崔宏終於開口。

張有才看了看身邊的握刀衛兵，慢慢從懷裡取出一封信函，「倦侯還說，看完這個，太傅就不會生氣了。」

一名衛兵拿過信函，送到崔宏身前的桌案上，崔宏鬆開刀柄，拆開信函查看，衛兵們仍然保持著拔刀的姿勢，大司馬只需哼一聲，他們立刻就將這名膽大妄為的太監砍成肉泥。

只掃了一眼，崔宏臉色微變，隨後仔細看了一遍，收起信函，坐在那裡死死盯著小太監，說，「倦侯還說了什麼？」

張有才嗯嗯了兩聲，不肯回答，倦侯交待得很清楚，等崔太傅看過信函之後，怒氣肯定會消退，張有才可以小小地矜持一下。

崔太傅看上去還是很惱怒，張有才的矜持自然也就顯得很勉強，更像是緊要關頭得了健忘症。

崔宏揮了下手，衛兵們收刀入鞘，魚貫而出。

張有才重重地鬆了口氣，他的膽子並不小，可從前身邊不是有倦侯就是有杜穿雲，最不濟也有一個泥鰍，獨自一人面對手握兵權的太傅，他沒辦法保持鎮定。

崔宏仍在盯視，張有才這才想起自己還有問題沒回答，「哦，是這樣……咳嗯，倦侯說，『暴雨將至，請崔太傅盡快找妥避雨之處，別再猶豫不決了。』」

崔宏放聲大笑，張有才嚇了一跳，雙膝一軟，差點跪下，可是想到自己穿著倦侯的衣裳，強行忍住，只是身體發顫，聲音也發顫，「倦侯……倦侯就是這麼說的。」

崔宏止住笑聲，冷冷地問：「倦侯人呢？」

「回、回城了。」

「既然出來了，為何又回去？」

「倦侯說，出城就不用再遵守爭位的任何規則，他回去不是爭奪帝位，而是……而是恢復帝位。」

崔宏冷笑不止，突然拿起醒堂木在案上重重一拍，衛兵們立刻從外面進來，將張有才團團圍住。

張有才抖得連牙齒都在打架，眼前的情景與倦侯事前預測得可不太一樣。

「押下去，嚴加看管。」

衛兵們架著張有才退出。

一名儒生打扮的老人走進房間，未經通報，顯然與崔太傅很熟，走到書案前，問道：「倦侯送來了什麼消息？」

崔宏將信函推到書案對面，老者拿起，很快看完，笑了一聲，「太后果然是裝瘋，居然還想罷免你的南軍大司馬之職。」

「不能讓營中將士看到這份聖旨。」崔宏很清楚，正是軍心不穩的時候，任何一件意外都可能引發難以想像的混亂，何況是幾個月來的第一份聖旨。

「倦侯到底是什麼意思？討好你嗎？」

「肯定是太后給倦侯這份聖旨，想利用他來對付我，倦侯不願為他人做嫁衣，所以將聖旨給了我，這是想利用我對付太后。嘿，據說他已經回京，不用再遵守爭位的任何規則……」崔宏突然醒悟，這才是倦侯真正傳給他的消息。

「原來倦侯希望太傅率領南軍前往京城。」老者也明白了，「他是怎麼想的，以為崔太傅會支持他嗎？」

「倦侯怎麼想的不重要，我的確應該前往京城，無論東海王與冠軍侯誰勝誰負，都需要我的幫助。」

「太傅不覺得倦侯能勝？」

崔宏打量老者幾眼，「他在故弄玄虛而已，憑什麼勝出？」

老者笑笑，「太傅應該前往京城，但是要小心北軍。」

「無妨，我只帶六萬人前往京城，足以壓制宿衛八營，剩下的四萬人留守，北軍只過來幾千人，大部分仍留在滿倉城，等他們得知消息南下，至少需要五六天，屆時京城大事已畢，北軍不敢造次。」

京城形勢瞬息萬變，南、北軍之間的關係也隨之起伏不定，前段時間還在對峙，幾天前化敵為友，共守白橋鎮，數千北軍已經到達，被安排在鎮外駐守。

老者拿起聖旨又看了一遍，放到桌上，說：「此物不宜久留。」

崔宏當然明白這個道理，收起信函，打算待會燒掉，「我妹妹到底怎麼得罪太后了，太后真是將崔家當成死敵啊，步步緊逼。倦侯算是幫了我一個忙，看在小君的份上，日後給他一個王號吧。」

老者笑而不語，崔宏有些不滿地說：「俊陽侯，我接受你的投奔，是看重你的經驗，希望聽到建議，你總是笑，是將自己當成望氣者了？有什麼想法都說出來吧。」

俊陽侯花績一年多前參加宮變，中途逃離，憑著自己的俠名，在江湖中如魚得水，一直沒有被抓到，一個月前，他來投奔太傅崔宏，留在南軍營中。

崔宏看重俊陽侯的不只是經驗，還有他的名聲與提供的奇人異士。

「我覺得太傅不用再猶豫了，奪取帝位的必然是東海王。宮裡有崔太妃，城內有譚家和我引薦的一批豪傑，城外有太傅的南軍，憑此三者，帝位已是囊中之物。」

崔宏嘆了口氣，「冠軍侯沒希望了？」

「外強中乾，到手的北軍弄丟了，本來有大臣支持，冠軍侯卻沒有充分利用，反而被一無所有的倦侯擊敗，再無轉機。倦侯回京也只是增加一些小波折而已，他沒有穩定的支持者，只憑一群讀書人，成不了大事。」

崔宏點了點頭，緊接著沉下臉色，「你一直說我妹妹在宮裡會有舉動，卻不肯告訴我真實情況，現在該說了吧。一旦南軍跨過白橋，我頭上可就多了一項無旨回京的罪名。」

俊陽侯也覺得時候差不多了，「我在江湖上的這段時間，結識了不少奇人異士，介紹了幾位給譚家，給崔太妃也送去兩位，崔太妃很看重他們，將一位送給東海王當隨從，可惜死在了碎鐵城，另一位以侍女的身份被帶進皇宮。」

崔宏越聽越驚，「這是……這是很久以前的事情。」

俊陽侯點頭，「崔太妃很重視與花家的友誼，即使我與犬子淪落江湖，聯繫也從未中斷。」

崔宏愕然，沒想到妹妹居然背著自己做出這麼大膽的事情，「進宮的那位奇人……」

「她就是崔太妃手中最鋒利的尖刀，可以刺向任何人。」

崔宏臉色大變，隨後漸漸緩和，「我妹妹為何不找我幫忙？裡應外合，勝算更大。」

「我這不是替崔太妃開口求助了嘛。」

崔宏再無猶疑，如果只是東海王與譚家瞎折騰，他還想觀望一陣，如果妹妹參與進來，而且手握「尖刀」，他必須盡快表明立場。

「好，南軍過橋。」

崔宏說做就做，半個時辰之後，他已經率領數千精銳過橋，剩餘將士陸續動身，明天天亮之前，六萬大軍都將踏入返京之路。

白橋鎮忙碌了一個晚上，馬蹄聲幾乎沒有中斷過，家家關門閉戶，沒有人敢出門，直到天亮之後，才有人大著膽子出來查看。

十萬南軍不可能長時間駐紮在同一個地方，營地分散，六萬人過河，剩下的人善後，要花幾天時間才能向白橋鎮聚集，如今這裡只有兩三千駐軍，防備鎮外的北軍，對鎮子裡看管得不嚴，傳言滿天飛，都說皇帝與太后遇害，太傅率軍回京平亂。

韓孺子與孟娥在午時左右過橋進鎮，他只是打算回京城，尚未成行。

兩人穿著普通百姓的衣裳，像是一對趕路的夫妻，若在平時，他們會被南軍士兵叫住嚴加盤查，如今卻沒有人在意他們的身份，倒是有人見他們從京城的方向而來，上前詢問情況。

韓孺子也順著問話者的意思，編造出不少謠言。

兩人前往鎮內唯一的客店投宿，聲稱被大軍嚇著了，要在這裡休息一下。

店內的客人不多，沒過多久，晁化前來拜見，他此時的身份是一名馬販子，因為馬匹被南、北軍徵用，留在這裡等著結帳。見面不久，晁化告辭，出店前往鎮外的北軍營地，以要帳的名義求見督軍蔡興海。

北軍人數眾多，沒多少人認得倦侯私人部曲的頭目，尤其是他穿著商販的服裝，更不像將士了。不過蔡興海認得他。

入夜不久，晁化再度拜訪，這回帶來兩個人。

大帳裡，蔡興海與數名知情的將領迎接走進來的倦侯，韓孺子出示另一張聖旨，表明自己已被正式任命為北軍大司馬。聖旨傳遞一圈，看過上面的寶璽之印，蔡興海等人著甲下跪，承認新的北軍大司馬。

韓孺子說：「太后安然無恙，聖旨就是明證，崔太傅率軍返京，狼子野心昭然若揭，所謂平亂全是謠言。奉旨平亂的不是南軍，而是北軍。蔡督軍，即刻派人去傳召滿倉北軍。諸將傳令下去，半個時辰之後全軍進入白橋鎮，向剩餘的南軍將士曉喻聖旨，降者得赦，不降者斬之。」

故弄玄虛只是手段，韓孺子明白，真到了決戰的時候，手裡必須掌握最真實的力量。

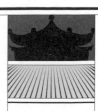

第二百四十三章　白橋夜襲

父親率軍過橋之後，崔騰給衛兵下達的第一條命令就是不要打擾他睡覺，反正有哥哥崔勝在白橋鎮掌軍，用不著他出面。

可覺不能一直睡下去，一個晚上就膩了，天亮之後，崔騰將衛兵叫進來，一塊喝酒、賭博，總算找到了一點樂趣。

崔二公子的酒品、賭品都一般，幾名衛兵對此早有體會，因此盡量讓著他，想方設法地灌酒。這招成功了，天還沒黑，崔騰昏昏睡去，衛兵們嘆著氣，將桌面上的散碎銀兩收走，崔二公子賭品不好，卻不在乎錢，事後從來不追問銀子去哪了。

等到外面鼓聲如雷，崔騰猛地跳起來，原地跑了兩圈，嘴裡叫喊「衛兵」，自己套上靴子衝出房間，一下子呆住了，整個白橋鎮已經亂成一團，士兵們沒頭蒼蠅似地亂跑，鼓聲來自鎮外，混雜著叫喊聲、馬蹄聲，好像有幾萬人同時進攻。

崔騰的酒勁還沒過去，腳步踉蹌，向前摔倒，順勢抓住一名衛兵的胳膊，「怎麼回事？匈奴人打來了？」

衛兵茫然地搖頭，「不是匈奴人，是北軍，說是北軍大司馬來了，要咱們投降。」

「冠軍侯來了？」崔騰很驚訝。

衛兵不知該怎麼回答。

白橋鎮不大，外面的北軍已經衝到鎮子邊緣，正與守軍對峙、碰撞，還沒有發生直接戰鬥，只是喊聲比較響亮。

「找我哥哥！」崔騰只能想出這個辦法，拔腿就跑，幾名衛兵緊隨其後，他們的職責不只是保護崔二公子，還得哄他開心、監視他的去向。

大公子崔勝奉父命留守白橋鎮，這時正召集眾將領商議對策。

「北軍怎麼說翻臉就翻臉？冠軍侯不是在京城爭位嗎？怎麼跑到這來了？」崔勝也是不知所措。

好在有留下來輔佐他的老將，事情雖然緊急，他卻已經弄清楚大概的事實，「北軍大司馬不是冠軍侯，是倦侯，據說他得到了皇帝的任命……」

「倦侯？莫名其妙，他不是……北軍有多少人？咱們有多少人？能守住嗎？」崔勝發出一連串疑問，身為主帥，他一點主見也沒有，連麾下將士的數量都不瞭解。

「北軍很可能得到了支援，人數只怕不少於一萬，南軍有四萬人……」

「咱們佔優，肯定能贏。」崔勝鬆了口氣。

「南軍四萬人分駐不同營地，白橋鎮只有三千人。」

「啊？」崔勝臉色驟變，三千對一萬，那可是一點勝算也沒有，「趕快過橋去追我父親吧，還來得及嗎？」

「將軍勿憂，南軍三千人雖然不多，足以抵擋一陣，我已經派人去各營調兵，最快的一個時辰就能趕到，天亮之前，能夠聚集到至少一萬人，堅持得越久，對南軍越有利。」

「有道理，你做得很好，派人去通知我父親了？」

「派了。」

「好好，你立了一功。」

「守住白橋鎮乃主帥之功，末將奉命行事而已。」老將不只會打仗，也深諳為官之道。

崔勝笑逐顏開，「嗯，守住，一定要守住。」

外面的叫喊聲突然更加響亮，崔勝臉色一變，「怎麼回事？」

老將軍也不明白，正要派人出去查看情況，一名軍官驚慌失措地跑進來，「不、不好了，北軍進鎮，已經佔領白橋。」

白橋一失，連過河追趕南軍主力的通道都沒了，崔勝差點從椅子上掉下來，拍案而起，衝著老將軍大怒道：「你不是都安排好了嗎？白橋怎會失守？」

老將軍面紅耳赤，「我、我……末將出去看看……」

外面傳來一個更響亮的聲音，比南、北兩軍的叫聲還響，「投降啦！投降啦！崔將軍有令，南軍投降！全體投降！恭迎北軍大司馬！」

這回輪到崔勝面紅耳赤了，他認得這個聲音，分明是自己的弟弟崔騰，不由得惱羞成怒，「究竟是誰把他放出來的？」

崔勝帶頭衝出去，其他將領跟隨在後，都覺得事情要糟，如果只是北軍偷襲還好說，主帥的親弟弟明目張膽地鼓動投降，那就難辦了。

白橋鎮就一條主街，崔勝眼睜睜看著大批北軍騎兵馳往白橋，離他只有幾十步遠，還有一些北軍分成若干隊，在鎮子縱橫馳騁，將南軍分割包圍。

崔勝目瞪口呆，身後的老將軍說：「崔將軍，白橋鎮已經失守，趕快轉移吧。」

「沒有白橋，怎麼過河？」崔勝就像昆蟲一樣，能看到的唯一光源就是父親率領的南軍主力，河倒是不寬，可剛剛化凍，有水有冰，他肯定過不去。

「不是過河，去其他營地，還來得及調兵遣將，奪回白橋鎮。」

崔勝這才反應過來，「快走！」

崔勝身邊只有十五六人，護著他尋找馬匹，準備從鎮子邊緣繞行，去往另一處軍營。

崔二公子騎馬躥了出來，擋住前路，興高采烈地喊道：「大哥，你要去哪？妹夫不在這邊。」

一看到弟弟，崔勝怒從心頭起，大步迎上去，「吃裡扒外的混蛋，丟了白橋鎮，看你怎麼去見父親！」

「倦侯是自家人，把白橋鎮交給他，怎麼算是丟？再說你是主帥，要說去見父親承擔責任，也是你吧。」

崔勝眼睛都紅了，拔刀去追弟弟，可他只有兩條腿，崔騰卻是騎馬，調頭就跑，幾步之後又停下來，轉身道：「大哥，你不是來真的吧？傷著我，就算父親不說什麼，母親和老君……」

崔勝快步趕上，崔騰急忙又跑。眼看著兄弟二人離主街越來越近，十幾名將領與衛兵面面相覷，全都看向老將軍。

老將軍左右為難，正確的做法是拋下主帥，自己去其他營地調兵，或許還有機會奪回鎮子，可那樣一來，他卻要擔負棄帥之罪，就算將崔勝救出來，事後也很難解釋清楚。

「唉，崔將軍在此……咱們同甘共苦吧。」老將軍帶頭，一行人去追趕崔家兄弟。

等到崔勝反應過來，前後左右都已經是北軍士兵，北軍忙著佔領白橋，還沒有注意到他，崔勝原地轉了一圈，心中驚恐再度佔據上風，向追上來的老將軍道：「怎麼跑到這裡來了？你還有辦法嗎？」

老將軍無奈地說：「既然是倦侯率兵偷襲南軍，那就去質問他為何背信棄義。」

「對，質問他……不會惹怒他吧？他在碎鐵城的時候，對手下可是冷酷無情。」

「呃……崔將軍的妹妹是倦侯夫人，倦侯不看僧面看佛面，總該顧及幾分親情。」

「北軍大司馬駕到！」崔騰的叫聲傳來。

崔勝抬頭望去，只見一群騎兵舉著火把，簇擁著一人正向自己馳來，咳了兩聲，盡量保持鎮定，琢磨著待會如何質問。

老將軍看著北軍來來往往，很快估摸出準確數字，原來還是駐紮在外面的那幾千人，並無奇兵支援，心中大為後悔，他若是再堅定一些，只憑鎮子裡的三千南軍，也不至將要害之地拱手讓出。

老將軍看了一眼身邊的主帥崔勝，暗自嘆口了氣，終於認輸。

韓孺子準備了完整的進攻計畫，一路從正面佯攻，一路從側翼直撲白橋，結果崔騰的幾嗓子讓他的計畫沒了用武之地。

京城的傳聞已經讓南軍將士心慌意亂了一整天，北軍突然反目，更令眾人一頭霧水，士氣低落，崔二公子人人認得，他一喊投降，三千將士立刻放下兵器，倒是免去一場慘鬥。

崔騰騎馬跑在倦侯身邊，一個勁地解釋：「妹夫，不是我不給你通風報信，實在是父親看得太緊，他把我當成犯人，派六名衛兵日夜看守……不管怎麼說，我沒實現諾言，是我的錯，可我勸降南軍，能將功補過吧？」

「嗯，記你一功。」韓孺子表面上冷淡，似乎不將崔騰當回事，其實是小心應對，過於冷漠，崔騰會發怒，什麼事情都做得出來；過於親近，崔騰又會沒上沒下，韓孺子選擇了微妙的中間態度，才勉強馴服崔二公子的驢脾氣。

崔騰歡呼一聲，「我一看北軍的進攻架勢，就覺得像你的風格，沒想到你真當上北軍大司馬了，接下來做什麼？去打匈奴人？上次我錯過了，這回我一定跟上。不對，咱們去京城，那邊正熱鬧……」

韓孺子沒理他，騎馬來到崔勝等人面前。

蔡興海上前，「北軍大司馬在此，爾等行禮。」

周圍的南軍士兵都已成為俘虜，北軍正式佔據了整座白橋鎮，崔勝面如死灰，想好的質問忘得乾乾淨淨，猶豫一會才說：「北軍大司馬是冠軍侯，不是……不是……」

「陛下與太后親傳聖旨，封倦侯為北軍大司馬。」蔡興海道。

「不對，太后與皇帝遇難，我父親率領南軍前去平亂，怎麼會有聖旨？」

蔡興海正要開口，韓孺子拍馬上前，俯視站在地上的崔勝，說：「太傅手裡有一份聖旨，我怎麼會沒有？崔勝，別耽擱我的時間。」

崔勝臉色更白，崔宏接到一份免職聖旨，崔勝是極少數知情者之一，他開始相信倦侯真有聖旨了，心中慌亂，雙腿不由自主地彎曲，最終跪在地上。他一跪，其他將領再不猶豫，也都跪下投降。

韓孺子沒什麼特別感受，旁邊的崔騰卻是熱血澎湃，看著倦侯，心裡突然冒出一個瘋狂的想法：妹夫應該當皇帝。

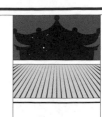

第二百四十四章　真中有假

白橋鎮地處要衝，卻無險可守，韓孺子奪下了鎮子，還得想辦法守住。

南軍俘虜被聚集在一起，蔡興海當眾宣讀聖旨，然後所有的將官、軍吏被叫出來，輪流上前「欣賞」幾個月來朝廷所發出的第一份聖旨，沒幾個能辨出真假，但是數名負責文書往來的軍吏卻都點頭，認為聖旨肯定是真的。

俘虜並未被繩捆索綁，但是士兵與軍官被分開看管。

接下來，十餘名高級將領被帶到一間屋子裡，韓孺子親自出面說服他們。

「太后與皇帝的確得過重病，但是早已康復，他們知道有人意欲作亂，因此傳出密旨，命我為北軍大司馬，揮軍南下，大將軍韓星也已經調集各地軍隊從函谷關出發，兩路大軍將與宿衛八營裡應外合、平定內亂。」韓孺子嚴肅地說，連自己都不覺得這是在撒謊。

眾將領面面相覷，尤其是崔勝，他知道事情沒這麼簡單，卻不敢開口反駁，也拿不出明確的證據。

「我奪取白橋鎮實乃迫不得已，南軍是大楚的精兵強將，肯定不會參與叛亂吧？」韓孺子問道。

眾人急忙搖頭。

「你們有何疑問，儘管發問就是，我可以代表太后與陛下給予回答。」

沒人出聲，崔騰站出來，大聲道：「我來問。」

韓孺子做出請便的手勢，心裡希望崔二公子別亂問，他們兩個事前可沒商量好。

崔騰張口結舌，想了半天，好不容易冒出一句：「妹夫，咱們乾脆殺進京城，立你當皇帝吧，反正你本來就是皇帝。」

「大膽！」韓孺子的擔心成為現實，他是要當皇帝，現在卻不是公之於眾的時候，「拖下去，嚴加看管。」

幾名北軍士兵走過來，將崔騰往外推。

「咦，妹夫，不同意你就說，幹嘛翻臉啊？我這都是為你好……」崔騰被帶出去，遠遠還傳來叫聲，他發怒了，開始痛罵士兵。

韓孺子對其他人說：「我知道你們在想什麼，我就直接回答吧。作亂者是冠軍侯，他在爭位中失利，不肯認輸，想要引兵作亂，因此編造太后與陛下遇害的謊言，欺騙南軍進京。崔太傅上當了，他以為自己是在率軍平亂，其實是無旨返京，犯下重罪，可是南軍無罪，你們更加無罪。」

屋子裡靜悄悄的，沒人反駁，也沒人贊同。

韓孺子掃了蔡興海一眼，進攻之前，蔡興海曾提出建議，殺死一批南軍將領以樹軍威，韓孺子沒有同意，他此刻孤軍深入，北軍主力要幾天之後才能到達，無端惹怒南軍將士，只會令自己更加孤立。

可這些人若是繼續沉默以對，他將不得不接受蔡興海的建議。

「南軍將士不是崔太傅的私人部曲，你們是大楚的軍隊，如今朝廷有難，你們做出選擇吧。」韓孺子不想多費口舌，雖然他不在意撒謊，但謊言還是越少越好。

等了一會，終於有人開口，那是一名年輕的將官，膽子大一些，「倦侯離京，不打算爭位了？」

「平亂比爭位更重要，太后與陛下既然傳旨於我，我義不容辭。」

有人開始，就有人追隨，另一名將官開口問道：「我們算什麼？俘虜，還是囚犯？」

「我說過，南軍無罪，我要求……」韓孺子搖搖頭，「我命令你們接受我的指揮，與我一同平亂。」

「可是南軍大司馬不在……倦侯說大司馬上當，為什麼不去勸說他，反而來奪鎮？」一名老將軍開口了，除了崔勝，他的官職最高，說話份量也最重。

韓孺子轉向崔勝，「這件事你來解釋吧。」

「啊？解釋什麼？」崔勝神情慌亂。

「崔勝，瞞得了一時，瞞不了一世，崔家未來的生死存亡，此刻都掌握在你的手中，崔太傅做了錯事，還有得挽回，若是一意孤行下去，罪無可赦，整個崔家都會受到牽連。」

對陌生的南軍將領，韓孺子信心不足，對崔勝，他卻是十拿九穩。

果然，只是稍加恐嚇，崔勝就已嚇得魂飛魄散，猶豫片刻，問道：「大將軍……真從函谷關發兵了？」

「不只是大將軍，北軍主力早已受命祕密出發，不日即至。」韓孺子只能繼續圓謊。

南軍將領們都信了，因為只有這樣才能解釋倦侯為何敢帶著三千北軍攻佔白橋鎮，崔勝更是沒有一點懷疑，全身發抖，轉向其他人，顫聲道：「宮裡傳出一道聖旨，免去……免去了我父親的南軍大司馬之職……」

眾將嘩然，老將軍問道：「新任大司馬是誰？」

「還沒有任命。」韓孺子這回沒有說謊，「但我受命平亂，總督京北軍務，因此命令你們服從指揮。這不是請求，也不是談判，而是聖旨。接受者隨我返京平亂、建功立業、受封得賞，不接受者，即是謀逆之罪。」

眾將又是一驚，他們看過聖旨，那上面沒說平亂的事情，可此時誰也想不了太多，倦侯的所作所為，都在表明他的確是在奉旨行事。

「我父親……我們崔家……」崔勝亂了方寸。

「崔太傅受冠軍侯蠱惑，只是無旨返京，還沒有犯下大錯，若是能懸崖勒馬，尚可保住性命，至於崔家，就要看你的了。」

「我？」崔勝雖是崔家長子，卻沒有準備好接過如此重大的職責。

韓孺子讓崔勝自己去想，目光轉向那名老將軍，知道他才是關鍵人物。

老將軍嘆息一聲，「南軍是朝廷的軍隊，我們拿的是國家俸祿，既然倦侯有聖旨，我願從命。」

老將軍心裡是有一點懷疑的，可還是跪下，最在乎的不是聖旨，而是真實站在面前的倦侯。與反覆無常的崔太傅和懦弱無能的崔勝相比，倦侯顯然更知道自己在做什麼。

其他人都跟著跪下，他們想得不多，以為自己是在接受聖旨。

崔勝也跪下，終於想出自己該怎麼做，「倦侯……大司馬，請允許我即刻返京，勸說父親回心轉意。」

韓孺子露出微笑表示鼓勵，「甚好，若能勸說崔太傅棄暗投明，你將立下大功。」

崔勝也笑了，門口的蔡興海向韓孺子使眼色，示意他不可放走崔勝。

韓孺子眨了下眼，表示自己明白，繼續道：「不過在此之前，你先要去曉諭白橋以北的南軍將士，告訴他們這裡發生了什麼，要求各營將領即刻前來聽命。」

「是是，我這就去。」

崔勝急於立功，馬上就要出發，韓孺子思忖再三，決定跟他一塊去，白橋鎮暫時安全，蔡興海率領的北軍足以看住少量南軍，外面各營南軍才是大麻煩，只要有一座營地不肯服從命令，他建立起來的優勢都可能轉眼消逝。

蔡興海等人堅持不同意倦侯出去冒險，可韓孺子固執己見。他很清楚，此時若不冒險，以後連冒險的機會都沒有了。

蔡興海留守白橋鎮，韓孺子與崔勝帶領五百軍士出鎮，這五百人一半是北軍、一半是南軍。

出發之前，韓孺子親自去見被關押的崔騰，既不道歉，也不斥責，甚至不提釋放，只是冷淡地說：「跟我來。」

崔騰喜出望外，「妹夫親自來放我啊，怎麼好意思。我反思了，剛才是我不對，不該當著大家的面說出那種話，以後等你想聽的時候，給我一個暗示……咱們去哪？」

一行人出發的時候，四更剛過，夜色正深，剛出鎮不遠，就撞上了一隊南軍，他們是接到消息趕來支援的，沒想到事態已經發生天翻地覆的變化。

崔勝與老將軍親自迎上前去傳令，由他們兩人出面，比韓孺子勸說眾將要容易多了，帶隊將領馳到倦侯馬前，下馬跪拜。

韓孺子也不多做解釋，命令這隊南軍調轉方向，與自己一塊前往各處營地。

如此一來，隊伍中的南軍佔據了絕對優勢，韓孺子毫無懼色，也不戒備，甚至允許南軍將士接近自己。眾人越發相信倦侯是奉旨行事，有些人連聖旨的內容都想出來了，好像親眼見過一樣。

南軍營地分散在三十餘里範圍內，共有二十幾座，越往北，營內的將士越多，最北面的營地位於一座軍寨之中，易守難攻，是南軍警戒北軍的前沿陣地。

崔宏率軍返京的時候，以為倦侯已經潛回京城，他所忌憚者一是京城的宿衛八營，二是滿倉城的北軍主力，因此自己帶走六萬人，軍寨內的一萬人也沒有調動，對白橋鎮沒怎麼在意，以為長子崔勝能夠守住，鎮外的少量北軍絕不敢輕舉妄動，怎麼也沒料到倦侯會在這裡出現。

韓孺子一路北上，天亮時已經連收十餘營南軍，身後的將士增加到六千人，他與二百多名北軍成了點綴，可他一點也不怕，率軍急行，各營只有老弱病殘與勞役者留下，其他人一律上馬跟隨。

日上三竿，韓孺子身後的隊伍已經達到兩萬多人，只是抻得很長，首尾相隔十餘里。好幾座營地的將領願意服從命令，卻還沒來得及整隊出營。

軍寨前，崔勝和老將軍照例前去勸降，之前都很順利，偏偏這時出了問題，寨中的一萬南軍拒絕服從命令，甚至不肯打開寨門。

午時之前韓孺子必須收服這支軍隊，這樣才來得及轉身返回白橋鎮。

如果一切正常，出發已有兩日的崔太傅應該已經得到消息，並派軍反撲。

韓孺子要在一天之內連打兩場硬仗。

第二百四十五章 忠犬

迎風寨不大，建在一座山坡上，背靠懸崖。本來容納不下一萬士兵，崔宏特意擴建了寨子，守寨者是南軍左將軍趙蒙利，崔宏一手提拔上來的老部下，對太傅像狗一樣忠誠。

「趙三叔在戰場上替我父親擋過箭，有一條胳膊廢了，想讓他交出寨子，難。除非我父親下令，否則的話，就算是皇帝站在這也叫不開門。」崔騰以手遮目，向山上觀望，「趙三叔年紀大，身體也不好，要是突然暴斃，問題就解決了。」

對韓孺子來說，速度就是一切，身後的南軍正處於模棱兩可的模糊狀態，一旦停下來思考，很難說會做出什麼事，還有後方的白橋鎮，如果他不能迅速帶回大量士兵，蔡興海那點人絕對擋不住聞訊反撲的崔太傅。

崔勝剛從山上下來，苦著臉說：「沒辦法，老頭子比牛還固執，牽著不動、打著不走，要不然咱們先回白橋鎮，等我說服父親，趙蒙利自然舉寨歸附。」

韓孺子轉身望去，南軍綿延不絕，一眼望不到頭，這些人正忙著趕路，一旦停下來，就將有機會觀察倦侯，仔細分析那些虛虛實實的傳言……

勢如破竹，不能在最後一刻停下，韓孺子對崔勝說：「我要去見趙將軍，你給我帶路。」又對崔騰、晁化和白橋鎮老將說：「你們三人留下，等我的命令。」

崔騰更願意上山，「趙三叔跟我熟，我給倦侯帶路。」

「不行，你不是南軍將領。」韓孺子執意將崔騰留在山下，因為除了晁化帶來的少量北軍，崔家二公子是他唯一可以相信的人了。

韓孺子沒有別的選擇，他現在不只是走鋼絲，更像是站在浪尖上，極其小心地保持平衡。即使如此，腳下的海浪稍有變動，還是能將他摔得粉身碎骨。

崔勝前邊帶路，韓孺子騎馬跟隨，身邊只帶一名衛兵。

孟娥穿著北軍士兵的服裝，一直與倦侯寸步不離。

寨門之上，南軍左將軍趙蒙利看到了去而復返的崔勝，不等對方開口，他先大聲道：「勝將軍，多說無益，你還是回白橋鎮吧，告訴倦侯，我就是崔太傅的一條走狗，主人不發話，狗是不會讓開的。」

崔勝嘿嘿笑了兩聲，指著身邊的人說：「倦侯就在這裡，趙三叔，您親自跟他說吧。」

韓孺子穿著普通將領的盔甲，趙蒙利沒看出特別，定睛觀瞧一會，「我已經說完了，倦侯聽到了吧。」

韓孺子點頭，抬高聲音說：「趙老將軍自詡忠犬，好，請問一聲，忠犬見到主人遇難，是飛奔過去救主，還是留在原地假裝盡忠職守？趙老將軍若是不相信我，就該將我生擒活捉，若是相信我，就與我一塊發兵前往白橋鎮。」

趙蒙利嘿了一聲，沒有回答。

韓孺子張開雙臂，「我就在這裡，趙老將軍若是真在意崔太傅的安危，請打開寨門，讓我進去，咱們當面談一談。」

趙蒙利向山下望了一眼，南軍正在集結，但是沒有排列陣形，一時半會無法發起衝鋒，再看寨門之下，只有崔勝、倦侯與一名衛兵。

「開門。」趙蒙利終於下令。

寨門緩緩打開，韓孺子騎馬要進去，崔勝在旁邊勸道：「倦侯，別怪我沒提醒你，趙蒙利行伍出身，沒讀過書，不懂尊卑貴賤的禮儀，他發起火來，除了父親，誰也攔不住他，真會殺人的。」
韓孺子微笑道：「犬性再烈，也是條狗，有什麼可怕？」
韓孺子心裡其實是有一點害怕的，所以他看了一眼孟娥，才策馬進入迎風寨。
崔勝驚訝地看著倦侯，怎麼也想不到這就是當初那個溫文爾雅的少年，於是跟上去，他倒不怕趙蒙利，只要不亂管閒事，自己的命總能保住。
趙蒙利已經從門樓上走下來，帶著一群將官與衛兵站在主路上，像是在迎接倦侯，可是全都扶刀握槍，立而不跪。
寨門在身後緩緩關閉，韓孺子騎馬一直馳到趙蒙利面前十步之內才停下，俯視這位老將軍。
趙蒙利看上去年紀比崔太傅大得多，卻被叫作「三叔」，想必是自謙。年輕時的膀大腰圓看來還殘餘幾分，臉上有三四處疤痕，右臂無力地下垂，腰刀直接插在絲帶右側，左手握刀，看上去早已熟練左手拔刀的動作。
韓孺子掃了兩眼，看出這是一位治軍極嚴的將軍，發生這麼大的事情，寨內卻絲毫不亂。沒人閒逛，也沒人交頭接耳，趙蒙利身邊的數十名將官與衛兵的動作整齊劃一，不是握刀就是持槍，盯著倦侯的同時，也用餘光注意趙將軍的一舉一動。
他們是被「忠犬」管住的一群狗。
韓孺子從馬上跳下來，大步來到趙蒙利面前，「我是新任北軍大司馬，聖旨……」
「跟聖旨無關。」趙蒙利一副天塌了都不在乎的架勢，「我只聽從崔太傅的命令，你有他的手書嗎？」
「沒有，而且我知道崔太傅不會再有手書送來。」
趙蒙利用陰鷙的目光盯著倦侯，等這名少年出招。
韓孺子迎視對手的目光，從中看到了深深的蔑視與無情，崔勝說得沒錯，趙蒙利敢殺人，皇親國戚以及聖旨對他沒有任何影響。

崔太傅曾經只憑一己之力就奪回南軍，自有一套用人之術，忠於他的將士大都被帶往京城，只剩下一個趙蒙利，仍然極難對付。

韓孺子不能保持沉默，他得說下去。

「崔太傅帶領六萬南軍前往京城，以為能夠輕鬆擊敗宿衛八營，他錯了，大錯特錯。當今聖上與太后都已痊癒，我身上的聖旨就是證據，為了保護陛下與太后，宿衛八營會誓死守城，只憑六萬南軍，即使一年也攻不進去。」

韓孺子頓了頓，繼續道：「大將軍韓星已在函谷關集結十萬大軍，正前往京城護駕，六萬南軍將入羅網。」

站在一邊的崔勝不停點頭，他早已將倦侯說過的話信以為真。

「不僅如此，十萬北軍此時此刻也正在南下……」

北軍號稱十萬，其實只有八萬餘人，韓孺子隨口一說，雖不算誇大，對面的趙蒙利卻冷笑一聲，「倦侯真會說啊。」

「你不相信？」

「倦侯以為南軍駐守在這裡是擺設嗎？我派出的斥候遠至滿倉，每日兩次回來通報消息，北軍一舉一動盡在我的掌握之中，他們根本沒動過地方。」

「此時此刻。」韓孺子寸步不讓，臉也不紅，反而上前一步，「你的斥候正拚命往回趕呢。」

「那就等斥候回來再說。」趙蒙利不為所動，他的個子不算高，整個人卻極有氣勢，那是一種在殺戮中培養出來的冷漠，對所謂的威脅根本沒放在心上，北軍出發也好，沒出發也罷，他好像都不在乎。

韓孺子遇上硬骨頭了，比他預料得還要難以對付，於是快速地瞥了一眼其他將領，給趙蒙利當手下肯定不容易，他們根本沒有注意聽倦侯說什麼，全都緊握兵器，只等一聲命令。

「我跟你一塊等。」韓孺子故作輕鬆，「寨子裡有一萬南軍，外面有三萬南軍正在趕來，把我留下，四萬南軍都歸你所有。南下可以救主，北上足以號令十萬北軍。」

趙蒙利的眼神第一次有所變化，握刀的手稍稍放鬆，尋思了一會，問道：「如果你說的一切都是真的……我很懷疑，你打算救太傅？」

「崔太傅的女兒是我的夫人。」韓孺子緩緩地說。

「太傅的女婿不只一個。」趙蒙利回道。

「當然，可崔太傅只支持能夠獲勝的那個女婿，就是我。而我也需要他，有南軍相助，我能兵不血刃地重返京城。所以我能挽救崔太傅，他也願意被我挽救，我們之間心照不宣。」

趙蒙利是崔太傅的心腹之人，多少明白太傅的心事，對韓孺子的話有了三四分相信，左手鬆開刀柄，「那倦侯就留下吧，如果形勢真像你說的那樣……」

「那就來不及了！」崔勝急切地插言，他是徹底被倦侯說服了，越聽越驚，「一旦我父親與宿衛營交戰，就會擔上謀逆之罪，那……那可是……」

趙蒙利冷冷地說：「勝將軍，你應該相信自己的老子，形勢若有變化，太傅一眼就能看出來，是打是和、是進是退，他自有分寸，咱們沒別的本事，替他守好家就行。」

趙蒙利又打量了幾眼韓孺子，「倦侯若是崔家的好女婿，也該相信太傅的眼光。」

「當然，所以我願意留在寨子裡，跟你一塊等候消息。」韓孺子已經沒有別的選擇。

趙蒙利揮下左手，將領們鬆開刀柄，衛兵們豎起長槍，算是表示消除敵意。

「請。」趙蒙利側身。

「請。」韓孺子說道。

兩人一左一右，踩著石階向最高處的大堂走去。

剛走到大堂門口，後面突然傳來喊聲：「斥候回寨！」

韓孺子的心咯噔一聲，趙蒙利止步轉身，望著寨門口飛奔而來的斥候，覺得自己應該向太傅的女婿說點什麼，「倦侯別在意，我就是個大老粗，只會打仗，別的都不懂，如果……」

韓孺子不住點頭，突然雙手緊緊抱住趙蒙利健康的左臂。

趙蒙利一愣，分不清這是表示親暱，還是有別的意思，只覺得倦侯年紀輕輕，手勁卻出乎意料的大，猛然覺得不對，正要用力甩開，就覺得脖子上一痛，被什麼東西刺中了。

孟娥知道倦侯想做什麼，沒有拔刀，手臂一揚，亮出匕首，正中趙蒙利的後頸。

這一擊準確無誤，就算是江湖高手挨了這一下也該氣絕身亡，趙蒙利卻沒有，大吼一聲，左臂將倦侯整個人舉起，轉身砸向偷襲者。

孟娥快速拔刀，電光火石的瞬間刺中趙蒙利的咽喉。

崔太傅的「忠犬」終於倒下，韓孺子也跟著摔倒，雙手仍不肯鬆開。

孟娥用腳輕輕踢了一下，韓孺子這才反應過來，急忙站起身，只見前後左右全是刀槍，最近者相距只有幾尺，這些人之所以還沒有動手，是因為太驚訝，而且左將軍沒有下令——過往趙蒙利治軍太嚴，他不發話，沒人敢動。

韓孺子的目光越過刀槍，望著那名因為驚訝而停在半路上的斥候，拍拍身上的灰塵，抬起一隻腳，踩在屍體的頭上，說：「大楚將士站右邊，趙氏走狗站左邊。」

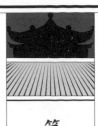

第二百四十六章　虎皮

沒人站在左邊。事實上，在開始的一段時間裡，氣氛壓抑而緊張，根本沒有人動，寨子裡其他地方的士兵，發現這邊有意外，未得命令也不敢過來查看。

趙蒙利不只是他們的將軍，還是嚴父與頭狼，用刀劍與皮鞭馴服眾將士多年，突然間他倒下了，刀劍與皮鞭卻沒有立刻隨之消失，仍然懸在每個人的頭頂。

韓孺子沒想那麼多，他自己一步步走到絕境中，除了繼續前行，再沒有別的退路。他緩緩拔出自己的刀，然後用刀輕輕撥開近在眼前的幾桿槍，前行兩步，側身讓開，露出身後的屍體，盯著一名將官的眼睛，說：

「你是大楚將士，還是趙氏走狗？」

那人全身顫抖，說不出話來。

「我是大楚將士！」崔勝在人群外面喊了一聲，倦侯動手時，別人都往前衝，就他一個人後退，對他來說，很容易選擇，早已站在右側，「倦侯有聖旨，他是奉旨接收南軍，趙蒙利死有餘辜！」

崔勝急於在倦侯面前立功，伸手指著那名停在半路上的斥候，「你說，北軍是不是正在南下？」

斥候剛從馬背上跳下來，就看到趙將軍被殺，嚇得呆住了，聽到問話，越發驚恐，「啊？北軍……北軍……是，有北軍……」

韓孺子迎著刀槍緩步前行，擋在前方的將官與衛兵紛紛讓開，卻沒有收起兵器。

等到人群讓出一條通道，分站左右，韓孺子止步轉身，冷冷地看向左手的七八人。

在這幾個人看來，已經有人站在了右邊，選擇當「大楚將士」，而自己卻是「趙氏走狗」，他們扭頭看了一眼倒在地上的趙將軍，確信他再也站不起來以後，全都跑向右側，順手扔掉了手中的兵器。

韓孺子懸著的心終於放下一點。

趙蒙利有一張虎皮椅，走到哪都帶著，此刻就擺在議事廳裡，除此之外，整座廳裡再沒有其他坐具。在他面前，其他人無論是將是兵，都沒有坐的資格，如果來的是上司，他自會提前安排。

韓孺子坐在了虎皮椅上，既不覺得舒服，也沒感到威風。死物就是死物，無論這隻老虎生前多麼凶殘狂暴，現在也不過是一塊毯子，某些地方已經脫毛，甚至出現了蟲眼。

趙蒙利也是一頭死去的老虎，餘威仍在，卻也跟虎皮一樣，只是一種象徵。不久之前還在他面前噤若寒蟬的部下，這時嚴格遵守慣例，不等新主人下令，就用刀砍下了趙蒙利的頭顱，傳示全寨，宣布迎風寨由倦侯奉旨接管。

沒人站出來反駁，更沒人試圖報仇。

崔勝與一群將領攜帶頭顱出寨，向外面的南軍將士展示，並召集各營將吏進寨拜見倦侯。

韓孺子坐在虎皮椅上，孟娥守在身邊，對面十幾步以外，跪著瑟瑟發抖的斥候。

趁著還有一點時間，韓孺子要先解決一個可大可小的破綻。

「說吧，你帶回什麼消息？」

「北軍……北軍……」

「北軍怎麼了？」

「我們……抓到一名北軍奸細。」

原來如此，韓孺子追問道：「是來打探軍情的？」

斥候搖頭，等了一會才從嘴裡擠出幾句話，「是從白橋鎮過來的，要去滿倉送信，被我們……抓住了。」

這是昨天晚上蔡興海派出的信使，在大道上暢通無阻，進入南、北軍交匯地界，卻被暗藏的哨兵攔下了。這是一次誤抓，兩軍交接不當，哨兵一看到北軍服飾就動手，也不管他是從哪邊來的。

韓孺子一愣，他還指望北軍盡快南下支援呢，沒想到信使居然被抓。他不能發怒，也不能說出真相，「此人是去迎接北軍將士的，立刻釋放。」

「是是。」斥候滿頭汗珠，起身要走。

韓孺子對軍中事務比較熟悉，喝道：「這就走了？沒有軍令，你憑什麼放人？」

斥候被嚇糊塗了，馬下又跪下，「是是。」

「將寨中所有軍吏都叫進來。」

在趙蒙利麾下，與披甲戴盔的將士相比，手持筆紙的文吏待遇更差，一個個灰頭土臉，跟囚徒差不多，數量也少，主簿以下只有十餘人，卻要為一支萬人軍隊處理文書。

他們對新主人畢恭畢敬，心裡很可能還有一點暗喜，迅速寫下釋放令，官印就在趙蒙利懷中，韓孺子進廳之前就已拿到。

蓋印之後，韓孺子將軍令交給身邊的孟娥，「讓晁化和所有北軍帶著斥候去傳令，放人之後不要停留，直接去滿倉，看到信使被釋放，妳再回來。」

孟娥微一揚眉，她的職責是貼身保護倦侯，尤其是現在正深陷南軍營寨，她一走，倦侯將完全孤立無援。

韓孺子嘴角微動，示意孟娥不必擔心，他已有把握控制這裡的南軍。

孟娥領命離開，晁化與二百多名北軍將士出發去放人、送信，數量足夠多，南軍哨兵即使再有誤會，也不敢阻擋。

軍吏們發現倦侯不像趙蒙利那樣不可接近，開始大膽出主意，韓孺子大都接受。不久之後，蓋有左將軍印章的軍令雪片般發出，被送往迎風寨與白橋鎮之間的數十座軍營，內容很簡單，申明南軍幕府已經移至倦侯手中，即日起，一切文書都要送到倦侯所在之處。

將士與士兵是看得見的軍隊，文書則是一張張不那麼顯眼的網，能夠以柔克剛，慢慢將軍隊收攏。

半個時辰過去，韓孺子覺得差不多了，召見早已在外面等候多時的將領。

一百多名將領魚貫而入，其中一些人剛剛趕到，幾個時辰之前他們還在帳中酣睡，突然就被叫醒，說有聖旨傳來，沒明白怎麼回事，就帶著營中將士上馬一路疾馳，甚至不知道自己跟隨的是誰，途中聽到無數傳言，這還是第一次見到倦侯。

趙蒙利的頭顱產生極大的威懾力，即使心懷二意的將領也都老老實實地進寨，想看看這位敢對太傅心腹下手的倦侯是什麼樣子，更想看看傳說中的聖旨。

聖旨才是關鍵，北軍畢竟是朝廷的軍隊，無論崔太傅與太后如何明爭暗鬥，十萬將士總記著「大楚」兩字，像趙蒙利那樣只忠於崔太傅本人的將領屬於少數，大都被崔宏帶在身邊。

宮裡將近半年沒發出任何旨意，人人都明白這第一道聖旨具有的重大意義。

韓孺子將半真半假的「謊言」又說了一遍，這回更簡潔，但也更逼真，前往京城護駕的軍隊數量精確到了千人，冠軍侯的失敗已成事實，崔宏更是走投無路，只剩一線生機……

韓孺子適時拿出聖旨，舉在手中向眾人展示，但是沒給任何人查看，從今以後，這份聖旨只會留在他自己身上。

白橋鎮的南軍將領們傳閱過聖旨，經過幾個時辰的奔波與恐慌，大部分人已經忘了聖旨上的內容，只記得上面的寶璽之印，還有倦侯信誓旦旦的言辭，很自然地將這兩部分記憶合而為一，於是也信誓旦旦地向其他將領保證，聖旨的確就是要讓倦侯接管南軍、率師救駕。

崔氏兄弟比誰都急，搶著去勸說父親盡早投降。

韓孺子選擇了崔勝，崔家大公子更受父親信任。

「請轉告太傅，他若想要回白橋鎮，可以，十萬北軍與四萬南軍在迎風寨與他決戰。」

「決戰？不不？絕不會有決戰，父親是聰明人，我一說他就明白，倦侯、妹夫……千萬不要動怒，咱們是一家人，有事好商量……」

崔勝急匆匆告辭，只帶兩名衛兵，馬不停蹄地返回白橋鎮，腦子裡裝滿了倦侯灌輸給他的想法。

韓孺子不能立刻去增援白橋鎮，還有南軍正在陸續趕到，他得鞏固到手的勝利，讓這四萬人死心塌地支持自己才行。

由於出發得太急，最終趕到迎風寨的南軍其實只有三萬餘人，還有近萬人出於種種原因留在了原地。

韓孺子覺得這樣就夠了，敞開迎風寨大門，在山下建立營地，容納新來的將士。期間，他提升了若干將領的職務，然後帶著全體將領，巡視山上山下的各處營地，一座也不落，總之要讓士兵們都看到他，看到倦侯得到眾多將領的支持。

崔騰親自舉著南軍左將軍的旗幟，跟在倦侯身邊，一臉嚴肅，顯現出前所未有的認真。

直到後半夜，韓孺子終於閒下來。

白橋鎮傳來消息，崔太傅尚未帶兵反撲，這讓他稍稍放心一些。

韓孺子睏極了卻不敢睡覺，一個人坐在議事廳的虎皮椅上，心事重重。他還沒有取得最終勝利，從現在開始，接下來的每一步都會更加艱難。

崔太傅沒那麼好騙，他的選擇將對之後的情勢產生無可估量的重大影響，還有城內的上官盛和太后，他們不會輕易認輸，如果事態發展到必須開戰，韓孺子勝算極低。無論是剛剛到手的四萬南軍，還是對他印象極佳的北軍，都不太可能為他公開與朝廷對抗。

衛兵進來，遠遠地站在門口，恭敬地說：「稟告大司馬，您的親隨回來了。」
韓孺子點下頭。
不久之後，孟娥進來，走到十步開外停下，「北軍要三四天才能到。」
「嗯。」韓孺子並不意外，就是這三四天將決定他是勝是負、是生是死。
孟娥猶豫了一會，上前兩步，「我能問你一件事嗎？」
「當然。」韓孺子露出一絲微笑，看到孟娥之後他稍感心安，十步之內的安全總算有了一點保障，他可以專心思考十步以外的事情了。
「你的實力明明比別人都差，卻敢於爭奪帝位。我很納悶，你的信心到底是從哪來的？」
韓孺子的笑容更多了些，「妳以為有了實力才能爭奪帝位？」
「當然，人人……大多數人都這麼認為吧。」
「你們都錯了，帝位就是實力，你不可能有了『實力』再去爭奪『實力』，如果非要等到實力足夠才去爭，那太祖永遠也不可能建立大楚。歷朝歷代，皇帝總是實力最強的那一個，可他仍然可能被害死、被罷黜、被推翻，為什麼？」
孟娥搖搖頭。
「他擁有實力卻不會用，好比天下無雙的寶劍，只能掛在牆上欣賞，而不能握在手中劈刺，自然會給他人以可趁之機。」
韓孺子動了動身子，說，「我曾經握過皇帝之劍，卻將它丟掉了，現在我要再拿回來，孟娥，我已學會如何運劍。」

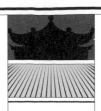

第二百四十七章 太傅安心

天亮不久，韓孺子正一路疾馳收服各營南軍，崔宏收到了白橋鎮失守的消息。六萬南軍正在離京城三十里的一處高地上紮營，崔宏無意攻打京城，只想給整個朝廷施加強大的壓力，尤其是要讓太后和上官盛不敢輕舉妄動，更要讓新皇帝明白南軍的重要性，因此營地極為廣大，一座連著一座，東西綿延十幾里，為此鏟平了一座樹林。

外人遠遠望去，會以為南軍不僅帶來十萬將士，還得到不少增援。

住在城外的百姓驚恐萬分，紛紛舉家內遷，希望進城避難，可城門早已關閉，不會為他們打開，百姓只好又返回家中，緊閉門戶，燒香拜神。

崔宏派兵封堵了京北的一切通道，然後在中軍帳裡安心等待，朝廷會派人出來談判，他本來一點也不著急，結果後方傳來的消息將他的這份「安心」擊得粉碎。

第一次聽到消息，崔宏根本不相信，區區幾千名北軍，與滿倉主力相隔數百里，進攻白橋鎮無異於自尋死路，他一度以為是兒子崔勝治軍不嚴引發了南軍內亂，被誤解為北軍進攻。

很快，崔宏得到更多消息，卻更讓他難以置信了，明明已經返京的倦侯居然出現在白橋鎮，手中還有宮中聖旨！

崔宏扣押所有信使，另派他人去打探消息，然後將張有才叫來。

張有才算是俘虜，可待遇不差。身上沒有繩索、獨佔一頂帳篷，還有四名衛兵給他送水送飯，他不由得想，被人侍候的感覺真是不錯。

張有才一進中軍帳，崔宏就拍響書案，兩邊的衛兵同時喝了一聲，橫槍刺來，槍尖緊貼著他的衣裳。

張有才沒料到會是這種架勢，撲通跪下了，臉色蒼白，「太傅饒命。」他只是一名太監，在太傅面前磕頭求饒很正常，何況太傅還是倦侯的岳父。

「好大膽的奴才，說，倦侯究竟在哪？」崔宏喝問。

張有才茫然回道：「應該……是在城裡吧。」

「你親眼看到倦侯進城了？」

張有才搖頭。

「親耳聽到倦侯說要回城？」

張有才點頭。

「那為什麼有傳言說倦侯出現在白橋鎮？」

「主人在白橋鎮？」張有才真的很意外，想了一會，恍然大悟，「主人說要回京城，可沒說什麼時候回去，可能過兩天……」

崔宏大怒，又重重地拍了一下書案，將張有才嚇得匍匐在地，連求饒的話都說不出來，只在心裡念叨：「主人，張有才為您盡忠了……」

崔宏揮手，示意衛兵將張有才拖出去，這只是一名無知的小太監，殺之無益。

衛兵也都退下，崔宏看向花繽。

「這個消息絕不能傳到京城。」花繽說。

崔宏惱怒未消，生硬地說：「當然，白橋鎮的信使都被關起來了，去往京城通道也都被封堵，可是能瞞多久？營地裡有六萬將士，消息早晚傳開，你能讓他們都閉嘴？」

花繽笑道：「不需要隱瞞多久，數日之內京城大事就能平定，東海王稱帝，太傅權傾朝野，白橋鎮之亂傳檄可定，不必費一兵一卒。」

崔宏皺起眉頭，「崔勝這個笨蛋，連一個小小的白橋鎮都守不住。倦侯……唉，咱們兩人的歲數加在一起是他的好幾倍，怎麼就被他給戲耍了呢？居然中了他的聲東擊西之計。」

「倦侯……有點本事。」花繽曾與倦侯有過一次交鋒，印象很深，「可惜他不是東海王，沒有崔家這樣的靠山，手裡的一切都是虛的，只能四處投機取巧，終究是竹籃打水一場空，不足為懼。」

「瞧你說的這麼容易，想個辦法吧，總不能讓他就這麼佔據白橋鎮，一天也不行。」

「太傅不能派兵回去，那會擾亂軍心，讓消息洩露得更快。」

崔宏冷冷地哼了一聲，他當然明白這個道理，所以才讓花繽想主意。

「白橋鎮以北有數十座南軍營地，只需幾處做出反應，也能奪回白橋鎮。最不濟，迎風寨的趙蒙利總能擊敗倦侯。」

崔宏相信自己的這條忠犬，可他不想再次大意，「咱們已經因為輕敵丟掉了白橋鎮，就不要再小瞧倦侯了吧，假如倦侯連迎風寨也拿下，滿倉北軍長驅南歸，又該怎麼辦？」

花繽笑著搖頭，不相信這種假設，但看太傅神情不善，他還是回道：「倦侯就算手段通天，也不可能一夜之間就讓白橋鎮南軍效忠於他，我可以派出刺客將他了結，他一死，威脅自然消除。」

崔宏這才稍顯滿意地嗯了一聲，目光卻沒有挪開，「別等了，你在雲夢澤佔山為王的時候收羅了不少奇人異士，趕快拿出來用吧。」

「我在雲夢澤只是寄人籬下，可不是佔山為王。」花繽急忙辯解，他還想重回朝廷，絕不想頂著「佔山為王」的名聲，「我的人大都在城裡，身邊只有三人，不過這三人武功高強……」

「帶倦侯的人頭回來，想要什麼都有，帶不回來，就別再提什麼高手、低手。」

白橋鎮失守，崔宏心中的憤怒與意外一樣多，對花繽也就不那麼客氣了。

即使花繽還是俊陽侯時，也得罪不起崔家，這時更不敢，「白橋鎮沒有多遠，三日之內，頂多五日，必帶人頭回來，太傅專心應對京城就是，不必擔心倦侯。」

花繽退下，崔宏心中的惱怒卻沒有稍減，恨不得當天就拿到倦侯的人頭，至於女兒小君的感受，他連想都沒想過。

這天中午，韓孺子在迎風寨內殺死了趙蒙利，崔宏迎來了朝廷派出的大臣。

左察御史蕭聲與崔家的關係一直不錯，因此自告奮勇出城談判，但他想做的第一件事不是勸說崔太傅退兵，而是弄清楚南軍到底支持誰。

「京城已經鬧翻天了。」蕭聲將副使與隨從都留在外面，獨自進帳，此舉極不合規矩，但他無所謂了，「太傅回來得正及時，朝廷需要太傅的這道雷霆。」

崔家失勢的時候，蕭聲另投冠軍侯，崔宏對他心存不滿，表面上卻不動聲色，嘆息道：「我也是被迫無奈，不忍看到朝廷混亂下去，只怕世人不明白我一片拳拳之心，倒以為我有異心。」

蕭聲正色道：「做大事者不計一時之得失，世人縱有誤解，早晚也會煙消雲散。」

蕭聲竭盡所能地吹捧，崔宏盡情享受，直到有些聽膩，才說道：「咱們還是說正事吧。」

蕭聲也覺得差不多了，「簡單地說吧，朝廷已經名存實亡，大臣全都閉門不出，沒人上朝，主事者現在是上官盛。」

「上官盛有勇無謀，比太后的兄長上官虛強不了多少，他怎麼說的？」

「上官盛命令太傅立刻退兵至白橋鎮，然後獨自進城領罪。」
崔宏冷哼一聲，「蕭大人自己的想法呢？」
「一碗水難端平，一邊是親外甥，一邊是好女婿，整個京城都想知道，太傅究竟更喜歡哪一個？」
「蕭大人說的是哪位女婿？」崔宏故意裝糊塗。
「當然是冠軍侯。」蕭聲微微一愣，「倦侯離京，已經退出爭位，朝廷的事情與他再無關係。」
崔宏嗯了一聲，知道消息尚未洩露，他早已做好安排，帳外朝廷使者受到嚴密看管，不得與任何人交談。
「身為長輩，自然喜歡有出息的晚輩。可我久離京城，消息閉塞，不知我的外甥和女婿哪位更出色些？」
花續一直勸說崔宏支持東海王，但是崔宏十分謹慎，知道這個外甥記仇，因此不到最後時刻不想表明真實態度。
問題又回到蕭聲這裡，他笑了笑，「各有所長。」
「原聞其詳。」
「東海王很聰明，借助倦侯衝鋒陷陣，開拓出一片領地；冠軍侯嘛，頗受大臣支持，雖然吃了兩回敗仗，陣地仍然穩固。」
兩人你來我往，互相試探，最後還是蕭聲更著急一些，說道：「實不相瞞，冠軍侯有個計畫，他只想知道一件事，如果計畫成功，他能不能得到太傅的支持？」
「當然，他畢竟是我的女婿，再說我是朝廷的太傅，沒資格挑選皇帝，只是希望朝廷能夠盡快做出決定，不要令天下人無所依靠。」
「有太傅這句話就夠了。」
蕭聲滿意地告辭，要將好消息帶給冠軍侯，至於上官盛，他自有一套說辭可回答。

崔宏越發心安，透過花繽，他向東海王表示支持；借助蕭聲，又取得了冠軍侯的信任。無論結果如何，崔家無憂，他的地位也更加穩固。

就有一件事情，倦侯奪取白橋鎮令崔太傅如芒在背、不得安寧。天黑時，他得到消息，倦侯居然收服了白橋鎮周圍的數萬南軍，趙蒙利那邊情況不明。

崔宏憤怒不已，又有一點恐懼，叫來花繽，「你的人出發了？」

「這時候應該快到白橋鎮了，聽說倦侯去了迎風寨，他們三人會連夜行進，後半夜就能動手，一切順利的話，明天夜裡就能帶回消息，還有人頭。」

「只憑三個人真能闖入軍營摘取人頭？」

「守衛森嚴的軍營不行，倦侯新收南軍，漏洞必然不少，絕對擋不住我派出的這三人。」

「東海王和譚家也會在今晚動手吧？」

「沒錯，天亮就能有結果。」

崔宏真的安心了，只需一個晚上，他就能重回權力巔峰，放眼整個朝廷，再沒有人比他的地位更穩當，

「好，花侯請去休息吧，就等明早的消息。」

花繽告退，崔宏叫來一名心腹將領，讓他看守花繽的帳篷，如果冠軍侯勝出，支持東海王的花繽自然不能再留著。

崔宏睡不著，秉燭夜坐。

同一時刻，城內的數股力量蠢蠢欲動，北上的刺客與南下的崔勝，還都在路上策馬狂奔。

第二百四十八章 毒發

事到臨頭，冠軍侯心生怯意，於是，他想出一個「好主意」。

「你們去找英王，打著他的旗號佔領大都督府，我在家裡坐鎮，隨機應變。」冠軍侯覺得這是一條妙計，既能順利實施計畫，又能保證自己的安全。

兩位御史目瞪口呆，他們冒著身敗名裂、抄家滅族的風險輔佐冠軍侯，甚至自願去衝鋒陷陣，未想到對方居然臨陣退縮。

蕭聲耐心解釋道：「如今城內一片混亂，人心惶惶，不知歸屬。唯有搶先借勢立威，方能收服人心，一舉獲勝。放眼天下，有勢可借者無非冠軍侯您與東海王，您若是不肯露面，我們佔領大都督府有何意義呢？」

「勢若在我，為什麼大臣們不肯站出來支持我、幫助我？」冠軍侯恨恨地質問，他曾經以為自己是人心所向，卻在危急時刻看出人情冷暖。

「這個……形勢不明，群臣觀望也是可以理解的，只要冠軍侯……」

「不用說了，我明白，我跟你們去。」冠軍侯神情威嚴，想了一會，又道：「但是把英王也帶上，他的『勢』雖然不多，可是有一點算一點，就說他已經放棄爭位，轉而支持我稱帝了。」

兩位御史不願橫生枝節，可也不能過於違逆冠軍侯，互相看了一眼，同時道：「好。」

冠軍侯自有一批追隨者，將近百人，大部分是家奴，還有十幾位是冒險的將士和勳貴子弟。

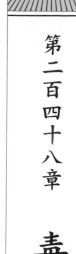

蕭聲和申明志提供了主力，兩人拉攏到兵部的一位侍郎，透過種種手段徵集到二百多名士兵，其中大部分根本不知道今晚的行動是一場政變，還以為是御史大人要查案。

入夜前，兩位御史告辭，不久之後，冠軍侯從後門離府，在追隨者的護送下與蕭、申兩位大人匯合，一同帶領三百多人前往英王府。

英王正在臥床休息，與大部份孩子一樣，度過心有餘悸的養傷階段後，他又心癢難耐想出去玩樂，因此，當府中僕人驚慌失措地跑進來，說冠軍侯上門要人時，他一點也不害怕，反而歡呼一聲，從床上一躍而起。

他的傷勢還沒有完全復原，讓一名僕人背著自己主動迎出府來，遠遠就向冠軍侯叫道：「我來了，你可真好，還想著我，去哪玩？」

「好地方。」冠軍侯笑道。

英王府的一批僕人也跟上來，隊伍更加龐大，徑直前往大都督府。

南軍攻來，京城宵禁，剛入夜街上就變得空空蕩蕩，這樣一支隊伍不可能不惹人注意，冠軍侯和兩位御史都以為，只要他們的行動足夠迅速，即使被人發現問題也不大。

與其他部司不同，大都督府不在皇城正門，而是位於東城，緊挨著太廟。名頭雖大，卻沒有多少實權，主要職責就是收藏各類兵符，只在兵部來文的時候，才能交出相應的兵符，僅此而已。

大都督府沒有森嚴的守衛，也沒有眾多的差人，當外面響起咚咚的敲門聲，聲稱兵部來人時，府內的輪值官吏並未察覺到異常。南軍在城外虎視眈眈，兵部現在才派人來領兵符，這名官吏已經覺得行動太慢了。

官吏整理衣裳，打開便門，正要開口詢問，外面的人一擁而入。

攻佔大都督府輕而易舉，冠軍侯興奮了，覺得這是一個好兆頭，大事必能成功，英王也興奮了，趴在僕人背上，像騎馬一樣喊著「駕駕」。

可挫折很快就到來了，雖然冠軍侯佔領了大都督府，卻拿不到兵符。

兵符被存放在一座倉庫裡，共有三道鎖，眾人搜來搜去，只在府吏身上找到一把鑰匙，其他兩把在哪、在誰身上，府吏打死不說，他只認一樣東西——兵部公文，公文上還必須有寶璽之印。

大都督府裡的其他人，則是一無所知，就知道磕頭求饒。

冠軍侯由興奮變成憤怒，很快又生出恐懼，兵符是他最大的希望，必須先有兵符，才能號令宿衛八營，才能奪取帝位。

冠軍侯拔出佩劍，指著府吏，「睜開你的狗眼，看看我是誰。」

跪在地上的府吏抬頭瞥了一眼，「您是冠軍侯。」

「我是皇帝！馬上就要登基，你一個小吏，膽敢阻擋我？」

「不敢。」府吏磕頭。

「交出兵符。」

「請冠軍侯先出示兵部……」

冠軍侯大怒，一劍就要刺過去，被身邊的隨從拉住。

眾人輪番上陣，誰也無法讓府吏屈服。倉庫門前，數名士兵用刀槍劈刺，卻只在厚厚的大門上留下幾個小小的坑窪。

時間一點一滴過去，冠軍侯越來越憤怒，蕭聲和申明志卻越來越緊張，親自去大門口查看，就怕宿衛騎士已經將他們包圍。

一直沒人來，外面的大街上寂靜無聲，整個京城似乎都在放縱這群不法之徒。

蕭聲和申明志以為這是不祥之兆。

申明志畢竟老道些，找出花名冊，查到府吏的姓名與住址，遞到府吏面前，說：「閣下盡忠職守，令人欽佩。可也不要太固執，閣下的家離此不遠，好，來人去一趟，把他的家人殺一半、活捉一半。」

一群士兵應命，他們已經明白今晚的行動不同尋常，可是有上司帶領，他們只能硬著頭皮服從，還想著萬一成功，自己能平步青雲。

到了這種時候，府吏只能選擇屈服。另外兩把鑰匙本該由不同官吏保管，但是大都督韓星不在，朝廷半年沒有頒旨，大都督府也懈怠了，只留一名官吏值守，其他鑰匙就藏在他的床底下。

庫門打開，士兵們捧著一匣匣的兵符出來，庭院裡瞬間鴉雀無聲，人人都看過來，以為匣子裡裝著的不只是兵符，還是打開皇宮大門的「鑰匙」。

冠軍侯忍不住大笑，雖然這只是第一步，他卻覺得自己離寶座只有咫尺之遙，接下來的事情再簡單不過，只需以兵符命令宿衛八營。

蕭聲和申明志很清楚，奪取兵符其實是最容易的一步，冠軍侯與兵符加在一起能產生多大的威力，誰也無法預料，接下來的每一步都充滿危險。

冠軍侯仍在大笑，英王在他身邊拍掌應和，兩位御史不敢打斷。

大概是笑得過頭了，冠軍侯咳嗽起來，隨從想要幫忙，冠軍侯擺手表示沒事，可是咳嗽並未停止，反而越來越劇烈，最後甚至口吐白沫。

眾人嚇壞了，兩名隨從急忙上前，扶住冠軍侯。咳嗽總算停止，冠軍侯的臉色變得通紅，他疑惑地看向兩位御史，「我的心、我的肚子……怎麼回事？你們不覺得難受嗎？」

眾人搖頭。

冠軍侯努力挺直身體，他絕不能在這個時候倒下，一定要堅持到登基之後……

人群裡有一個聲音說：「冠軍侯是不是……中毒了？」

這個聲音很輕很低，進入冠軍侯耳中卻如雷鳴一般響亮，「我沒有！」冠軍侯吼道，目光掃視，到處尋找說話者。

他又嘔吐了一次，黏液當中似有血跡。

這真是中毒。

冠軍侯眼前一黑，人群消失了，寶座越來越遠，「是她，肯定是她！」冠軍侯想起了自己的最後一頓飯，「好狠……」

冠軍侯並未立刻死亡，口吐白沫、全身抽搐，偶爾清醒時，就只說「好狠」兩個字，折騰了一個多時辰才嚥氣。

蕭聲和申明志沒有等這麼久，冠軍侯剛倒在隨從懷裡，兩人就明白，今晚的行動失敗了，冠軍侯已沒有價值。他們必須盡一切努力挽回局勢，保住自己的身家性命。

在官場上明爭暗鬥多年的兩人心有靈犀，蕭聲走到驚恐的英王身邊，從僕人背上將英王接過來，抱在懷中，安慰道：「英王莫怕，這裡有我和申大人。」

申明志叫來那名兵部侍郎，讓他去挑選兵符，揀出與宿衛八營以及南、北軍相關的若干枚，匣子留下，只要兵符，皆裝進一個袋子裡，由申明志親自保管。

剩下的兵符送回庫內，鑰匙則還給府吏。

兩位御史帶著英王與兵符離開，士兵們跟隨其後，很快，冠軍侯的追隨者也都匆匆跑掉，只剩下幾名隨從，抱著主人嚎哭不止，還有大都督府的十幾人，呆呆站在原地，不知該如何收場。

「怎麼辦？」蕭聲將英王交給一名士兵，向申明志問道，這個時候他承認自己不如對方冷靜，他已經預感到大難臨頭，脖子後頭嗖嗖冒著冷氣。

「太后和上官盛不會原諒咱們。」申明志心中已有決定，仍然想了一會才說，「去見東海王。」

蕭聲點頭，「崔太傅那邊呢？」

「嘿，你以為崔太傅真心支持冠軍侯嗎？他若在這裡，只會比咱們更快跑向東海王。」

蕭聲再不猶豫，帶頭向東海王王府的方向走去，走過兩條街之後，他問道：「申大人，你覺不覺得……太安靜了。」

申明志早就察覺到異樣，回頭望去，隊伍只剩下一百多人，其他人都逃走了。

「看來今晚忙碌的人不只你我。」此刻申明志也陷入雲裡霧裡，握緊手中袋子，低聲道：「看好英王。」

「我要回家，我睏了。」英王在士兵背上喊道，看見冠軍侯嘔吐之後，他的玩興消失得乾乾淨淨，只想回家躺在舒適的床上。

蕭聲正要好言相勸，黑夜中突然傳來一陣馬蹄聲，兵部侍郎急忙命令士兵們都湊過來，保護兩位大人。

「是左察御史大人和右巡御史大人嗎？」對面馳來一隊人馬，有人大聲發問。

「閣下是哪位？」蕭聲問道。

對面沉默了一會，「倦侯府總管楊奉。」

蕭聲知道楊奉是誰，不由得一愣，「發生什麼事了？」

對面又沉默了一會，「據說宮中生變，具體還不清楚。」

「你現在為誰做事？」蕭聲又問道。

對面沒有回答，楊奉等人策馬跑了過來。

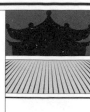

第二百四十九章 東海王的夜晚

東海王行動得比冠軍侯稍晚一些，一群士兵在大都督府翻箱倒櫃的時候，東海王剛準備出發，臨行前他向望氣者林坤山說：「怎麼樣，給我算一卦吧？」

林坤山笑而搖頭，「望氣者不是卦師。」

「那就給我望一下。」

林坤山認真地朝東海王頭頂看了一會，舉手輕輕晃了兩下，好像在攪動某種看不見的水流。

東海王笑道：「不錯，挺能唬人，等你再回江湖的時候，能靠這個維持生活。」

林坤山放下手臂，也笑道：「東海王頭上的氣略顯纏繞，要不要我替你清理一下？」

東海王抬手擋住頭頂，「就讓它保持原來的樣子，當作新式的頭盔吧，哈哈。」

東海王大笑著出屋，看著五名譚家人，「怎麼樣？」

譚治是東海王王妃的哥哥，雖然上面還有父親，譚家大事卻由他做主，上前一步說道：「冠軍侯那邊沒問題，發作得可能稍晚一些，但他絕對熬不過今天晚上。宮裡的情況有譚雕盯著，很快就能傳來消息。」

東海王深吸一口氣，「看住這個望氣者，別讓他跑了，望氣者專門蠱惑人心，等我登基之後，絕不能留這種人在世上。」

「放心，他跑不掉。」

東海王稍微滿意了點，「已經春天了，晚上還是有點冷啊。」

譚治揮了下手，一人去往廂房，很快捧出一件厚厚的披風，譚治上前親自給妹夫披上、繫好，東海王笑了笑，拽住披風兩邊，裹住大部分身體，可還是感覺有點冷。

「韓孺子沒回京吧？」

「確切消息……」

「不不，我不要什麼確切消息，有人看到他嗎？」

譚治猶豫了一會，搖搖頭，「有人看到倦侯出城，然後……他就消失了，我的人確信他沒有再進城，可花侯爺送來信息說倦侯就在城裡，我覺得他可能出錯了。」

「瞧，這正是韓孺子擅長的招數。」東海王兩眼放光，「不管是在城裡，還是在城外，他都不會認輸，必然在策劃什麼……」

東海王想不出頭緒，只好故作輕鬆地說：「花繽這個老滑頭還敢回來，膽子不小啊。」

譚治轉身指向三名勁裝男子，「這三位英雄好漢都是花侯爺介紹來的……」

「嗯嗯。」東海王敷衍地點點頭，突然想起一個人，「楊奉呢？他這幾天在忙什麼？都說他放棄了韓孺子，我可不太相信。」

「楊奉在醉仙樓糾集了幾名江湖人，到處打聽望氣者的下落。」譚治看了一眼林坤山的屋子，「他對帝位之爭大概真不感興趣了，但我仍然派人監視著他的動向。」

「別大意，楊奉跟望氣者是一路貨色，等我登基，這些人都不能留。」只有暢想登基之後的快意恩仇，東海王才能讓自己興奮起來。

「當然。」譚治順著東海王，一句也不反駁。

敲門聲響起，三長兩短，譚治走到門口，「如何？」

「已成。」外面答道。

譚治轉身道：「出發吧，東海王。」

東海王站在原地幾次深呼吸，隨後兩手甩開披風，邁開大步向外走去，譚治開門，另外四人跟隨。從外面又進來幾個人，負責看守林坤山。

譚離帶來數十人，都有馬匹。東海王上馬，由譚氏兄弟帶路向北城馳去，一路上不停有人加入，用江湖切口交談，東海王聽不懂卻心安不少，這起碼說明譚家的準備十分充分，比兩年前的宮變好多了。

但是東海王對江湖人充滿了不信任，必須看到另一股力量，才能完全心安。

因為宵禁，街上沒有行人，也沒有巡邏的士兵，譚家安排得妥妥當當，他們行進的路線上毫無阻礙。

一行人先來到王府，東海王已經沒有必要再隱藏行跡。

在自家門口，東海王看到大批公差，「廣華群虎」來了七位，張鏡與連丹臣都在其中，兩人一塊上前，扶東海王下馬。

「你們怎麼都在這？」東海王納悶地問，他還以為刑吏正在進攻宿衛營裡的上官盛。

「上官盛進宮了，等他出來我們才能動手。」

「進宮？怎麼沒人告訴我？」東海王不滿地看向譚家兄弟，他現在可承受不起任何意外。

譚治、譚離一臉茫然，刑部司主事張鏡道：「剛剛發生的事情，宮裡可能發生了什麼事情。」

東海王又看向譚家兄弟，「怎麼回事？不是說好宮裡宮外同時動手嗎？怎麼錯開了？」

兄弟二人仍然不明所以，還是張鏡回道：「是王妃臨時改變了計畫，讓我們再等一等。」

東海王眉頭一皺，「你們在外面等，我去見王妃。」

譚氏就坐在前廳裡，周圍點著數十根蠟燭，亮如白晝，兩邊站著七八名侍女，正在聽她安排事宜。

「王妃……」東海王看到譚氏的第一眼氣勢就降下去一多半，語氣緩和，臉上也露出笑容，「這兩天可辛苦妳了，宿衛營上門找麻煩了？」

譚氏揮手，命侍女退下，冷淡地說：「來過幾次，沒什麼大不了的。」

東海王走到妻子面前，笑道：「聽說妳改變了計畫？」

「嗯，宮裡情況有變。」

「怎麼？母親沒成功？」東海王大驚失色。

「我得到兩個截然不同的消息，一個說成功，一個說沒成功，我必須進宮查看真相。」

「妳要進宮？那可是……非常危險。」

「嘿，比譚家支持你更危險嗎？我待會就出發，有人能帶我進宮。」

「我怎麼辦？一直等著嗎？」

「到四更，如果我還沒有派人送出消息，你就不用等了。從北門進宮，那裡有人接應。還有，冠軍侯已經不再是威脅，蕭聲和申明志奪取了大都督府的兵符，這兩人你一定要爭取過來。」

「為什麼？他們……」

「你還不是皇帝。」譚氏嚴厲起來，「現在就算是你最討厭的人登門投靠，你也得笑臉相迎，明白嗎？」

「好吧，他們兩個會來？」

「未必，你得派人去找他們，還有英王，今晚都要拉攏過來。」

「連那個小孩也要拉攏？」

譚氏冷冷地看著丈夫，「冠軍侯中毒而亡，難道你登基之後不想給天下人一個交待嗎？」

「聰明！」東海王稱讚道，「為什麼我一到妳面前，就變笨了呢？」

譚氏站起身，「想當皇帝，就得經歷九死一生，這裡留給你坐鎮，無論如何不可退縮！寧可破釜沉舟、兩敗俱傷，也不能再退一步，明白嗎？」

「我就是死，也要死在衝向皇帝寶座的路上。」

譚氏點點頭，以示贊許，邁步向廳外走去。

東海王望著妻子的背影，以為她會轉過身來說點什麼，結果他失望了，只好自己喊道：「等等。」

譚氏止步，沒有轉身。

「韓孺子！」東海王喊出這個名字，不知為什麼，總是覺得不安。

譚氏猜到了丈夫的心事，頭也不回地說：「倦侯更在乎王美人，還是你的表妹崔小君？」

「兩個都很在乎。」

「好。」譚氏再不多說，走出大廳，守在外面的侍女跟上，簇擁著王妃離去。

東海王心中的那根刺終於拔了出來，有妻子和母親在宮裡接應，自己在外面擁有譚家和「廣華群虎」的勢力，大事必成，或許就在天亮之前，韓孺子本事再大，也不再是威脅。

譚家兄弟和七名刑吏走進大廳，他們是東海王今晚的參謀。

「宿衛八營一直沒有動作嗎？」東海王問，他隱藏了三天，必須盡快掌握全部信息。

張鏡上前道：「宿衛營大都去守衛城牆了，我們聯繫到不少將領，他們保證只要沒有聖旨傳出，今晚只觀望不出營。」

「嘿，『只觀望不出營』，這不是大臣們的招數嘛。宰相殷無害呢？」

「宰相府大門緊閉，殷無害抱病在家，這幾天沒見過任何外人。」

「兩位御史和英王呢？他們害死了冠軍侯，不能再讓他們在城裡亂跑。」

「派人去找他們了，很快就能回來。」

東海王沒什麼可問的了，又不想顯得無所事事，對譚家兄弟說：「韓孺子有一批私人部曲藏在城裡，找出來了嗎？」

「找到了一百四十一人。」譚雕回道，「都是是京南的漁民，拿過幾天刀槍而已，不足為懼，我派人監視著他們，什麼時候動手清除，全聽東海王一句話。」

「不急，等我……」東海王已經有了幾分登基的感覺，一百四十一人……比韓孺子聲稱的人數要少，但這沒什麼，韓孺子向來擅長虛張聲勢，不誇張一點反而不正常。

東海王等了一會，又想起一件事，「還得多派人去大臣們家裡送信，告訴他們睜大眼睛、豎起耳朵，天亮以後，別讓我一個人在同玄殿裡坐太久。」

張鏡笑道：「東海王多慮了，到時候群臣蜂擁而至，搶先都來不及，誰敢落後？」

「不該再稱『東海王』。」司法參軍連丹臣決定搶先一步，恭敬地鞠躬，叫了一聲：「陛下。」

廳內眾人紛紛行禮，口稱「陛下」。

東海王笑著擺手，嘴裡說「太急了」，心裡卻很受用。

三更過後，一名公差匆匆跑進來，分別向東海王和張鏡磕頭，然後說：「兩位御史大人和英王都被楊奉半路接走了。」

「楊奉？」東海王吃了一驚，「譚治、譚雕，你們不是派人監視他了嗎？楊奉怎麼還能出來亂跑？」

譚家兄弟也很意外，這時正好有一名譚家人跑進來，來不及行禮，直接說道：「醉仙樓發生火併，楊奉帶人逃走了。」

東海王跳了起來，道，「怎麼會這樣？」突然覺得不對，「醉仙樓火併發生在先，為什麼你這麼晚才將消息送來？」

那名譚家人臉一紅，「咱們派去的人全軍覆沒，我去查看情況時……」

東海王轉向譚家兄弟，冷冷地說：「韓孺子就在城內，絕對沒錯。」

似乎是為了證明東海王的判斷，又有一名刑吏跑進來，也沒心思行禮，大聲道：「柴家……柴家人造反，說是要讓倦侯恢復帝位！」

東海王呆住了，他終究還是沒有甩掉自己的兄長與噩夢。

第二百五十章 南門

衡陽主死後，柴家失去了主心骨，但是作為一個團體，「柴家人」沒有消散，經常聚在一起，商量一件事：到底誰能當皇帝？柴家又該如何穩固自己的地位？

眾人一致得出幾個結論，冠軍侯與柴家關係最好，但是眼看著失勢，前途只怕不妙，可以繼續觀察，提供一些小小的幫助，與此同時也得準備後路，不能只支持他一個人；倦侯、東海王與柴家都有仇，衡陽主若是還活著，事情會很難辦，如今她已升天，再大的仇怨也能想辦法化解，但是這兩人誰更值得支持尚有爭議。

英王不予考慮。

柴家親友眾多，觸角遍及朝中勳貴與大臣，消息靈通而駁雜。無數謠言就像食材和香料一樣被統統扔進柴家的大鍋裡，經過一番熬煮之後，形成一道帶著濃郁香味的新謠言。

最新的謠言就是倦侯已經潛回京城，還要繼續爭奪帝位。

柴家人為此驚疑不定，猜不透這到底會對京城的形勢產生怎樣的影響。

聽說冠軍侯和東海王準備「做大事」，柴家還是分別派人相助，冠軍侯身邊的幾名勳貴追隨者、東海王王府內外的數名刑吏，都來自柴家，隨時通風報信。

冠軍侯中毒的消息最先傳來，聚集在柴家徹夜不眠、借酒澆愁的數十人大吃一驚，怎麼也想不到冠軍侯敗得如此慘烈與輕易，誰也不肯承認自己曾經對這位太子遺孤寄予厚望，至於是誰下毒並不重要，也沒人關心。

蕭幣是左察御史蕭聲的侄兒，曾在碎鐵城帶著一群人試圖逼柴悅自盡，被關了一段時間才被放回京城。這時抓起酒杯，喝了一大口，搖搖晃晃地站起身，看向整座大廳。

五張桌子擺在廳裡，七、八十人坐在一起喝了將近一天的酒，興致已過，只剩滿腹愁腸與惶惑。放眼望去，蕭幣看不到首領。

衡陽侯從來就不是這群人的首腦，他的幾個兒子當中，只有柴智有些本事，卻已死在了碎鐵城。其他子孫全部不值一提，非柴姓的親戚不少，卻都沒有主見，蕭幣連自己的哥哥也看不上，在酒勁的驅使下，他決定挺身而出。

「嘿！」蕭幣叫了一聲，吸引大家的注意，「你們都……聽我說，冠軍侯死了，他為什麼死？因為他……他不重視柴家，也不叫上咱們，自己就去奪帝位，結果……死了。」

「對，說得沒錯。」眾人舉杯歡呼，可是誰也喝不下去，酒水灑了一地。

「還有東海王和倦侯。」蕭幣受到鼓舞，突然抬高聲音，「我就問你們一件事，誰更有可能原諒柴家？倦侯，還是東海王？」

「東海王害死了柴智，可咱們沒找他報仇啊。」有人說。

不等蕭幣開口，同桌的另一人反駁道：「東海王未必這麼認為，他回京之後，柴家一直沒去探望過，他肯定以為自己遭到了柴家的記恨。」

蕭幣用更高的聲音壓過此人，道，「東海王是怎麼報復仇人的我可看到了，張養浩他們現在還被關在碎鐵城裡呢。」

在勳貴營，東海王和崔騰沒少欺負張養浩等人，眾多勳貴子弟全都看在眼裡，關押張養浩是倦侯的決定，這時也算在東海王頭上。

「那就只剩下倦侯了，可柴家三番五次找他報仇，他能原諒嗎？」另一人說道。

「有柴悅啊。」蕭幣幾乎是用喊的說出了這個名字，一點也不覺得他和柴悅之間有仇，「他畢竟是衡陽侯的兒子，也是倦侯的親信，有什麼仇化不開？」

「對對。」柴家人興奮了，他們慣常忽略柴家的這名庶子，又都與蕭幣一樣，不覺得自己曾經虧待過他，反而覺得柴悅理所應當會站在柴家這邊。

「支持倦侯。」「怎麼支持？」「倦侯人在哪呢？」

蕭幣也不知道，他的決斷力到此為止，酒勁也有點下去了，腦子昏昏沉沉，一屁股坐下，呆呆看著桌上的殘羹剩炙。

大廳裡一片沉靜。

柴府的一名管家跑進來，在主人耳邊說了幾句，衡陽侯臉色一變，起身說話，聲音微微發顫，「剛剛得到的消息，聖上……聖上可能駕崩了。」

醒著的一半人騰地全站了起來，桌翻椅倒，響聲驚醒了另一半昏睡者。

「怎麼回事？」

「駕崩。」

「誰駕崩？」

「還能有誰？」

「誰繼位了？」

「那就是倦侯了？」

「肯定不是東海王，他還在王府裡按兵不動。」

「是他，只能是他。」

柴家人已經分不清想像與事實，很快，人人都以為倦侯已經或即將稱帝，也不知是誰喊了一聲，「去擁立倦侯啊！」

廳裡的人蜂擁而出，生怕比別人慢了一步。

沒過多久，廳內空空蕩蕩，只剩下衡陽侯和管家兩個人，目瞪口呆，不知所措。管家喃喃道：「只是可能駕崩，而且……而且……」

衡陽侯茫然地說：「天哪，柴家要被滅族了。」

七八十位柴家人，叫上各自的僕人，二百多人衝出柴府，直奔皇城。

謠言總是跑得更快一些，柴家的眾多親友，以及更多毫無關係的人，從四面八方前來匯合，一些大臣放棄了觀望的姿態，就算本人不露面，也要派子侄出來相助。

快到皇城南門的時候，柴家人的隊伍已經增加到四五百人，一路叫喊，誰也不知道要做什麼，都以為大事已定，他們只需捧場。

一群書生攔住了這些人。

京城的讀書人已經在南門外聚集了好幾天，向朝廷請願立刻出兵抗擊匈奴，期間被宿衛營抓走一些，結果召來更多的人，上官盛有別的事情要忙，乾脆對他們置之不理。

在青石板上跪了幾天，讀書人早已疲憊不堪，在他們中間同樣謠言四起，一會說倦侯即將稱帝，登基之後的第一件事就是接受他們的請願；一會又說太后震怒，很快就要讓宿衛騎兵血濺南門。

柴家人的謠言先行一步到達，與讀書人的謠言融合，倦侯稱帝更顯得證據確鑿。

但讀書人畢竟是讀書人，即使在頭腦最糊塗的時候，心裡也存著禮儀。

「倦侯曾經出過京城，也就意味著他放棄爭位了。」一名讀書人大聲道。

街上的人群一下子安靜下來，不明白自己之前為什麼會忽略如此顯而易見的事實。

讀書人馬上補充道：「可倦侯根本不需要爭位，他是桓帝長子，本來就是皇帝，為奸臣所誤，被迫退位。

繼位皇帝是鏞太子遺孤，鏞太子被武帝所廢，武帝之命不可改，鏞太子遺孤稱帝不合大統，乃是偽號。當今聖上仍是倦侯，他回京是要撥亂反正，不是爭奪帝位！」

眾人豁然開朗，倦侯被廢之時無人吭聲，現在卻都義憤填膺，「對啊，倦侯本來就是皇帝。」「為什麼要讓倦侯退位？天理何在？」

皇宮南門外的聚集者很快就超過了千人，附近的各大部司大門緊閉，沒有一個人敢出來管閒事。皇宮城牆之上，宿衛士兵嚴陣以待，但也沒有下來驅散人群。

第三股人群稍後趕到。

蕭聲和申明志已經無路可走，帶著兵符，不知該投奔哪一方，楊奉給他們指了一條明路，「只有倦侯是大勢所趨，也只有倦侯能理解兩位大人的苦衷。」

「真的？」蕭聲和申明志曾經與倦侯發生過衝突，心中很是忐忑。

「倦侯連柴家都能原諒。」

韓孺子為衡陽主送過葬，曾在柴府與冠軍侯會面，這些事情都被視為倦侯與柴家和解的象徵。

蕭聲只剩一個問題，「倦侯真的潛回城內了？」

楊奉微微一笑，「兩位大人覺得我在深夜裡跑來跑去為的是誰？」

蕭聲與申明志都是老奸巨滑之人，若在平時，絕不會輕易相信楊奉的話，但是現在，他們願意接受任何人的任何勸說，只要那是一條路。

楊奉將他們也帶到了皇宮南門外。看到這麼多人在為倦侯吶喊，蕭聲與申明聲再無猶疑，跑到最前方，舉著兵符命令宿衛士兵開門。宿衛軍當然不會因為兵符而從命，但是多少受到了一些影響，在城牆之上更加猶豫不決。

楊奉下馬，在人群中走來走去，時不時與熟人點頭。有讀書人、也有柴家人，然後他擠出人群，重新上馬，帶著不要命等人離開南門，繞行東門。
誰也沒注意到，楊奉將英王帶走了。

看到人群，英王興奮了一會，可他太睏，在不要命懷裡睡著了。東門很冷清，無人聚集，一隊宿衛士兵守在門外，遠遠就將來者攔下。

楊奉下馬，迎向一名太監，向此人耳語數句，太監借助火把，望了一眼英王，點點頭，命令士兵讓開，楊奉只帶不要命和英王步行進宮，其他人留在外面。

時間已近四更，王府裡，東海王仍未得到譚氏的消息，只聽到一個又一個噩耗，似乎越來越多人轉而支持倦侯，而倦侯現在何處，根本就沒人知道。

「不可退縮，不可退縮，這回我絕不能再退。」東海王再一次幻想自己登基之後的場景，終於鼓起勇氣，向譚家兄弟和眾刑吏說：「不等了，出發去皇宮北門，那裡有人接應。」

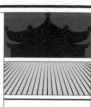

第二百五十一章 三名刺客

俊陽侯花繽派出的三名刺客馬不停蹄，終於在三更過後到達迎風寨，他們身穿南軍士兵的盔甲，一路上雖受到幾次盤查，全都矇混過關。

白橋鎮到迎風寨之間的南軍正處於極度混亂之中，蔡興海率領的少量北軍無力彈壓，更阻擋不住崔太傅可能的反撲，所以乾脆收攏自保，放棄對白橋的守衛，以免引起不必要的衝突，倒是給這三名刺客創造了方便。

迎風寨山下布滿了臨時營地，同樣守衛鬆懈，好多人整夜不睡，四處打探情況。刺客下馬，大大方方地進入一座營地稍事休息，觀察了一下周圍的形勢，步行上山進入寨子。

山上的軍紀稍好一些，可是仍然有人在營房之間來來往往，也不隱藏，甚至就在屋外聚眾交頭接耳。三名刺客互相看了一眼，都對這次刺殺充滿信心，分頭在營地裡兜了小半圈，很快就打聽到了倦侯的下落。

倦侯整個晚上都在議事廳內，一直沒有出來，身邊也沒有多少衛兵。

刺客匯合，信心更足了，甚至覺得連刺殺都是多餘的，崔太傅只需派出一名將軍，一路馳來，就能收服南軍將士，活捉倦侯更是不在話下。

可他們不是將士，對收服南軍不感興趣，也沒想過要找人幫忙，只希望盡快完成任務，帶著倦侯的人頭回去見花侯爺和崔太傅。

「倦侯身邊有一名衛兵，要小心對待。」一名刺客說，他已探聽明白，親手殺死趙將軍的並非倦侯本人，而是一名其貌不揚的衛兵，他判斷此人身手不凡。

三人很快做好分工，一人在外面望風，兩人進廳行刺，其中一人專門對付衛兵，另一人只管刺殺倦侯並割取人頭。如果中途不小心撞見其他人，就自稱是從白橋鎮來的信使。又觀察了一會，三人向議事廳接近，沒有刻意隱藏行跡，碰見了幾名士兵，這些人違反軍紀夜裡閒逛，自然不會攔阻詢問其他人的來歷。

議事廳門口沒有衛兵，更顯倦侯戒備不嚴、孤立無援。

一名刺客輕輕推門，裡面上閂了，這並未出乎他的意料，便抬手敲門，大聲說道：「白橋鎮來信！白橋鎮來信！」

過了一會，門內傳來問話：「南軍還是北軍？」

三人都是南軍打扮，但刺客回道：「北軍，蔡……將軍派我們來的。」他不記得蔡興海的名字與官職，因此籠統地叫他「將軍」。

裡面有人抬起門閂。

三名刺客稍稍讓開，手握刀柄，防止有人開門時突然襲擊。

門開了，走出來的不是倦侯，也沒有突然襲擊，而是三名刺客認識的人。

崔騰站在門口，他可不認得刺客，疑惑地說：「你們是北軍？」

一名刺客反應快，「我們是替北軍蔡將軍送信……」

身後突然響起嚴厲的質問：「哪來的北軍士兵？」

三名刺客轉身，看到五名南軍士兵站在道邊的一根火把下方，正警惕地望著他們。營地裡總有人走來走去，刺客沒有特別注意這些人。

不等刺客開口，崔騰嚴厲地斥道：「你們算什麼東西？敢在我面前放肆？你們的上司呢？讓他來見我！」

崔騰自以為高人一等，可他一直被軟禁在白橋鎮，又沒有將領的服飾，迎風寨裡的士兵大都不認識這個人，聽到喝斥反而更怒。

「我們不敢放肆，只想問明白一件事，他們是北軍士兵，為何穿我南軍的盔甲？白橋鎮發生什麼事？北軍是不是對南軍動手了？」幾名士兵沒有退縮，反而上前幾步。

附近的士兵聽到爭吵聲，立刻跑來，說話間就已達到十五六人。

崔騰有點緊張，「你……你糊塗啦，你問的這是一件事嗎？是好幾件事。」隨即低聲道：「快進來。」

三名刺客沒想到會在這個節骨眼出現意外，怎麼說都不對，只好點頭，邁步跟著崔騰進門。

外面的南軍士兵憤怒了。

趙蒙利治軍極嚴，麾下將士有恨他的、怕他的，自然也有喜歡他甚至崇敬他的人，昨天的事情發生得太突然，將官們膽小，不敢報仇，士兵們卻越想越不對。倦侯只是一個人，頭銜是北軍大司馬，就算身上有聖旨，憑什麼毫無理由地殺死南軍左將軍？

整個夜裡，寨中的南軍士兵都在討論這個問題，雖然一直沒人出頭制定成形的計畫，可他們心中的不滿越來越多，三名「北軍士兵」的到來，終於將這股不滿激發出來。

「把話說清楚！」「北軍到底做了什麼？」「你們哪來的南軍盔甲？」十幾名士兵一邊質問一邊衝向議事廳，叫的聲音比較響亮，寨中還有許多沒睡的南軍士兵，聽到叫聲從各個方向跑來，越聚越多。

崔騰嘴上不肯服氣，命令外面的人不許多管閒事，卻不停地衝三名「北軍士兵」招手，讓他們快點進來。

刺客無奈，只好先進屋再說。

「等天亮我再收拾……」崔騰急忙關上門，手忙腳亂地準備上門。

三名刺客趁機觀察周圍的情況，廳內很暗，只在靠近門口的地方擺放兩盞油燈，遠遠地能望見主位前方站著一個人，那名高手衛兵卻不見蹤影。

「不用關門。」韓孺子開口道。

崔騰吃了一驚，捧著門閂說：「妹夫，這可不是開玩笑。」

「讓他們進來吧。」韓孺子仍不改變主意。

崔騰一愣神的工夫，外面的士兵已經衝到門口用力撞門，崔騰急忙讓到一邊，士兵衝進議事廳，也看到了暗影中的倦侯，紛紛止步，向兩邊擴散，不敢再往前跑。

三名刺客也沒敢上前，倒不是害怕倦侯，而是忌憚那名看不見的衛兵。

湧進來的南軍士兵越來越多，等到三名刺客反應過來的時候，他們已經被團團圍住，崔騰跑到倦侯身邊，小聲問：「你能對付得了？」

韓孺子沒理他，等進來的士兵大致穩定之後，他說：「出來一個人說話。」

五六十名南軍士兵站在門口，外面還有更多人，卻沒有人站出來。

韓孺子等了一會，又說道：「恕你無罪。」

終於有一名南軍士兵被推出來，雖然他們真正不滿的事情是趙蒙利被殺，卻不敢當面提出來，仍然指著那三名「北軍士兵」說：「我們……我們就是想知道白橋鎮發生了什麼事情，這三個人明明是北軍士兵，為何穿我南軍的盔甲？」

「嗯。」韓孺子轉身回到虎皮椅邊坐下，「問吧。」

崔騰吃了一驚，門口的南軍士兵吃了一驚，三名刺客更是大吃一驚。

大廳裡安靜了一會，帶頭的南軍士兵慢慢轉身，面對三名「北軍士兵」，硬著頭皮發問：「你們從白橋鎮北軍營地來的？」

三名刺客尷尬不已，只好點頭，一人說：「對。」

「白橋鎮發生什麼事了？」

「沒……什麼，一切正常，我們奉蔡將軍之命來通報倦侯。」

「既然一切正常，你們為何要穿南軍盔甲？」

北軍盔甲以黑色為主，南軍服飾多有赤紅，區別非常明顯，三名刺客一句話說錯，陷入了困境，想說明真相，又覺得南軍士兵未必會支持自己，不免神色異常，更加引起懷疑。

「說，快說！」

刀槍加身，就算是絕世高手也逃不出包圍。

一名刺客急中生智，說道，「我們是南軍士兵，受命替北軍通報消息，因此自稱北軍，蔡將軍說，這樣可以少點麻煩。」

南軍士兵的疑惑卻沒有減少，「之前怎麼不說清楚？你們是哪個營的？將軍是誰？」

「十七營，將軍是杜坤。」這三名刺客跟著花續在南軍營地裡待了很久，總算記得幾位營將的姓名。

韓孺子招手叫來崔騰，對他耳語幾句，崔騰大步走到門口，上下打量三名刺客，突然道：「你們說謊！杜坤率十七營隨我父親返京，怎麼會留下三個人？」

迎風寨裡的士兵不清楚白橋鎮那邊的調動情況，三名刺客畢竟是江湖人，就算跟著大軍行進，也分不清哪營是哪營，被崔騰這一喝問，心中立刻慌亂。

一名刺客再也忍受不住，猛地拔刀出鞘，大喝道：「我們是崔太傅手下，來殺倦侯，南軍將士聽我……」

崔騰後退幾步，也大喝道：「我是崔太傅親兒子，從來沒見過這幾個人，他們鬼鬼祟祟，既非南軍也不是北軍，肯定是冠軍侯派來的刺客，挑撥南、北軍的關係……」

普通士兵拔刀就是要戰鬥，要依靠前後左右的同伴保護自己，江湖人卻是單打獨鬥慣了，拔刀亮勢，先求自保，一下子就顯出與士兵的不同。

崔騰的話還沒說完，眾多南軍士兵已經動手，他們對江湖人的不信任比對北軍士兵更甚。

「我們是崔太傅……」三名刺客氣急敗壞地大吼，卻根本制止不住瘋狂的南軍士兵。

高手就是高手，即使身受數創仍能發起反擊，刺中數名士兵，可高手畢竟也是人，面對眾多刀槍，同樣無能為力。

三具鮮血淋淋的屍體倒下，殺紅眼的南軍士兵沒有收起刀槍，而是一塊看向陰影裡的倦侯。

崔騰臉色更加蒼白，慢慢後退，不敢再提自己是崔家二公子。

韓孺子站起身，走向眾多士兵，對崔騰的無聲勸阻視而不見，對染血的刀槍同樣視若無睹。

但他拒絕與任何一名士兵對視，目光一直盯著那三具屍體。走到近前，離最近的長槍只有幾步遠，說：「瞧，這就是京城混亂的證據，冠軍侯派出刺客，意味著他也要對皇帝和太后動手了。」

說這些話時，韓孺子當然無從知道冠軍侯已經毒發身亡。

「朝廷的安危、大楚的存亡，如今都握在諸位手中，隨我平亂，可建不世之功，賞金封地不在話下。」

韓孺子抬起頭，迎向眾人的目光，「縱然在邊疆征戰一生，你們能有幾次這樣的機會？」

士兵們互相看了看，帶頭者說：「我們……我們只是……」

「你們是來救我的，我明白。如今刺客已死，我會記得你們的功勞，冠軍侯則會記得你們的罪過。」

士兵們一個接一個放下刀槍，隨後又都恭恭敬敬地退出議事廳。

崔騰用近乎崇拜的目光看著倦侯，「妹夫，你的膽子也太大了。」

「真想殺我的人，不用尋找藉口。」韓孺子自有判斷之法。

「現在怎麼辦？」

「我必須盡快回到京城。」韓孺子看向崔騰，「需要你給我帶路。」

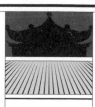

第二百五十二章 太后的囑託

皇宮裡門戶眾多，進入兩道門之後，不要命被攔住了。第三道門前，英王被帶走，他睡得正熟，不知道抱著自己的人已經更換。

只剩楊奉一個人，在數名太監的帶領下繼續深入，他們互相認識，路上卻裝作陌生人，一句也不交談。

巷子裡站滿了人，有太后的儀仗，還有大量侍衛，他們顯然接到過命令，讓出一條通道，帶路者停下，示意楊奉自己往前走。

院子裡的人比較少，看到楊奉，都露出幾分驚訝神色，崔太妃扭過臉去，假裝不認識這名太監，崔小君恭敬地向他行禮，但是沒有開口，王美人微微一笑，也沒有開口。

「楊公請進，太后等您多時了。」一名宮女說。

太祖衣冠室按規矩要遠離燈燭，室內一名太監雙手捧著一盞燈站在角落，兢兢業業地盯著火苗，好像他一挪開目光，整間屋子就會陷入火海似的。

太后跪在蒲團上，面朝太祖衣冠，侄子上官盛站在她身後，等了一會之後，轉過身，走到楊奉面前，「你不該來。」

楊奉微微點頭，沒有接話，他不是來跟上官盛爭吵的。

上官盛盯著他看了很久，最後走出衣冠室。

太后沒有起身，也沒有轉身，說道：「你的消息還是那麼靈通。」
「從前在宮裡服侍太后的時候，多少認識幾個人。」
「嗯，『多少認識幾個人』，大臣們都跟你一樣，宮裡就沒有祕密了。」
「帝王如日月高懸，眾生景仰，本來就沒有什麼祕密。」
「呵呵，楊公沒變，還是那麼喜歡傳授帝王之術。」
「那也只是在帝王面前。」
身為太監多年，楊奉還是很會吹捧人的。
太后沉默了一會，「有一件事我想請教。」
「太后請說。」
「帝王的權力到底在哪？」
「嗯……我不太明白。」
「聰明如楊公，也有聽不懂的話？」太后站起身，轉向楊奉，上下打量了兩眼，「我一直在鞏固宮裡的權力，可是我發現，權力越穩固，也會越生澀、運轉不暢，像是幾十年沒動過的舊車，看上去完整無缺，可是推之不動、拖之不走，到了最後，我甚至覺得皇帝其實可有可無。」
楊奉伏地而跪。
「我不要你磕頭，要你回答問題。」太后的聲音稍顯嚴厲，站在角落裡的太監微微顫抖了一下，燈光隨之一晃。
「未得太后寬赦，我不敢胡亂說話。」
太后冷笑一聲，「無論你說什麼，即使是大逆不道，我也赦你無罪。」
楊奉這才站起身，「名不正則言不順。」

「我以太后臨政，天下人對此不滿嗎？可是曾經有一位名正言順的皇帝，好像也沒有什麼人支持他。」

「這正是天下人的聰明之所在。」

「聰明？我覺得更像是懦弱。」

「這是一回事，有時候，懦弱就是聰明。」

太后大笑，突然扭頭看向角落裡的捧燈太監，「你很聰明嗎？」

太監一臉驚慌，不敢亂動，也不知該如何回答，又不能不回答，「我……我……」

太后收起笑容，對楊奉說：「我明白了，至剛易折，懦弱卻顯得無害，想在帝王眼皮底下生存，一定得做出懦弱的樣子。這就是武帝留給後代子孫的遺產，他以為這樣一來，皇帝的位置就會……很穩固。」

楊奉點點頭，太后既然已經明白，他就讓太后自己說下去。

「可懦弱者也有自己的手段，他們不反對，可也不支持；他們不惹事，但也不做事。我最初停止批覆奏章，就是想看看大臣們到底能夠無為到什麼程度，事實證明，他們比我能忍。嘿，這半年來，唯一做事的人居然是……」

太后的神情微微一變，突然明白楊奉的用意就是要將話題引向倦侯，可楊奉總共沒說幾句話，太后找不出明顯的破綻，「知彼知己，百戰不殆，楊公追捕望氣者多日，看來已經深諳望氣者蠱惑之術。」

「不敢當，略有小成而已。」

太后轉身看向太祖衣冠，她幾乎每天都要來這裡瞻仰，怎麼也看不夠，「亂世出英雄，太祖手下沒有懦弱者。我在想，要不要重來一次……」

「天下大勢仍在韓氏手中。」

太后長嘆一聲，問道：「如果我立英王為帝，會是什麼結果？」

「天下人皆會沉默，太后的權力更加穩固，大臣們更加懦弱，最後的結果就是人人置身事外，則大楚傾危，覆巢之下無有完卵。」

「我唯一的兒子死了。」太后喃喃道，「我究竟在為誰守護大楚江山？」

「為天下人、為上官氏。」楊奉答道。

太后再次大笑，笑聲裡滿是悲意，因此顯出幾分瘋狂，笑聲漸歇，「妹妹很幸運，她認準了殺死思帝的人就是我，所以不顧一切地向我復仇。」

角落裡的太監瑟瑟發抖，他不應該站在這裡，更不應該聽這些對話，他希望自己真能像木頭人一樣視而不見、聽而不聞。

「可殺死思帝的人不是我。」太后的聲音變得無比冰冷，充滿殺機，「另有他人，一隻骯髒的手，就藏在皇宮裡。」

太后原地轉了一圈，抬頭看著房頂，「像蛇一樣，躲在陰暗之處，趁人不備，吐出幾滴毒液，自以為神不知鬼不覺。」

太后收回目光，看向楊奉，「於是我用一個絕佳的誘餌吸引這條蛇，終於讓它露出破綻。」

楊奉神情一變，他雖然略微猜到一點事實，可是聽到太后承認，還是讓他感到震驚，並且明白了一件事，太后的瘋病並沒有痊癒，而是與她整個人融為一體。

「太后不該這麼做，皇帝畢竟是皇帝……」

「即使是名不正言不順的皇帝？」太后露出狡黠的一笑，似乎抓到了楊奉話中的漏洞，「皇帝遭到兩次暗害，第一次手段與暗害思帝的一樣，可我已經找到解毒之藥，救了皇帝一命。我知道，毒蛇還會再次出動，所以我等待，耐心等待，就在剛才，那條毒蛇果然又來了，這一回，我抓住了它的尾巴。」

「匈奴大兵壓境，南軍……」

「這些都不重要！」太后厲聲道，燈光搖晃不定，「如果皇宮裡都不安全，帝王又有何意義？說什麼普天之下、率土之濱？當皇帝，就要先從自己身邊開始。」

楊奉無言以對，他懂得適可而止的道理，在這一點上，他與大臣們一樣「懦弱」。

太后的聲音緩和下來，「你總說望氣者的手能夠伸到宮裡。」

「望氣者只是手上的一根指頭。」楊奉糾正道。

「你還相信自己的判斷沒錯？」

「確信無疑。」

「但你錯了，我抓住了毒蛇的尾巴，拎起來一看，還是老熟人，我早就懷疑到她，若不是受楊公影響，我甚至早就對她下手。現在好了，證據確鑿，我不用再猶豫了。」

「太后三思。」

「與楊公一樣，我也確信無疑。」

「既然如此……太后還有什麼吩咐？」

「大楚雖然不如復仇重要，但也不能棄之不顧。」太后掃了捧燈太監一眼，太監嚇得傻了，竟然沒有反應過來，直到太后目光稍顯嚴厲，他才醒悟，急忙向屋外走去，半路上被楊奉攔住，交出燈，匆匆推門而出，像是從獸窟裡逃出生天。

「我的仇人都聚齊了，崔家，還有他們的走狗、爪牙。」

「崔太傅尚在城外。」

「我派人給幾名南軍將領許下諾言，誰能殺死崔宏，誰就是南軍大司馬。沒有意外的話，他們應該已經動手了。並非每個人都像你說的那樣懦弱，拋出一點獎勵，還是有人會撲上來。」

「太后要我做什麼？」

太后望著門口，輕輕嘆了口氣，「我可能犯了巨大的錯誤……我剛才說過，希望像太祖一樣重來一次。」

「嗯。」楊奉感到不安，過去一段時間裡，他不在太后身邊，對許多事情只有耳聞，預估不足。

「我曾經……有點糊塗，將上官盛當成了思帝，對他說過許多話，我不記得內容了，但是很可能包括『重來一次』的想法。」

「上官盛記住了？」

「我覺得他好像當真了，甚至以為……上官氏可以代替韓氏。」太后垂下目光，她不可能認錯，頂多表現出一點猶豫，「但我需要他，沒有他，我的復仇計畫無法進行。」

「崔氏一滅，上官盛大權在握，誰還是他的對手？」

太后微微一笑，「別再偽裝了，你和王美人一樣，心裡只想著一個人，自以為能夠不動聲色地說服我。其實沒必要弄得這麼複雜，說服我的不是你們兩人，而是韓孺子自己，他算是亂世中的第一位英雄，起碼有個英雄的樣子。如果他去了邊疆，就算我看錯了人，如果他能及時帶著北軍返回京城，你把這個東西交給他。」

太后從袖子裡取出一件小小的東西，遞給楊奉。

楊奉呆呆地看了一會，雙膝跪下，放下手中油燈，伸出雙手接過寶璽。

皇帝印璽共有十二枚，最重要的就是這枚寶璽。

「收好，若是落入他人之手，你就是大楚的罪人。」太后將重任交了出去，頓覺一身輕鬆，她向門口走去，在楊奉身邊止步，輕嘆一聲，「我只當思帝的罪人，因為我沒保護好他。」

楊奉以額觸地，沒有開口。

「如果你還懷疑望氣者，就把他們都殺光吧。」太后補充一句，推門走出衣冠室。

上官盛上前道：「太后，北門來人了。」

「好，那就迎客吧。」太后轉向崔太妃，「入宮這麼久，我還沒好好款待過妳呢。」

第二百五十三章 無眠之夜

太后回到寢宮，舒舒服服地坐好，王美人在一邊服侍，兩邊站立著八名侍衛以及四名女官，崔太妃坐在對面的一張小凳上，身邊沒有侍女，獨自一人，雙腿併攏，位置比太后矮了兩頭，氣勢差得更多，像是在主人的監督下準備幹活的小丫鬟。

崔太妃願意忍耐，反正她已經忍了這麼多年。

「聽。」太后抬手放在耳邊，「北邊打起來了，有意思，皇城擁有天下最堅固的城牆，可是據我所知，這裡從來沒發生過戰鬥，今天是第一次。上回的宮變不算，那只是幾名江湖人的胡鬧，崔太妃，這次妳總算長了點記性，知道多找點人。」

崔太妃輕輕一笑，「宮城再堅固，保護的也是皇帝，如果皇帝不在，再厚的城牆又有何用？」

「唉，我很好奇，妳哪來的自信，以為自己的兒子一定能當皇帝？就憑妳姓崔嗎？」

崔太妃笑而不語，該做的事情她都做了，用不著口舌之爭，只需靜靜等待。

譚家和刑吏的力量加在一起，東海王率領的隊伍達到了近千人，六成人擁有馬匹，很快趕到北門。與事前的計畫一樣，北門為這支隊伍敞開，眾人蜂擁而入，高喊著「誅殺逆臣上官盛」、「為陛下報仇」，東海王早已提醒眾人，絕不可提起太后，盡一切可能減少宮裡的抵抗。

隊伍連闖兩道門戶，卻在第三道門前受阻，東海王認得大致路徑，知道這裡與太后和皇帝的寢宮都不是很遠，於是下令硬攻。

場面有些混亂，畢竟這不是一支正規軍隊，衝鋒與叫喊時的氣勢都很足，一遇到障礙不免有些手足無措。

譚家人立了一功，他們迅速搭起三道人梯，準備將幾名身手矯健的江湖人送過牆去，從裡面開門。

就在這時，宮裡開始了反擊。

數十支箭從黑暗中射來，剛剛爬到牆頭的幾個人應聲而倒，牆下也有不少人中箭受傷。

場面更加混亂，大多數人甚至找不到箭矢來自何方，只是破口大罵，要對方出來光明正大地決戰。

宮裡的回應是一輪輪箭雨，每次幾十支，數量不多卻有條不紊、沒完沒了。

東海王一直跟在後方，離危險比較遠，可是比任何人都要著急，衝著譚治大叫：「內應怎麼沒有了？只開兩道門有什麼用？」

譚治也急了，在人群中看了一圈，找到開門的一名太監，「老夏，怎麼回事？誰負責開這道門？」

「儲、儲安。」太監老夏也摸不著頭腦。

「先後撤，別在這裡給人家當靶子，等我派人悄悄翻牆，去消滅那些弓箭衛兵。」譚治提出建議。

東海王點點頭，第一個調轉馬頭，順來路退卻。

撤退比進攻更加混亂，好在這些人很講義氣，將傷亡者全都帶走。

譚治、譚雕兄弟二人盡職盡責，召集到數十名江湖高手，也都是譚家的親信，讓他們熄掉火把，悄悄翻牆過去，要麼打開第三道門戶，要麼找到弓箭手，將他們清除掉。

安排妥當之後，兩人尋找東海王，隊伍變得越來越混亂，必須有東海王押陣，才能讓那些刑吏及差人安下心來。

東海王卻已跑到皇宮北大門，他對危險有敏銳的嗅覺，感到形勢不對，第三道門沒有按計畫打開絕非偶然，從宮裡射出的箭更不是來自臨時拼湊的軍隊。

皇帝一死，太后不應該驚慌失措嗎？宿衛八營的大部分將領不是承諾今晚不會多管閒事嗎？東海王越想越不安，跑得也越來越快，偶一回頭，只見花繽送來的三名所謂高手緊緊跟在身後，心中稍安，卻又覺得自己現在最需要的不是高手，而是能攻能守的士兵。

最壞的預想實現了，皇宮北門緊閉，上了鎖，鑰匙卻不知在誰手裡。

「沒人看守這裡嗎？」東海王惱怒地問，他是進宮當皇帝的，可沒辦法關注到每一個細節。

「我去查看情況。」一名高手說。

皇宮外圍的牆比裡面高多了，高手又等來一些人，這才搭人梯爬到牆頭，望了一眼，很快回到東海王馬前，困惑地說：「是一群侍衛，」

寢宮裡，聽到外面的叫喊聲漸漸遠去，太后道：「看來祖宗建的宮牆還是有些用處的。」

崔太妃終於忍耐不住，站起身，「負隅頑抗，有何用處？宮牆只能保妳一時，上官家辛苦擴充的宿衛八營，根本不會效忠於妳。」

太后笑而不語。

崔太妃上前幾步，侍衛們想要阻攔，見太后沒有示意，又都住手，崔太妃道：「何苦呢，無論誰當皇帝，妳都是太后，我不跟妳爭，我只想看到東海王成為皇帝。」

「還是那句話，妳哪來的自信？」太后問。

崔太妃沉默片刻，「因為桓帝向我許諾過。」

「哦？什麼時候？我怎麼記得桓帝進宮之後，很少見妳呢。」太后露出微笑，好像在聽一個拙劣的謊言。

崔太妃大笑，「妳還以為桓帝只喜歡妳一個人？桓帝還是太子的時候，就向我許諾過，我的兒子以後一定會繼承帝位。」

「而妳相信桓帝的每一句話？」太后反問，「桓帝當太子的時候，天天擔心會被武帝廢掉，甚至殺掉，當然要爭取你們崔家的支持，他說好聽的話，無非是哄妳開心。」

「那不重要，皇帝一言九鼎，當太子時說過的話也得算數，起碼王美人沒得到過這樣的承諾，對吧？」

站在太后身邊的王美人臉色微微一紅，自從懷上孩子之後，她就沒見過桓帝幾次，更沒有機會單獨相處，當然聽不到任何哄人開心的「承諾」。

崔太妃向太后冷笑道：「妳的兒子當皇帝也就算了，可是思帝駕崩，為什麼不讓東海王繼位？我們母子不服，崔家也不服。」

太后盯著崔太妃看了一會，柔聲問道：「那妳為什麼要害死我的兒子呢？」

崔太妃一愣，「思帝？人人都知道他是被妳……跟我有什麼關係？」

「妹妹將我害苦了，弄得大家都以為我為了奪權，殺害了親生兒子，可這怎麼可能？我要的是權力，沒有思帝，我的權力就成了空中樓閣，事實也是如此，雖然我又立了兩名新皇帝，可朝中大臣從來沒有全心全意支持過我，他們敷衍、觀察、等待，我的話都像是扔進水中的石子，徒有聲響而已，我不得不用一批刑吏為我做事，就連他們也不忠誠，最後還是被崔家拉攏過去。」

崔太妃聽了一會，北邊的叫喊聲完全消失了，她正色道：「我可以相信妳作為母親不會殺死自己的親生兒子，可也不能將罪名賴在我頭上。」頓了頓，崔太妃補充道：「妳也應該相信，當初若是我在幕後策劃，絕不會讓帝位落在王美人的兒子手中。」

太后笑了一聲，對一名女官說：「把人帶進來。」

女官走到門口傳令，兩名侍衛很快押進來一名宮女。

宮女身上有傷，雙手被縛在背後，面對太后昂首不拜，只向崔太妃行禮。

「這是妳的人吧？」太后的聲音中沒有憤怒，反而帶著一絲慵懶，似乎對這個無眠的夜晚感到厭倦，「前半夜她去給皇帝下毒，太醫查過了，用的毒藥與去年一樣，與更早以前思帝中的毒也一樣。」

「哼，太醫連人都救不了，說的話值得相信？」

一名侍衛得到太后的示意，上前一步，說：「江湖上擅長用毒的門派不多，大都來自南方，如果我沒猜錯，此人來自鬼山門。鬼山門與雲夢澤大盜的關係向來不錯，據說俊陽侯逃出京城之後一直寄居於雲夢澤，想必是他將鬼山門弟子帶進京城的。」

「有錯嗎？」太后問。

崔太妃雙唇緊閉，等了好一會才向自己的侍女問道：「妳之前來過京城嗎？」

「沒有。」侍女答道，她一直堅持不開口，只在崔太妃面前才肯回答問題。

「那就是湊巧了，妳和暗害思帝的人雇用了同一門派的刺客？」太后仍然不生氣，揮了下手，侍衛出去，又帶進來一個人。

譚氏也不向太后下跪，只向婆婆崔太妃點了下頭。

又是那名侍衛開口，「譚家的生意遍布天下，為了保證自家的貨物通行無阻，與黑白兩道的關係向來不錯。崔太妃十幾年前就與譚家往來甚密，透過譚家請過一名術士，對太后與思帝下蠱，可惜沒有效果。」

十幾年前，太后還是東海王王妃，但侍衛仍然用現在的稱呼。

「我記得我和思帝大病了一場，算在妳頭上應該沒錯吧？」太后說。

崔太妃不開口。

侍衛繼續說道：「鬼山門的兩名弟子四年前就已進京，由譚家安排住處，恰好就在思帝中毒的那個月，兩人離京。」

崔太妃仍然不語，她的侍女問道：「你究竟是什麼人？」

侍衛看了一眼太后，答道：「我叫孟徹，妳可能沒聽過我的名字，但妳應該聽說過東海義士島。」

侍女臉色微變，也閉上嘴。

太后微笑道：「江湖多奇士，可是沒有權貴幫忙，他們永遠也接近不了皇帝。崔太妃，妳有妳的奇士，我也有我的，咱們算是打了個平手。」

「欲加之罪。」崔太妃仍然不肯承認毒害了思帝，但也不想再糾纏下去，「沒有宿衛八營，宮牆能替妳阻擋多久？」

「誰說我沒有宿衛八營？」

「宿衛將領大都同意按兵不動，就算有一兩營肯聽上官盛的命令，也無濟於事。」

「如果我沒記錯，各營將領承諾的是『今晚』按兵不動，妳瞧，天就要亮了，他們沒有違背諾言，馬上就要來保衛皇宮了。」

崔太妃神色大變，她終於明白自己上當了，太后有意引誘崔家發起宮變，為的是一網打盡。

「啊，城外還有一支南軍。孟徹，有消息了嗎？」太后問。

孟徹回道：「尚無明確消息，但是守城士兵通報說，三十里外的南軍營地火光衝天，想必不是為了照明。」

太后笑吟吟地看著崔太妃，復仇，就要細嚼慢嚥。

第二百五十四章 同玄殿前

東海王驚懼交加，更多的感覺是憤怒，他這麼相信母親和譚家，結果他們的計畫居然如此不周密！近千人被困在皇宮北部的一塊狹長地域內，前往太后和皇帝寢宮的第三道門難以突破，其他方向也都是死路。

譚治、譚雕派出去翻牆的數十位江湖高手很快就鎩羽而歸，他們只弄清楚一件事，躲在暗處射箭的人不是士兵，而是一群宮中侍衛，身手都不差、人數也不少，他們打不過。

眾人慌亂之下從附近抓到不少太監、宮女和宿衛士兵，可是一點用也沒有，這些人對整件事全不知情，只會一個勁地求饒。

東海王將譚家兄弟罵了幾遍，想找「廣華群虎」問罪卻遍尋不著，只剩一大群公差沒頭蒼蠅似地跟著他跑來跑去。

東海王突然想起韓孺子，覺得要是他在這裡，或許能想出辦法，可韓孺子跑了，連聲招呼都不打，東海王想到這裡，不由得更加憤怒。

天邊泛白，刑部司主事張鏡終於現身，提著衣角徒步跑來，像是蹚水過河的逃難者。

東海王拍馬迎上去，舉起馬鞭就要抽過去，「混帳東西……」

「東海王休怒，找到內應了。」張鏡氣喘吁吁地說。

東海王及時住手，「怎麼才露面？」

「不是原計畫的內應，是另一位，東海王請隨我來。」

東海王轉身看了一眼，確認三名高手護衛和譚家兄弟都跟在後面，這才催促張鏡快走。

張鏡沒有前往第三道門，而是拐入一條小巷，看樣子是向西去，譚家兄弟將一路上遇到的同伴都召集過來，很快就聚集了數百人。

在一道小門前，東海王看到了多名刑吏，心中惱怒，臉上卻是笑呵呵的，「內應在哪？」

刑吏們指著門，「在裡面。」

東海王跳下馬，再次轉身，看到三名護衛寸步不離，這才邁步走到門前，猶豫著問：「是哪位？」

門裡傳來一個聲音，「我只跟東海王說話。」

「我就是。」

「讓其他人先退下。」

東海王十分驚訝，在他所知的一切計畫當中，都沒有提及宮裡還藏著自己人，他看向刑吏，又看向譚家兄弟，可所有人都跟他一樣困惑，尤其是「廣華群虎」。他們本來是想拋棄東海王逃走，結果在這裡撞見一名「內應」，必須見到東海王才肯開門。

正當東海王猶豫不決時，身後突然響起一個聲音，「宿衛軍到北門啦，正在撞門，好像要衝進來……」

東海王已經非常確信宿衛八營絕不會站在自己這邊，只得痛下決心，「你們都退下……別走太遠。」

最後三名護衛向東海王點頭後離開，表示他們會留在附近，隨叫隨到。

「閣下究竟是哪位？我認識嗎？」

裡面的聲音說：「我是袁子凡，東海王還記得我吧？」

東海王吃了一驚，「怎麼是你？你、你不是……太后的人嗎？」東海王急忙後退兩步。

袁子凡透過門縫看到了東海王的舉動，急忙道：「東海王莫怕，我現在正被太后追殺呢。」

「那你還在宮中……哦。」東海王明白了，袁子凡倒是有勇有謀，他本來就是太監裝成望氣者，英王遇刺，他也就失去了用處。為了躲避太后的追殺，他又偷偷潛回宮中，在太后眼皮底下藏身。

「皇甫益和鹿從心已被滅口，只剩我一個……」

東海王心中還有不少疑惑，可現在不是問話的時候，馬上道：「無需多言，我已經明白了，開門吧，事成之後，你就是新任中司監，至於太后，不再是問題了。」

「東海王知人。」

一陣鎖響，小門打開，袁子凡站在門口，穿著宮中僕役的服裝，頷下無鬚，實打實的一名太監，東海王差點沒認出來。

「請隨我來。」袁子凡恭敬地說。

東海王雖急，還保留著一絲謹慎，「去哪裡？」

「同玄殿，在那裡或許可以繞到太后寢宮。」

「還說什麼，快走吧。」東海王大喜，轉身招手讓眾人跟上，然後對袁子凡說：「你本事不小啊，竟然還能混進宮。」

「唉，其實是皇甫益事先察覺到太后有滅口之心，所以提前做了一些安排，可事發突然，他和鹿從心都沒來得及……」

刺殺英王是東海王這邊策劃的計謀，三名假望氣者毫無準備，只有袁子凡當時在現場，反應最快，算是逃過一劫。可躲在宮中畢竟不是長久之計，每日裡擔驚受怕，因此一有機會就想拚一拚。

門戶很小，馬匹不易通過，東海王也不在意，步行跟隨袁子凡，問道：「宮裡門戶眾多，你都能打開？」

「我在宮裡有幾位朋友，也願意投靠東海王。太后總以為宮裡藏著刺客，大肆抓捕，手段十分狠毒，人人都想自保。」

東海王的信心又膨脹起來，小聲自語：「原來拉攏宮裡的人這麼容易，韓孺子當初有人相助，也沒什麼了不起嘛。」

東海王和袁子凡帶路，其他人跟隨在後，還有數百人沒跟上來，東海王不管不顧，當他們是吸引宿衛八營的誘餌。

一路上拐來拐去，每到一處門戶都有人開門放行，東海王十分小心，要求大部分人通過之後，立刻將門鎖上，免得宿衛軍追上來，若是撞見宮人，就強迫他們加入隊伍。

袁子凡只能找他認識的人開門，因此不走正路，兜了半個圈子，從西邊繞行至同玄殿前的庭院。

這時天已大亮，朝廷雖已癱瘓多日，規矩卻還在。無論發生什麼意外，許多人都要盡忠職守，該幹嘛幹嘛，比如同玄殿前的儀衛，定時換崗，風雨無阻。

同玄殿是皇宮主殿，皇帝在這裡登基、出席重大活動以及正式朝見群臣，今天不是指定的大日子，空蕩蕩的庭院裡只有數十名儀衛士兵，個個高大雄壯，但他們不用上戰場，也不用學習戰鬥技巧，只要能一動不動地站上幾個時辰，就算是對朝廷盡忠。

因此，看到數百人突然衝進庭院，最大膽、最好奇的儀衛也只是扭頭看了一眼，隨後挺直腰板，握著華麗的長戟，面對一群來歷不明的闖入者，既不阻止、也不喝問，假裝一切正常。

東海王當這些人不存在，反倒是他身後的那些人心存畏懼，一下子全都停住了，就連刑吏和公差也不例外，正常情況下，他們永遠沒機會出現在這裡。

「跟上！」東海王大聲道，他懂得時間的寶貴，除非活捉太后與上官盛，他一刻也不能安心。

袁子凡與幾名太監帶路，匆匆向東邊跑去。

東海王扭頭看向巍峨的同玄殿，突然冒出一個想法。

「等等。」東海王改變主意了，他曾經若干次接近皇帝的寶座，卻都失之交臂，誰知道這一次能不能成功？還有沒有下一次機會？

他調轉方向朝大殿跑去，袁子凡等人錯愕地跟在後面，到了台階前，他們停住，不敢僭越一步。

東海王獨自跑上丹墀，失望地看到殿門緊閉，找人開門是來不及了，撞門更是不可能，他轉身走到丹墀邊上，順著一級級台階，俯視庭院裡的眾人，有太監、公差和江湖人，還有如同柱子一般的儀衛。

這不是東海王想像中的登基場景。

可他不想再等了，雖然得到了袁子凡的意外相助，東海王心裡仍然沒底，太后顯然早有準備，無論他怎麼折騰，都很難有好結果。

「當今聖上昨晚遇害！」東海王大聲說，只有在這一刻，他的心中毫無畏懼，「冠軍侯被英王毒殺，倦侯離京，放棄了爭位，四人當中只剩我一個！」

東海王希望看到一些崇敬和肅穆，可他給大家的準備時間太少了，丹墀下方，眾人目光盡是困惑與驚駭。他們進宮的目的就是擁立東海王，可是跑了一圈，連敵人的面都沒見著，突然要立皇帝，任誰都很難適應。

「我是桓帝之子！」東海王堅持不懈，「天命所歸，今日就在同玄殿前繼承大楚皇帝之位！」

庭院裡一片安靜，連儀衛們也忍不住扭頭望向丹墀之上的小小身影，既感到荒謬，又覺得驚恐。

袁子凡等一些太監的反應更快一些，同時跪下，高喊：「吾皇萬歲！」

譚治、譚離帶著一批人隨後跪下，共呼「萬歲」，雖然這次登基過於倉促且突兀，可這畢竟就是他們的目標，早一點實現也可以接受。

刑吏和公差們又等了一會才跪下，大部分人只張嘴，沒有發出聲音，他們支持東海王稱帝，可是很清楚兒戲一般的「登基」根本不會得到承認。

東海王很滿意，就只有兩個小小的遺憾，一是喊聲不夠整齊，沒有山呼之勢；二是數十名儀衛甘當看客，沒有跟隨大家一塊下跪。

東海王快步走下來，回頭看了一眼同玄殿，嘆了口氣後，對袁子凡和譚家兄弟說：「不去太后寢宮了，立刻出城。」

「啊？」幾人還跪在地上，不明白「皇帝」這是怎麼了。

「太后已有準備，就憑咱們這些人，鬥不過宿衛八營，不如去打開城門，將南軍放進來，有我舅舅相助，大勢方可挽回。」

「可城門在宿衛八營的掌握之中……」譚治提醒道。

東海王比任何時候都要清醒，「太后和上官盛自以為將咱們包圍，必定將大部分宿衛軍從城門調了過來，咱們多找些人去攻打城門，肯定能成功。」

高呼「萬歲」時猶豫不決的刑吏，這時卻最先起身支持，司法參軍連丹臣道：「往北走會被攔截，去西門，那裡也能迎入南軍。」

眾人跑過寬闊的庭院，一路奔行，很快到了南門附近，這裡有宿衛士兵把守，可是數量不多，與那些儀衛一樣，對同玄殿前發生的事情困惑不已，被眾多江湖人一衝，紛紛放下兵器，退到一邊。

有太監認得掌門軍官，衝上去二話不說，搜出鑰匙，打開一道偏門。

南門外，大批人正席地休息，靜等宮中事態發展，被衝出來的人群嚇了一大跳。

東海王看到不少讀書人，立刻明白過來，大聲道：「跟我走，打開城門迎接倦侯！」

第二百五十五章 崔家的選擇

崔勝為了挽救父親，也算是拚了命，途中只休息一次，終於在後半夜趕到京城外的南軍大營，差不多同一時刻，三名刺客正在迎風寨裡逡巡，東海王則帶著一支臨時拼湊的隊伍前往皇宮北門。

崔宏對於長子安全到來感到十分意外，擔心他的出現會擾亂軍心，於是帶他去衛兵的帳篷裡交談。

崔勝將自己的所見所聞都說了一遍，對倦侯的每一句話都信以為真，最後道：「父親，還來得及，倦侯再怎麼說也是崔家的女婿，不會害咱們……」

崔宏冷著臉，抬手在兒子臉上重重搧了一巴掌，崔勝呼痛，急忙躲在一邊，再不敢多說一個字。

崔宏甚至沒心情向兒子解釋，家門不幸，幾個兒子都不像樣，崔太傅只能獨力支撐，希望孫子輩成長之後能出現一位合格的繼承人。

他想了一會，自言自語道：「城裡很快就會有結果，無論誰當皇帝，倦侯都將陷入絕境……」

崔勝捂著臉，壯起膽子問道：「父親，倦侯也是您的女婿，您又那麼寵愛小君妹妹，為什麼……為什麼不願意支持倦侯呢？多留一條路也好啊，我看他……還是挺有本事的，當皇帝沒問題。」

崔宏轉身看向兒子，真想再搧他一個巴掌，想了想，還是緩和語氣說道：「你覺得倦侯有能力當皇帝？」

「韓氏子孫當中數他最有能力，比東海王和冠軍侯都像皇帝。」

「既然如此，太后當初為什麼要廢掉他？」

崔勝愣了一會，「太后恰恰忌憚倦侯的能力，她想要的是傀儡。」
「崔家的想法跟太后有什麼不同嗎？」
崔勝徹底愣住了，半晌無語。
崔宏無奈地嘆息一聲，心想這或許也是自己的問題，太少與兒子交流，可有些事情就是這樣，大家心知肚明，誰也不會說出口，就算是父子之間也不能說。
今天是個例外，長子明顯被倦侯折服，若不及時將他從坑裡拽出來，崔勝就是另一個崔騰，明明是崔家人，卻要為外人著想。
「倦侯聰明過人、善謀敢斷，頗有武帝遺風。當初我將小君送進宮時，可沒想到倦侯會是這樣的人。」
「武帝不好嗎？大家都說武帝時的大楚最為強盛。」崔勝小心地問。
「可是給武帝當大臣並不容易，天天提著腦袋上朝，崔家能堅持下來，很大部分靠的是運氣，武帝若是再多活幾年，肯定會對崔家下手。」回想往事，崔宏仍然心有餘悸。
崔勝那時還是孩子，在父親的庇護下無憂無慮，全然體會不到武帝對群臣的壓迫，不過剛剛被父親打了一巴掌的他，倒是能理解大臣們對武帝既崇敬又恐懼的心情。
崔宏從回憶中醒過神來，「別將我看得太自私，不只是我，大臣們都不希望再出現一位武帝，不僅是為自保，也是為大楚江山著想。武帝之前，有數位皇帝積累家業，武帝基本上揮霍一空，才能開疆擴土，建立一代盛世。如今大楚家道中落，非得休養生息數十年，才有財力再養一位武帝。倦侯生不逢時，我只能這麼說。」
崔勝無言以對，覺得父親過於武斷，可又想不出反駁的話來，尋思了一會，只好說：「我不懂那麼多，可我跟崔二不一樣，我聽父親的，您怎麼安排，我就怎麼做。」
聽話大概是長子唯一的優點了，雖然有時候也會被外人利用，崔宏總能及時將他拽回身邊，不像次子崔騰，認準了倦侯，怎麼勸說都聽不進去。

「天亮之後，宮裡會確立新皇帝，不管是誰，我必須立刻進城拜見，有許多事情需要我解決，騰不出手來處理後方，你只能再跑一趟。」

「我？」崔勝不只是敬佩倦侯，還有點怕他。

「我會分你一萬士兵，多派老將隨行，你也不用戰鬥，一路上宣布我的命令，要求南軍士兵歸隊，到了迎風寨，只圍不攻。」

「南軍……會聽我的嗎？」

崔宏目光一冷，「你的膽子若是再大一點，一個人就能召回南軍，我分一萬人給你，誰敢不從？」

崔勝不敢再問。

「迎風寨……如果花續推薦的三個人能成功，萬事大吉，如果不成……崔勝，到了迎風寨，只圍不攻。」

「是，父親。」崔勝不明白父親為何將同樣的話又說一遍。

「我是說如果倦侯還活著的話，只圍不攻，但也不接受投降，明白嗎？」

「明……白。」崔勝更糊塗了，卻仍不敢多問。

崔宏也不想解釋，反正他會直接向麾下老將下令，不給兒子太多指揮權力，以免臨陣壞事。

崔宏正想著如何分兵、如何應對城裡的變化，帳外突然響起衛兵急迫的聲音，「大司馬，中軍帳著火了！」

崔宏幾步走到門口，抬眼望去，只見不遠處的中軍帳，以及旁邊自己的寢帳，都已燃起大火。

一名衛兵道：「我去找人滅火。」

「等等。」崔宏極為警覺，看到火光中有人影晃動，卻不撲火，也不呼救，轉身對兒子說：「跟我走。」

崔勝走出帳篷，大驚失色，「這……這……怎麼會失火？」

崔宏甚至不要馬匹，帶著兒子和數十名衛兵徒步行走，他明白這是怎麼回事，軍中有人要暗害自己，長子崔勝雖然無用，卻在無意間救了自己一命。

崔勝全然不知自己立了這麼大的功勞，隨著父親越走越驚，忍不住又想起倦侯的話，覺得正被驗證。

譁變的將士沒找到崔太傅，開始叫喊「大司馬」，崔宏全不理睬，只顧前行。

營裡的人都被驚醒了，紛紛出帳觀望，但是未得命令不敢擅自動作。

崔宏低著頭，不想被人認出。

迎面跑來一隊巡營士兵，軍官喝道：「停下，何人敢在營中亂闖？那邊的火是怎麼回事？」

崔宏上前，低聲道：「是我，全都下馬。」

軍官藉著火把，認出亂闖者居然是大司馬本人，嚇了一跳，急忙下馬，「卑職不知……」

崔宏一把推開軍官，想要上馬，第一次沒上去。崔勝上前，托著父親的一隻腳，將他送上馬背。

站在營帳門口的士兵也認出了崔太傅，向他指指點點。

崔宏朝寢帳的方向望去，火勢越來越猛，他若是在裡面休息，必死無疑，正心驚不已，參與譁變的將士似乎不少，一批人正向他這裡跑來。

在這座營地裡，除了兒子，崔宏已經沒法相信任何人，「崔勝，擋住追兵，事後去你二叔營裡找我。」

「是，父親。」崔勝早已手足無措，可是父親的命令，他從來不會違背。

「二叔」是崔勝的堂叔，名叫崔挺，現任南軍右將軍，營地離中軍比較遠，但他是崔宏最信任的人之一。

崔宏將衛兵都留給兒子，獨騎向營外馳去。

崔勝奪過一柄刀，眼看著追兵越來越近，數量似乎不少，心中驚恐不已，一咬牙，向附近的帳篷喊道：「我是崔太傅之子、南軍中護軍崔勝，命令你們……」

追兵已至，雙方鬥在一起。

崔宏沒走正門，而是跑向通往隔壁營地的小門，守門士兵正向著火處遙望，突然見到大司馬獨自出現，一時間呆若木雞，崔宏連聲下令，他們才立刻打開營門。

南軍軍紀較嚴，士兵不敢亂動，隔壁營地只有數名將官跑來查看情況，正撞上大司馬。

崔宏已是驚弓之鳥，不敢倚仗這些人，也不說中軍譁變，只是嚴厲地命令他們立刻帶兵前去救火，說罷自己先跑了。

將官們莫名其妙，可大司馬的命令不敢不聽，馬上傳令要去中軍救火，全然不知那邊已經真刀真槍地打了起來。

崔宏一路疾馳，每到一處營地，都命令將士們前去救火，偶爾他也會回頭張望，看著火勢沒有變小，反而更大了，這意味著譁變者沒有被消滅，很可能說服了更多的人加入。

崔宏顧不上擔心長子的安危，只管狂奔，天亮不久，終於看到了右軍營地。

右將軍崔挺是唯一敢自己做出決定的人，看到中軍起火，立刻召集全體將士，但也比較謹慎，先派人去打探消息，遲遲不得要領，這才率兵前往中軍，剛剛出營就遇上了崔宏。

見到堂弟，崔宏鬆了口氣，但還是放慢速度，觀察了一小會，確認對方沒有惡意之後才迎上去。他也不多說，立刻接管右軍，然後分批向中軍派送，沿途命令所有將士放下兵器，不從命者殺。

右軍不斷送來消息，局勢逐漸得到控制，真正的譁變者沒有崔宏想像得那麼多，只有寥寥數百人，引起的混亂卻極為廣泛。許多士兵根本不知道為什麼就打了起來，一得到命令，大都順從地放下兵器。

天光大亮之後，傳來一條噩耗：大司馬的長子不幸死於亂軍之中。

崔太傅直到這時才感到悲痛，親自帶著剩餘的右軍出發，要為自己的兒子報仇。

更多消息很快傳來，譁變者喊的是奉旨誅殺大司馬，一開始崔宏以為這又是倦侯使計，可是消息卻說，失敗的譁變者正向京城方向逃亡。

崔宏終於醒悟，在背後策劃這一切的不是北邊的倦侯，而是城裡的太后。

這意味著太后其實準備充分，東海王和冠軍侯都不可能成功。

「倦侯……」崔宏突然發現，如果倦侯被刺客所殺，崔家就真的完蛋了。

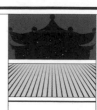

第二百五十六章　燃燒的軍營

不管三名刺客是誰派來的，都意味著京城的帝位之爭即將分曉，因此有人覺得沒必要再讓倦侯繼續活下去。韓孺子決定立刻返京，他沒時間等待北軍主力到來，也沒時間穩固自己在南軍中的地位。

天亮時，韓孺子點齊迎風寨三千名士兵，立刻出發。

為了保證行軍的速度，韓孺子只能帶這些人，人數再多一些，就只能等到午後出發了。至於山下的南軍，經歷昨天的急行軍之後，尚未得到恢復，急缺帳篷與糧草，許多人連兵器和盔甲都不全，無法再次上路，只能讓他們陸續返回本營，整頓之後再出發。

在白橋鎮，韓孺子稍作停留，命令蔡興海做準備，一個時辰之後率領鎮內的南、北軍士兵前往京城。

事實上，韓孺子給南軍各營都下達了類似的命令，只是出發時間不同，如果他們能夠嚴格遵守的話，他在京城每隔一個時辰就能迎來一支軍隊。

崔騰一直很好奇倦侯要讓自己做什麼，從白橋鎮出發後，韓孺子透露了自己的計畫：「我不是南軍將領，也不是去跟你父親打仗的，所以這支軍隊歸你指揮，你要帶著這三千人進入南軍大營，當然，我也就跟著進去了。」

「呵呵，這叫不請自來。妹夫，別說我沒有提醒你，父親看到你肯定會特別生氣，我甚至懷疑那三名刺客就是他派來的。」

「刺客的事情不用追問，你想幫我，就在進入南軍大營之後公開宣布我的到來，知道的人越多越好。」

「你想悄悄進營，進去之後卻要大肆宣揚，這個……我怎麼聽不懂啊？」

「悄悄進營是要讓南軍沒有防備，以免他們以為我是來打仗的，進營之後大肆宣揚，是要讓你父親不得不保護我。」

不管怎樣，朝中最憎恨倦侯的人，也只能派遣刺客暗殺，不敢直接動手。所以韓孺子既要悄悄進營，也要大肆宣揚。

崔騰還是沒聽太明白，但他有一個優點，聽不懂就置之腦後，不費心事猜想。

孟娥昨晚藏在暗處保護倦侯，這時又出現在他的身邊，很注意聽他的每一句話。

白橋鎮離京城不是很遠，韓孺子與三千南軍入夜之後望見了南軍大營的燈火，已是人睏馬乏，都想趕快進營休息，崔騰一馬當先，「我帶你們進營！挺順利，一路上沒什麼人阻攔。」

韓孺子卻覺得這是一個大問題，南軍向來以軍紀嚴明著稱，六萬南軍駐紮於此，居然沒有派兵在路上設卡，甚至沒有斥候和哨兵的身影，實在是一樁怪事，尤其是白橋鎮失守，崔太傅更應該加強後方的防禦才對。

離營地越來越近，連崔騰也覺得怪異了，「怎麼沒人出來歡迎我？」

終於，南軍大營展現在眾人面前，原來他們之前看到的不是燈火，而一處處燃燒的火焰，營地裡一片狼籍，看不到活人。

崔騰面無血色，陸續趕到的南軍也都目瞪口呆。

「妹夫，這是怎麼回事？」

韓孺子調轉馬頭，看向三千將士，抬高聲音說：「咱們來晚一步了，京城顯然已經開戰，不知誰勝誰負，咱們遠道而來，必須隨機應變。」他停頓片刻，「前方陷阱無數，我需要你們一絲不差地執行我的命令，或可免於大難，如果有人不願意，請離隊，我不勉強。」

這三千南軍全都來自迎風寨，對倦侯又敬又怕，眼見南軍營地毀於大火，京城局勢難以預料，全是他們解決不了的巨大難題，正如迷路的人迫切需要一位引路者，此刻他們也最依賴倦侯。

「聽倦侯指揮！」「只聽倦侯……」眾將士七嘴八舌地回道。

韓孺子的第一道命令，是讓所有人排成進攻陣勢，並派出多名斥候，前往不同方向探查，尤其是京城那邊的情況。

崔騰自告奮勇，帶著十幾名士兵朝京城疾馳，韓孺子則帶領剩下的人緩速行軍，從這時開始，隊伍不能再亂了。

韓孺子向兩邊望去，綿延數十里的南軍營地似乎全數燒毀，可是目光所及，火光範圍內卻沒有一具屍體。

去往側翼的斥候很快返回，帶來消息說，南軍營地的確都已付之一炬，奇怪的是，除了中軍的位置，其他營地裡沒有打鬥的痕跡，那些帳篷似乎是南軍將士自己放火燒掉的。

韓孺子望向京城，夜色中什麼也看不到，相隔二十多里，也聽不到聲音。他的心中越發驚疑不定，如果是南軍自己放火燒營，那崔太傅是要拚死一戰了。南軍的軍紀果然還是很嚴，發生這麼大的事情，竟然沒有一個人離隊。

崔太傅若是奪下京城，韓孺子此去無異於自投羅網，對方用不著再派刺客，以朝廷的名義就能將他囚禁或者殺死。

又有一批斥候返回，前方有一些民宅，顯然遭到過南軍的破壞，一見到南軍士兵，居民無不四散奔逃，遠遠地放聲咒罵。南軍是京城守衛軍，竟然被城外的百姓視為仇敵，眾人更加驚懼不安，也更加依賴倦侯。

韓孺子稍稍加快速度，很快就見到了被火燒過的民宅，居民已經撲滅了大部分明火，煙味尚未散去，滾滾飄來，令人窒息。

百姓再憤怒，也不敢靠近正在行進的大股騎兵，或有咒罵，也都淹沒在馬蹄聲中，只有一些尖銳的哭泣聲仍能鑽進耳朵裡，在黑夜中倍顯詭異。

將近半夜，韓孺子能夠望見京城的大火了。

正好來到一處荒地，韓孺子下令全軍停駐，在這裡等待前方斥候的消息。

沒過多久，最前方的斥候回來了，崔騰卻不見蹤影。

「南軍正在與宿衛軍交戰，據說南軍已從西門攻入京城，二公子讓我們回來覆命，他去西門找大司馬。」一名斥候說。

韓孺子已經猜到這樣的結果，可是聽說之後還是大驚，太后與崔太傅都是隱忍之人，慣用陰謀詭計，爭奪軍隊往往也只是用來造勢、借勢，從未顯示出立刻就要決戰的架勢，肯定是發生了什麼意外，使得雙方不得不孤注一擲。

而南軍竟然只用一天就攻破京城西門，也是一件出人意料的怪事。

南軍主力正在城內與宿衛軍決戰的消息很快傳播開來，韓孺子帶來的三千人無不興奮，都想去支援南軍。

韓孺子經常冒險，這時候卻明白謹慎最重要，他之前的冒險大都是趁人不備的偷襲，如今城內則是兩虎相爭，每一方都處於張牙舞爪的狀態，貿然撞上去不會有好結果。

「今晚就在這裡紮營。」韓孺子下令，然後派出更多斥候，但是不允許他們進城。

說是紮營，這支隊伍卻沒有攜帶帳篷等必需之物，只是下馬，放鬆馬匹的肚帶，餵一些豆料，自己也吃一點乾糧。

韓孺子取下鞍韉，放在路邊，坐下之後閉目養神。

事實上，他控制不住這三千名南軍將士，只能順其自然。

沒多久，三名南軍將領走來，站在倦侯面前。

韓孺子睜開雙眼，問道：「有事？」

三人點頭，一人說道：「倦侯曾經說過，要來搭救崔大司馬，因此我們才願意追隨您，可是……南軍正與宿衛軍決戰，倦侯為何按兵不動？」

「崔太傅帶兵多少？」

「大概是六萬人。」將官答道。

「宿衛軍有多少？」

將官搖搖頭，表示不太瞭解。

「三萬以上，最多不過五萬，一半以上是新人，訓練不足半年。」韓孺子站起身，「可宿衛軍自有其優勢，他們一直駐守在城內，佔據各處要害，熟悉街道，擁有地利，附近的縣裡還有兩三萬散軍，很可能正在趕往京城。崔太傅全軍進城，是想速戰速決，可萬一戰鬥今晚結束不了呢？咱們這三千人投進去無益，留在外面卻可能成為一支奇兵。即使崔太傅就在這裡，也會做出跟我一樣的選擇。」

三名將官被說得啞口無言，道歉之後又去勸說其他將士。

韓孺子坐下，繼續閉目養神。

斥侯回來了，確認崔太傅的確已經率軍由西門進城，戰鬥正在進行，城牆擋住了嘶喊，北邊聽不到。他們還帶回一名受傷的南軍士兵，此人瞭解的事情更多一些。

先是中軍將領作亂，意圖謀殺崔太傅，結果卻殺死了崔家的長子崔勝，太傅大怒之下率領右軍平亂，殺死不少將士，然後焚燒營地，發動全軍抬屍問罪，那時候還沒說要進攻京城，只是想迫使城裡交出逃亡的一批南軍將士。

恰好東海王佔據了西門，派人來請南軍，崔太傅改變主意，調轉方向進攻西門，宿衛軍也從城內趕到，雙方在城門內外展開大戰，最終宿衛軍敗退，南軍入城，接下來的事情他就不知道了。

太后、冠軍侯等人的情況全都不明。

韓孺子恨不得插翅飛入京城，起碼救出皇宮裡的母親和妻子，可他仍然下令不動。他的人太少，只能等待，等到形勢稍稍明朗之後，再做決定。

蔡興海趕到，帶來了五六千人，其中有一半是北軍，還帶來一些帳篷，雖然不多，但是能夠搭建真正的營地了。

有了北軍將士的保護，孟娥自告奮勇去城裡打探情況，也不徵求同意，只說了一句：「我去城裡看看，午時之前回來。」

韓孺子留不住她，他也的確迫切地需要瞭解城內的形勢，只好看著孟娥消失在夜色之中。

天亮之前，又趕到一隊南軍，韓孺子身邊的將士已經達到萬餘人，可他仍然下令休息，不准任何人出營，甚至連斥候都不派了。

太陽升起一半，崔騰騎馬回來，渾身是汗，氣喘吁吁，一見到倦侯就大喊道：「瘋了，全都瘋了，城裡竟然有三個皇帝！」

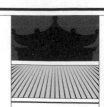

第二百五十七章 三位皇帝

韓孺子必須盡快建立起一處牢固的營地，否則的話，城裡任何一支軍隊衝出來，他都抵擋不住。

這是一個不小的難題，軍隊為了保證快速行進，攜帶的物資少得可憐，只能就地取材，砍伐周圍的灌木。

他們所處的位置是一片低凹的荒地，有經驗的將軍一致認為，此地乃是最差的駐營之處，必須前進或者後退一段距離。

韓孺子選擇前進數里，地勢稍高一些，離京城更近，只有十餘里，一旦開戰，留給他們的準備時間很短，只能隨時處於戰備狀態，長久下去，戰士和馬匹都會受不了。

南軍將士倒是不太在乎，他們急於進城參戰，離得越近越好。

韓孺子用各種藉口拖延，最重要的一條就是城外還有宿衛八營的援兵，南軍若是全都進城，很容易腹背受敵。這一點他倒是沒有說謊，斥候在這天中午送回消息，京城各個方向都有軍隊調動，顯然是要支援宿衛軍。

這是韓孺子一生中最為動蕩不安的上午，城裡的戰鬥、四處趕來的軍隊、自家營中的將士……任何一股勢力只要下定決心，都能置他於死地。他就像一隻小羊，周圍盡是獅虎與狼群，牠們還沒有下嘴的唯一理由，是要先擊敗別的猛獸。

韓孺子不想當小羊，他身邊有三千北軍將士，數量雖少，此刻卻願意堅定地站在他這邊，畢竟冠軍侯遭到毒殺的消息已經傳出來，這些北軍再也不用搖擺不定。在他背後，還有一支正在趕來的北軍，他們將能奠定勝局，唯一的問題是來不來得及。

在城裡，也有一批人支持倦侯。

天亮不久，韓孺子剛剛改換紮營地點，後續的南軍仍然每隔一個時辰左右到來一批，崔宏派來了信使。

崔宏沒有親自前來，韓孺子鬆了口氣，他這點影響力，無法與南軍大司馬本人抗衡，慶幸的是，崔宏沒有這個膽量。

信使是南軍的一名將軍，帶著數百名衛兵，想要直衝營地，被蔡興海率領的北軍將士攔下，只許他一個人進營拜見倦侯。

信使站在倦侯面前，正式宣布：「南軍已經奪下整個京城，東海王登基稱帝，大司馬委託我給倦侯帶話，『識時務者為俊傑，倦侯應立刻交出南軍，隻身進京拜見新帝，封王建國，不在話下。』」

韓孺子笑道：「崔太傅是我岳父，東海王與我同為桓帝之子，我當然要識他們的『時務』，不過……我只有一個小小的要求，只要大臣們願意承認新帝，然後出城向我傳旨，我立刻膝行進京，伏地請罪。」信使發出一通威脅，韓孺子全都笑納，只堅持一條，必須有大臣和聖旨，他才肯交出南軍並承認新皇帝。

他有意拖延了一段時間，直到一名北軍士兵進帳點頭示意，他才客氣地請信使離開。

上官盛的信使來了，是宮裡的一名太監，帶著一百餘名宿衛士兵，他們從北門出來，距離更近一些，但是出發得晚，落在了南軍信使後面。

兩撥信使在營地門口相遇，互相怒視、觀察。

太監的態度比南軍信使要客氣些，「崔宏這是在造反，他只佔領了西城的一小塊地方，被堵在那裡寸步難行，很快就會被攆出京城。倦侯應該聽說了，各地援軍正在加速趕來，倦侯這支軍隊是朝廷之援還是朝廷之敵，全在您的一念之間。請倦侯速做決定，再晚一會，崔宏敗退，您就沒機會做出選擇了。」

韓孺子仍然笑臉相迎，說，「我是韓氏子孫，無論如何不可能與朝廷為敵，公公既是為朝廷傳話，可有帶來聖旨？」

太監臉色微紅，咳了一聲，「陛下不幸駕崩，宮中已立英王為新帝，又有崔宏作亂，諸事倉促，難以頒布聖旨，可也正因為如此，這才是倦侯的機遇。」

韓孺子本來只是試探，如果對方拿出聖旨，他自會再找其他藉口，可太監的神情表明，在宮中立英王為新帝的上官盛，竟然拿不出一份聖旨，這可有點蹊蹺。

韓孺子虛與委蛇，最後還是歸結為一點：「抱歉，我得看到聖旨。」

太監沒有發出威脅，但是離開的時候顯得很不滿。

南軍將士趕到的越來越多，三千北軍越發顯得渺小，韓孺子可以輕鬆對待崔宏和上官盛的信使，對自家營中的南軍卻要十分小心。結果他發現，南軍將士數量越多，進城參戰的意願反而越低。

韓孺子放縱城內雙方的消息在軍營裡傳播，盡量讓大部分人明白一件事：京城之戰遠未結束，這時候參戰要冒極大的風險。

南軍蠢蠢欲動，但是一直沒動，好幾次險些發生譁變，蔡興海等人緊張萬分，兵甲不敢離身，韓孺子卻穩坐帳中，不召見南軍將士，也不出去與他們見面。

在諸多傳言之中還有一條：城裡的一些人不承認英王和東海王為新帝，他們宣稱倦侯一直都是皇帝，現在也是。

倦侯就是崔騰所說的三位「皇帝」之一。

可是倦侯的追隨者一直沒有出城，他們顯然是被困在了什麼地方，本來許諾中午返回的孟娥也失言了，直到夜色降臨，也沒有現身。

韓孺子度日如年。

倭侯率領的南軍遲遲不動、也不表態，數量卻越來越多，韓孺子知道軍心極度不穩，城裡的人卻不知道。

天黑不久，崔宏和上官盛先後派來第二撥信使。

上官盛的信使這回先到，只有兩名太監和兩名宿衛營將軍，態度十分客氣，送上一道「聖旨」，英王以大人的語氣讚揚了倭侯的諸多功勞，然後指出毒殺冠軍侯的罪人正是東海王，如此一來，四名爭位者只剩英王一人，繼承帝位實至名歸，接下來就是要求倭侯立刻進京平亂，至少也要宣布立場。

韓孺子仔細讀完後，將「聖旨」交還，笑道：「我知道朝廷混亂，可也不該犯這種錯誤，這不是聖旨，印璽不對。」

皇帝有十二枚印璽，只有寶璽能夠印在聖旨上面，其他印璽的用途就小多了，或祭天、或祭祖、或祈雨……有兩枚純粹就是擺設，為的是湊夠十二之數。

四人被當場拆穿後，全都面紅耳赤，一名宿衛營將軍請其他三人退出帳篷，單獨留下，看了看兩邊的十名衛兵。

韓孺子沒有屏退任何衛兵，他現在絕對不會單獨接見陌生人。

宿衛營將軍上前兩步，低聲道：「實不相瞞，宿衛軍與南軍此刻正處於膠著狀態，崔宏的確佔據了西城，軍隊數量也更多一些，可宿衛軍保住了皇宮，北城與東城也都在我們手中，倭侯應該明白這意味著什麼。」

「意味著什麼？」韓孺子故意裝糊塗。

宿衛營將軍等了一會，開口道：「大臣和勳貴都在宿衛軍的掌握之中，還有……宮裡的人。」

「將軍不妨明說。」

「王美人和倭侯夫人都在宮中。」

韓孺子早料到上官盛會用這一招，心中雖怒，臉上卻是大笑，「上官盛也算出身於貴戚之家，怎麼如此沒見識？崔太妃也在宮中，東海王可曾因此投降？」

宿衛營將軍尷尬不已，咳了兩聲，「倦侯誤會了，上官將軍並無威脅之意，王美人和倦侯夫人在宮中絕不會受到半點傷害。我得回去覆命了，倦侯要我怎麼說？」

韓孺子想了想，「既然你們掌握了大臣，派一位大臣出來跟我談吧。」

上官盛的信使告辭，沒多久，崔宏的第二位信使到了，而且是一位貨真價實的大臣。

右巡御史申明志已經一天一夜沒休息了，期間經歷的跌宕起伏，比他大半生官場生涯還要劇烈，以至面容憔悴，可是仍能維持幾分尊嚴，他帶來崔宏的最後通牒：「天亮前，崔太傅希望看到南軍全都進城，否則的話，他要親自率軍出城，先平內患，再定大勢。」

「南軍將士肯定很高興見到崔太傅。」韓孺子此刻最不怕的就是威脅。

「倦侯想必是聽說了城裡有人擁你為帝。」除了崔騰，申明志是第一個提及此事的人。

「謠言四起，不足為信。」

「我就是來消滅謠言的，能與倦侯單獨談談嗎？」

韓孺子認識申明志，對他的戒備沒有那麼重，想了一會後命令衛兵退下，申明志也示意跟來的同伴出去。只剩兩個人時，申明志跪下，磕了一個頭。

韓孺子很是意外，急忙起身，「申御史這是何意？」

申明志沒有起身，說道：「謠言是真的，城裡確有一批人支持倦侯，而且數量不少，我冒著危險出城，就是為了告訴倦侯，請堅持，東海王、英王皆不得民心，您才是大楚需要的皇帝，也請您給我們一點信心。」

韓孺子更加意外，申明志先是支持冠軍侯，這時卻表面上支持東海王，暗地裡向倦侯通風報信，實在……韓孺子看不清這種舉動是什麼意思。

「十萬北軍已在路上，頂多三天就能趕到京城。」韓孺子給了申明志一點「信心」。

申明志大喜，「楊公說倦侯不會無故出城，必能帶回強援，果然沒錯。」

「楊奉人呢？」韓孺子心中一動。

「據說他進宮了，眼下不知去向。」

「嗯，你回去吧，請大家耐心等待。告訴崔太傅，他想出城，我歡迎，他想讓我進城，讓東海王來吧，我們兄弟可以開誠布公地談一談。」

申明志起身退出帳篷，回去向崔宏覆命。

韓孺子坐在帳篷裡沉思默想，知道未來幾天將很難度過，北軍倉促動身，三天之內未必能到。

蔡興海掀簾進來，一臉驚慌，「倦侯，南軍……一大群南軍將領闖營，要立刻見您，面色不善，要不要將他們抓起來？

「請他們進來。」韓孺子說，他不能總是躲避，該面對的事情總得面對。

外面的喧嘩聲已經來到帳篷外面。

第二百五十八章 誘之以利

小小的帳篷裡擠滿了人，一半是北軍衛兵，一半是南軍將領。彼此怒視，卻又隱忍不發，一具具高大的身材遮蔽了燭光，使得整個帳篷昏暗且危險，像是一片叢林，裡面潛伏著毒蛇猛獸。

蠟燭放置在帳篷中間的一張高凳上，正好照亮走出來說話的人。

第一個走出來的是名南軍將領，向倦侯抱拳拱手，直截了當地說：「城內大戰正酣，數萬南軍進城，可一舉定勝負，崔大司馬幾次派人來請兵，倦侯為何遲遲不肯下令？我等疑惑，請倦侯解釋。」

韓孺子等了一會開口回道：「南軍並非崔太傅的私人部曲，而是朝廷的軍隊……」

將領開口道：「那是當然，如果皇帝還活著，我們當然聽從朝廷的命令，可是傳言說皇帝已經駕崩，城裡數人自立為帝，朝廷早已名存實亡，大家各為其主，我們也得選擇一位主人了。」

「東海王？崔太傅？」韓孺子提出兩個選擇，見對方不回答，繼續道：「崔太傅曾一度失去南軍，在他奪印的時候，諸位可曾相助？太后的兄長上官虛擔任過一段時間的南軍大司馬，諸位可曾服從？」

將領一愣，「只要是南軍大司馬的命令，我們就得服從，至於奪印，也輪不到我們相助，左、右將軍才是大司馬的親信。」

南軍將領紛紛點頭表示贊同，崔太傅當年奪回南軍的時候，左將軍趙蒙利、右將軍崔挺出力最多，其他將領順其自然而已。

韓孺子又問道：「崔太傅事後沒有報復任何人？」

將領向同伴們看了一眼，回道：「是有幾個人被免職，都是上官虛提拔的親信，與我們無關，大司馬當然不會報復我們，還給了許多賞賜。」

韓孺子習慣稱「崔太傅」，南軍將士只叫「大司馬」。

「所以旁觀不僅沒讓你們受到報復，還給你們帶來不少好處？」

南軍眾將領都是一愣，帶頭者說道：「這個……情況不一樣吧……」

「諸位當中有誰是東海王或者崔太傅的親信嗎？」韓孺子目光掃過，雖然燭光昏暗，還是能看到大多數人的眼睛，「如果有的話，請即刻帶兵進城，我絕不阻攔。」

沒人開口，崔太傅的親信幾乎都帶在身邊，後方只留下一個趙蒙利，帳篷裡的眾人誰也不敢自稱是親信。

韓孺子繼續道：「大家也看到了，城裡有兩個皇帝，分別派出信使，白天來了一次，晚上又來了一次，可他們只是來勸說我進城相助，卻沒有給出明確的好處。諸位，我不隱瞞，如今的朝廷的確名存實亡，咱們來晚一步，身份很是尷尬，若幫助強勢一方，事成之後得不到多少感謝；幫助弱勢一方，又有兵敗身亡的危險。我之所以按兵不動，就是在等他們開出更有利的條件。」

韓孺子長長地嗯了一聲，「諸位也希望混亂結束之後，能夠加官晉爵、得錢得地吧？」

南軍諸將互相看看，雖然沒有直接回答，但是的確都同意倦侯的話。

「起碼等到一個承諾。」韓孺子站起身，「不為諸位每人爭取到官升三級，不讓營中將士每人得到百兩、千兩的賞金，我絕不鬆口。」

有人發出了笑聲。

帶頭將領再開口時，語氣緩和了許多，「可是城中戰鬥一旦結束，就沒人開條件了吧？」

「諸位都是久經沙場的老將，應該明白攻城有多難。崔太傅已經進城，整整一天卻未能擊敗宿衛軍，那就是遇上了難以攻克的障礙。皇城也是城，而且是一座固若金湯的城池，沒有十天半月，絕對攻不下來。城裡的信使只會來得越來越頻繁，給出的條件也會越來越好。」

諸將互相議論了一會，帶頭將領說：「如果英王一方開出的條件更好，難道我們真要幫助他嗎？那可是……背叛南軍。」

「南軍是朝廷的軍隊。」韓孺子再次重覆這句話，「你們拿的是國家俸祿，我不只看誰的條件更好，還要看哪一方更可能取得勝利。勝利者即是朝廷，服從朝廷的旨意理所應當，何來背叛之說？」

將領們被說動了，帶頭者猶豫片刻，小心地問：「如果勝利的是倦侯呢？」

韓孺子微微一笑，「那諸位就是開出條件的人，而不是接受條件的人了。」

帶頭將領莫名地傻笑一聲，扭頭看向北軍衛兵，「大家都說北軍主力三日可到，是真的嗎？」

「最多三日。」韓孺子坦然地說，事實上他還沒有接到任何消息。

南軍將領告退，怎麼想都覺得自己正處於一個極其有利的位置上，倦侯說得沒錯，暫時按兵不動乃是最好的選擇。

韓孺子與南軍將領不熟，只能誘之以利，對北軍衛兵，他只說一句：「你們都是我的親信。」

北軍衛兵離開的時候，比南軍將領更加滿意。

蔡興海留下，他不只是親信，還是心腹之人，有資格與倦侯討論真相。

「倦侯有沒有想過，若是崔太傅天亮之後真帶兵攻營，外面的南軍很可能望風而降，三千北軍可堅持不了多久。」

韓孺子笑了兩聲，「崔太傅多謀少斷，欠缺的恰恰是膽量，他遭到刺殺，一怒之下進攻京城，卻遲遲沒有佔領全城，說明他將六萬南軍全都集中在一起，這不是為了攻堅，而是害怕再遭到背叛。」

韓孺子盯著蠟燭看了一會，「崔太傅對身邊的將士尚有疑慮，何況是城外的南軍？這些南軍在我奪取白橋鎮時沒有反抗，在我殺死趙蒙利時沒有復仇，肯定會令崔太傅疑心更重。他不敢來，東海王必定也不敢來。」

蔡興海被說服了，「恕卑職冒昧地說一句，當皇帝也得有膽量，唯獨倦侯有這個膽量。」

韓孺子沒有否認，「我更擔心上官盛，此人性格暴烈，可能意氣用事。在他眼裡，南軍自然要幫南軍，他若是想趁機分頭擊破，派兵從北門直接殺出來，倒是一個大麻煩。」

韓孺子的軍營離北門太近，宿衛軍一旦衝出來，他只有極短的時間做出反應。

蔡興海道：「三千北軍雖然數量不多，但是願為倦侯赴湯蹈火，大不了我們辛苦一些，時時防備，怎麼也能擋上一陣，給倦侯爭取一點時間。」

「也不要太過勞累，在路上多備鹿角柵，別讓城裡的軍隊一下子衝過來就行。」

蔡興海想出一個主意，「前方五六里有一大片民房，倒是一塊天然障礙，在那裡設置鹿角柵，事半功倍。」

韓孺子搖搖頭，「這不是進攻敵城，盡量不要驚擾京城百姓。」

蔡興海甚感羞愧，紅著臉告退。

韓孺子沒有表面上那麼鎮定，心中其實惴惴不安，可他實在太疲憊了，只好躺下睡覺。他做了許多夢，一會是北軍趕到，一會是城裡有軍隊衝出來，一會又是東海王在哈哈大笑……

他突然醒來，以為天該亮了，結果帳篷裡一片漆黑，蠟燭早就熄滅，也不知是什麼時候了。

韓孺子起身走出帳篷，站在門口仰望天空，子夜應該剛過去不久，空中繁星點點，再向遠處望去，軍營裡也有火光點點，一片安靜，大部分人都在踏實地睡覺。

這是好事，表明南軍將士不再急於進城參戰；這也是壞事，心安理得的軍隊，最容易遭到偷襲。

韓孺子心想，自己若是上官盛的話，就該在這個時候發起進攻，不僅能擊潰北門外的軍隊，還能驚嚇到城裡的南軍。

「帶我去見蔡督軍。」韓孺子對門口的衛兵說。

蔡興海沒睡，北軍營地位於最前沿，正對著官道，他在指揮士兵們徹夜建造更多鹿角柵。

「先暫停吧，如果敵人進攻，咱們得留點勁打仗。」韓孺子讓蔡興海撤回將士，然後傳令下去，各營熄滅所有火把，只在中軍營保留數十支。

從京城的方向望過來，四萬餘人的營地裡似乎只剩下幾百人。

上官盛雖然魯莽，但畢竟是名將軍，一處假冒的陷阱，或許能嚇住他。

韓孺子還沒有真正掌握南軍，絕不想在此時開戰。

時間一點一滴過去，韓孺子沒回帳篷，命蔡興海去休息，由他監督前方。

官道上突然有馬蹄聲響，不是偷襲者，是一名北軍斥候。他舉著火把，在鹿角柵中繞來繞去，很快來到倦侯面前，通報說崔太傅又派信使來了，這回只有一個人，不是將軍，也不是大臣。

信使被帶過來，遠遠看見倦侯，立刻跳下馬，雙手抱拳，呵呵笑道：「倦侯別來無恙。」

望氣者林坤山代表的不是崔太傅，而是東海王。

韓孺子屏退衛兵，就在鹿角柵後面與林坤山交談。

「東海王說，他並未忘記約定，只要倦侯公開宣布恢復帝位，東海王就會立刻去除帝號，奉倦侯為主。」

韓孺子搖搖頭，微笑道：「這可不是望氣者的水準，直接說你自己準備好的話吧。」

「受人之托，總得先傳到。嗯……」林坤山望了一眼漆黑的軍營，「我沒破壞倦侯的什麼計畫吧？」

「無妨，我的計畫沒那麼容易被破壞。」

「呵呵，是我想多了。是這樣，城內雖然僵持不下，但是大勢正在倒向倦侯，我們這些望氣者，自然要順勢而為。」

韓孺子不開口。

「皇帝寶璽和太祖寶劍，倦侯感興趣嗎？」

韓孺子臉色一變。

第二百五十九章 大勢如水

林坤山被關在小院裡，正計算著自己還能活多久，一群人將他拖出去，匆匆帶到東海王面前，強迫他跪下，並口稱「陛下」。

東海王躲在重重衛兵中間，看到林坤山，只問了一句：「宮裡到底有沒有你的人？」

林坤山曾向東海王暗示過，望氣者能夠掌控宮中的某些事務，東海王仍然記得，如今戰鬥膠著，南軍遲遲攻不破皇城，他又將這件事給想起來了。

林坤山跪在地上，抬頭仰望「皇帝」，茫然地搖搖頭，像是被皇威所折服，激動得說不出話來。

東海王一腳將望氣者踢開，沒再搭理他，也沒有殺他，直到韓孺子提出要求，非讓東海王親自去談判，他又把林坤山叫來。

東海王絕不會去軍營見韓孺子，在他看來那就是自投羅網，他得找個人代替自己去，「望氣者不是最擅長遊說嗎？你去見韓孺子，勸說他與我聯手，我願意將皇帝之位讓給他。」

林坤山接受任務，只有一個要求，他要獨自出城，不帶任何衛兵或是監視者。他順利見到了倦侯，一句話就將東海王的意思傳達完畢，然後提起了皇帝寶璽和太祖寶劍。

蔡興海沒睡多久，又出來監督路口，韓孺子帶著林坤山去帳篷裡問話，身邊留著兩名衛兵。

韓孺子沒有急著開口，坐了一會，才對站在對面的林坤山說：「那兩樣東西在你手裡？」

「當然不在。」

「那你就是來戲耍我了？」

林坤山乾笑兩聲，「我哪有這個膽量？不知倦侯注意到沒有，上官盛在宮中立英王為帝，可他卻一直沒有頒布聖旨，這可有點奇怪，對吧？」

韓孺子沉默以對。

「城內的戰鬥已經到了無所不用其極的地步，上官盛不發聖旨，只有一個理由，他發不出來。宮裡不缺筆墨紙硯，不缺皇帝太監，缺的只有一樣，寶璽。」

「這都是你的猜測之辭，林坤山，我現在需要的恰恰不是猜測。」

林坤山想了一會，開口時不再說自己的猜測，「我可以進宮尋找寶璽的下落，還有太祖寶劍，這柄劍對別人沒有多大用處，對倦侯卻有一點意義吧？」

「你怎麼進宮？又怎麼尋找寶璽？」韓孺子相信，上官盛肯定已經將宮裡搜了個遍。

「我自有辦法。」林坤山發現倦侯有點感興趣後，又開始故弄玄虛了，「我只想知道，倦侯是否想要這兩件東西？」

韓孺子緊閉雙唇，他很清楚，林坤山「只想知道」的事情絕不是這個。

「物極必反，大楚亂了這麼久，也該穩定下來了。戰鬥只進行了兩天，城裡已是一片慘狀，缺水少糧，尤其是沒有蔬菜。許多人家的房屋被士兵佔據，甚至被毀掉，皇宮以西直到西市，幾乎成為空地，倦侯有把握讓這一切結束嗎？」

韓孺子站起身，「大家都有把握，關鍵是你選擇相信哪一位的把握，還有你想從中得到什麼？」

林坤山大笑，「倦侯，我選擇倦侯，至於想從中得到什麼……望氣者還是太脆弱，經受不住大風大浪，希望倦侯恢復帝位之後，能夠赦免我們頭上的罪名，望氣者從此只行江湖，不入廟堂。」

望氣者被認為是齊王叛亂的唆使者，雖然也能公開露面，但是頂著這樣的罪名，終歸是個麻煩，官府說抓就抓，不用通報朝廷。

可林坤山的要求如此之低，使得韓孺子反而難以相信，但也不說破，道：「把這兩樣東西帶來，我給你們無罪之身。」

「這是帝王之諾嗎？」

「是。」

林坤山告辭，臨走時發出幾句感慨：「望氣者也會看走眼，在普通人身上犯錯也就算了，看錯倦侯卻是不可原諒……」

林坤山走後不久，蔡興海求見，「京城北門出來一批探子，觀察之後又回去了，宿衛軍再沒派人出來。」

韓孺子嗯了一聲，心事卻不在這上面，盯著蔡興海，心中左右衡量。

蔡興海不明所以，低頭看看自己身上的甲衣，好像沒什麼毛病。

「蔡大哥……」

蔡興海撲通跪下，「請倦侯收回這個稱呼，我可擔當不起。」

韓孺子笑了一下，「蔡督軍請起。」

蔡興海這才起身，「倦侯有什麼吩咐？」

「我有一項很重要的任務要交給你。」韓孺子實在找不到其他幫手，蔡興海是身邊唯一可信之人。

蔡興海面露喜色，「倦侯說吧，是攻打北門、還是堵住西門？北軍人數雖少，使用得當，也能收到奇效。」

韓孺子搖頭，在他身後有一支正在趕來的大軍，沒必要追求「奇效」。

「都不是，我要你進趟城，獨自一人。」

「進城？」蔡興海沒明白。

「南軍與宿衛軍在城裡對峙，對城外暫時沒有威脅。有一批人支持我，大都是讀書人，手無寸鐵、被困在城裡出不來，我擔心他們會受到傷害，需要有人去保護他們。」

「我願意去，可是……」蔡興海拍拍肚子，他不怕死，只怕耽誤倦侯的大事。

「泥鰍他們應該都在南城，能有幾百人。你去升榮客棧，找到泥鰍，就能找到他們。」

「升榮老店？我知道在哪，沒問題，等天亮就出發，從北軍借一套衣裳，很容易混進城。」

韓孺子想要再交待一番，又不想給蔡興海施加更多壓力，「自保為重。如果見到楊奉，聽他的命令。」

韓孺子相信楊奉必然掌握著什麼，如今的當務之急就是與楊奉取得聯繫，但他沒有對蔡興海特意強調這一點，倒不是懷疑胖大太監的忠誠，而是不願讓對方過於冒險。

天很快就亮了，宿衛軍沒有偷襲，崔太傅也沒有親率大軍來進攻。

蔡興海身穿南軍盔甲出發時，望氣者林坤山剛剛繞過京城西北角，一隊南軍前來接應，將他帶回西城。

西城變成了一座大軍營，百姓都被攆走，一些房屋被推倒，木石泥土用來封堵街道與城牆。

東海王就住在西門以內，萬一有變，上馬就能出城。

屋子的原主是一名商人，地上堆積著銅錢和散碎金銀，他本來是要帶著這些東西逃走的，結果還沒來得及裝起來，人就被架出去扔在了街上。

東海王不在意這點錢，崔太傅更看不上，甚至沒有派人收拾一下。

一看到林坤山進來，東海王離開椅子，問道：「怎麼樣？韓孺子相信你嗎？」

林坤山搖搖頭，「倦侯不相信我，但他自以為安全，總是沒錯的。」

「我就知道他會上當。」東海王轉向坐在一邊的崔宏，「舅舅，該做決定了。」

「此事還需從長計議。」崔宏神色黯淡，最初他只想抬屍問罪，弄清楚城內究竟發生了什麼事，沒想到東海王竟然佔據了西門。他一時腦熱，受邀率軍進城，甚至燒掉了後方的大營，原以為能一舉得勝，沒想到竟然陷入僵持狀態。

僵持得越久，對南軍越不利，即使城外沒有倦侯虎視眈眈，各地陸續趕來的援兵，也會將南軍壓垮。

「沒時間計議了。」東海王壓抑心中的惱怒，「想當初，楚、趙、齊三國爭奪天下，楚趙鏖戰，齊國旁觀，貪圖漁翁之利，太祖和當時的趙王是怎麼做的？」

崔宏不語，東海王抬高聲音：「太祖和趙王暫時罷手，南北夾攻，擊破齊國，若是沒有這一戰，太祖定鼎天下至少要推遲三五年。韓孺子自以為能夠坐山觀虎鬥，來一次雙虎齊出，看他還能不能坐得住？」

東海王覺得這是一條妙計，所以顯得十分興奮。

崔宏又考慮了一會，「當初楚趙爭鋒，各退百里，然後才同時出兵夾攻孤齊，不用太擔心對方的偷襲。可南軍與宿衛軍在城內對峙，誰也不可能退出城外，萬一我派兵去攻打倦侯，而上官盛舉兵攻我，被夾攻的就不是倦侯，而是南軍了。」

上官盛肯定也會有同樣的憂慮，彼此懷疑的雙方，不可能同心協力。

「可是這樣耗下去，我和英王誰也當不上皇帝。」東海王有點心急，「韓孺子背後還有一支北軍哪，北軍一到，咱們與宿衛軍就算聯手也打不過啊。」

林坤山上前道：「讓我去勸說上官盛吧，形勢逼人，雙方都得各讓一步。」

崔宏尋思了好一會，「那就麻煩林先生走一趟，如果要夾攻倦侯，最遲明日午時就得各自出兵，倦侯聲稱北軍三日可到，我擔心到得會更早一些。」

崔太傅寫了封短信，派將官帶林先生去找兩位御史大人，透過蕭聲與申明志想辦法進宮與上官盛談判。

只剩下舅甥二人時，東海王沒那麼自信了，「林坤山能說服上官盛吧？」

「只要他想，林坤山還是有這個本事的。」崔太傅比較看好望氣者，「花繽的手下可用嗎？上一次他派了三名所謂的高手去刺殺倦侯，可沒成功。」

「放心吧，我見識過那幾個人的身手，沒問題。今晚爬進皇宮，等上官盛派兵出城，他們奪鑰匙打開宮門，譚家人前驅、數千南軍隨後，必能奪下皇宮。到時候外摧韓孺子、內擒英王，帝位就是我一個人的，嗯，也是崔家的。」

舅甥二人相視而笑。

「有你母親的消息嗎？」崔宏問。

東海王神情一冷，「擔心也沒用，所以我當她已被太后所謀害，誰也不能阻止我奪取皇宮。」

雖然這是自己的外甥，崔宏仍然在想，今後與新皇帝打交道時，得小心行事。

蔡興海混進西門，正想辦法前往南城時，林坤山已經獲准進宮。

林坤山向倦侯提起了寶璽，卻沒有透露東海王真實的計畫，自願為崔太傅當說客，卻沒有指出寶璽很可能已經丟失。

對他來說，大勢如水，怎麼流都行，只要拿到寶璽，望氣者就能立於不敗之地。

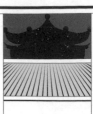

第二百六十章 上官盛之怒

上官盛有一百個理由感到憤怒，卻找不到一個人讓他宣洩怒火，林坤山和蕭聲正好在這個時候送上門來。

沒有朝拜的群臣，同玄殿顯得太空曠、太陰森，上官盛不喜歡那裡，所以選擇小許多的勤政殿，當作接見之所。

英王坐在寶座上打盹，上官盛站在正中間寬大的桌子邊上，左手扶著劍柄，這是他賦予自己的一項特權，可以在勤政殿裡攜帶兵器。

林坤山和蕭聲在宿衛士兵的帶領下進入勤政殿，一看到上官盛的架勢，就知道這不是一場平等的談判。要說趨炎附勢，左察御史經驗更豐富一些；可要說心無罣礙，望氣者更勝一籌。蕭聲一路上都在尋思如何面對英王和上官盛，林坤山卻連想都不想，一見上官盛神情不善，馬上急行兩步跪在地上，向遠處的寶座行叩首之禮，大聲道：「草民林坤山拜見陛下。」

英王被這一聲驚醒，急忙挺直身體，「咦，我好像認得你。」

「草民林坤山，曾與東海王一塊聽宣爭位規則。」

「哦，我就說嘛。東海王怎麼沒來？他說要帶我出去玩，好幾天沒露面了。」

「東海王也一直惦記著陛下，聽說陛下龍體欠安，東海王不好過來打擾，派我過來探望。」林坤山怎麼說都行，一點也不覺得自己是在撒謊，對稱謂更是見風使舵。

蕭聲一下子尷尬了，站了一會，也跟著跪下，嘴裡嗯嗯吖吖，還是沒法說出「陛下」兩個字。

英王倒不在乎，拍拍自己的瘦小胸膛，咳了兩聲，急迫地說：「瞧，我已經好了，還當上皇帝，讓東海王進宮，我封他……上官將軍，什麼官比王更大？」

上官盛也很尷尬，說道：「陛下忘了嗎？東海王是壞人，是陛下的敵人，要奪陛下的寶座。」

英王雙手按在寶座上，「對，你說過，東海王和崔宏作亂，包圍皇宮，不讓我……不讓朕出去，快把他抓來，我要問個清楚，憑什麼搶我……搶朕的寶座！」

上官盛使個眼色，站在寶座旁邊的一名太監躬身上前，在英王耳邊說了幾句，英王點點頭，由太監抱著，被送到閣間裡休息。

林坤山和蕭聲這才起身，都覺得自在多了。

上官盛壓下去的怒火又躥升起來，在桌上重重一拍，厲聲道：「四名爭位者當中，倦侯出城、東海王毒殺冠軍侯，只有英王無辜，由他繼承帝位，順理成章！」

蕭聲被迫進宮，不負責談判之事，所以低頭不語，林坤山嘆息道：「唉，好好的一場爭位選帝，續上古之後，開萬世之先，若能成功，該是一件多好的事情啊。」

上官盛重重地哼了一聲，雖然瞧不起望氣者的諂媚，心裡卻很受用。

「不過說到誰最有資格稱帝，只怕是眾說紛紜，一時之間爭論不出結論，何不……」

「確立正統，乃是朝廷頭等大事，一點也不能馬虎，更不能耽誤！英王稱帝，誰有意見？蕭御史，你說呢？」

蕭聲最頭痛、最害怕的就是這個問題，低著頭、擰著眉，長長地「呃」了一聲，像是要發表長篇大論，又像是要打一個醞釀已久的噴嚏，半天也沒吐出一個字。

上官盛大怒，他最恨的不是東海王、崔太傅，也不是望氣者，而是大臣。英王稱帝兩三天了，居然沒有一名大臣進宮參拜，全都托病在家，要不是忙著與南軍交戰，上官盛早就派士兵將這些「病重」的大臣一個個拖進宮來。

「蕭御史，你是朝廷重臣，身負監察之責，眼見朝廷動蕩、群魔亂舞，就一點也不關心嗎？」

「這個……我只是送林先生進宮，其他事情……」蕭聲後悔自己參與得太深，要不然此時此刻也能像其他大臣一樣，躲在家中靜觀事變了。

林坤山上前幾步，隔著寬大的桌子對上官盛笑道：「沒錯，國不可一日無君，誰當皇帝不僅是朝廷的頭等大事，也是整個天下的頭等大事，上官將軍想要討論……」

「這不是討論。」上官盛冷冷地糾正，「這是事實，接不接受，就看你是不是大楚的忠臣。」

「我是草民，也是忠臣。」林坤山臉上的笑容一點不變，「不過講述事實也需要時間，等到倦侯進京，講述事實的人就是他了。」

上官盛眉頭一皺，「倦侯？他憑什麼進京，他已經出城，意味著退出爭位。」

上官盛一門心事只認可爭位的結果，別的事情全都視若無物。

「倦侯眼裡另有一種事實，他覺得自己從前是皇帝，退位乃是被迫為之，算不得數，所以他要恢復帝位，而不是爭取帝位。」

上官盛在桌上又是重重一拍，「倦侯無德，退位理所應當，天下人所共見，他怎麼敢說出『恢復帝位』這種大逆不道、無恥至極的話來？」

「只憑倦侯一個人，他當然不敢說，可是若帶著十萬北軍、四萬南軍進京，他怎麼說都行。」

上官盛怒不可遏，但是不再盯著蕭聲，轉向北方，大聲道：「我就不信天道無眼，倦侯若敢帶兵進京……」

林坤山插口道：「上官將軍要請他進宮講『事實』嗎？」

這話頗有調侃意味，上官盛神情驟冷，「你說什麼？」

「我的意思是，與其讓倦侯進城來講『事實』，不如出城給他一個『事實』。」

上官盛冷笑，「讓我出城，給東海王和崔宏騰地方嗎？」

「崔太傅願意出兵四萬，城內只留一萬人，上官將軍也在城內留一萬人，剩下的能派多少是多少。」林坤山隨口給出數字，好像這都是崔太傅安排好的。

上官盛就是這麼以為的，「崔宏明明帶來六萬人，還有一萬人哪去了？」

「傷病者，留在城外，本來就沒有進城。」林坤山答道。

「只留一萬人在城裡……你是讓我派出九萬人出城作戰嗎？」上官盛隨隨便便就將宿衛軍變成了十萬人。

林坤山也不戳穿，笑道：「想要一舉剿滅倦侯，就得以雷霆之勢出擊，派出多少人都不嫌多。」

「我怎麼知道崔宏不是在騙我出兵，然後他趁機進攻？」

「互派將領監督，誰也不能在城裡超過一萬將士。」

上官盛思忖良久，突然冷笑一聲，「東海王和崔宏擔心倦侯有北軍相助，是因為他們孤立無援，堅持不了多久。我有什麼可怕的？整個天下都支持當今聖上，趕來救駕的義軍將會越來越多，今天就有一支軍隊到來，正駐紮在東門外。」

援兵寧可留在城外也不肯進城，已經表明了觀望態度，林坤山仍不戳穿假象，笑道：「能提前輕鬆解決的小問題，何必養成大麻煩呢？何況京城乃是天子腳下，越早蕩清越有助於提升陛下的聲望。」

上官盛冷淡地說：「崔宏還真是看不上自己的女婿啊，毒殺一個，現在又要殺死另一個，他若是肯向當今聖上俯首稱臣，什麼問題都解決了。」

林坤山笑而不語，讓上官盛自己去思考崔宏會不會屈服。

上官盛深吸一口氣，「可以考慮。」

「臨事不決，必受其害，倦侯聲稱北軍三日可到，很有可能會提前，明天若是不能將其剿滅，後日則必成大患。」

上官盛受到催促，疑心陡生，「成為誰的大患？」

林坤山知道自己受到了懷疑，笑了兩聲，瞥了一眼身邊的蕭聲，說道：「蕭大人好像有些疲倦，是不是要休息一下？」

「啊？我……我的確有點累了。」

上官盛將蕭聲叫來，就是想訓斥一頓，被望氣者將目光引到倦侯身上之後，痛罵大臣的心情也就淡了，「蕭御史可以出宮，請蕭御史回去之後好好想一想，自己配不配得上左察御史之職？」

蕭聲面紅耳赤地告退，發現除了東海王，自己已是別無選擇。

勤政殿裡，林坤山收起笑容，直接問道：「上官將軍找到寶璽了嗎？」

上官盛臉色巨變，「你怎麼知道……」

「我當然知道，如今三方爭帝，誰有寶璽誰就能發佈聖旨，不管另外兩方承不承認，大臣們卻會承認。」

「哼，大臣有什麼用？全都躲在家裡當看客，等我騰出手來，要一個一個地收拾。」

「大臣眼下用處不大，可是爭帝之戰僵持下去呢？倦侯被滅，還有東海王。我不太懂打仗的事，但是聽人說過，大軍交戰，三天之內比的是將士強弱多寡，五天之內比的是士氣與謀略，超過五天，決定勝負的只有糧草。京城富戶眾多，藏糧想必不少，可以就地取食，就算能堅持十天吧，十天之後就得調運糧草。沒有聖旨，沒有大臣的配合，調糧、徵糧千難萬難，除非去搶，這可不像帝王之師會做的事情。」

上官盛一下子被說動了，恨恨地道：「寶璽本應該在我手中，可是太后……太后……」上官盛終究不敢說太后的不是，「我猜寶璽被楊奉藏起來了，他不肯交出來。」

「楊奉還在宮中？」

「嗯。」

「給我半天時間，子夜之前，我讓他交出寶璽。」

上官盛再次警惕，「我為什麼要相信你？」

「因為皇宮在上官將軍的掌握之中，我頂多找不到寶璽，但凡有一點線索，還能逃出去不成？」

「你不是來談判的？」上官盛疑惑地問。

「我是來談判的，倦侯不滅，數日之內帝位必然歸他所有，到時候寶璽也就沒用了，上官將軍應該立刻派人去與崔太傅接洽，商談合攻倦侯之事，越早動手越好。我留在宮中當人質，順便為上官將軍找回寶璽。」

上官盛本應找人商量一下，可他現在不相信太后，只能自己做決定，想了好一會，說：「那就先滅倦侯，明日清晨可以出兵。今晚子夜之前，你給我找回寶璽。」

一提起寶璽，上官盛果然減少了對進攻倦侯的懷疑，林坤山笑著點頭，「讓我去見楊奉吧，若能勸服他，將是望氣者的一大榮幸。」

第二百六十一章 高山仰止

楊奉是所有望氣者的敵人，因他被抓或被殺的江湖術士有數百人，直接死於他手的望氣者就有七八人。

「打敗你會是我一生中最大的榮耀。」林坤山笑吟吟地說，「順勢而為，從前你的勢太強，我們沒法動手，派刺客？那不是我們的風格，淳于恩師說過，『勢者無形，觀者有形』，只要耐心等待，總能等到自己所需要的大勢，即使只能維持很短的時間，只要緊緊抓住，就能實現之前看似不可能的目標。」

楊奉靠柱而坐，身上纏著繩索，身上明顯帶傷，目光冷漠，對望氣者不理不睬。

相對於謀士，上官盛更相信直接的武力。懷疑楊奉得到寶璽之後，立刻對他加以嚴刑拷打，甚至親自動手，結果一點線索也沒問出來。

楊奉沒有被關進監獄，而是被縛在太祖衣冠室外面的一根柱子上，上官盛懷疑楊奉就是在這裡得到寶璽的，已經搜了個底朝天，還是一無所獲。

林坤山坐在台階上，扭頭就能與楊奉平視，輕鬆地吐出一口氣，「你的失勢只有幾天，一旦倦侯進京，楊公就是天下最有權勢的太監，不過——」林坤山笑著搖搖頭，「你得保證自己能活到那個時候。」

楊奉盯著自己的腳尖，「淳于梟派你來？在我見過的望氣者當中，你的水準頂多算是二流。」

「這就是勢的重要。」林坤山毫不在意楊奉的貶低，甚至還有一點興奮，庭院裡沒有別人，他可以暢所欲言，「腰纏萬貫的時候，官老爺見你也要客氣三分，等到一貧如洗，挑夫商販也能喝斥你幾句。林某固然不是一流的望氣者，可楊公更不是從前的自由身了。」

林坤山無端地長嘆一聲，「氣勢流轉不休，人生境遇就是這麼不可捉摸。好比上官盛，伯父上官虛若是再強勢一些，也輪不到他今日獨掌宿衛兵權；好比崔宏，他若是將眼光放得更長遠一些，本應左右逢源，也不至於只剩下東海王這一條路可走；好比倦侯，勢之起伏在他身上最明顯不過，就在明天，若有北軍及時相助，他是英明神武的皇帝，若無，他是狼子野心卻遭天譴的廢帝。此時此刻，誰能看破倦侯明天的命運？」

楊奉靜靜地聽著，「這就是望氣者擾亂天下的目的？讓『氣勢流傳不休』？」

「何為因？何為果？楊公的想法還是太死板了一些，我們看到大勢將變，上前輕輕推了一下，勢越多變，我們推得越多；我們推得越多，勢越多變。順勢而為，也是與勢浮沈。」

楊奉沉默片刻，「我終於知道平時的自己是多麼令人討厭了。」

林坤山微微一愣，隨後反應過來，楊奉是在譏諷他好為人師、喋喋不休。

「哈哈，請楊公原諒我一時得意忘形。」林坤山稍稍側身，靠近楊奉，「上官盛懷疑你將寶璽藏在衣冠室裡，可他已經搜過了，沒有找到，那就只剩一種可能，楊公已經將寶璽轉交給宮中的某人。」

「還有一種可能，寶璽根本就沒碰過我的手，太后為何要將這麼重要的東西交給我？」

「太后的心事已經不能用『勢』來解釋了，但我相信，她的確將寶璽給了你。」

「繼續說。」

「楊公顯然是要將寶璽送給倦侯，以我望氣者的眼光來看，楊公太早做決定了些。」

「嗯，接著說。」

「我能理解楊公的用意，不建奇功，怎得重賞？為此受點苦也很值得。不過奉上寶璽也得看時機，時機不同，功勞也不同。北軍一至，倦侯以勢壓人奪得帝位，寶璽不過是錦上添花，帶來的功勞還不如楊公眼下所受的捆縛之苦。可要是現在，明日天亮之前，將寶璽送給倦侯，倦侯能用來號令群臣、瓦解南軍與宿衛軍，這份功勞可就大了。」

「嗯，再說。」

「為楊公著想，寶璽必須盡早送到倦侯手中……」

「真巧，你在為我著想，我卻在替望氣者著想。」

「呵呵，是很巧。望氣者的想法很簡單，希望洗去罪名……」

「不行，換一種說法。」楊奉嚴厲地說，不知不覺又露出好為人師的嚴厲。

林坤山臉色微微一紅，「望氣者順勢而為，倦侯的大勢最為明顯，所以……」

楊奉搖頭，「再換一種。」

「奉送寶璽乃是大功一件，望氣者不想看到楊公獨專……」

「稍好一些，但是不夠，還得再換。」楊奉仍不滿意，非要將林坤山全部的想法逼問出來不可，甚至可能逼問出一些原本不存在的想法，被縛在柱子上的他，反而更像是審問犯人的刑吏。

林坤山撓頭，站起身，在院子裡來回踱步，突然止住，臉上露出一絲微笑，「我想到了，楊公的確聰明，你不當望氣者，真是可惜。」

楊奉冷臉不語。

「我要將寶璽送給倦侯，助他恢復帝位，同時也要選擇一個恰當時機，將這個消息通報給崔宏和上官盛，勸他們盡早逃離京城，各奔東西。嗯，上官家本是東海國人士，那裡與齊國接壤，上官盛若能合併兩國，向外擴展一點，足以自守。東海王在東海國沒有根基，崔太傅可以帶他去江南，那裡盜匪眾多，透過花家，也能憑江自保……」

林坤山有點興奮，「如此一來，三分天下，氣勢運轉更加快速，望氣者如魚得水，可楊公能從中得到什麼好處呢？」

「仔細想。」楊奉就是不肯主動透露心中的想法。

林坤山再次陷入沉思，突然笑了一聲，道，「我這是來勸說楊公交出寶璽的，怎麼反了過來，變成楊公勸說我了？」

楊奉身體不能動，稍微揚了下頭，示意林坤山別分神。

「楊公覺得倦侯即使有北軍相助，也未必能奪得帝位？不對，北軍勢眾，肯定能……啊，所以上官盛與崔宏到時候必須聯合，不管現在打得如何激烈，只要北軍出現，雙方只能聯合。然後是一場大戰，倦侯即使勝利，也會是慘勝，城內城外會死許多人，走投無路的宿衛軍與南軍很可能會在城裡大開殺戒，宮人、大臣、讀書人……楊公好像很在乎讀書人？」

楊奉不屑於回答這種問題。

林坤山笑了幾聲，「總而言之，楊公希望倦侯能得到一個比較完整的京城和朝廷，為此寧可三分天下，讓倦侯慢慢收拾另外兩股勢力，對嗎？」

「你能想到這裡，已經足夠了，再多的事情你也理解不了。」楊奉平淡地說。

林坤山大笑，「沒錯，只要能夠互相理解就行，沒必要挖得太深。怎麼樣，楊公願意告訴我寶璽在哪，讓我帶給倦侯嗎？」

楊奉認真地思考了一會，一字一頓地說：「不願意。」

林坤山臉色微變，乾笑道：「楊公引我說了這麼多話，只是為了消遣嗎？」

「反正坐在這裡也是無聊，順便看看你的聰明才智有多少。」

「楊公可還滿意？」林坤山臉上的笑容越來越僵硬。

「嗯……」楊奉仔細打量了一會，「可做走狗，不可做謀士，我建議你重回師門，再學十年。」

林坤山大笑，這是望氣者慣用的招數，用笑聲掩飾尷尬，用笑聲讓對方捉摸不透，用笑聲爭取思考時間。

這招對楊奉無效，他閉上眼睛，看樣子是要小睡一會。

林坤山盯著楊奉看了一會，轉身走出院子，臉上沒有笑容。他又敗了，這與寶璽無關，而是身為一名望氣者，竟然被楊奉灌輸了一些想法，這些想法合情合理，以至於他不能不想，也不能驅逐。

「還不如殺死他……」林坤山推門的剎那，冒出這個最簡單的做法，一隻腳邁過門檻，他又改了主意，賭徒就算搶劫，也要選擇不相關的人，不能在擲骰子期間突然改為搶劫對面的賭友，那樣的人品，不配被稱為「賭徒」。

望氣者與楊奉之間進行的，就是一場賭博，楊奉暫時領先，望氣者卻沒有認輸，林坤山跺了下腳，想出一個主意。

上官盛正在佈置明天一早的進攻，安排得差不多了之後，命令眾將退出，才對早就等在一邊的望氣者說：「拿到了？」

「天還沒黑呢。」林坤山笑道，他承諾的時間是子夜，還有幾個時辰，與楊奉交手之後，他急需在別人身上重建信心，臉上的笑容因此倍顯真誠。

「必須除掉倦侯，越早越好。」上官盛頭也不抬地說，好像這是他最先想出的主意。

望氣者最喜歡這種人，上前幾步，走到上官盛對面，笑道：「若是拿到寶璽，能除掉的就不只是倦侯了。」

上官盛冷冷地說：「在我面前不要玩弄望氣者那一套，有話直說。」

「是是是，我現在不是望氣者，只是一名想要立功的草民。」林坤山停頓片刻，「楊奉將寶璽交給了宮裡的某人。」

「誰？」

「他不肯說。」

「嘿。」

「但我有辦法找出來。」

上官盛終於認真地看向望氣者。

「請上官將軍放出風聲，說明天一早就要合攻倦侯。」

「這是事實……不怕洩密嗎？」上官盛皺眉道。

「就算倦侯知道也沒有辦法，如今他騎虎難下，若是撤退，不僅手下的南軍會潰散，北軍也可能對他失去信心。」

「那放風聲給誰聽呢？」

「給宮裡的人，讓偷藏寶璽的人明白，事不宜遲，今晚必須將寶璽送到倦侯手中，然後……」

「然後我將守衛放鬆一點，今晚誰偷偷出宮，誰就拿著寶璽。」

「妙計，上官將軍大事必成。」林坤山讚道。

「你真的效忠於我？」上官盛問。

「順勢而為，大勢盡在上官將軍這邊，我還有什麼選擇呢？只能、必須、不得不效忠上官將軍。」

上官盛冷冷地哼了一聲。

與楊奉交手就像是攀爬高山，雖然沒有登頂，過後再爬小山，卻變得十分輕鬆，光憑這點，林坤山就覺得應該留他一命。

林坤山相信，今晚這一計足以打敗楊奉，只要一次勝利，望氣者就可以毫不在意地殺死這名太監了。

第二百六十二章　人人都有計畫

城裡安靜得出奇，沒有進攻、沒有偵察、沒有信使，那兩支僵持不下的軍隊，似乎完全忘記了城外還有將近四萬將士。

隨著時間一點一滴推移，前方斥候在高塔之上望見城內軍隊調動頻繁，韓孺子聽到消息之後越發焦躁不安，午時過後不久，崔騰帶來確切消息。

崔二公子從城裡跑回來，連盔甲都沒穿，衝進帳篷大聲道：「妹夫，快跑吧，城裡已經傳遍了，南軍和宿衛軍要合夥發起進攻，就在明天早晨，現在跑還來得及。」

他站在門口，一手舉著馬鞭，另一隻手向韓孺子招喚，一臉汗津津的急迫。

「崔太傅肯放你出城？」韓孺子問。

「父親沒空管我，他現在焦頭爛額，光想著怎麼打敗上官盛和你，一點親情也不顧了。妹夫，你不該留在這裡，父親這回動真格的，肯定會殺你。」

「他派出三名刺客的時候，不是來真的？」韓孺子微笑道，一旦知曉對方的計畫，他反而沒那麼緊張了。

「刺客好對付，可是南軍和宿衛軍聯手，你可打不過。」崔騰一點也不客氣，「別在這裡等死，咱們去找北軍吧。」

韓孺子想了一會，搖搖頭，「我不能走。」

「為什麼？反正有十萬北軍兜底，回頭再戰就是了。」崔騰驚訝地說。

韓孺子當然不能走，因為他的存在，城內的兩支軍隊才不敢輕舉妄動，他一走，南軍與宿衛軍必然展開一場大戰。勝者為帝，佔領整個京城和朝廷，一旨傳出，即使沒有寶璽，也能號令天下。

一旦大勢已定，北軍肯不肯為他作戰，誰也無法預料，就算北軍完全忠於他，接下來也是一場硬仗，而且是一場不義之戰，支持他的人只會越來越少。

「因為……一走了之會顯得我太膽小。」韓孺子將原因簡化為這樣一句話。

崔騰放下馬鞭，認真地點點頭，「沒錯，我就佩服你的膽量，怎麼辦？要不……咱們乾脆率軍衝進城，大家一通亂打，憑勇氣獲勝，就算死了也能留芳千古。」

崔騰眼睛都亮了，真心覺得這是一個好主意。

韓孺子笑道：「咱們若是死了，不會留芳千古，只會遺臭萬年，被認為是不自量力的傻瓜。」

「當傻瓜我不在乎，遺臭萬年……有點不美，妹夫，你說怎麼辦？」

韓孺子長出一口氣，想來想去，他身邊還真沒有可用之人，他的親信不是遠在北軍，就是被困在城內。

「你真願意幫我？」

「當然。」

「我若勝了，崔太傅和東海王都是罪人。」

崔騰一愣，他還從來沒仔細想過戰後的事情，琢磨了半天，道：「你會殺我父親和東海王嗎？」

「只要他們肯投降，我自會寬宏大量。」韓孺子說。

崔騰咧嘴笑道：「這就得了，我父親和東海王若是獲勝，肯定會殺你，而你獲勝不會殺他們，所以我幫你，這樣一家人還是一家人。」

韓孺子有點不忍心騙他，可在這場戰爭中，最無用處的就是真話。

「我要你帶領五百北軍即刻出發，前去迎接北軍主力，明早返回。」

「北軍離得這麼近了？」崔騰大喜。

韓孺子嗯了一聲，對崔騰來說，解釋越多他越糊塗，所以韓孺子乾脆只下命令。拿起筆紙，寫了一封短信放入函中，以蠟油封口，「帶上這封信，到白橋鎮拆開，記住，必須在白橋鎮，不能早，也不能晚。」

「錦囊妙計嗎？」崔騰激動得聲音都顫抖了，幾步跑來，小心翼翼地拿起信，小心翼翼地放入懷中，隔著衣服輕輕撫摸，「信裡到底寫了什麼……我不問，白橋鎮，記住了。我這就出發，夜裡能到白橋鎮，接到北軍主力然後返回，明天早晨……時間可能有點緊。」

「盡快就好，但是一定要到白橋鎮。」

「明白。」

韓孺子叫來北軍將領，讓他們立刻調派五百將士跟隨崔騰前往白橋鎮，而且多給馬匹，每人兩匹，確保馬不停蹄地前進。

不到半個時辰，崔騰帶兵出發，頭腦簡單的他也沒多問，忙碌了一陣就死心塌地以為北軍主力離京城已經不遠，他的情緒感染了許多人，等五百軍士離營北上，整個營地裡的將士都以為北軍明早就能趕到。

事實上，北軍主力還沒有任何消息，韓孺子給崔騰的信是讓他在白橋鎮帶回一批北軍旗幟，以虛張聲勢。蔡興海率領的北軍在白橋鎮外有一處營地，當初走得匆忙，很多東西留在了營中，其中就包括一些旗幟，如果時間來得及，韓孺子還要求崔騰找些黑布，臨時偽造一批。

韓孺子實在無招可用，沒有援兵，只好創造一支援兵，希望明早能夠嚇住城裡的兩支軍隊，再給自己爭取一點時間。

對城外的南軍，這一招的確很有效果，他們不管時間是否合理，都以為倦侯多日前就做好準備，因此北軍早已上路。

韓孺子召見南軍將領，沒有隱瞞即將到來的危險，甚至聲稱城內的進攻很可能提前，對崔騰前去迎接的「北軍」則隻字不提，讓將領們自己去猜，也給自己留些餘地……即使明天北軍主力沒有現身，誰也不能說他撒謊。

「明早這一戰，守住營地就是勝利。」韓孺子有意含糊其辭，「可咱們的地勢不好，諸位有何高見。」

南軍將領無不盼望著戰後得到重賞，又以為北軍明天必至，因此搶著出主意。

「不如後退一段距離，十里外有一處高地，倒是易守難攻。」

「只有一個晚上，來不及建營，而且咱們退後，留給城內兩軍騰挪的地方就大了，更利於他們聯手。萬一咱們撤退的時候，他們出來追趕，這一戰更難打。」

「那就把附近的民房拆掉，還來得及建一圈矮牆，多少能擋一陣。」

「那得提防火攻。」

「不如以攻代守。」

「對面就是城牆，咱們連雲梯都沒有，攻哪？」

「咱們得堅持多久？一個時辰？半天？還是一整天？」

……

眾說紛紜，最後眾將都看向倦侯，等他做出決定，韓孺子認真聽取了每一個人的意見，想到一個主意，崔騰也曾提出過，但被他否決，現在想來卻有幾分道理，「以攻代守……」

「京城守衛森嚴，我軍缺少器械，攻城就是自尋死路。」一名將領再度提醒。

韓孺子想的卻不是攻城，「諸位以為城裡的南軍和宿衛軍會齊心協力嗎？」

眾將互視，一人開口道：「那不可能，別說兩軍各為其主正在爭奪帝位，就是在平時，我們南軍也瞧不起宿衛軍，他們都是花架子，比北軍還不如。」

眾將發出笑聲，想起倦侯就是北軍大司馬，又急忙止笑。

韓孺子並不在意，自己也笑了，隨後正色道：「如此說來，城內南軍與宿衛軍的聯合只是權宜之計。」

眾將沒有開口，這是明擺著的事實，不需要回答。

「既然是權宜之計，咱們為何不能與城內南軍聯合進攻宿衛軍呢？大家都是南軍，同屬一脈。」

眾將面面相覷，誰也不傻，都知道倦侯有稱帝之意，只是北軍主力未到，他不肯公開承認。眾人支持倦侯，也是為了日後能有擁立之功，可也正因為如此，崔太傅絕不可能與倦侯聯合。

「誰去談？崔大司馬和東海王會同意嗎？」一名將領問道。

「不用談，只要讓宿衛軍相信有這樣一個聯合就行了。」

有些將領明白了倦侯的計策，另一些人還在莫名其妙，韓孺子道：「我要在城裡的軍隊出擊之前發起一次進攻，直撲北門，宿衛軍一旦心生懷疑，很可能閉門不出，宿衛軍不動，城內南軍大概也不會動。」

所有人都明白了，初想起來此計有些突兀，細想起來卻很可能成功，三支軍隊互相猜疑，任何一點異動都可能被放大。

眾將開始稱讚這是妙計，韓孺子將功勞歸於那位提出「以攻代守」的將領，然後將具體安排交給眾將處理。這次進攻的時機選擇很重要，必須恰到好處，不能太早、也不能太晚，還得及時撤回來，以免損失慘重。

營裡雖然有將近四萬名將士，可是來得匆忙，除了隨身攜帶的兵甲與糧草，幾乎什麼都缺，眾將官與軍吏努力安排，最後也只能聚集五千人馬發起進攻，好在這不是一場求勝的戰鬥，五千人足矣。

一切準備妥當，已是二更天，五千將士上馬就能出營衝向京城，其他士兵則準備守營，要及時挪開道上的鹿角柵，還得及時擺回去，一場虛假衝鋒，牽動的是整個營地。

韓孺子再無他法，只能等待。至於明天之後該怎麼辦，只好走一步算一步。

這是一個鬼鬼祟祟的夜晚。

差不多在同一時刻，花繽手下的幾名高手由水路悄悄潛入皇宮，他們的任務既簡單又艱巨，要奪取鑰匙、打開一座宮門，放譚家的隊伍和南軍進宮。

上官盛則安排宿衛軍有意放鬆守衛，打算引蛇出洞，找到那枚丟失的寶璽。

在受到忽略的南城，蔡興海已經與泥鰍等人匯合，要與監視他們的譚家人展開一場激戰，還要想辦法救出那些被南軍控制的倦侯支持者。

人人都對己方的計畫充滿信心。

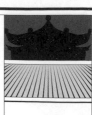

第二百六十三章 逃宮

林坤山與一群宿衛將士站在院子裡，只要外面發出信號，他們就一擁而上，攔截出宮者。

上官盛以方便將士出行的名義，開放了東邊的一座宮門，守衛不嚴，想要混出皇宮的人，很可能會試一試，出宮之後有一條巷子是必經之路，林坤山等人就守在巷子出口的一座院子裡。

二更多了，外面傳來拍手聲，十來名宿衛士兵推門而出，林坤山沒動，坐在唯一的凳子上，面帶微笑，靜靜等待。

沒多久，出宮者被帶進來，那是一名三十多歲的太監，嚇得渾身發抖，幾乎是被拖進院的。

「你叫什麼名字？」林坤山語氣和藹。

「蔣、蔣添福，增添的添。」

「嗯，好名字，你為什麼要出宮？」

「家裡……有人生病。」

「太監也有家？」林坤山有點意外。

太監拚命點頭，向周圍的宿衛士兵投以求助的目光，沒人搭理，他只好說道：「只要太后或者陛下允許，太監也能成家，我是太后允許的。」

林坤山笑了一聲，很想問問太監的家人都是哪來的，可他還有更重要的事情，「交出來吧。」

太監一愣，又看了看周圍的士兵，似乎覺得人太多，有點不好意思，猶豫了一會才伸手入懷，摸摸索索地掏出一個小小的包裹，十分不捨地送過來。

林坤山臉上帶笑，可是一接過包裹就覺得重量不對勁，寶璽是玉製的，不應該這麼沉，他的笑容減少了幾分，迅速打開包裹。

裡面是三塊小金磚。

「這是什麼？」林坤山收起笑容。

「這是……送給大人的一點孝敬。」太監老老實實地說，他不認得望氣者，只好籠統地稱為「大人」。

林坤山翻手將金磚扔在地上，「寶璽在哪？」

太監一臉困惑，他當然知道寶璽是什麼，可是絕對想不到那能與自己發生聯繫，因此一頭霧水，「應該……應該在掌璽令那裡吧。」

「搜身，從頭到腳地搜。」林坤山下令，見慣了大人物，他實在沒法對一名普通太監「順勢而為」，更願意採取簡單粗暴的手段。

兩名士兵架起太監的雙臂，另一人仔細地搜，很快就搜出另一包黃金和珠寶，就是沒有寶璽。

「你為什麼要悄悄出宮？」林坤山嚴厲地問。

「家裡有人……」

「你撒謊，什麼病需要你帶這麼多金子出去？」

「真是家人有病，病得很重。」

「砍掉他一隻手。」林坤山命令道。

一名士兵拔出刀，太監蔣添福撲通跪下，「大人饒命，我說實話。」

林坤山擺手制止士兵，「快說。」

「宮中……傳言。」蔣添福再次偷瞄周圍的士兵，顫聲道：「宮中傳言，宿衛軍一旦戰敗，就要捕殺宮人，絕不將我們留給……別的皇帝。大家都很害怕，我也很害怕，所以……所以想出宮躲一陣……」

「大家？」林坤山突然感到不安。

「對對，想要出宮避難的人不只我一個，很快……」

蔣添福話未說完，外面的拍手聲響成一片，一名士兵破門而入，急切地說：「幾十人……不，幾百人……」

林坤山大驚，起身大步走到院門口，向外面的街面望去。

夜色中，說不清多少人正在狂奔，有太監和宮女，恍惚間似乎還有少量士兵，嘴裡也不發出聲音，只是拚命地跑，好像身後有猛獸追趕。

林坤山目瞪口呆，眼看人群就要從身邊經過，才急忙喊道：「攔住！攔住他們！一個也不能逃掉！」

宿衛士兵衝出院子，可他們的人數太少了，只有五十餘名，面對的卻是數百名拾命狂奔者，宿衛士兵連隊型都還沒列好，雙方已經衝在一起。

許多人被刀鞘和槍柄擊倒，更多的人卻衝過封鎖線，逃入附近的大街小巷，再想追回來千難萬難。

林坤山站在門口呆若木雞，他還是上當了，楊奉竟然猜到了這一招，所以讓一大群人掩護藏璽者外逃。至於楊奉是如何與宮人聯繫的，林坤山完全摸不著頭腦，也不感興趣，他只悔恨一件事，自己為什麼以為藏璽者會獨自出宮？

因為寶璽太重要了，他以為楊奉絕不敢將如此貴重之物託付給多人，只能是一個人，卻沒有料到楊奉用來鼓動眾人逃宮的說法，根本與寶璽無關。

林坤山回過神來，雙手提起衣角，貼著牆壁，向巷子外面悄悄走去，剛走出幾步，就被士兵攔住，「林先生，人都抓住了，跟我們一塊去向上官將軍覆命吧。」

這可不是「都抓住」，人群逃走了一半多，可士兵們不想承擔這個責任，他們就這點人，事前準備得不充分，這都要怪出謀劃策的望氣者。

在士兵的押送下，林坤山臉色蒼白地向皇宮走去，頻頻回望，心裡琢磨著怎樣才能「順勢」擺脫丟璽之罪。

「三分天下」的想法又在他腦子裡冒出來。

宿衛軍集中在北城，南軍佔據西城，由於擔心麾下將領背叛，雙方都不敢分散兵力，東、南城因此遭到放棄，幾乎沒有士兵駐守，居民躲過戰亂，可也不敢大意，大白天也沒幾個人敢上街，夜裡更是全都躲在家裡。

成功逃宮的眾人分散在大街小巷裡，或回自家、或投奔親友，很快消失得無影無蹤，只有一名小太監拚命向南奔跑，可是速度很快就降下來，顯然是體力不支。

小太監不敢停，實在跑不動，就只能快步前行，到了南城，小太監遇到了更嚴重的問題——不認路。

小太監只知道要去南城，可是越往南走，街巷越是狹小複雜，黑夜裡連辨認方向都很難，更不用說尋找一家不知名的小客棧，只知道盡量往京城東南角行進。

前方站著三個人，小太監跑近了才發現，嚇得尖叫一聲，急忙轉身，身後也站著兩人。

「咦，這不像是太監，倒像是……是個女人。」

小太監不只尖叫聲像女子，發抖的樣子也像，「你們……是誰？」一開口，更證明了身份。

「別管我們是誰。」面前的男子說道，發現這只是一名不會武功的女子，他的語氣輕鬆許多，「妳是從宮裡逃出來的？」

「不是。」

「那妳怎麼會有太監的衣裳？」

「是。」

「到底是不是？」

「是。」女子稍微冷靜下來，「不只我一個，很多人都逃出來了，據說宿衛軍要屠殺宮人。」

「從哪個門出來的？」

「東青門。」她沒必要撒謊。

幾名攔路男子互相看了一眼，一人道：「這算怎麼回事？一群宮女都能闖出來，咱們還派人去宮裡偷什麼鑰匙啊？」

「當著外人別亂說話。」另一人提醒道。

「其他人呢？」男子問道。

「在東城躲起來了。」宮女回道。

「妳怎麼跑到南城來了？」

聽說這裡是南城，宮女稍稍安心，「我……我的親戚住在南城，我是來投奔的。」

幾名男子點點頭，似乎接受了這種說辭，側身讓路，宮女身後的一名男子卻趕上前，「等等，先搜下身，沒準她帶著皇家的寶物呢。」

「別亂來，老吳，咱們有任務在身，欺負女人算什麼英雄……」

「去去，我不是英雄，我就是……你們瞧她嚇得這個樣子，身上肯定有寶物，你們不搜，我來搜，寶物是我一個人的，沒你們的份。」

另一名男子還想勸說，卻被同伴笑著架走了。

只剩一名男子，站在宮女面前，笑著問：「妳叫什麼名字啊？」

「我……我給你錢，你放過我吧。」宮女慌張地從懷裡掏出一塊銀錠。

男子接在手裡，舉過頭頂，藉著月光瞥了一眼，還是看不清楚，但是覺得重量應該沒錯，這樣一來，他更不能放宮女過去了，「別急，妳不常出宮吧？」
「嗯。」宮女警惕地後退一步。
「宮裡除了太監就是皇帝，沒有別的男人吧？」
宮女又退一步，「也有侍衛。」
「宮女能見到侍衛？」
「能。」
「呵呵，我覺得妳在撒謊，妳見不到侍衛，而且妳身上還有更多寶物，嘿，妳本人就是一件寶物，老子行走江湖這麼多年，還沒碰過……哎呦！」
男子捂著左臉，右手拔刀，轉身怒喝：「誰？胖子，是你嗎？給我出來。」
沒人現身，他的同伴都已經走遠。
黑暗中又一枚石子射來，正中男子腦門，力量不小，一下子砸出包來，男子倉皇後退，「真有侍衛……」
男子轉身就跑，要去尋找幫手。
宮女呆立原地，不明白這是怎麼回事。
一道身影悄悄靠近，低聲說：「佟青娥，跟我走。」
宮女嚇了一跳，「妳怎麼知道我的名字？」
那人道：「我是孟娥，咱們見過面。」
「啊，是妳，太好了，我有東西要交給妳，是楊公……」
「待會再說，先跟我走。」孟娥在前面引路。
佟青娥緊緊跟隨，心中大安，「這麼巧，竟然在這裡遇見妳。」
「我負責在這一帶監視譚家人，待會要跟他們打一架。」

「打架？我帶來的東西更重要。」

孟娥止步，佟青娥上前，貼耳說了兩個字，孟娥眉毛一挑，「架還是要打，東西更要送出去，交給我吧。」

佟青娥將一件小包裹塞到孟娥手中，大大地鬆了口氣，「接下來的事情就看妳的了。」

孟娥帶著佟青娥拐彎抹角，沒有去往客棧，而是停在一間民房前，輕輕敲門，裡面立刻有人開門。

屋子裡擠滿了人，佟青娥在人群中看到了熟悉的面孔，不由得大喜，「蔡大哥！」

蔡興海一驚，正要開口，孟娥走上前，將手中的東西亮了一下。

蔡興海大驚，雖然之前沒機會親眼得見，可他還是能認出孟娥手裡的印璽絕非尋常之物。

他看了一眼門口的佟青娥後，對屋內眾人說道：「計畫有變，咱們得送一件東西出城給倦侯，就算死，也得成功。」

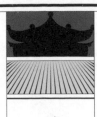

第二百六十四章

計畫提前

宮女佟青娥的南城之行引發了一連串的重大變化，即使是在塵埃落定之後，她也不知道那晚的許多事情都是自己的「功勞」。

首先是宮裡的上官盛，聽說一大群宮人逃亡，他非常憤怒，甚至比失去寶璽還要憤怒。在他看來，這是不可饒恕的背叛，屠殺宮人本來只是傳言，現在他卻開始認真考慮了，認為留在宮裡的太監和宮女也不盡可信。

然後是蔡興海和孟娥，原本計畫全力保護倦侯的支持者，見到寶璽之後馬上改變目標，無論如何也要將寶璽送出城去，他們打算從守衛相對薄弱的東城門衝出去，然後由孟娥帶著寶璽，繞城去與倦侯匯合。

最後是崔太傅和東海王，兩人還沒聽說寶璽的事情，卻被一件意外的消息打動了。

在南城攔截孟娥的那些江湖人，將一群太監和宮女逃亡出宮的消息層層上報，很快到了東海王這裡，他興致勃勃地來找舅舅，「皇宮東部守衛鬆懈，看來是天助我也。」

崔宏沒那麼自信，「不管怎樣，先派兵出城合攻倦侯，然後再做打算。」

東海王依賴舅舅的南軍，不敢催得太緊，可是有些疑問他不得不說，「崔二連大表哥的殺身之仇都不管不顧，跑出城去投奔韓孺子，舅舅為何……不肯攔阻？」

崔宏剛剛安排好合攻倦侯的事宜，他顯得很疲倦，隨口道：「崔騰就是這個脾氣，我管不了他，就讓他自尋死路去吧，崔勝給我留了一個孫子，有他就夠了。」

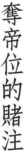

「舅舅真是狠心。」東海王告退，心裡卻很彆扭，以為崔宏仍在腳踏兩條船，他得另找一個備用的靠山。

花續失去了崔太傅的信任，他推薦的三名刺客沒能成功殺死倦侯，連人都不見了，南軍部分將領作亂的時候，他也沒有提供任何保護，等到南軍與宿衛軍開戰，他將徹底成為無用之人。

不滿的東海王和失寵的花續見面，很快就聊到了一起。

「江湖人不太可靠啊。」東海王盯著花續，不客氣地說，「一個個吹得挺響亮，不是上天入地，就是以一敵百、敵千，真到了用人之際，全都是廢物，現在皇宮裡還有好幾百名江湖人被抓為俘虜，根本打不過宿衛軍。」

「呵呵，各有所長，江湖人的武功可能沒想像得那麼高，但是講義氣，承諾的事情寧死也要去做，當然，有時候可能會做不到。」

東海王冷笑一聲，有鑑於曾有一名江湖人在碎鐵城外為保護他而死，他沒有反駁花續的話，「這麼說來，這次攻打皇宮還是未必能成。」

「謀事在人，成事在天。」

「嗯……花虎王怎麼沒來京城？我還挺想他的。」

「他年紀太小，又沒別的本事，經不起京城的大風大浪。」花續笑道。

「不來也好，無論這邊事成事敗，花家總算有人能安全地置身事外。」

花續笑得有勉強，「崔太傅不也將崔騰送出了京城？」

崔騰是自己跑出去的，崔太傅沒有攔阻就算是默認，東海王笑道：「說得也是，人人都得準備一條後路，無可厚非，聽說上官盛早早就將自己的家人送到了關東。可是我沒有退路，韓孺子也沒有，我們只有一條路，無論如何都要當皇帝，死也要死在半路上。」

東海王想起了妻子譚氏，居然有點想念她，現在她和崔太妃一樣，都在皇宮裡生死不明。

花續的笑容更加僵硬，沒有接話。

東海王嘆了口氣，「一個人若是有了退路，會變得更勇敢，還是更膽怯？」

花續不能再裝糊塗了，「陛下擔心我不肯盡心盡力嗎？請陛下放心，我這把老骨頭既然回到京城，就沒打算完整地離開。」

花續曾經逃過一次，而且是早有準備的逃亡，東海王不提往事，正色道：「江湖人講義氣，這倒是真的，可城裡的這些江湖人追隨的是誰？不是我，不是我舅舅，是花侯爺和譚家。」

花續臉色微變，終於明白東海王的用意，沉吟片刻，發現自己的確無路可選，說道：「陛下若不嫌我老朽無能，我願身先士卒，第一個衝進皇宮。」

東海王起身，拱手致謝，「雲夢澤來的英雄好漢，見到花侯爺衝鋒在前，必定人人奮不顧身。」

花續笑了兩聲，問道：「譚家人呢？」

「譚家男子老少十五口，這回都要帶頭進宮。」

花續無話可說。

「四更動手。」東海王扔下一句話，告辭離去。

在另一間屋子裡，東海王找到了兩位御史大人，一見面就問：「你們承認我是皇帝嗎？」

蕭聲和申明志相當於被軟禁，逃不掉，也不敢逃，一聽東海王的問話，急忙跪下，「臣等忠貞不二，陛下何出此言？」

「別害怕，我只是問問，畢竟你們曾經支持過冠軍侯，甚至願意為他帶兵闖入大都督府，你們為我做過什麼呢？」

兩人伏在地上不敢吱聲。

「冠軍侯死了，你們轉而支持我，以後還想再轉幾次？」

「陛下已經登基，臣等絕無再轉之理。」

「叫上你們的人，待會一塊進攻皇宮，成了，你們就是左右宰相；不成，跟我去地下見桓帝、武帝。」

兩人磕頭領命，蕭聲說道：「可那些讀書人和柴家人不聽我們的命令……」

「刀槍能讓他們服從命令。」東海王冷冷地說，他已經站在懸崖邊，所有人都應該站在他身前，而不是身後，「攻打皇宮總要撒點鮮血，區別就是盡忠而撒血，還是被迫而撒血，對你們可能沒有區別，對你們的家人卻是天差地別。」

東海王對花繽還有一點商量的意思，對兩位御史則是直接威脅。

離四更還有一段時間，東海王不想閒著，又去找柴家人，連哄帶騙，承諾了一大堆官銜，換取他們的效忠。這份忠誠比兩位御史更不可靠，但東海王的要求不高，只要這些人今晚能去皇宮衝鋒陷陣就行。

最後，他去見那些讀書人，在這裡撞到了銅牆鐵壁。

國子監和太學弟子們是這群讀書人的主力，即使面對眾多手持刀槍的士兵，也拒不承認東海王的帝位，聚在一起大聲背誦先賢經典，甚至不肯與東海王對話。

東海王冷笑離去，下定決心要在事成之後清洗這些無用的書生。

四更未到，南城先發生了一場戰鬥，六七百人從不同地方冒出來，全都湧向同一家客棧，與客棧裡的一批倦侯部曲裡應外合，跟譚家安排的江湖人打了起來。

譚家手下寡不敵眾，很快敗退。

倦侯的部曲士兵其實只有二百多人，可他們混進京城之後，又從京南祕密招來許多親友，數量翻了兩番。這個夜裡，他們成為第一個行動的勢力。蔡興海膽子奇大，帶人攻打的不是東城門，而是皇宮。希望以此吸引宿衛軍的力量，再由少數精銳力量護送孟娥出城。與佟青娥一樣，蔡興海根本不瞭解此舉所帶來的影響。

七八百人的隊伍氣勢倒也不小，浩浩蕩蕩地前往皇宮，一路上未遇任何阻擋，百姓都躲在家中，宿衛軍已經得到消息，一時間弄不清虛實，不敢出宮平亂，全都守在皇城裡待戰。

花繽和譚家糾集的江湖力量，分成多股藏在東城，消息不暢，根本不知道外面突然出現的叫喊聲是怎麼回事，以為行動提前，於是許多人都從藏身之地跑出來，加入蔡興海的隊伍。

東海王進攻皇宮的計畫就這麼提前了。

戰鬥一旦開始，傳來傳去的就只有前後矛盾的謠言，東海王來不及弄清事實，立刻命令花繽、譚家男子以及兩位御史親自去攻城。

這樣一來，南軍與宿衛軍合攻倦侯的計畫被打亂了，宿衛軍主力已經移到北城門附近，上官盛立刻傳令全軍準備退回皇宮。

北城的消息傳來，崔宏大怒，叫來東海王，也不當外甥是皇帝，怒斥道：「你怎麼能如此愚蠢？竟然這時候進攻皇宮？」

東海王面紅耳赤，「不是我下令，肯定……這幫江湖人都是亡命之徒，不服管束。」

「完了，全完了，南軍只能與宿衛軍決一死戰，倦侯揀了大便宜，坐山觀虎鬥，大楚江山是他的了……」

「舅舅為什麼不單獨出兵呢？」

「出兵城外，城裡怎麼辦？剩下一萬南軍怎麼會是宿衛軍的對手？」

「反正已經這樣，不如冒險，先派人去見上官盛，向他保證宮外的進攻與咱們無關，然後讓他看到南軍出城，是一塊聯手進攻倦侯，還是留在城內混戰，讓他選擇。」

「讓他選擇？這是把性命交到他手裡！」崔宏還是覺得提前進攻是外甥的鬼主意，卻不明白這是為什麼。

「把那些讀書人送到皇宮去，他們不是支持倦侯嘛，就讓他們去喊、去叫。」

崔宏明白過來，「讓上官盛以為進攻者是倦侯的人。」

「那些江湖人一時半會攻不進皇宮，上官盛一旦發現他們不足為懼，又都是倦侯的人，更願意派兵出城了，對不對？」

崔宏尋思了一會，實在沒有別的辦法，叫進麾下的將領，按東海王的主意分派任務。

於是，進攻倦侯的計畫也提前了。

大批南軍出城，繞行至西南角時，宿衛軍也從北門出城。

皇宮擋住了進攻，上官盛覺得還是倦侯的威脅更大一些，於是選擇相信崔宏的說辭，也派兵出城。

北門剛剛打開，韓孺子派出了準備多時的五千騎兵。

城內城外的戰鬥都開始了。

同一時刻，孟娥在一群部曲士兵的幫助下，衝出守衛空虛的東城門，而提前潛入皇宮的幾位高手，正在尋找機會打開一座宮門。

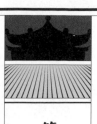

第二百六十五章 失控之戰

一開始，各方的計畫都實現了。

韓孺子派出的五千騎兵衝向京城北門，對側翼全無設防，好像要與崔太傅的南軍共同發起進攻。

這招的確迷惑了宿衛軍，可韓孺子和他手下的將領們忽略了一個關鍵的問題，再寬大的城門對數萬士兵來說，也是一條極為狹窄的通道，何況身後還有一條護城河攔路，宿衛軍害怕了，可他們一時半會退不回去，城牆上督戰的將官也不允許士兵回城，而是派人去宮裡通知中郎將上官盛，請他拿主意。

從西城門繞行而來的南軍則奮勇直前，從側翼衝向幾天前的同袍軍隊。崔太傅為了取得宿衛軍的信任，事先下達過嚴令，對倦侯的南軍絕不手軟，要當叛徒一樣處決。

崔宏也忽略了一個問題，北城外的地域非常狹小，宿衛軍與倦侯的南軍相隔只有十幾里，雙方排列陣形之後，距離更是縮短到七八里。倦侯的騎兵提前出發，很快就與宿衛軍接觸，正當帶頭的將領們猶豫著是不是要按原計畫退卻的時候，崔太傅的南軍攻過來了。

宿衛軍和倦侯的南軍都發現了這支從側翼攻來的大軍，也都以為己方才是目標。宿衛軍本來就不信任崔太傅，早已做好防範準備，立刻分出一部分士兵改換陣形，迎戰側翼的進攻者。

倦侯的五千騎兵又遇到一個問題，當他們想要退卻的時候，發現距離不夠了。五千人馬衝鋒，可沒辦法調轉馬頭往回跑，只能兜圈子繞回去，而兜圈子需要很長一段距離。

韓孺子選擇城外十幾里的地方紮營，完全不合兵法，宿衛軍與崔太傅的南軍在沒有取得互信的情況下倉促合兵，更是與兵法相悖。

各方之所以明知不合理還要出兵，乃是希望對方能夠知難而退。將士們的確知道「難」了，也想退卻，可誰也退不了。

宿衛軍被護城河與狹窄的城門所堵，倦侯的騎兵缺少轉向的距離，崔太傅的南軍後軍驅趕前軍，也只能前進，沒法分辨敵軍，誰攔路就打誰。

各方將領為了策劃這場戰鬥費盡了心血，結果只在行軍過程中按計畫行事，三支軍隊剛一接觸，就陷入混戰。天還黑著，更增加了各方的猜疑與失誤。

韓孺子看不清楚前方的情況，但是清楚地聽到了嘶喊，突然一下子明白過來，他派出的五千騎兵回不來了。他沒有別的選擇，只能繼續派出更多士兵，缺少馬匹，就以步兵陣形前進。

戰場逐漸擴大，離倦侯營地越來越近，韓孺子沒有退卻，成為唯一親臨戰場的統帥。

城裡的戰鬥發生得更早一些，進展卻十分緩慢，蔡興海的隊伍無意真的攻打皇宮，只是以此吸引宿衛軍的主力，為孟娥出城創造機會。完全沒料到會有大批江湖人和公差加入，其中還包括一些剛剛跟他們打過架的譚家手下。

這是一支烏合之眾，在皇城之外大喊大叫，從東門繞到南門，又從南門繞到東門，一會是倦侯的支持者，一會又高喊東海王稱帝，守衛皇宮的士兵們摸不著頭緒，進攻者自己也是莫名其妙。

聽說孟娥已經出城，蔡興海打算撤退了，結果他在南門外看到了那群被趕來的讀書人，想起倦侯的囑託，只好再留一會，勸說讀書人跟自己一塊走。可是場面太混亂，他甚至找不到可以做主的人。

所有人都處於茫然失措之中，懷揣著下一刻就能大獲全勝的希望，同時又心驚膽戰地看著四周，提防角落裡突然躥出來的慘敗。

皇宮裡的上官盛去求見太后，她不只是大楚太后，還是他的姑母與訓導者，甚至一度是他的「母親」，向他傳授帝王之術。可太后拒絕見他，已經幾天了，太后似乎心灰意冷，任憑上官盛折騰，不勸阻也不支持。

「我會擊敗所有亂臣賊子，絕不讓太后失望！」上官盛在寢宮門前大聲道，轉身離去。

勤政殿外，七八名回宮報信的士兵正焦急萬分地等候上官盛，他們帶來的消息各不相同，甚至有矛盾之處，可是都印證了一件事，城外的戰鬥相持不下，根本沒有想像中的一戰而勝。

上官盛進入殿內，召集眾將，嚴肅地下達一道道命令，將領們也都嚴肅地接受，可是所有人包括上官盛都明白，這些命令根本傳不到混戰的軍隊中去。

等到殿內只剩幾個人的時候，上官盛轉身盯著林坤山。

林坤山很狼狽，他雖然還能站在上官盛身邊，可身份並非謀士，而是一名待罪的囚犯。就是因為他亂出主意，寶璽才極有可能被帶出了皇宮，上官盛正是因此才不得不相信崔宏，聯手出城進攻倦侯，他擔心寶璽一旦到了倦侯手中，自己就將不戰而敗。

「帶走寶璽的人肯定會將它送給倦侯？」上官盛又問了一次。

林坤山點頭，「這都是楊奉的計策，他只支持倦侯一個人。」

「嘿，楊奉。你要是有他一半聰明，此刻寶璽就該擺在我的面前。」

林坤山嘿嘿地乾笑，知道這種時候越辯解越會惹怒對方，乾脆不開口。

「寶璽被偷走了，而你想出的應對之策就是逃出京城？」

「這是長遠之計。」林坤山小心地回道，「東海國和齊國處於山海之間，足以憑險自守……」

「呸！」上官盛上前兩步，在望氣者臉上狠狠啐了一口，林坤山沒敢躲，甚至不敢抬手擦臉。

上官盛只是厭惡這個人，而不是厭惡他的主意，自言自語道：「太后也說過，大楚應該重新開始，什麼是重新開始？楚、趙、齊三國爭鋒才是重新開始……」他又看向林坤山，「當初齊國最先被滅，我為何要去那個不祥之地？」

林坤山這才在臉上擦了一下，笑道：「齊國之滅，在人不在地，當初齊王若是肯與趙王聯合，楚王才是最先被滅的一方。」

上官盛沉默了一會，冷笑一聲，似乎仍不把這個主意當真，轉向一名將領，「宮中的叛徒抓得怎麼樣了？」

「已經抓捕了三百四十多人，還在繼續追查。」將領回道，一群人逃出皇宮後，宿衛軍一直在宮中抓人。

「太慢了，抓夠一千人，通通殺掉！」上官盛喝道，心中的怒火莫名地躥起，「知情不報者，與叛逆者同罪，都必須死。」

將領面帶驚慌，可還是領命告退，他不是望氣者，也照樣知道這個時候不要惹怒上官將軍。

西城的臨時軍營裡，東海王和崔宏也是心焦如焚。

「不是聯手進攻韓孺子嗎？怎麼會變成這個樣子？」東海王氣憤地質問，他得到消息，北門外已陷入混戰，根本分不清誰在打誰。

崔宏也很憤怒，他算是帶兵多年的老帥了，曾經平定過齊王之亂，卻在這時出了昏招。可他已經失去對前線軍隊的控制，只能等待最後的結果，生硬地對外甥說：「這都是你的主意。」

「我？哈！」東海王真想在舅舅面前發作一次，可他不敢，忍了又忍，說：「未必就是壞事，韓孺子兵力最少，最後戰敗的肯定是他。咱們只是付出的代價稍大一些，沒關係，只要我的帝位得到承認……你打算什麼時候派兵攻打皇宮？」

城裡還有一萬南軍，東海王派出了一大批烏合之眾去攻打皇宮東門，但真正指望的還是這批南軍，希望他們趁機攻打皇宮西門。

東海王孤注一擲，如果可能，他會把舅舅崔宏也送上前線。

崔宏卻不願將賭本都押上去，搖搖頭，「不急，等城外勝負已定時再說。」

「佔領皇宮，城外的勝負就不重要了。」東海王在同玄殿外「登基」，這是他的心頭之痛，一心想要再來一次正式登基。

崔宏盯著東海王，不明白從小聰明的外甥，為何離帝位越近人卻變得越蠢，「如果是在幾天前，佔領皇宮或許就意味著大獲全勝，現在沒用了。上官盛佔據皇宮，也擁立了一位皇帝，他太笨，沒法讓大臣們承認新帝。可他的愚蠢破壞了一切，皇宮、太后，甚至連寶璽，都不能用來扶立新皇帝了。你還不明白嗎？如今唯一有用的就是軍隊。」

東海王被舅舅的一番話說得失魂落魄，發了一會呆，說：「就算北門之戰打敗了韓孺子，甚至將他殺死，最後決定誰當皇帝的……還是北軍？」

崔宏點頭，嚴厲地說：「你與其想著怎麼攻佔皇宮，不如想想如何拉攏北軍。」

東海王不喜歡舅舅的教訓口吻，卻又覺得他說得沒錯，想了一會，「柴悅，關鍵在柴悅身上，可以……把柴家人都殺死，讓柴悅繼承衡陽侯之位，對了，柴悅還有母親和一個弟弟，把他們抓來當人質，恩威並施，他只能屈服。」

「請來，一定要恭恭敬敬地請來。」崔宏語氣稍緩，外甥畢竟還是有點本事，崔宏對柴悅的瞭解沒有這麼深，更想不出如此陰狠的計策。

崔宏叫來一名將官，命他帶一隊士兵去「請」人，東海王詳細介紹了衡陽侯府的位置，最後道：「衡陽侯府在北城，你們別穿南軍盔甲，盡量避開宿衛軍。」

將官領命而去。

北門外的消息不斷傳來，混戰還沒有結束的跡象。

東海王急得如同熱鍋上的螞蟻，不敢離開舅舅半步。

朝陽初升，不過城外雖仍無進展，城裡的戰鬥卻發生了意想不到的轉折，一名士兵衝進屋內，跑得太快，差點摔倒在地上，就勢跪下，向受到驚嚇的崔太傅和東海王磕了一個頭，然後激動地說：「皇宮……皇宮被攻破了！」

再早一些，東海王會為這個消息欣喜若狂，現在卻只是呆呆地看著舅舅，不知所措。

同一時刻，韓孺子親自加入戰鬥。

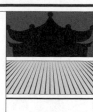

第二百六十六章　泥沼

朝陽初升，道路的盡頭出現了一片黑色的旗幟，幾名士兵興奮地提醒倦侯：北軍主力趕來支援了。崔騰沒有壞事，竟然及時趕回來了，韓孺子打心眼裡感謝他，勝負尚未分出，先在心裡給崔騰記下一大功。

營地後方是一片窪地，然後地勢向上緩緩升起，那片黑色旗幟看著很近，其實還有一段距離，韓孺子卻不能等了。

前方的戰場離他只有兩三里遠，幾乎近在眼前。夜色帶來的混亂正在消散，宿衛軍和崔太傅的南軍即使隔閡未消，仍然逐漸佔據優勢，倦侯的南軍從數量到鬥志，都差了一截。

為了與崔太傅的南軍相區別，倦侯的南軍將士手臂上都纏著黑布，此刻正在步步後退，韓孺子不能埋怨這支軍隊，他們接受倦侯的指揮才寥寥幾天而已，肯為他衝進戰場，已經表現出極難得的忠誠。

因此韓孺子不能再置身於戰場之外。他不能再等，還因為他知道身後的那些黑色旗幟只是虛張聲勢，想要讓戰場中的各方相信這真是北軍主力，首先他自己得相信，而且不能給眾人太多的觀察與考慮時間。

韓孺子下令營中最後一批將士加入戰鬥，包括兩千多名北軍和同樣數量的南軍，總共不到五千人，由他親自帶隊。

準備多時的鹿角柵沒有用處，早已被推到道路兩邊。

韓孺子一手握著韁繩，一手舉刀，身後緊緊跟著數十名舉旗士兵，再後面是其他將士。他的目標很直接，就是要衝向北城門，至於目標能否達成，他不在乎，也不考慮。

一開始，他有些焦躁，不由自主地想要加快速度，甚至遠遠盯上了一名敵軍將領的旗幟，想要衝過去拚殺，可是身後的士兵比年輕的倦侯更有經驗，跑出不遠之後，十幾名旗兵超過倦侯，跑在了前面，有意壓慢速度，離戰場越來越近，超前的士兵也越來越多。

這不是倦侯的特殊待遇，南、北軍都是經過嚴格訓練的精銳軍隊，北軍名聲差一些，但戰力仍強於普通的楚軍，保護主帥和軍旗是他們最重要的訓練內容之一。

韓孺子第一次參加如此大規模的戰鬥，許多規矩都不懂，一度想要超過前方的士兵，卻被手下旗兵團團圍住，無法加速。

衝入戰場後，韓孺子明白這是為什麼了。遠遠望去，戰場盡在眼底，一旦身處其中，到處都是人和戰馬，不要說目標，連東南西北都很難分清。天黑時只能混戰，天亮之後，大家都在尋找旗幟，經驗越豐富的士兵，靠近得越快。

「北軍已到！佔領城門！」韓孺子一遍遍地叫喊，周圍的士兵喊得更響一些。

除了旗幟，韓孺子什麼也看不到，胯下的馬匹完全是被裹挾著前進，快不得、也停不下來，傳入耳中的聲音越來越響亮，各種聲音匯合在一起，他只能聽清楚「北軍」兩字。

看不到敵人的韓孺子突然冒出一個念頭，這一戰肯定會名留青史，只是不知道史書上會如何記載，兵力與結果最好書寫，鮮血與慘叫也易於描述，可這些混亂、焦躁與茫然，他在史書上從未讀到過。

大楚歷代皇帝當中，只有太祖曾經親自經歷過若干次敗仗，而且是慘敗，常常隻身逃亡，可是在史書中，這些戰敗全都有情可原：太祖以自己為誘餌，吸引了趙國的主力軍隊，麾下的其他大將才能取得一次又一次勝利，逐漸收網，最終將連戰連勝的趙王逼入絕境。

韓孺子一直就懷疑當初的太祖是否真的這麼有遠見……

韓孺子收回無用的思緒，前方的士兵被攔住了，其他方向的士兵也都回縮，無數馬匹擠在一起，揚頭嘶鳴，四蹄不安地踩踏，一步也邁不出去。

眼中所見仍然只是旗幟，韓孺子舉著刀，卻無處落刀，像是陷在了泥沼裡，越是掙扎，陷落得越快。

來自右側的壓力突然增加，韓孺子扭頭望去，透過己方旗幟的空隙，看到一個真正的凶神惡煞。

看服飾，那應該是一名宿衛軍大將，人和馬都很高大，在亂軍之中頗為醒目，長著亂蓬蓬的鬍子，看不清真實面目，渾身上下沾滿了血跡，不知已經奮戰多久，卻絲毫沒有疲意，在人群中橫衝直撞。

他手中的兵器與一般將士不同，非刀非槍，而是一柄長斧，已經被鮮血染成了紅色，依然鋒利無比。要不然就是他的力氣極大，長斧所過之處，人仰馬翻。

「保護倦侯！」士兵們大叫著，前仆後繼地衝過來阻擋持斧大將。

韓孺子曾經被匈奴人逼到絕路，當時的場景遠遠沒有此時驚心動魄，那斧頭好像近在眼前，下一刻就會砍到自己頭上。

韓孺子反而不怕了，將手中的刀握得更緊，從胸腔裡發出一聲怒吼，他已用盡了全力，聲音卻淹沒在周圍的聲音之中。

數十名士兵拚死阻擋，持斧大將被迫轉向，很快消失在人海中。

韓孺子感到一陣失望。

己方士兵又將倦侯圍住，可是仍然前進不得、後退不能。韓孺子看不到戰場的形勢變化，也預料不到即將發生的事情。最先望見北軍旗幟的並非韓孺子手下的士兵，而是站在城牆上督戰的宿衛軍將領，眾人無不大吃一驚，遠方的旗幟密密麻麻，像一片移動的黑色洪水，意味著北軍主力已到。至少八萬人，有可能更多，他們的到來，將徹底改變戰場上的形勢。

「北軍不可能來得這麼快。」

「據說倦侯早就調兵了，來得不算快。」

「快去通知上官將軍。」

「宮裡好像有一陣沒傳來命令了……」

宿衛軍將領們議論紛紛，看到倦侯的旗幟進入戰場，他們越發心驚不已，一個個找藉口離開，最後連藉口都不用了，拔腿就跑。

將領跑了，旗幟倒了，城牆上變得空空蕩蕩，城外的宿衛軍將士還不知情，仍在堅持戰鬥。

崔太傅的南軍沒有全部參戰，一批將領在場外的一塊高地上觀戰，在衛兵的提醒下，他們也看到了遠處的黑色旗幟。

南軍將領沒那麼容易被嚇著，派人去通知崔太傅，還派斥候去查看敵情，然後安排剩餘的備用軍隊，打算與北軍主力一戰，他們的打算是趁北軍遠道而來，以逸待勞，一舉破之。

要不是城牆上的宿衛軍將領消失得無影無蹤，南軍將領的打算很可能會實現，可是發現友軍竟有崩潰之象，南軍將領們開始害怕了。

斥候很快帶來消息，據他們觀察，那的確是北軍主力。北方的黑色旗幟越來越近，在官道上絡繹不絕，很快就能殺到，而崔太傅的命令還沒有到達，南軍將領只能自作主張。他們決定保存實力，主帥不在現場，這是最穩妥、最合理的選擇，起碼比臨陣脫逃的宿衛軍將領負責多了。

三方混戰，數位主帥當中，卻只有韓孺子親自督戰，所以也只有他真的敢於孤注一擲，一直堅持不退，甚至本人也加入戰鬥。上官盛和東海王也想孤注一擲，但是「擲」出的是別人，自己仍在後方當「擲」者。

南軍將領鳴金收兵，他們的「合理決定」對戰場產生了致命一擊。

宿衛軍將領雖然逃走，可是悄無聲息，一時半會沒有被戰場上的士兵發現，戰鬥仍在正常進行，不過南軍的收兵之令，卻引起了幾乎所有人的注意。

士兵們回頭張望，這一望，引發了更大的混亂。正在浴血奮戰的宿衛軍士兵發現，督戰的將領和旗幟竟然全沒了，立刻鬥志全消，他們沒看到正在趕來的黑色旗幟，想當然地以為城裡發生了大事，心裡只剩下一個念頭，逃離戰場、逃得越遠越好。

宿衛軍士兵沒有往城裡逃亡，而是向東西兩邊潰散。南軍士兵也慌了，他們聽到了退兵的鳴金之聲，也的確想要退卻，卻被更加急迫的宿衛軍所阻攔，陷入進退不得的窘境。

被困在戰場中間的韓孺子突然又能移動了，他聽到了鳴金之聲，當時沒有明白它的含義，更沒發現敵軍正在退卻，嘴裡仍然高喊道：「北軍已到！佔領城門！」停頓的軍隊繼續前進，而且越來越快，像是刺透堅冰的長矛，進入水下之後再無阻力。

直到馳過護城河、進入城門之後，韓孺子才吃驚地發現，他竟然真的衝進來了。

將近十萬人纏鬥在一起，想分開可不容易，城外仍是一片混亂，比一開始還要混亂。

韓孺子在城門內只猶豫了一小會，突然明白過來，這是一次千載難逢的機會，既然進城，就不能再出去。他馬上叫來最近的兩名將領，一人帶兵把守城門，不能再丟給敵軍，另一人帶兵登上城牆，盡快豎起倦侯和北軍的旗幟，他自己則帶著剩下的士兵直奔皇宮。

城外越混亂，城裡越安靜，上至將相，下到平民，全都老老實實地躲在家中，北城勳貴眾多，盡是深宅大院，門戶關閉得尤其緊密。

韓孺子騎馬馳過熟悉的街道，身後只有兩三千名將士跟隨。

皇宮就在前方，北大門竟然敞開著，而且沒有守衛，韓孺子的第一反應不是喜悅，而是一驚，加快速度馳入皇宮。

地上躺著數十具屍體，鮮血染紅了一大片。

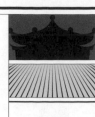

第二百六十七章 殺戮即忠誠

上官盛一個人坐在勤政殿裡，倍感孤獨，他試圖將這種孤獨昇華為某種更崇高的情緒，比如帝王的孤獨，結果卻是力不從心。他無法去除心中那一點恐懼，就是這一點雜質，令他的孤獨淪為平庸。因此，當士兵們將英王送進來的時候，他感到由衷的高興，立刻從凳子上站起來。

英王一邊揉眼睛，一邊打哈欠，坐在寶座上，無精打采地說：「幹嘛這麼早叫我起床？」

「因為有人要奪陛下的帝位。」上官盛神情嚴肅。

英王又打了一個哈欠，嗯了一聲，他這種無所謂的態度激怒了上官盛，「陛下不在乎帝位嗎？」

英王一驚，不是擔心帝位，而是害怕上官盛的猙獰面目，眼圈一紅，淚水湧出，嘴一扁，就要放聲大哭。

上官盛急忙跪下，「陛下勿憂，只要有我在，陛下就永遠是大楚皇帝。」

「好……啊。」英王沒哭出聲來，「你是忠臣……能讓東海王和倦侯進宮嗎？」

「想奪帝位的就是這兩人。」上官盛早就說過這件事，可英王總是一耳進一耳出，從來沒放在心上。即使是現在，英王也不在意，眼淚未乾，臉上露出笑容，「他們兩個啊，大概是鬧著玩吧。」

上官盛站起身，走到寶座階下，緩和語氣說：「陛下願意去別的地方玩嗎？」

「願意！」英王一下子跳起來，睡意全無，「宮裡真是無趣，誰家糧多，咱們去要糧。」在他的記憶中，最有趣的經歷就是跟著一群人去冠軍侯家裡「要糧」。

「東海國。」

「東海國？是東海王的國嗎？」英王立刻想到了這兩者之間的聯繫。

「嗯，咱們去東海王的老家，搶他的糧和地，等他到的時候，嚇他一跳。」

英王歡呼一聲，「去，這就去！」

「遵旨。」上官盛需要這一道口頭「旨意」。從這時起，他不再讓英王離開自己。

接著，上官盛叫進來麾下十幾名重要將領，這些人都是他上任之後親自提拔和錄用的，理應忠於他，「城外的戰鬥怎麼樣了？」

「還在進行，崔太傅的南軍是真要剿滅倦侯，用上了全力，我們估計等到天亮之後，很快就能徹底擊敗倦侯了。」

「天就要亮了。」上官盛喃喃道，突然問：「你們喜歡京城嗎？」

眾將茫然，誰也不敢回答這個問題。

「直到現在也沒有大臣出來支持新帝。」上官盛冷冷地說。

一名將領開口道：「等戰事結束，新帝正式登基的時候，大臣們會搶著來跪拜。」

「嘿……」上官盛冷笑，「這場戰鬥結束，還有下一場，還有更下一場。倦侯完蛋了，北軍卻在路上，你們覺得北軍到達京城之後，會支持哪一方？」

「當然是支持……當今聖上。」

上官盛大笑，聽出了謊言，也聽出了謊言中的緊張與不自信，「北軍會支持南軍，兩軍雖然互相競爭，可他們都不喜歡宿衛軍，矛盾由來已久，由來已久……陛下剛剛降旨，要去巡狩東海國，你們即刻準備，等城外的戰鬥一結束，馬上護駕出發。」

眾將面面相覷，上官盛厲聲道：「還有什麼疑問？」

沒人敢反駁，這些人來自五湖四海，大都不是京城人士，對「巡狩」東海國並無異議，只是覺得時機有些古怪，上官盛一怒，他們立刻軟了下來，口中稱是，就在中郎將和「皇帝」面前商議出城之事。

一名軍官匆忙跑進來，「上官將軍，宮裡的人……造反了。」

「嗯？誰造反？誰敢造反？」上官盛握住刀柄，勤政殿裡，他是唯一配帶兵器的人。

「那些太監和宮女，他們打開了皇宮北門……」

「太監和宮女？不是都抓起來了嗎？」

「抓起來一些，繼續抓人的時候，他們……他們就造反了。」

上官盛大怒，突然又想到一件事，「一群奴僕怎麼能打開北門？守衛的將士呢？」

軍官慌張地回道：「不知是誰將鑰匙偷走，打開了北門，而且……而且守門的將士好像有意放那些太監和宮女逃走……」

上官盛重重地拍了一下桌子，將眾將和英王都嚇了一跳，「我就知道這些人不可靠。」

宿衛軍經歷過大擴展和大換血，可還是有一批舊人留下，主要職責正是守衛宮門。

第二名報信的軍官到了，更加驚慌無措，「外面的人從北門攻進來了……」

上官盛惱羞成怒，向將領們吼道：「還等什麼？那就是一群烏合之眾，去攔住他們、殺死他們！」

「那些太監和宮女……」

「殺！全部殺死，一個不留，他們早有異心。還有守門的宿衛軍，一律處決！」

上官盛怒不可遏，示意一名將官抱起英王，帶頭走出去，「叫上你們的士兵，只要值得信任的人。」

宮裡還有將近一萬名宿衛軍將士，後期招募進來的佔據七八成，眾將馬上執行命令，上官盛身後的跟隨者越來越多。

他向皇宮深處走去，一路上只要遇見太監和宮女，也不管對方是跪下磕頭，還是四處逃竄，全都下令殺死，很快地，手下的士兵已經不需要他的命令，見人就殺。
上官盛需要一場殺戮，他相信，在宮裡殺人越多，士兵們對他越忠誠。
到了太后寢宮門口，上官盛下令士兵們停止殺戮，但是其他地方，尤其是北門一帶，不受限制。
太后拒絕接見自己的侄子，十餘名太監守在門口，個個膽戰心驚。
上官盛隔著門大聲說道：「皇宮難保，陛下決定前往東海國巡狩，請太后即刻備駕。」
過了一會，門裡有聲音說：「我不會離開皇宮，你走吧。」
「太后，咱們早晚還會回來。」
「我意已決。」太后的聲音很是冷淡。
上官盛心中的怒火又躥升一大截，對面的太監們估計是感受到了，不約而同地跪下。
「太后，是您說過大楚需要一次重新開始，東海國就是重新開始的地方，那裡是咱們上官氏的家鄉。」
「你不應該把我的話當真。」
「太后……」
「你若當我是太后，不必多言；你若不當我是太后，何必多言？」
上官盛感到十分憤怒，還有一種遭到欺騙的羞辱感，可他沒有發作，反而慢慢跪下，磕了一個頭，起身向外走去。
寢宮大門外排列著大批將士，英王嚇壞了，趴在懷抱者的肩上，不敢抬頭。
上官盛大聲說道：「太后要留在宮裡為先帝盡忠，可宮裡的妖魔鬼怪太多，咱們離開之前，必須將他們清理乾淨！」
在此之前，宿衛軍士兵只殺路上遇見的人，雖已殺紅眼，真正喪命的人卻不是很多；上官盛下令之後，他們開始破門闖屋，屠殺宮人。

上官盛來到太后寢宮附近的一座院子，「東海王的母親和妻子、倦侯的妻子、冠軍侯的兒子都住在這裡，他們就是宮中妖魔鬼怪的頭目，全部處死。」

一直很聽話的將士們，沒有馬上執行命令。上官盛微微一愣，明白過來，這些人不敢動手，宿衛軍離開京城，稱帝者必是東海王和倦侯其中之一，殺死他們的家人，會惹來大麻煩。

上官盛親自上前，院門緊閉，他抬手咚咚砸了兩下，裡面有人顫聲道：「除非太后駕臨，此門不開。」

上官盛哼了一聲，拔出刀，轉身來到一名將領面前，冷冷地說：「放火。」

將領稍一猶豫後馬上點頭，招來手下士兵，命他們去收集木柴，或者砍伐附近的樹木。木柴很快找來，一部分堆在門口點燃，另外一些分給在場的數十名將領，點成火把。

上官盛第一個動手，奮力將火把扔進院子裡，然後監督眾將，看著他們將火把一支支扔出去。

火勢漸大，院子裡響起慘叫聲。

上官盛沒有等著查看最後結果，他的時間不多，帶領將士們一路前往北門，仍是見誰殺誰。中途拐到太祖衣冠室，想將楊奉殺掉，結果被綁在柱子上的太監已經不見蹤影。

攻進北門的那群烏合之眾已經被擊散，留下一地屍體，剩下的人不是逃出皇宮，就是躲到別的地方。

宿衛軍士兵在北門外備好馬匹，上官盛上馬，望向城牆，因為城門敞開，他能聽到外面的廝殺聲。

他打算多等一會，等宿衛軍得勝返回之後，立刻由東城門出去。

上官盛又向西望去，突然間有點後悔與崔太傅聯手，如果早做逃亡的打算，他應該將倦侯引入京城，與東海王對抗。

「林坤山！」

望氣者被士兵推出來，笑呵呵地來到上官盛馬前。

「你騙了我。」

「草民不敢，草民也沒有這個本事。」

「你勸我東行，為何之前又勸我與崔太傅聯手剿滅倦侯？讓他們互爭勝負，對我豈不是更有利？」

林坤山真是無路可走了，只能硬著頭皮說道：「倦侯詭計多端，這次未必會被剿滅，只是削弱他的力量，讓他與崔太傅更接近於勢均力敵，如此一來，他們今後打得更凶，對上官將軍也越有利。」

上官盛盯著望氣者，「倦侯死，你也死。」

「上官將軍此番東行，正是用人之際，林某無能，可是……可是……能招來天下豪傑……」

林坤山正搜腸刮肚攪盡心思答話時，救他一命的消息及時到來。

一名士兵騎馬跑來，遠遠地就大聲道：「北軍來了！北軍來了！倦侯正衝向北城門。」

林坤山如釋重負，上官盛面無表情向身邊將領下令：「出發，帶上他。」

數萬宿衛軍只剩下幾千，上官盛沒有時間召集更多士兵，他還想在城裡再殺一些人，同樣來不及。

上官盛馳出東城門的時候，韓孺子正好帶兵進城，不久之後，他看到了宮裡的慘狀。

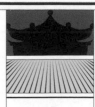

第二百六十八章　拒之門外

東海王不顧舅舅崔宏的反對，要來一千士兵，執意前往皇宮查看情況，半路上，他遇見一群逃亡者，看樣子是譚家請來的江湖人。

「宮裡發生什麼事了？」東海王大聲問。

有人認得他，跑過來回道：「陷阱，又是陷阱，宮裡全是宿衛軍，他們正在殺人，什麼人都殺，連太監和宮女也不放過……」

東海王臉色一變，他的母親和妻子都在宮中。

回頭看了一眼跟隨在後的南軍士兵，東海王放棄了闖宮救人的想法，「皇后是自願進宮的，母親……母親本可以逃走。」東海王自言自語道，還沒忘了給予譚氏「皇后」的身份。

東海王回到軍營找崔宏，「上官盛瘋了，城外的戰鬥還沒分出勝負，他竟然在宮裡大開殺戒，我母親只怕……只怕……舅舅，除非你派出城裡全部的南軍，否則宮裡的人就要被殺光了。」

崔宏坐在椅子上，周圍沒有燈光，身體隱藏在黑暗中，一動不動，也不開口，像是一具雕像，還像是一具……東海王驚懼交加，小心地前行兩步，迎上舅舅冷淡的目光，稍稍放下心來，「舅舅。」

「上官盛這是打算逃走了。」

「為什麼？」東海王有點糊塗，可他知道舅舅猜得沒錯，上官盛屠殺宮人，必然是要捨棄皇宮。

「因為他太年輕，太缺少經驗，勢態稍顯混亂，他就沉不住氣，以為大勢將去，逃得越早越好。」

「他比我和韓孺子大多了！」

「嘿，年紀再大，也是有勇無謀之輩，上官家的男人無能至極，太后本事再大也沒用。」

「別管上官盛是什麼人了，咱們怎麼辦？」東海王肚子裡主意不少，不過哪一項都離不開舅舅的軍隊，所以還是得老實求助。

「怎麼辦？當然是按兵不動，上官盛如今就是一股窮寇，跑著跑著手下人就散了，當務之急還是擊敗倦侯，然後收編上官盛的殘軍，日後北軍若肯俯首稱臣，再好不過，若是不肯，南軍獨佔京城，也有必勝之道。」

東海王覺得這是一個好主意，可是有句話他必須得說，以免事後被說成不孝，「我母親……」

崔宏盯著外甥，冷冷地說：「你既然已經稱帝，那崔太妃就是太后、譚家的女兒就是皇后，該怎麼辦，由你做主。」

東海王心裡暗罵一聲，崔宏老狐狸看樣子是不打算承擔半點責任，他想了一會，正色道：「上官盛已經動手，這時候衝進皇宮也救不了人，只是徒增傷亡而已，就按舅舅的計畫行事，按兵不動吧。可是不管怎樣，以後一定要活捉上官盛，押回京城斬首示眾！」

「嗯，你是皇帝，你說的算。」話是這麼說，崔宏現在可沒當外甥是皇帝，他叫進來外面的將領，向眾人下令，要求城裡的所有將士待命，時刻監視宿衛軍的動向，上官盛一旦出逃，立刻接管全城各座城門，然後再去佔領皇宮。

舅甥二人都看到了勝利的希望，他們不願意去想，更不願意去看一眼崔太妃和譚氏是否真的被殺。

第一批太監和宮女由東門逃亡之後不久，崔小君聽說了宿衛軍要屠殺宮人的傳言，心中又怕又喜，怕的是自己難逃一死，喜的是上官盛發狂可能意味著城外的倦侯正取得勝利。

她必須找人商量一下。

崔太妃和王美人都被太后留在身邊，崔小君唯一能找的人只有進宮不久的譚氏。

譚氏私自進宮，很快就被發現，沒有受到懲罰，而是被送到崔太妃的住處，與崔小君在同一座院子裡。

放譚氏進宮的人卻沒有這樣的好運，被宿衛軍抓起來之後，當場就被砍頭，這也是屠殺傳言最初的起源。

對於許多人來說，這都是一個不眠之夜，崔小君剛敲了一下，房門就被打開，譚氏沒有丫鬟服侍，站在門口，冷冷地打量到訪者。

崔小君也沒帶侍女，感受到對方的抗拒，後退一步，說：「我是倦侯夫人，東海王是我表兄……」

「我知道妳是誰。」

兩人沉默了一會，崔小君說：「妳聽說傳言了？」

譚氏點點頭。

「咱們不能留在這裡坐以待斃，得想辦法自保。」

譚氏仍然沉默。

「宿衛軍會將咱們都殺掉。」崔小君提醒道。

「妳以為自己又能當皇后了吧？」譚氏突然問。

崔小君一愣，倦侯若是恢復帝位，她當然還是皇后，可現在不是考慮這種事情的時候，「上官盛可不在乎誰是皇后。」

「妳說得沒錯。」譚氏好像突然改了主意，「妳打算怎麼辦？」

「只有太后能保護咱們……」

「哈，太后？她才是要殺妳我的人吧。」

「太后的全部怨恨都在……崔太妃一人身上，而且太后也是唯一能控制上官盛的人，向她求助，哪怕只是躲在太后寢宮的屋檐下面，或許也能保住性命。」

「既然如此，妳一個人去就行了，為何來找我？」

崔小君一個人拿不定主意，本想聽聽譚氏的看法，沒料到她會如此冷漠，「我……我以為妳會有更好的辦法。」

譚氏個子比較高，前行一步邁過門檻，微微低頭，將崔小君看得更清楚一些，然後說：「我沒有更好的辦法，我跟妳一塊去向太后求助。」

崔小君只好點頭，「冠軍侯的兒子也在這裡，把他帶上……」

看著崔小君匆匆走開的背影，譚氏有些驚訝，冠軍侯的兒子是她的外甥，與崔家可沒有半點關係。

崔小君抱著嬰兒回來，身後跟著三名宮女，她們也已聽說傳言，一臉驚慌。

想去見太后沒有那麼容易，崔小君、譚氏、冠軍侯之子都是被軟禁的身份，院子的鑰匙掌管在一名女官手中，她可以允許「囚犯」互相往來，卻不能讓任何一人隨意走出院門，更不用說去見太后。

女官四十歲左右，也聽說了傳言，可多年的宮中生活告訴她，無動於衷就是最好的選擇，「除非有太后的懿旨，誰也不能出去，除非太后下令，誰也不敢在宮裡殺人，除非太后……」

譚氏上前，抓住女官的右臂，輕鬆地扭到身後，對跟來的三名宮女說：「搜身，找鑰匙。」

女官在宮裡見過橫的、狠的、傲的，就是沒見過譚氏這種說動手就動手，而且力氣不小的女人，手腕被捏得太緊，疼得她叫了一聲，「哎呦……宮中門戶皆有掌管……哎呦……擅搶門鑰，乃是死罪……哎呦……」

三名宮女既緊張又興奮，不認譚氏，只看崔小君。

崔小君也吃了一驚，很快點了下頭，示意宮女們聽從譚氏的命令。

五名女子和一名嬰兒出門，鑰匙又還給了女官。

「妳應該跟我們一塊走。」崔小君好心地說。

女官搖頭，「我只聽太后……」急忙關上院門，重新上鎖，也不去通知別人，假裝一切正常，心裡懷著深深的恐懼。

一行人向附近的太后寢宮走去，崔小君問：「妳學過武功？」

「嗯。」譚家人不分男女都練過武功，譚氏也不例外，雖然身手一般，用來對付普通的宮女或者東海王，卻是綽綽有餘。

寢宮大門緊閉，崔小君將嬰兒交給一名宮女，上前敲門。

門裡很快傳出來問話：「何人？」

「東海王王妃譚氏和倦侯夫人崔氏求見太后。」

「太后召見你們了？」

「沒有，我們……」

「誰允許你們在宮裡亂闖？」門內的聲音變得嚴厲起來。

「求您跟太后說一聲。」

「嘿……」門裡的人突然不吱聲了，好像受到了禁止，過了一會，門裡換了一個聲音，「小君，是妳嗎？」

「是我。」崔小君聽出這像是王美人的聲音，但是不敢確認。

「妳們不能進來。」

崔小君一驚，「可是宿衛軍……」

「想辦法逃走吧，太后這裡也不安全，她要對崔太妃下手，不會讓妳們活著的。」

「可是……起碼收下這個孩子吧，他沒做過任何錯事。」崔小君欲哭無淚。

「生在皇家就是他的錯誤。」

門裡沒聲音了，崔小君心痛如絞，在她的記憶中，倦侯的母親溫柔可親，沒想她會在最危險的時候將自己拒之門外。

「生在崔家則是妳的錯誤。」一旁的譚氏說。

崔小君扭頭看向譚氏，感到一陣憤怒。

「那是倦侯的母親吧，真是一位有遠見的母親，嗯，她已經在思考兒子稱帝之後的事情，替他排憂解難了：崔家先是支持冠軍侯，現在又支持東海王，就是不肯支持倦侯。倦侯一旦稱帝，必須解決崔家，可他的皇后卻是崔家的女兒，難哪，妳一死，難題就都解決了。」

「不，不是這樣……」崔小君不願承認。

譚氏也不爭辯。

遠處出現一片火把，還有兵器與盔甲相撞的聲音，崔小君忍住悲痛，「跟我走。」

三名宮女抱著嬰兒跟上，譚氏在原地站了一會，也邁步追上去。

「妳要去哪？」譚氏問。

崔小君沒有回答，她對皇宮比較熟悉，摸準了大致方向，一路快步前行，若在平時，早就有人出來攔截，今晚卻是例外，偶爾望見手持火把的士兵，一行人就提前躲起來。

崔小君又一次敲響院門，對身邊的譚氏說：「只有這個人能救咱們。」

門裡傳來一個顫抖的聲音，「誰？」

「太后要見楊奉。」崔小君坦然地撒了一個謊。

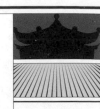

第二百六十九章 寬赦

韓孺子衝進皇宮，到處都能看見屍體，有倒霉的太監和宮女，有不知來歷的江湖人，還有一些公差，大都是後背中刀，顯然是在逃跑過程中遭到殺害的。

韓孺子一心想著母親與小君，騎馬馳過一道敞開的門戶之後，才突然反應過來，皇宮竟然無人把守！他不僅意外衝進了北城門，還意外地佔領了皇宮。

他勒住韁繩，向跟隨在身後的將士下達詳細的命令：一部分人返回皇宮北門，確保前往城門的道路暢通，這條路不算太長，卻是韓孺子的生命之路，城外的軍隊必須源源不斷地趕進來，才能保住到手的勝利。

他又派出另一批軍官，前往皇宮各個方向探路，所到之處大聲宣布倦侯駕臨，肯出來拜見者，全都送往同玄殿前的庭院。

韓孺子向太后寢宮的方向疾馳，身後只跟著百餘名士兵，他們每隔一會就齊聲高喊：「倦侯駕臨！」

十幾名太監和宮女半路上迎出來，跪在倦侯馬前痛哭流涕，韓孺子對其中一名太監有些印象，於是命眾人起身，詢問王美人和倦侯夫人的下落。

這些人不知情，但是非常願意幫忙，前方帶路，很快找出更多的宮人，一名宮女知道倦侯夫人的住處，原來就在太后寢宮附近。

韓孺子遠遠看見了煙霧，心中大驚，一馬當先，跑得更快。

整個院子都已燒毀，好在這是一座孤院，火勢沒有漫延到其他地方，如今只剩下一些火苗和濃重的青煙。

韓孺子呆呆地站立一會，士兵和宮人上前撲滅明火，抬出六具屍體，都已燒得不成模樣，隱約能看出都是女子。

沒人能認出屍體的身份，韓孺子感到難以遏制的憤怒，跳下馬，大步走向太后寢宮。

「開門。」韓孺子下令，順手拔出刀。

兩名士兵上前砸門，裡面很快傳出聲音：「何人？」

士兵們互相看了一眼，一人回道：「倦侯駕臨，立刻開門。」

門裡一陣響動，兩名士兵後退，韓孺子提著刀大步上前，士兵們緊護左右，聞訊現身的眾多宮人卻都驚恐地跪在地上，不敢動，也不敢相勸。

門開了，韓孺子一驚，三名女子站在門內，中間一人正是自己的母親。韓孺子抛下刀，撲通跪下，驚喜交加地叫了一聲「母親」。

王美人臉上沒有久別重逢的喜悅，平淡地說：「起身，不要在別人面前下跪。」

韓孺子站起來，心中一塊巨石落下，「母親沒事就好，小君呢？也在這裡嗎？」

王美人沒有回答，而是問道：「你來這裡做什麼？」

「我……我來救……我來找母親和小君。」

「孺子，這種時候你得明白輕重緩急，朝廷為重，妻母為輕，京城為急，宮中為緩。」

「是。」

「知道自己該做什麼嗎？」

「嗯……」韓孺子心中其實有一套計畫，可是在母親面前卻變得有些不知所措。

「立刻去同玄殿召見群臣，請他們、求他們，接受他們的一切條件，就是不可用強，明白嗎？」

「明白。」

「寬赦所有人，即使首惡之徒也不例外，他們要由太后定罪，不是你，明白嗎？」

「明……白。」韓孺子答應得有些勉強，這與他的計畫稍有不同。

王美人上前一步，招手讓兒子低頭，貼耳說道：「當務之急是恢復你的身份，只要肯承認你是皇帝，任何人都可以原諒，起碼暫時原諒，以後你有的是機會。至於不肯承認的人，讓他們逃跑吧，如果落入你手，也要交給太后處置。不管外人怎麼看、怎麼想，太后仍是太后，你一定要向所有人證明這一點。」

上官盛屠殺宮人、逃出京城，太后都脫不了關係。在大多數人看來，太后已然一落千丈，能保住性命都算是幸運，王美人卻要求兒子表現出更多的尊重。

韓孺子不是很理解，盯著母親的眼睛看了一會，確信母親沒有受到脅迫，所說皆是真心話之後，他才點點頭，「是，母親。」

「去吧，從現在起，你的一言一行都要符合皇帝的身份。」

「是。」韓孺子沒有動，「我必須見小君一面。」

王美人目光中顯出嚴厲，片刻之後又變得柔和，輕聲道：「她不在這裡。」

韓孺子心一沉。

「別讓你身後的人失望。」王美人說。

韓孺子轉身看去，百餘名南軍、北軍士兵正茫然地看著他，這些人都是第一次進入皇宮，手持兵器、不知禮儀，對下一步該做什麼全無想法，只是盯著倦侯，等他的命令。

越來越多的太監和宮女正從藏身之地趕來，遠遠地跪下。

韓孺子向母親深鞠一躬，在士兵的簇擁下走進太監和宮女群中，叫起來幾名看服飾地位最高的人，命他們關閉各處宮門、收拾屍體，見到士兵，就讓他們都去同玄殿匯合，無事的宮人全跟在他身後。

籠罩在眾人頭上的茫然氣氛消失了，內宮紛紛領命，預感到皇宮即將恢復他們期盼已久的平靜。

韓孺子步行，通過一處角門進入同玄殿前的庭院，身後的士兵已經增加到三百餘名，宮人也有一百多名。

但他不是唯一趕到的人。

經過宿衛軍的屠殺，同玄殿前的儀衛已經不見了，取而代之的是另一群士兵，接近千人，個個手持刀槍。當先站著兩人，正是崔宏與東海王舅甥二人，他們沒有騎馬，算是對同玄殿的尊重。他們從正南門進入，守在門口，沒有深入，大都抬頭仰望高聳的同玄殿，像是一群誤入皇宮的遊人。

韓孺子等人由東北角進入，兩伙人很快發現了對方，隔著整個庭院互相觀察。

韓孺子這一邊的士兵數量少得多，他卻只在原地猶豫了一小會便邁步前行，士兵們跟隨其後，手裡緊緊握著兵器，尤其是那些南軍士兵，他們認出了大司馬，不能不感到緊張與恐慌。韓孺子沒有直接走向崔宏，而是拐到了同玄殿台階之下，在這裡與對方遙遙相對。

雙方沉默了一會，東海王最先開口，喊道：「韓孺子，投降吧，你的兵少，不是對手。」

韓孺子向身邊的士兵小聲說了幾句，士兵高聲道：「京城之亂，乃大楚之不幸，群臣無辜、眾將士無辜、天下百姓無辜，南軍大司馬崔宏、東海王韓樞，上前聽赦。」

東海王愕然道：「韓孺子也瘋了嗎？舅舅，別聽他胡說八道，只要派兵上前把他砍成肉泥，咱們就再也沒有敵人了。」

崔宏嗯了一聲，沒有馬上下令。他看到庭院周圍的各道門裡都有人跑來，數量不多，卻絡繹不絕。大都是士兵，有北軍、也有南軍，還有一些是宮人，他們無一例外都跑向人數不多的倦侯，而不是兵力佔優的東海王。

崔宏身後有近千名士兵，宮外還有更多士兵待命，的確可以一擁而上，將倦侯殺死，可這不是一時半會就能做完的事情，總得花些時間。在此期間，誰知道倦侯還能得到多少支援、會發生什麼變故？

「舅舅，你還在想什麼？咱們已經定好計畫，機不可失、時不我待，錯過這一次……就永遠也不會有下一次了。」

崔宏曾經當著東海王的面承諾過許多事情，可形勢變化比他預料得更快：北軍主力趕到、城外的宿衛軍和南軍潰散、倦侯衝進京城甚至進入皇宮一路來到同玄殿前，他與東海王卻因為幾次猶豫而耽誤時機，晚到了一步。

崔宏望著遠處的女婿，又扭頭看向外甥，「等你真正稱帝，要怎麼處置倦侯和上官盛？」

「當然是殺死，難道還能留下後患？」東海王莫名其妙，不明白舅舅為何在這個時候發問，更不明白這有什麼好問的，他要殺的人不只是倦侯和上官盛，還有更多人，那些得罪過他、在關鍵時刻不肯幫忙的人……

崔宏重重地呼出一口氣，他從來沒看好倦侯，而且忌憚這個女婿的能力，可是事到臨頭，他發現自己別無選擇。

「放下兵器。」他向南軍將士下令，「戰鬥結束了。」說罷自己先拔出佩刀扔在地上。

刀槍紛紛落地，東海王大驚失色，「舅舅，你這是做什麼？咱們明明佔據……」

順著崔宏的手指望去，東海王說不出話了，一隊北軍旗幟正通過西北角門進入庭院，意味著北軍主力已到。

南軍的優勢只能維持這一小會。

東海王轉身要走，崔宏一把抓住外甥的胳膊，「去哪？」

「去哪都行，總之我不當階下囚。」

「倦侯會寬赦你。」

「他在撒謊！」東海王又急又怒，「他在收買人心，等他當上皇帝……」

「大楚還有外患，真正的皇帝懂得妥協的重要。」

「我不……」東海王突然明白過來，「小君是皇后，崔騰為倦侯當走狗，你早有準備，根本不是真心支持我奪取帝位！」

崔宏不願多做解釋，鬆開外甥的胳膊，示意衛兵上前，將東海王攔住。

韓孺子站在台階前，看到了南軍將士放下兵器，看到了各道門裡湧進來的各色人等。由西北門進來的北軍旗幟，帶頭者居然真是柴悅；走正西門的則是宮人與大批讀書人，蔡興海與部曲士兵護著他們；還有從正東門進來的大臣，他們沒等傳召，自己來了，爭奪帝位的整個過程中，這是他們第一次主動現身。

無人下令，身邊的士兵卻都自動退卻，讓到數步之外。

韓孺子轉身，順著台階一級級往上走，突然看到東北門裡走出來的崔小君，她竟然與楊奉在一起，被一群侍衛打扮的人簇擁著。

韓孺子覺得小君看到了自己，於是露出一絲微笑。

他沒有走到最上方的丹墀上，現在還不是時候，登上十幾級台階之後他止步轉身，沒人跟上來，離他最近的人也在十步之外了。

「萬歲！」庭院裡突然響起了呼聲，將一切雜音淹沒，將一切忠誠與背叛、信念與懷疑、熟悉與陌生也都淹沒。

韓孺子望去，發現自己熟悉的面孔如此之少，值得信任的人更是寥寥無幾。

他突然明白母親為什麼要讓他寬赦所有人了。

從現在起，他終於要面對整個天下，而不只是一個個、一批批的敵人。

（本卷結束）

New Black 014

孺子帝：卷四　奪帝位的賭注

作者　冰臨神下

堡壘文化有限公司
總編輯　簡欣彥　行銷企劃　許凱棣、曾羽彤
副總編輯　簡伯儒　封面設計　Bianco Tsai
特約編輯　倪玼瑜　內頁構成　李秀菊

讀書共和國出版集團
社長　郭重興
發行人兼出版總監　曾大福
業務平台總經理　李雪麗
業務平台副總經理　李復民
實體通路組暨直營網路書店組　林詩富、陳志峰、郭文弘、賴佩瑜、王文賓
海外暨博客來組　張鑫峰、林裴瑤、范光杰
特販組　陳綺瑩、郭文龍
印務部　江域平、黃禮賢、李孟儒
版權部　黃知涵

出版　堡壘文化有限公司
發行　遠足文化事業股份有限公司
地址　231新北市新店區民權路108-2號9樓
電話　02-22181417　傳真　02-22188057
Email　service@bookrep.com.tw
郵撥帳號　19504465遠足文化事業股份有限公司
客服專線　0800-221-029
網址　http://www.bookrep.com.tw
法律顧問　華洋法律事務所　蘇文生律師
印製　呈靖彩印有限公司
初版1刷　2022年10月
定價　新臺幣420元
ISBN　978-626-7092-79-8　978-626-7092-81-1（Pdf）　978-626-7092-80-4（Epub）

本著作物由北京閱享國際文化傳媒有限公司獨家代理授權。

國家圖書館出版品預行編目（CIP）資料

孺子帝．卷四，奪帝位的賭注／冰臨神下著. -- 初版. -- 新北市：堡壘文化有限公司出版：遠足文化事業股份有限公司發行, 2022.10
面；　公分. -- (New black ; 14)
ISBN 978-626-7092-79-8（平裝）

857.7　111014201